盛雪

长篇小说

◎ 暗香 著

群众出版社

图书在版编目（CIP）数据

盛雪／暗香著．—北京：群众出版社，2022.1
ISBN 978-7-5014-6184-4
Ⅰ.①盛…　Ⅱ.①暗…　Ⅲ.①长篇小说—中国—当代　Ⅳ.①I247.5
中国版本图书馆 CIP 数据核字（2021）第 223475 号

盛　雪

暗香　著

出版发行：群众出版社
地　　址：北京市丰台区方庄芳星园三区 15 号楼
邮政编码：100078
经　　销：新华书店
印　　刷：天津盛辉印刷有限公司

版　　次：2022 年 1 月第 1 版
印　　次：2022 年 1 月第 1 次
印　　张：12.375
开　　本：880 毫米×1230 毫米　1/32
字　　数：265 千字

书　　号：ISBN 978-7-5014-6184-4
定　　价：50.00 元

网　　址：www.qzcbs.com
电子邮箱：qzcbs@sohu.com

营销中心电话：010-83903991
读者服务部电话（门市）：010-83903257
警官读者俱乐部电话（网购、邮购）：010-83901775
啄木鸟杂志社电话：010-83903494

目 录

第一章 天上砸下个钻石坑 / 001

林浩楠去刚果金地推时，遭到了武装分子劫持，中弹后失踪了。他的“女友”盛雪被迫辞职，接下了他的外贸公司。

第二章 天各一方的流星雨 / 024

盛雪因阻止检测文件造假等不良风气，受到了周琳和黄文祥的百般刁难，从一名老总沦落为“清洁工”。林浩楠在非洲被人所救，成了植物人。

第三章 馅饼果然是陷阱 / 047

盛雪追随林浩楠的父母去刚果金找林浩楠未果，回到国内后被周琳和国外客户合谋陷害，背负着百万巨债离开了昌和外贸。

第四章 野百合也有春天 / 070

盛雪变身 SOHO，和丛小果一起做外贸，却再次遭到黄文祥的构陷。善良的她救下了刚果金商人帕斯卡，在他的帮助下，挖到了第一桶金。

第五章　三生三世遇见你 / 095

盛雪去美国地推，经历了首次开高速撞护栏受伤、被表姐男友骚扰、钱包被 homeless 抢走等磨难，在马来西亚籍华人高英树的帮助下，拿下了订单。

第六章　你在灯火阑珊处 / 118

盛雪和高英树暗生情愫，后来才得知，他原来就是她年少时的“嘉宁哥哥”。美国的订单让盛雪还清了外债。

第七章　左边海水右边火焰 / 142

盛雪的货款被挂靠的外贸公司老板卷走，遭到债主围追堵截。为还债，她决定远嫁刚果金，做帕斯卡的“土著王妃”。

第八章　绝处逢生又一春 / 166

盛雪在少雷的帮助下，还清了欠债。高英树为帮盛雪，回大马后被姐姐关了起来。林浩楠在非洲苏醒过来后，因失忆阴差阳错地和吴菲菲生米做成了熟饭。

第九章　热辣辣的咖喱香喷喷的订单 / 190

盛雪和丛小果去印度参加会展时遇到了高英树，却发现他“变了心”。情场失意，盛雪拼命地吃咖喱讨好客户，在印度拿下了几个大订单。

第十章　情场的熊掌职场的鱼 / 212

印度大捷后，盛雪从 SOHO 华丽转身为“盛雪外贸”。林浩楠找到记忆，带着吴菲菲回到了刺桐。高英树还清苏家的债，来刺桐找盛雪，却误会了她和林浩楠。

第十一章　卑鄙是卑鄙者的通行证 / 235

周琳利用盛雪的哥哥检测文件造假之事攻击她，盛雪主动对德国客户做出赔偿。盛雪得知高英树是为了保护自己才“变心”的实情后，主动联系了他。

第十二章　卖了灵魂赎罪 / 258

周琳阴谋败露开车撞盛雪。盛雪眼睛失明，却无私献血救了周琳的女儿，使得周琳幡然醒悟。高家陷入危机，盛雪忍痛导演了一场“移情别恋”，逼高英树回去救高氏。

第十三章　埋了爱情突围 / 282

高英树情梦破碎，回到大马力挽狂澜。盛雪发愤图强，使“盛雪外贸”成为“一带一路”商圈上的现象极，并积极援助肯尼亚的妇女儿童。

第十四章　赤道高地的重逢 / 305

肯尼亚酒店遭到恐怖分子袭击，盛雪和苏睿被困其中。高英树为救盛雪身受重伤。康复后，他和盛雪鸳梦重温，而少雷和苏睿也坠入了爱河。

第十五章　海丝海风几千年 / 329

林浩楠和盛雪利用招商引资，将大马的高氏“素食皮”和苏氏集团引回刺桐。盛雪、林浩楠、高英树、苏睿、周琳等一众刺桐青年，成立了“新海上丝绸之路外贸协会”。

第十六章　被口罩封冻的世界 / 353

突如其来的新冠病毒让全国陷入了一场危机。少雷随医疗队赶赴武汉支援。盛雪利用海外的供应商链，从世界各地买口罩、防护服等医疗物资，无偿捐赠给武汉。

第十七章　没有一个春天不会来临 / 363

盛雪去武汉送物资期间母亲病逝了。全球疫情蔓延，外贸业陷入危机，盛雪弱肩担道义，利用网红直播模式，极力帮外贸人寻找新的希望。

第一章　天上砸下个钻石坑

1

从春天开始的故事，总是散发着淡淡的花香，就算哀伤，仿佛也镶了道玫瑰色的花边。刺桐、炮仗、樱花，以及叫上名或叫不上名的繁花，争先恐后地为春天派发传单，将古老的刺桐城装扮得格外妩媚迷人，仿佛年轻了二十岁。

盛雪穿着白色的棉麻裙装，轻快地骑着电瓶车，燕子般滑过花的海洋，驶入了刚刚苏醒的中山街。街的两旁，红色的骑楼式建筑绵延着，旧南洋时期的复古檐廊和窗台上，刻着各种精美的雕饰。骑楼下方的长廊上，稀疏的人群有条不紊地潺潺流动。凡海月刊杂志社就位于中山街深处的一幢骑楼里。

《凡海月刊》是凡海房产旗下的企业杂志，上半月刊着重宣传企业文化，下半月刊侧重文学，盛雪是下半月刊的编辑。

盛雪进入大门，和门卫大爷打了个招呼后，停车落锁，羚羊般跳上了二楼。今天是交稿日，她必须把手头的两篇稿子编出来，因此一进办公室就把自己焊进了椅子里，完全罔顾坐在对面的丛小果哀怨的眼神。

盛雪在看一篇题为《危机公关》的短篇小说，故事切入点新，语言简洁凝练，针砭时弊反映社会现实，她很是喜欢。她审稿向来是黑脸包公，绝杀一切平庸线下的文章，果断拿掉了副主编周琳转来的《成功》，换上了这篇《危机公关》。

“唉……”从小果幽幽的叹息声加了着重号。

为表示“已阅”，盛雪只好象征性地问候了四个字：“又失恋了?”

从小果是年前进来的，编的稿子不足五篇，恋爱史却可以写两本书了。虽说企业不养闲人，可从小果的舅舅是凡海的副总，那把戒尺挥到她头上也就成了鸡毛。

见盛雪已然洞察到自己“失恋”了，从小果的眼神从暗淡瞬间变得“灯火辉煌”：“师傅，传授点儿经验呗，您是怎么钓到六星级林总的?”

“拜托，我和林浩楠刚认识三十三天。再说了，到目前为止，他还不符合我的‘盛氏国标’。”盛雪故作一本正经地纠正。

所谓的“盛氏国标”，是盛雪制定的择偶标准。不知何时，“家中有矿”的男人开始成为众多女子追寻的目标，而“盛氏国标”明确规定，“家中有钻石矿”的雄性方能入围，把那些求而不得、辗转反侧的追求者们气得牙根痒痒，指责盛雪是“拜金女”。对此，她一概无视。

“不是吧……”从小果瞠目结舌。林浩楠虽然只开了一家规模不大的外贸公司，可那智慧的大脑——纯属从小果的想象，帅气的长相，怎么也是一只潜力股吧，盛雪竟然像对待路人甲。

盛雪纯天然的肤白貌美大长腿，加上身上的恬淡书卷气，轻轻松松就甩人工改造的锥子脸们几条街，因此自六年前踏入凡海月刊杂志社，就稳居凡海集团“外貌协会一姐”的宝座，追随者络绎不绝，可都被她的“盛氏国标”给拍死了。

“小雪，你可真厉害，聊天审稿两不误，换我肯定不成。”两个格子间外，副主编周琳的声音传了过来。

盛雪心里的小鼓立刻敲响。但凡周副主编喊她“小雪”，而非“盛雪”，肯定是糖衣炮弹。

果然，周琳声音甜美地为两人上班聊天开出了罚单：“唉，我真是老了，体力和精力不能和你们比。快递小哥今天忙不过来，你下班后跑一趟，把上期的样刊给作者寄去。”

好在只是寄快递，盛雪心里的石头落了地。

周琳和盛雪是一条街上长大的，和盛雪同岁，就读于同一所小学、初中、高中及大学。虽说外貌贫瘠，周琳的嘴巴却十分丰饶。盛雪在周琳的甜言蜜语中浸泡了二十多年，后背挨过无数刀，在新伤摞旧疤中总算长了记性。不过，大多数时候，她还是难免成为周氏糖衣炮弹的炮灰。

周琳早于盛雪认识林浩楠，对他穷追不舍，林浩楠则是退避三舍，说自己是不婚主义者。上个月林浩楠手捧玫瑰来杂志社门口接盛雪，周琳才明白他不是不婚，而是不想和自己一起发昏。自然，这笔账要记在盛雪的“罪过本”上。

从小果冲盛雪吐吐舌头，给她发了条 QQ 信息：“别理那个高糖嘴，快递的事我帮你搞定。”

盛雪乐了，同样在 QQ 上回复：“等林浩楠从非洲回来，让他请你吃饭。”

说曹操，曹操到，盛雪的微信提示音响了，林浩楠发来一张和非洲客户的合影，并留言："让你了解一下什么叫白马王子！"

盛雪不由莞尔一笑，林浩楠和那黑哥们儿站在一起，果然反差强烈，真有点儿雪炭同框的感觉。

在闽南民间，每月的初二、十六，商人们都要祭拜土地公，祈求生意红红火火，叫作"做牙"。二月初二为第一个牙期，称为"头牙"或"早牙"；腊月十六是最后一个"牙"，叫作"尾牙"。早牙刚过，林浩楠就去非洲了，现在刚果金的首都金沙萨，那里比中国要晚七个小时。盛雪看看时间，现在是上午九点，金沙萨此刻应该是凌晨两点，这么晚了，他怎么还没休息？

盛雪还没想好怎么回复，林浩楠发来了视频通话请求。盛雪环顾四周，见周琳的眼睛双管猎枪般对着自己，只好拿着手机去了阳台。

视频中的林浩楠眼神迷离："小雪，我刚和客户从 KTV 出来……"

盛雪恍然大悟，原来都是酒精在作祟。

一截黑香肠般的大嘴突然闯进了镜头，正是照片里和林浩楠合影的那位，他竟然用流利的汉语和盛雪打招呼："嗨，你好，我叫帕斯卡……"

盛雪礼貌地问候："你好，我是盛雪。"

林浩楠不允许任何人挡在他和盛雪中间，毫不客气地将帕斯卡推到一旁，切换周围的景致给盛雪看："小雪，让你感受一下这里的夜色……"

凌晨两点的金沙萨灯光有些稀疏，参差不齐的建筑物，棕榈、椰子、鸡蛋花等热带植物在黑黢黢的夜色里恣意起舞，不远处的 KTV 中断断续续传来热烈的节拍，偶有衣着艳丽的黑色面孔从不远处飘过……

盛雪通过林浩楠的镜头，用眼睛触摸着那片热土，被那里强烈的生命力和存在感所触动，正要和他说话时，突然有类似于鞭炮的声音传来，林浩楠不由转身望去，两三辆装载武装分子的卡车进入了视野……盛雪看到了他们肩上的枪，惊得张大了嘴巴。

林浩楠像被点了穴，呆呆地拿着手机站在那里，眼睁睁看着几辆卡车疯狂地逼近。

2

盛雪还没来得及看清金沙萨的夜景，三辆武装分子的卡车就闯进了视野，盛雪清清楚楚地看到了他们肩上的枪……盛雪心急如焚："林浩楠，快跑啊——"

镜头晃悠了一下，突然黑了。盛雪不知道那边发生了什么，恐惧像潮水一般从盛雪的脚底涌出，迅速漫过头顶……她希望自己在看一部战乱片，一切只是隔着屏幕的恐慌，硝烟、流血……甚至死亡，都掌握在编剧和导演手里，是可控的。

可惜，不是！

她紧紧地捏着电话，却不敢马上打给林浩楠，担心此时此刻的通话，会将林浩楠引向危险的深渊。十分钟后，她深深地吸了口气，鼓足勇气拨打林浩楠的电话——关机！

片刻后，盛雪哆嗦着在网上搜索中国驻刚果金大使馆的电话，慌慌张张拨过去，语不成调地将事情经过讲述了一遍。大使馆的工作人员要她先别惊慌，等他们落实情况后和她联系，并安慰她，林浩楠或许没事，只是遇到了巡逻的军人。

阳台的门不知何时悄然拉开一条缝，周琳听到了盛雪和大使馆的通话，也将盛雪的惊慌看进了眼里，幸灾乐祸的烟花在她心里绽放。她得不到的，盛雪也得不到才算公平。就算上天不动手，她也会出手终结盛雪的幸福，一如去年编委会换届改选，她一纸匿名信，就将盛雪踢出了候选人名单，由她替代盛雪出任副主编。

刚果金。

首都金沙萨的郊外，宽阔、慵懒、蜿蜒，像洗澡水一样暖和的刚果河向前奔涌着，这是世界上最凶猛的河流，据说河里的鳄鱼常常像原木一样肆意滚动。

一辆破旧卡车沿着河畔的泥泞道路向前奔跑。车箱里，两张黄皮肤的东方面孔和三张黝黑的非洲面孔，被几名荷枪实弹的武装分子看押着。林浩楠和帕斯卡就在其中。

盛雪的喊叫提醒了林浩楠和帕斯卡，他们想逃离，可两条腿怎么也跑不过卡车，很快就被抓了。帕斯卡一边剧烈地挣扎着，一边用土语大声说自己的爷爷是某部落的族长，要他们最好放了自己和林浩楠。

帕斯卡并没撒谎，他那当族长的爷爷高瞻远瞩，曾将他送到中国留学了四年。来华留学的非裔留学生许多都出身显赫，回去后大多成为本国政治、经济等重要领域的掌控者，受中国文化的影响，他们对华一般很友好。帕斯卡学成归来后，在金沙萨开办了贸易公司，经销来自中国的树脂等轻工业品。武装分子头头以为帕斯卡吹牛，赏了他一巴掌后，还是把他和林浩楠押上了卡车。此时的车厢里，来自马来西亚的高英树和两名老非已蹲坐在那里，他们显然是武装分子在别处的“战利品”。

武装分子看到林浩楠刚才举手机了，逼他交出来。林浩楠听不懂土语，经帕斯卡翻译后才明白，连忙说手机刚才跑路时丢了。远处传来了枪声，武装分子担心是政府军来了，呵斥他们蹲坐在车辆里后，就快速朝城外跑去，并没有搜身。

出城后，武装分子的戒心放松下来，毕竟大晚上跑出来打家劫舍也是要费力气的，他们有些困了，陆陆续续打起盹儿来。

林浩楠打内心感谢老妈的聪明睿智，出门前硬是将他的几条内裤全缝上了内兜。他悄然从里面掏出手机，以静音模式开机，惊慌地在一家三口的微信群里给父母留言：在金沙萨遭武装分子绑架，快联系大使馆。

一名武装分子睡眼蒙眬中，朝林浩楠那里瞥了一眼，发现了手机的光亮，一把夺了过去，并朝他脸上狠狠踹了一脚后，又回到原地打瞌睡了。

血顺着林浩楠的嘴角淌了下来，旁边的高英树从口袋里掏出手帕给他擦拭。两双黑色的眼睛对视着，写满了恐惧。

离金沙萨市区越来越远，武装分子似乎感觉安全了，睡得越发香甜。被绑架的林浩楠等五人处于极度恐惧中，毫无倦意。

天渐渐露出了鱼肚白，淅淅沥沥地下起了雨，路两旁茂密的杂草清晰可见。此刻也是人最困的时候，武装分子睡得越发香浓，打起了呼噜。卡车驶上一段极度崎岖不平的路段，速度慢了下来。

林浩楠似乎看到了一线生机，拿手捅捅左右两边的帕斯卡和高英树，示意他们跳车逃生。共同的恐惧产生了共同的智慧和力量，高英树点点头，指了指草丛，率先跳了下去，林浩楠紧随其后。人高马大的帕斯卡却极度胆小，试了几下都不敢跳。林浩楠只好跟着车子奔跑，想接应他……车突然颠簸了一下，帕斯卡吓得抓住车帮子“哇”地叫了一声。另外两个老非见状干脆蹲在那里动都不敢动了。

两名武装分子蓦然睁开了眼睛，一把扯过帕斯卡摔在车厢内，发现林浩楠和高英树不见后，他们子弹上膛朝车下搜寻。

草丛中的高英树不放心林浩楠等人，也一直尾随着卡车。林浩楠见被武装分子发现了，为了让高英树顺利逃脱，他朝相反的河边跑去……

河边的隐蔽物极少，武装分子一眼就看到了林浩楠，气极败坏地叫着连开了几枪，却没能打中。司机猛然刹车停了下来。两名武装分子随后跳下车朝河边追去。

黑人是世界上最善于奔跑的，他们离林浩楠越来越近了。

林浩楠用尽全力拼命朝河边跑去，可就在他接近水边的刹那，一枚子弹穿透了他的胸膛。他觉得有一股巨大的能量灼烧着他，血顿时喷涌而出，身子摇晃了一下，摔进了汹涌的刚果河。

帕斯卡惊惧地望着被河水吞噬的林浩楠，痛苦地捂住脸，发出了哀号。

时间变成了有无限拉力的橡皮筋，漫长而凄惶。盛雪像被抽了脊梁骨，软软地瘫坐在藤椅里，茫然地望着繁花似锦的刺桐古城。“林浩楠发生了什么”成了困扰她的哥德巴赫猜想，她像一枚被细网兜住的瘦鱼，拼命挣扎，却无法脱身。

盛雪每隔两个小时就会联系一下大使馆，可始终没有林浩楠的下落。恐惧之草在她心里疯长，她努力控制着不安，编完两篇稿子发给了周琳。

殷主编因事请假，这期的终审由周琳负责。几分钟后，周琳甜腻而高亢的声音传来：“小雪——我建议你拿掉《危机公关》，换上《成功》。”

其他几个编辑很难逃过这魔音穿耳，和盛雪一样皱紧了眉头。周琳经常收作者的礼物发人情稿，盛雪对此很反感，同样高声回复：“《危机公关》写得很棒！”

周琳追问：“你确定要用《危机公关》替换《成功》？”

“很确定。”

周琳没再说什么，一脸意味深长的笑。

林浩楠的母亲突然打来电话，焦急的声音里夹着哽咽：“小雪啊，天塌了，浩楠在非洲出事了，你叔叔急得进了医院……”

3

真是怕什么来什么!

周琳一直在观察盛雪，一副中国好闺蜜的模样："小雪，你怎么了？脸白得这么吓人，有什么急事的话快去吧。"

盛雪露出一个比哭还难看的笑，说了声"谢谢"，拿上包匆匆走了。她的心思全被林浩楠牵着，根本没意识到，针对她的陷阱已然挖好。

"谢什么谢啊……"盛雪的身影刚消失，周琳便噼里啪啦地开始写一篇题为"刺桐男青年为拜金女友勇闯非洲在刚果金失踪"的文章，发给了一个以博眼球谋利的自媒体。

盛雪匆匆赶到医院。所幸抢救及时，林爸爸生命已无大碍，但左半身有偏瘫症状，行动不便，需要住院治疗。林浩楠是独子，本地也没什么近亲，盛雪只好留在医院帮忙照顾。

第二天，大使馆打来电话告知，据一名交了赎金被释放的刚果金商人帕斯卡说，反政府武装绑架了一个叫林浩楠的中国人、一个叫高英树的马来西亚华裔男子和包括帕斯卡在内的三个当地人，前往反政府武装营地途中，林浩楠和高英树跳车逃跑了，帕斯卡听匪徒说，那个高英树一直没找到，林浩楠则被他们开枪击中，掉进了河里……

世界上最亲密的关系，莫过于骨肉血亲。听闻儿子出了事，刚清醒过来的林爸老泪纵横。林妈更是抱着盛雪失声痛哭。

“叔叔阿姨，浩楠走前和我说过，他一定会全须全尾回来的。你们应该比我更了解他，他是个说到做到的人。”盛雪哽咽着安慰这对悲痛的父母。

非洲的雨季像是从聊斋里走出来的狐媚女鬼，黏上你就不会撒手。

刚果河路过中部非洲最大的城市金沙萨时并没沉静下来，继续金戈铁马地向前奔腾。咆啸的河水将一个东方面孔的男人送到了岸边，他双目紧闭，看不出有任何生命迹象。

几个裹着橘色、粉色等艳丽衣裙，头上顶着叶片包裹的木薯和芒果的土著女子，挤在路边硕大的象耳叶下，头上顶着叶片包裹的木薯和芒果，焦急地朝河岸边张望，显然是发现了那张东方面孔。雨季对她们来说是丰收的季节，她们趁着雨水打盹儿的时候出来采摘果子，却很快又遭到瓢泼大雨的围剿。

过了一会儿，雨水总算疲累不堪地放缓了脚步，几个女子慌慌张张地跑过去，放下头上的东西，合力将那个东方男人往路边拖拽，林浩楠苍白浮肿的脸进入了镜头。几个女人围着他叽叽喳喳地说着听不懂的土语，七手八脚扒掉他的衬衣，从树上采来树叶，为他擦拭着身上的淤泥，胸前的伤口赫然清晰起来。

战乱、贫穷和肆虐的疾病，使得死亡在这里已司空见惯，她们凭着自己的阅历和常识给胸前受伤的林浩楠下了死亡通知书——她们也这样失去过亲人。在芒果、木薯的香气里，女人们哼唱着哀悼之歌，从路旁的树林里扯下一把又一把的叶子，包粽子那样开始包裹林浩楠，准备用当地的仪式将这个异国青年安葬。

突然一个女人尖叫起来，其他女人也立刻跟进。她们边裹边尖声高唱着哀悼之歌，像匕首将骨头上的肉一片片刮去，令人战栗。

一辆皮卡由远及近。车载音响里放着邓紫棋的《喜欢你》，开车的是一袭休闲服饰的吴菲菲，短发下一张清秀的脸，有些男孩子的阳刚调皮。

绿色蔬菜在金沙萨本就是稀缺物质，受最近反对派骚扰的影响，大有一两难求的架势。吴家在金沙萨开了一家中餐馆，背景离乡来此经商的中国人对家的念想，很多时候就寄托在对家乡味道的咀嚼上，因此吴家的“晋江乡味”很受欢迎。为了让大家吃上蔬菜，吴菲菲不顾父亲的阻拦，冒险到郊区中国农业组的菜地采摘。

经过几个女人时，吴菲菲无意间瞥了一眼，林浩楠惨白的脸进入了她的视线。身处局势不稳之国，老爸一直叮嘱她少管闲事，免得招来不必要的麻烦和危险。但那张和自己一样的东方面孔吸引了她，她不由踩了下刹车。“答应我不多管闲事就让你去”，老爸的唐僧念突然回响在耳边，她心一横驶了过去。可走了不到十米，心里像被一根看不见的细线勒着，闷闷的，很不舒服。

窗外，雨季的太阳有点羞涩地钻出灰灰的云层，剪纸一样纯洁地贴在郁郁葱葱的树林上方。吴菲菲甩甩头，想将林浩楠从脑海中驱逐，加大油门猛跑了百十米，却又猛然刹住车，鬼使神差地一口气又倒了回来。

吴菲菲跳下车，走向树林。

四名善良的土著妇女已经把林浩楠变成一棵倒伏的绿色大树，当她们手捧红色的泥土准备掩埋他的时候，吴菲菲到了。

吴菲菲先后用法语和英语同四个女人交流。法语是刚果金的官方语言，但林加拉语、斯瓦希里语、基刚果语、契卢巴语依然统治着乡村，四张漆黑的面孔面面相觑，根本听不懂吴菲菲在说什么。无奈，吴菲菲走上前去，伸手放在林浩楠的颈动脉处，有微弱的跳动感传来。那是生命的律动。吴菲菲打手势比画着告诉四个土著妇女——他还活着！

世间的语言不仅可以通过声音表达，用善良之心来表达会更加动人。四个大姐一下子就明白了吴菲菲的意思，目露惊喜，跳进坑中将林浩楠又抬了出来，扯去他身上的树叶，将他放进了皮卡车的后座上。

吴菲菲双手合十谢过四位大姐后上车，深深地打量了一眼林浩楠，加大油门快速向城区疾驰而去。

四团艳丽的色彩目送着皮卡车消失后，若无其事地将树叶包裹的果实又扛回到头顶，婀娜多姿地朝家返去。

这天上班后，盛雪发现大家都一脸高深莫测地看着她，让她浑身不自在。可当她想抓住哪个问个明白时，他们突然全都忙碌起来，盛雪只好将目光锁定了丛小果。

丛小果的头低得不能再低，几乎想钻进抽屉里。盛雪只好走过去，拿手指敲她的桌子。她怯生生地举起了手机。盛雪接过去看，“刺桐男青年为拜金女友勇闯非洲在刚果金失踪”的标题赫然入目，文中言辞激烈地抨击“《凡海月刊》女编辑盛某，她打着‘盛氏国标’的旗号，向男友索要巨额陪嫁，逼得男友前往非洲淘金，遭到绑架生死未卜，其父母不堪打击双双住院”，点击量都十万加了。

盛雪心中一惊，忙将从小果的手机放下，回到自己的位置上，开始在网上搜索……发现这条消息已占据了本地的热搜榜，下面评论骂声一片，大有不除掉拜金女誓不休的架势。

4

办公室内的十几双眼睛，像十几双小探照灯，绕过电脑和格子间的隔挡，聚在盛雪身上——她平日里有多傲，就有人希望她摔得有多惨。尤其是周琳。

“小雪啊，别在意网上那些胡说八道的，我们了解你、支持你，回头咱们再写篇文章怼回去……”周琳走过来，拍拍盛雪的肩。

周琳满是亲昵的一拍，让盛雪打了个激灵。这个桥段好像在哪里见过……盛雪想起来了，当初竞聘副主编的时候，也是这个公众号指责自己作品抄袭。

林浩楠仍然没消息，但那篇十万加文章的威力已经显现出来了。

下班后，盛雪买了鲜花、水果去医院探望，一向慈眉善目的林妈妈突然变了脸，说儿子是为了给她挖钻石矿才去非洲的，指责盛雪的拜金害死了林浩楠。

盛雪无奈地解释："叔叔阿姨，请你们相信我，那是有人故意陷害我……"

"'盛氏国际'不是你说的吗？别装了，浩楠临走的时候都和我们说了！"林妈妈气得胸前起伏。

这时候继续辩解可能适得其反，盛雪黯然转身向外走去，却被林妈妈拦住了。

"浩楠是因为你才出的事，你必须给我们一个交代！"

"什么样的交代？"

"接替浩楠的工作，接下昌和！"

盛雪瞠目结舌。她是被母亲逼着和林浩楠相亲的，两个人才认识三十多天，林妈妈怎么放心让自己接昌和呢？再说了，为争夺财产打得头破血流的狗血剧比比皆是，逼迫别人接受财产的倒还是第一次见到。

"阿姨，我对经商完全外行啊，我觉得……把公司交给黄文祥打理，是不是更好呢？"盛雪听林浩楠讲过，黄文祥是他的发小，能说会道，外语也好，拥有不少工厂资源，占了公司40%的股份。

"这不是跟你商量。"林妈妈脸色阴沉，把手机递到盛雪面前，上面正是那篇十万加的文章，"浩楠是为了你才去那么危险的地方，现在出事了，你就撒手不管了？给你两天时间考虑，如果你不答应，我们老两口是不会善罢甘休的，哪怕闹到法庭上，也要让你付出代价！”

盛雪顿时石化。她母亲心脏搭桥手术出院没多久，那篇十万加的文章已经让她千夫所指了，如果再被告上法庭，她不敢想象母亲知道后会是什么后果……绝望中，她脚步踉跄着走出了病房。

林家妈妈站在窗前，望着盛雪摇摇晃晃远去的身影，眼睛湿润了。若盛雪此时回头，定能看到她满脸满眼的愧疚。

盛雪期盼日子随意一拉就能长出来好多，好让她考虑的脚步走上几光年，但两天时间却“嗖”的一下子就无影无踪了。大限将至，盛雪变成了霜打的茄子。

杂志社的例会上，盛雪无精打采，不料，一向视她为得力干将的殷主编突然发飙：“盛雪，谁给你的胆子，竟然拿掉甘总的《成功》，换了一篇不知道谁写的《危机公关》！”

《成功》的作者竟然是集团老大甘总，盛雪顿时目瞪口呆：“我……要不……下期发怎么样？”

“算了……”殷主编摆摆手，语气也变得艰涩起来，“由于你个人的原因，给集团带来很不好的影响，所以……董事会建议杂志社编委会，要你……辞职。”

“我个人的原因？”

“那篇拜金女害男朋友的文章闹得满城风雨，甘总很生气……”

谁都知道，这很可能是甘总借题发挥，但谁都不敢点破。

“要不，让我舅舅去跟甘总说说情……”从小果嗫嚅着说。

殷主编没好气地瞪了她一眼："要不是你舅舅，我们也没这么大麻烦。他已经跳槽去别的房企了。甘总看了那篇《危机公关》，觉得是在曝我们凡海的家丑，怀疑是你舅舅用笔名写的，骂他反骨仔……"

丛小果傻眼了，舅舅辞职的事她一无所知。她只好把脸躲在文件夹后面，似乎觉得这样就能挡住主编的腾腾杀气。

"我真的不知道《成功》是甘总写的啊……"盛雪的辩白听起来虚弱无力。

"小雪啊，这事……大家可以作证，当时我再三强调要你用《成功》的，可你非要用《危机公关》……"周琳适时地补了一刀。

周琳小时候常被人嘲讽为"三寸钉"（个头矮），她便把民间俗词"短毒"（个小歹毒）在她身上诠释得淋漓尽致。这么多年她一直以"毒"淬养自己，盛雪到她这儿，分分钟都能被灭掉。

盛雪掉进了周琳为她量身定做的陷阱里，百口莫辩。

既然甘总都认为丛小果的舅舅是"作者"，不由人浮想联翩——盛雪之所以在杂志社牛气冲天，原来是背后有人啊……虽没人出声，但大家的眼神却成了量人长短的尺子，瞬间开始暧昧不明。

"哎呀，你们瞎想什么呀，《危机公关》是我写的，和我舅舅没半毛钱关系！"一向天不怕地不怕的丛小果没想到后果这么严重，情急之下说出了真相。可谁会相信这个每天都飞奔在恋爱和失恋路上的姑娘，能写出那么有深度的东西！

这时候，会议室的门突然被推开了，林浩楠的母亲走了进来：“盛雪，你打算躲一辈子是吗？可怜我家浩楠……你们领导在哪儿？我要见你们领导！”

盛雪顿觉天雷滚滚，一时僵在原地，无处躲藏。

殷主编大概猜到了对方是谁，有些尴尬地站起身：“这位大姐，您……”

话没说完，盛雪的电话响了，她看了眼来电显示，是嫂子胡小美。这几天母亲一直是哥嫂在照顾，盛雪担心母亲出什么状况，尽管现在接电话有些不合时宜，但也顾不得许多了，马上按下接听键。胡小美焦急的声音传来：“小雪啊，咱妈听说林浩楠的妈妈去你们单位闹了，一着急心口又疼了……”

盛雪知道，这事拖不过去了。她和林妈妈四目相望，两双眼睛里逐渐漫起了雾气。

“阿姨，我答应您……”

压在林家妈妈心头的大石头总算放下了，她惭愧地点点头，眼泪夺眶而出，缓慢转身，走出了会议室。

来自林家、外界和杂志社的压力像一套组合拳，接二连三地捶击着盛雪，她实在无力抵抗，只好由着脊梁骨坍塌下去，艰难地将辞职报告打印出来，放在了殷主编的面前。

满心愧疚的丛小果跟随着盛雪，也递上了辞职报告。

“师傅，不管你去哪，我都跟定你了！”丛小果抱着盛雪的胳膊说。经历这件事后，她似乎长大了。

望着她们的背影，殷主编格外惆怅。虽然他极力向甘总说情，但还是没能留住盛雪这员大将，心里格外不是滋味。

5

Ma Campagne 是金沙萨的富人区，连片红顶白墙、独门独院的别墅，保持着殖民时期的风格。如今，很多来此经商的中国人在这里安家。吴菲菲家就在其中一幢别墅里。

林浩楠像一具会呼吸的木乃伊，静静地躺在吴菲菲卧室隔壁的房间里。

那天吴菲菲发现他还有一口气，直接把他送进了医院。他身上所有可以证明身份的东西皆无，没人知道他是谁，来自何方，遭遇了什么。为了救林浩楠的性命，吴菲菲只好谎称他是自己的男朋友。

幸运的是，子弹穿胸而过，没有伤及心脏，倒是头部遭到猛烈撞击——估计是被河水卷走后撞到了石头上，颅脑损伤比较严重，一直没能醒来。一周后，医生建议吴菲菲将他带回家看护。

吴家是二十年前来刚果金定居的，那时的吴菲菲叫吴媛。她假小子似的性格，从小便是大祸三六九，小祸天天有，不是把壮硕的小黑非给打了，就是爬邻居家的树上掏鸟窝时，顺带摘个大芒果砸向了正在偷情的男主人……告状的经常在“晋江乡味”排成队，吴家人陪着笑脸的同时还得再陪上一顿丰盛的饭菜，方能平息对方的怒火。吴老板夫妇和吴菲菲的哥姐常说她是“无事生非”，便叫她吴非，后来就成了吴菲菲，吴媛的大名反倒无人问津了。

一时冲动救人容易，可将一具会呼吸的木乃伊带回家长期照顾，从老爸吴老板到哥嫂，一律反对。一个女孩子这样照顾一个陌生男人，吴老板觉得小女儿是中邪了。吴菲菲却坚持说自己是在做善事，是在为吴家积阴德。

吴老板笃信佛祖，想想小女儿救人毕竟是善举，也就默许了林浩楠的存在，但擦洗身体之类男女授受不亲的活儿，一律交给雇用的当地仆人打理。

刺桐古城。

昌和外贸位于涂门街的一栋写字楼上。这条千余米的街道，是当今集商贸、旅游、文化等为一体的繁荣地段。

林爸爸出院的第二天，就不顾身体状况，在林妈妈的搀扶下，来到昌和开股东会。林浩楠的父母提出，要把林浩楠的股份全部转让给盛雪，本以为黄文祥会反对，不料他竟然很痛快地答应了，这出乎两位老人的意料，同时也让他们松了口气。

两位老人趁热打铁，约了盛雪和黄文祥，到工商局办理了股权转让手续，公司的法定代表也变更为了盛雪的名字。林妈妈提醒盛雪，接手昌和后，留意一下刚果金的大客户玛瑞迪。

两个月前，刚果金的大客户玛瑞迪在下单前突然取消了同昌和的合作。外贸圈说大也大，说小也小，林浩楠很快就从别处了解到，玛瑞迪同一家神秘的公司签了单。玛瑞迪是林浩楠开发的客户，长期保持良好的关系，对方突然更弦易辙，让他很是奇怪，而且对方来华一事只有他和合伙人黄文祥知道，半道儿杀出来的那家神秘公司从哪儿得来的消息？林浩楠觉得事情蹊跷，借着地推，想过去探一下对方的口风，遭到了黄文祥的激烈反对，说他这是拿着公司的钱做无用功。

昌和的大客户被抢一事，林浩楠的父母也略有耳闻，所以，林妈妈才要提醒盛雪。

昌和外贸在写字楼的七楼。因是上班高峰，电梯里满满都是人，七楼到了，盛雪没能挤出来，只好到十楼后顺着步梯往下走。楼梯间的灯坏了，她刚进来，眼睛不适应，在黑咕隆咚中摸索着没走几步，就一脚踩空，不但崴了脚，连细细的鞋跟也断了。

盛雪成为昌和外贸的大股东后，一向拿眼白和她打招呼的嫂子胡小美，竟开始想尽一切办法巴结她，跑到商场想买双鞋子送给盛雪，又嫌太贵，转战街头小店买了双廉价的，结果在关键时刻掉了链子。盛雪万分尴尬地坐在台阶上，今天可是上班的第一天，打死也不能如此狼狈。她想到附近的商场买双鞋子，咬牙扶墙站起身，可脚疼得根本无法动弹。

身后传来了脚步声。盛雪扭头望去，只见一位身材颀长的男子从上面拾级而下。这种场合，她更愿意遇上个女性，否则太尴尬了。转眼间，年轻男子已经来到了跟前。

年轻男子叫高英树，是马来西亚华侨。前些日子，他去刚果金推销高氏“素食皮”，被反政府武装绑架，在林浩楠的掩护下才得以脱身。回到金沙萨，他找到中国大使馆，得知了林浩楠的详情，于是飞到刺桐看望林浩楠的父母，接着，还想看看林浩楠生前工作的地方。不料，黄文祥却说他找错地方了，几句话便把他打发走了。

从昌和出来，高英树在这幢写字楼里随意逛了逛，在十二层发现了几家鞋业公司的办事处，小有惊喜。他此次来华有两个目的，除了看望林浩楠的家人，还想在中国市场推广高氏“素食皮”。今天，他特意带了几双用“素食皮”制作的鞋子样品。

“素食皮”是个新领域，厂家对此不甚了解，高英树将样品鞋无偿送给办事处的几个姑娘，请她们金足试穿。最后还剩下一双 39 号大码的女鞋无人问津，他便扔掉盒子，将鞋子塞进了双肩包，沿步梯从十二楼往下走，不料在此遇到了身陷窘境的盛雪。

高英树走到盛雪身边时，那个瞎掉的灯泡突然大放光明，让他把盛雪的尴尬看了个一清二楚。高英树从地上捡起断掉跟的鞋看了看尺码，从双肩包里取出那双 39 码的女鞋递给盛雪：“试试……”

盛雪的眼睛里飞着“What”和“Why”。无事献殷勤，非奸即盗啊。她挣扎着想站起来，可“哎哟”一声又坐下了，吸溜着嘴揉着脚踝。

高英树恍然明白了什么，弯腰抓住了盛雪的脚。盛雪惊恐地瞪着眼睛：“你想干什么！我刚才已经打了 110，警察都在路上了……”

“哦，还真是，警察来了……”高英树看了看楼下的方向。

盛雪的目光顺着他的视线往下看的时候，他抓住她的脚猛地一拉一送。盛雪疼得眼泪都快掉下来了：“你要干吗！放开我，不然我就喊人了！”

高英树直起身：“别紧张，我家祖传中医正骨，一会儿你就可以活蹦乱跳了……”

盛雪这才反应过来，果然，脚上的痛感竟然减轻了许多。高英树将那双39码的鞋子塞进她手里，顺手又塞了一张名片：“免费试穿，感觉好的话联系我……”

说罢，继续下楼。

盛雪知道自己误会人家了，赶忙冲他的背影喊：“先生等等啊，多少钱……”

回答她的只有远去的脚步声。

盛雪怔怔地望着空荡荡的楼梯，一时有些恍惚，难道这就是传说中的“来自火星的你”来拯救“地球的我”吗？已经晚到快两个小时了，她忙将残鞋扔进旁边的垃圾桶里，起身朝楼下走去。

第二章　天各一方的流星雨

1

这双鞋子似乎有魔法，盛雪穿着它，各种尴尬一扫而空，中气十足地走进昌和外贸。

接待她的女子妆容精致，但留着板寸头，衣着中性，自我介绍是管人事的 Joan 黄。后来盛雪才知道，Joan 黄是黄文祥的亲妹妹。Joan 黄指着一个格子间："以后你就在那里办公。"

盛雪以为自己听错了，再怎么说，她也是这家公司的法人兼大股东，怎么能和普通员工一样在格子间里办公，为什么自己不能用林浩南的办公室？而且，这位 Joan 黄好歹也得称她一声"盛总"吧？

"林总的办公室呢？"盛雪直截了当地问。

"哦，林总不在了，周姐搬了进去，麻烦您暂时委屈一下。"

"周姐是谁？"

"黄总的未婚妻。"提到"周姐"二字的时候，Joan 黄一直缺少表情的脸上露出了一丝鄙夷，"其实，我也觉得她在那里不合适，要不把她请出来？"

"不必了。"黄文祥的未婚妻占据了林浩楠的办公室，盛雪的脑海里突然冒出了"鸠占鹊巢"四个字。

遭到拒绝后，Joan 黄的脸马上又恢复成一块材质精良、毫无温度的大理石，转身走了。

办公室里的其他五位对着电脑忙碌着，没一个人和盛雪打招呼，完全当她是空气。这种迎接新老总的方式，可以看出黄文祥对自己的态度。盛雪初来乍到，暂时不想因为这点儿小事和黄文祥发生冲突，还是静观其变吧。

黄文祥在自己的办公室里，通过监视器，将盛雪的表现看了个一清二楚：“呵，挺倔的，和林浩楠还真是天生一对。”

一袭大红裙子的周琳走了进来，以为黄文祥又在偷偷看办公室里的女孩，极其温柔地说着“亲爱的，你好悠闲哦……”却毫不客气地伸手就扯他的耳朵。

“你的原同事、林浩楠的女朋友盛雪，今天杀上门了。”黄文祥疼得揉着耳朵，却也没敢和她急，指指画面示意她看。

“呵呵，呵呵……”周琳凑了过去，两只细狭的三角眼眨巴了几下，一脸甜的能流出蜜汁的笑。

“怎么了?”黄文祥总觉得那笑声是从鼻孔里发出来的。

“没怎么。开会，安排下一步的工作。”周琳轻声说到，朝外走去。

周琳使了个一石二鸟之计，拔掉了盛雪和丛小果两个眼中钉，还没得意几天，却收到集团总部的通知，要她立马走人。丛小果的舅舅人虽离开了，但影响还在，凡海的许多骨干都是他带起来的，见丛小果被她挤走，小施伎俩，也让周琳下课了。

从小到大，周琳凡事都爱和盛雪比，盛雪有的她一定要有，盛雪没有的，她也会想办法弄来。她本打算把林浩楠从盛雪身边抢过来，不料遭遇滑铁卢，就迅速瞄上了林浩楠的搭档黄文祥。周琳的“编辑”身份，让黄文祥这个假文青一时迷糊，将生米煮成了熟饭。被杂志社除名后，周琳抢先一步进入昌和，占据了林浩楠的办公室。

半个小时后，Joan 黄通知大家到会议室开会。

林浩楠不在的时候，公司一直由黄文祥和他妹妹 Joan 黄把持，上上下下几乎都是他们的人。现在盛雪上任，无疑面临着被架空的局面。

“这是咱们公司新上任的盛总，大家欢迎。”黄文祥一本正经地向大家介绍，并带头鼓掌。

“小雪，欢迎加入我们。”周琳故作亲昵，她将“我们”两个字咬得特别清晰，像是在宣示着某种主权。

盛雪看到周琳，不由一愣。她做梦也没想到，周琳居然会出现在这里。

“小雪，看来我们的缘分还真是不浅哦，前同事变成现同事……”周琳说着，挽住黄文祥的胳膊秀恩爱，“不用我介绍了吧？这是我打令……”

西施捧心，我见犹怜；东施效颦，纯属吓人……周琳的撒娇无疑于后者。大家虽然鸡皮疙瘩掉满地，却不得不忍着，跟着那对制造鸡皮疙瘩的人，稀稀落落地拍起了巴掌，不轻也不重，但眼神涣散，像雾霾一样灰蒙蒙的。

没有一个人看盛雪，让她觉得自己像午夜街头的一则冷笑话，孤独地在播放器里巡回播出，没有听众。

客气完之后，黄文祥开始安排下一步的工作，最终派给盛雪的是打扫卫生和整理样品间。盛雪再次怀疑自己的耳朵："我以后就做这些？"

周琳假意为盛雪抱不平："黄总，别这样嘛，小雪是我发小，找客户、报价、接单、跟单……看她会哪样，另外给她安排嘛。"

"报价、跟单"这些陌生的词汇，把盛雪听得一愣一愣的，菜鸟本质暴露无遗。

"我就是从头开始学，也不用从清洁工……"盛雪突然刹住话头。对方此举，明显是想把自己逼走。跟他们吵起来，不就遂了他们的心愿了吗，还容易给他们落下话柄，说自己不懂专业，还对工作挑三拣四。她想起了林妈妈说的刚果金的大客户玛瑞迪，想了解公司的真实情况，不如从"扫地僧"做起。她随即换上一副认输的口吻，"打扫卫生就打扫卫生吧……"

在场的十多张僵尸脸上，如油花一样浮起了嘲讽、轻视、鄙夷诸般表情。

"盛总，接下来我们要立足于本职工作，一起努力，把昌和做强做大！"黄文祥说，朝盛雪和善地笑笑，也起了身。

"加油哦，小雪，我看好你。"周琳拍拍盛雪的肩，挽着黄文祥的胳膊朝外走去，临出门，还不忘妖媚三千地回眸叮嘱盛雪，"小雪啊，样品间要好好整理哦，明天有贵客要来。"

周琳喜欢打一款叫《我的世界》的游戏，应付生物圈里的敌对分子很有经验，一些看上去娇弱的，却很难对付；许多外表强悍的，实际上非常好欺负。盛雪是昌和的法人兼大股东，噱头貌似很大，实乃纯属小白，在他们这些披着羊皮的恶狼面前，不过是披着狼皮的一只小羊罢了。

“好嘞——”盛雪脆生生地回答。她曾耳闻周琳对林浩楠的纠缠，也从林爸林妈逼自己接昌和的态度中，窥到了黄文祥的人品，用脚趾头都能猜出来，“林浩楠女友”的招牌，成为她现在坐冷板凳的原罪。

片刻之后，盛雪拎着水桶，拿着抹布，把样品展示柜里那些树脂制作的动物、山水盆景、城市雕塑等擦拭干净，重新排列整齐，并一一登记，做了编号。

周琳和黄文祥盯着监视器观察盛雪，琢磨来琢磨去，也没搞明白她为什么会乖乖地听话？是真的放下武器了，还是在扮猪吃虎……

盛雪不小心将笔记本碰掉在地上，弯腰捡时，脖颈处露出一块雪白。周琳见黄文祥痴痴地看着，不由醋海泛波，不动声色地用身子挡住了显示器。

“干吗啊……”黄文祥猛地推开了她。

2

周琳一个趔趄，差点摔倒，画皮下的狰狞面孔突然蹿了出来，冲他吼：“你说我干吗？告诉你，就算她是白雪公主，那你连做小矮人的机会也没有!”

“瞎吃什么醋呀，我可情不在此……”黄文祥没好气地把身子往后仰去。

“那你情在哪？不会是有别人了吧？花心大萝卜，信不信我告诉你妈去！”

黄文祥虽然油腻猥琐，但对家人极好，对寡居多年的母亲尤为孝顺，对妹妹黄莺（Joan 黄）亦呵护有加。

“咳，瞎想什么呀。最爱的是你，行了吧？”

周琳最近胖了不少，黄文祥强忍生命无法承受之重，龇牙咧嘴地将她抱在腿上，和她一起继续监视盛雪。

盛雪整理一棵仿真树的时候，发现了隐藏在柜子缝隙里的针孔摄像头。她不动生色地转过身，拿出手机，找了个吓人恶魔的视频，突然打开，举起手机对准了摄像头。

长长的舌头，流血的眼睛，煞白的脸，刺耳的鬼嚎……黄文祥和周琳“啊”的一声齐声尖叫起来，差点没被吓死。

隔着几堵墙，盛雪都能看到那对黑夫妻的狼狈相，凤颜大悦，将嘴里的口香糖黏在摄像头上，拿双面胶封死了，然后拎着水桶，哼着歌朝洗手间走去。

那边，已完全黑屏。周琳拉开办公室的门，望着那个比自己袅娜，比自己美的背影，突然想起一句话来——女人之间不需要吵架，比她美就好了……她突然有种吵架吵输了的失败感。

盛雪打扫结束已是中午，大家三两相约出去吃饭，却无人理会她这位“老总”。她也毫不在意，从包中取出保温饭盒和一本《外贸菜鸟指南》，边吃边看。作为外贸公司的法人，盛雪明白，自己唯有从最基础学起，方能成为真正意义上的“盛总”。

说好明天上午到的美国客户，突然在傍晚时提前来到昌和，令黄文祥措手不及。他洋溢着两百倍的热情，将汤姆森叔侄请进会客室，并喊盛雪过来服务。

盛雪进去送茶时，黄文祥正用英语口若悬河地向客户介绍着公司的树脂产品，说它们不只外表美观，还绿色环保，品种齐全，能够满足各种要求。那对叔侄饶有兴趣地听着。

黄文祥骨子里是个葛朗台，他的钱都是串在肋骨上的，每揪下一块铜板，都会伤筋动骨地疼。眼看着窗外天色暗下来了，汤姆森叔侄还没有要走的意思，黄文祥担心要破财，不由得用汉语骂了一句：“死老外，早不来晚不来，非要踩着饭点儿来，还想让我请你们吃海鲜啊……”

盛雪吓了一跳。随着中国对外开放的进一步扩大，学汉语、懂汉语的外国人越来越多，她生怕这对叔侄就在其中。盛雪把茶杯摆在那对叔侄面前，试图引开他们的注意力。好在那对叔侄好像并不懂汉语，对黄文祥的恶言恶语毫无反应，接过茶，笑着对盛雪说：“Thanks。”

盛雪同样报以微笑，同时提醒黄文祥：“现在懂汉语的外国人很多，小心他们能听懂……”

“他们懂个屁!”

话音未落，小汤姆森突然笑眯眯地用英语说：“黄先生，听说刺桐的海鲜很好吃。”

黄文祥吓了一跳，以为对方真的懂汉语，下意识地用汉语问："您说什么？"

小汤姆森愣了片刻，满头雾水地耸肩摊手："黄先生，麻烦你说英语好吗？"

黄文祥长长地舒了口气："吓了我一跳……"

这时候，一直没怎么出声的老汤姆森突然表示，他们要下的单大概五十万美元，若是第一单合作愉快，以后的订单会越来越多。

黄文祥闻言，眼睛直接从绿跳红，连连说："Great，Great……"

接着，黄文祥请汤姆森叔侄去著名的鼎荟食府吃海鲜大餐。小汤姆森突然扭头对盛雪说："这位美丽的女士，能与我们共进晚餐吗？"

黄文祥虽不情愿，也不得不让盛雪一起去。

席间，汤姆森叔侄兴致盎然地和盛雪讨论刺桐古城的历史传承、文化底蕴、民间传说，他们对这座古老的城市充满了好奇。黄文祥不想让盛雪抢了风头，又苦于插不上话，不由得用汉语骂骂咧咧："死老外，要不是为赚你们兜里的 Dollar，我才不会下狠手割自己的肉呢！"

盛雪听得清清楚楚，只有继续打马虎眼，一边为汤姆森叔侄服务，一边跟他们聊天分散注意力。汤姆森叔侄吃得很开心，对盛雪的周到服务也很满意，连连向她道谢，跟她越聊越投机。只是，周琳和黄文祥的脸色越来越难看。

小汤姆森起身四处张望，盛雪猜测他可能想去洗手间，便起身引导。黄文祥终于抓住机会，端起杯子和老汤姆森碰了一下，告诉他盛雪是公司打杂的，手脚不干净，人品有问题，他考虑下个月就要她走人。

老汤姆森满脸错愕，继而有些遗憾地摇摇头。

小汤姆森从洗手间出来，突然对墙上的匾额产生了兴趣，那是当代书法家书写的唐代陈陶的《刺桐花咏兼呈赵使君》："仿佛三株植世间，风光满地赤城闲……"

盛雪不由得心里一动，问小汤姆森是不是对墙上的唐诗感兴趣。汤姆森恍然点头："原来这就是唐诗啊，我只是觉得这几个字好看……美丽的女士，我能加你的微信吗？"

这老外居然还用微信！盛雪更加吃惊，心里也隐隐有一丝不祥的预感。

这天晚上从鼎荟出来后，黄文祥和周琳就回家睡大觉去了，临上车还不忘要盛雪回公司加班，让她盯着报价和样品准备的怎么样了，说明天一早汤姆森叔侄要过来看，然后就下单。

在外贸中，当客户前来询盘时，发盘报价就显得犹为重要，可从中窥见对方的交易诚意，因此就算黄文祥不刻意交代，盛雪也会回公司和大家一起准备资料的。

柔和的灯，温润的风，夜晚的刺桐古城像镀了一层甜美的糖色。路过美食街的时候，盛雪特意打包了一些海蛎煎、阿婆肉粽和麻糍。

街头清朗的钟声传来，已是晚上十点了。昌和公司内，一帮人还在忙碌加班……就在这时，盛雪拎着食物走了进来。

“大家辛苦了，我带了点吃的，都过来垫垫肚子再干吧。”盛雪冲他们挥挥手上的东西。

他们一愣，一时不知道如何接招。冷屁股对冷屁股才对，盛雪这样对他们好像有点不科学……他们想抵制她来路不明的热情，香味却侵占了鼻孔，肚子随即很诚实地发出了咕咕声。

美食是块敲门砖，敲开了大家对盛雪紧闭的门扉，为了招安抗议的肚子，他们摘掉僵尸的面具，面带赫色，讪讪地对盛雪说谢谢，接过了她递来的食物。什么不食周粟，他们现在吃的可是盛粟！QC小姜边吃边为盛雪科普客户询盘时该怎么报价。这个问题盛雪下午问她时，她假装没带耳朵。

3

有师傅带的效果果然立竿见影，盛雪连连向她道谢，说以后有不明白的，会多向她请教。

这晚大家忙完陆续离开后，盛雪按照小姜教的，将资料重新检查了一遍，确认无误后，才锁上门朝外走去。

此时已是午夜，电梯已停止运行。盛雪走向黑咕隆咚的步梯，大声咳嗽着唤醒灯光，为自己未知的迷途壮胆。

第二天上午，汤姆森叔侄如约来到昌和时，盛雪正挥汗如雨地打扫卫生。见到他们，她微笑着打了招呼。黄文祥生怕盛雪和他们过多接触，努力用身板挡着她，可他身高不足一米六五，芦柴棒似的身材，怎么也遮不住近一米七的盛雪。

周琳摇摇摆摆地从走廊那头走来，身上挂着一件绿色的袍子，远远望去像一棵低矮粗壮的芭蕉树。

小汤姆森见到盛雪后似乎特别开心，叽里呱啦地和她聊着。黄文祥见状急得不行，恨不得将芦柴棒变成参天大树，好将盛雪遮个严实，却是徒劳。周琳见状赶紧过来并肩作战，俩人像对门神，总算在宽度上打败了单打独斗的盛雪，高度上却仍输她十公分。

盛雪的大眼睛越过封锁线，调皮地冲汤姆森叔侄俩眨眨眼，转身打扫别处去了。

黄文祥和周琳连忙将那对财神爷请进了会客室，毕恭毕敬地递上了资料。

叔侄俩看过后说，他们大概每种款式会要两百五十个试单。外贸中所谓的“试单”，就是客户第一次和供应商打交道，不知道对方的产品在本国市场销售情况如何，就先订小量的货做个试销，如果试销情况令人满意，就可以下大单了；若是不好，买方最多就亏这一批小量的货。因此，试单的量都不会大。

客户询盘，供应商报价，对方斟酌考虑后下单……这个流程在外贸中再正常不过了，黄文祥觉得昨晚鼎荟那顿肉包子应该不会白扔，光每款二百五十个的试单就可以捞回来，于是很开心地伸出手：“合作愉快。”

小汤姆森抢在叔叔前面接住了他那枯瘦的爪子，使劲摇晃着，说：“合作愉快！”

黄文祥觉得骨头都快被他捏碎了，疼得龇牙咧嘴，哈哈两声，一脸比哭还难看的笑。

汤姆森叔侄离开的时候，又和盛雪在走廊里碰了面。小汤姆森用英语对她说：“再见，美丽的盛小姐。”

盛雪觉得对方的语气有点儿意味深长，但也只能说：“See you。”

周琳笑颜如花地问盛雪：“‘狐狸精’三个字怎么写啊？”

盛雪一副耳朵丢失的模样，朝办公室走去。

周琳见盛雪不接招，只好像棵会移动的芭蕉树，跟着黄文祥下去送客了。

此后，黄文祥天天盼着汤姆森叔侄的回音，他们却如泥牛入海，再没跟黄文祥联系。不久后，Joan 黄从别处得知，那对叔侄拿着昌和的样品和报价，和别的公司签下了比他们的报价低两个点的大单。

全体会议上，黄文祥的脸像被人泼了硫酸：“是哪个吃里扒外的，把汤姆森叔侄带到别的公司了？”他的眼睛瞪得像两个三角形的窟窿。据他所知，整个外贸圈知道那对叔侄来华的只有他们昌和，他黄文祥下血本买布裁剪，最后却为别人做了嫁衣，这口气他怎么能咽得下！

大家像是集体得了软骨病，脖子软塌塌地低垂着，眼睛看着鼻子，没人和黄文祥对视。周琳的眼睛像刀子，在每个人身上剜来剜去，似乎想剜出是谁包藏祸心。她的目光落在盛雪身上：“盛总，那天小汤姆森怎么和你聊得这么投机？”

听语气，周琳大有兴师问罪的意思，从小果忍不住了：

"别随便冤枉人好不好？生意为什么谈不成，你们心里没点儿数吗？"

从小果昨天刚来昌和，这也是盛雪和林浩楠的父母谈妥的条件。昌和内部暗潮涌动，有个帮手她才不至于孤军作战。虽然从小果的到来令周琳不爽，但这是之前转让股权时林妈妈提出来的，黄文祥不好拒绝。

"从小果！你什么意思！"周琳当即就炸了。

"出了问题，怎么不从自己身上找原因？"盛雪拿出手机，打开她和小汤姆森的微信聊天。

"美丽的盛小姐，再见了。"这最后一条消息，小汤姆森是用汉语发给盛雪的，时间是他们拿到报价和样品资料，黄文祥和周琳送他们下楼后。

"如果你是客户，对方一边想赚你口袋里的钱，一边还骂你'死老外'，你会把订单给他吗？"

黄文祥没想到小汤姆森竟然懂汉语，顿时瞠目结舌。自己发了无数封邮件，后又亲自跑去美国地推，才说服这对叔侄来中国的，没想到却把事情搞成这样。

"他看着不像能听懂中国话啊。"黄文祥梗着的脖子像被铁锤砸断了，耷拉了下来。

"他不光能听懂，甚至好的都能读懂唐诗了。那天在鼎荟，他……"盛雪想起他站在陈陶那首《刺桐花咏兼呈赵使君》前的神情，有点懊恼自己的后知后觉。

"既然那时候你都怀疑他了，当时为什么不说？还有，他用中国话和你说'再见'的时候，为什么不告诉我们？盛总，是你知情不报坏了公司的大事！”替罪羊向来都是阴谋家的救命稻草，Joan 黄突然出声，帮她哥哥反戈一击，将所有过错推到盛雪头上。

“没有证据的怀疑能作为证据吗？就算当时告诉你们小汤姆森听得懂中国话又能怎么样？他们已经看过了样品，知道了我们的报价……你把那些资料夺回来都没用！”盛雪收到微信时也很震惊。人不可貌相，她没想到看似单纯的小汤姆森城府竟然那么深。但她仍心存幻想，希望那对叔侄大人大量，原谅黄文祥的臭嘴……现在看来是自己太天真了。

“那个小洋鬼子太可恨了，竟然骗我说每种款式要两百五十个……两百五……250？”黄文祥嘟囔着，突然意识到小汤姆森在骂他是二百五！

大家闻言忍不住捂嘴偷笑。周琳见状更加愤怒。

“盛总啊，你怎么会有小汤姆森的微信呢？看你俩眉来眼去的样子，是不是和他串通好了，合谋偷摘公司的瓜啊？”周琳的声音拉得长长的，甩锅嫁祸玩得挺溜。

盛雪回击：“准黄太太，麻烦你说话放尊重点儿。那天人家主动要求加我微信，你们都在场，客户是上帝，我能得罪上帝吗？再说，我是昌和的法人和大股东，出卖公司利益对我有什么好处？”盛雪软软的声音里，饱含着千钧力量。

黄文祥和周琳两个人四只三角眼和盛雪的一对大眼睛作战，却节节败退，垂下了眼帘。

4

“散会!”黄文祥突然说。公司会议最终开成了两个股东的争斗大会，而且自己二比一还败了，对之后掌控公司没任何益处。周琳不肯善罢甘休，还想再说什么，黄文祥担心她弄巧成拙，丑越出越大，赶紧宣布散会，拉着周琳离开了会场。

从小果偷偷冲盛雪伸出大拇指：“师傅威武!”

这一局，盛雪稍占上风。

有人的地方就有江湖，但盛雪不打算把精力消耗在盘根错节的人际关系上。为尽快熟悉业务，每天完成清洁工作后，她便尝试着跑工厂、跟单，下了班还要恶补外贸专业知识，同时加强商业英语及一些常用语种的学习，百忙之中还一定会挤时间到林家看望。她把自己逼成上了发条的钟表，嘀嘀嗒嗒地循环奔跑在二十四小时的刻度里，无暇和黄文祥、周琳纠缠。汤姆森叔侄的事情过后，倒也相安无事。

日子就这样流水般漫过了刺桐的天空，转瞬就是两个月，季节从粉嫩的春到碧绿的初夏，完美地完成了更迭。

为了同客户建立关系，盛雪的下班时间是根据国外客户的下班时间来设置的，只要他们有邮件进来，几分钟之内她必定会回复，若有不懂的技术性问题，她就先简单回信，等详细问过相关之人后，再用邮件详细为客户解读。

外贸行业中，为拿下订单，一般都会给客户发宣传册。这种寻常路走得踏实，却也拥挤，不容易胜出。而盛雪发过去的都是工厂的宣传视频，这样更直观，也能令对方信服。

功夫不负有心人，一位欧洲客户通过视频，看上了几款树脂玩具，前来询盘。盛雪核算后，小心翼翼地报了个价格过去，对方爽快接受。虽说只是十几万的小单，但这是盛雪作为一个外贸小白拿下的第一笔订单，她格外珍惜，决定亲自跟单，安排生产。来到当地工厂后她才发现，根本不是视频里的生产商，QC（质检员）告诉她，黄文祥嫌打样的工厂价格高，另外找了这家便宜的工厂。

业务会上，盛雪终于发飙："我重申，最后到客户手里的，一定要和样品一模一样，否则这个单宁可不做！"

"天下熙熙，皆为利来；天下攘攘，皆为利往。我这不也是为了公司好吗？"黄文祥一副无赖相。

"呵呵，为了公司好……黄总，你也算是个老外贸了，客户一旦发现真相后索赔，怎么办？"

"你不说，我不说，他怎么会知道……"黄文祥继续他的无赖调调。

"你想让公司上中信保黑名单吗？外贸讲的是诚信，对方信任我们，我们却把人家当傻瓜，简直是……无耻！"盛雪忍耐再三，难听话还是出口了。

"尊敬的盛总，您可是公司的大股东，赚了钱你占大头，所以按收益算，你才是……最无耻的嘛。"周琳话语绵绵地加入战斗，像一只羽毛支棱起来的斗鸡。

"请问黄总，"从小果插话，"前几天发往南美那批树脂雕花的检测报告单，PS 得也有点儿太明显了吧？这也是为了公司好？”

前几天，从小果因事去向Joan黄请假时，她正聚精会神地在电脑上忙碌着，抬头看到从小果后好像撞了鬼，慌忙将页面最小化了……黄文祥这时打来电话让Joan黄过去一趟，待她出去后，从小果迅速打开页面浏览，发现竟然是在PS检测报告，并且还不止一张……很是吃惊！

销假上班后，从小果正准备向盛雪唠叨这事时，却被业务会给截胡了。她见黄文祥和周琳太过张狂，便将这事当众曝光。

盛雪大吃一惊：“什么？你们还PS检测报告？这是害人害己啊！”

“南美又不是欧洲，检测没那么严格。”黄文祥不以为然。

“现在全球化了，这种侥幸心理要不得。必须要厂家提供正式的检测报告单！”盛雪有点急了。

“好啦，盛总，你急也没用啊，那批货已经在公海上了。还有，没有检测报告单的货也不能证明就是不合标的吧……”黄文祥悠闲地用长长的指甲掏耳朵。

在这个问题上，盛雪寸步不让：“这事没的商量。第一，欧洲客户的那批玩具，必须由打样的工厂出货；第二，南美客户的这批货，马上取样送检。要是不合格，坦诚地和客户讲清楚，该赔偿赔偿。”

黄文祥没想到盛雪这么轴，这件事自己明显不占理，闹大了不好收场，只得敷衍说：“好，我答应你，你那个小订单，还从原来的工厂拿货，行了吧？”

“南美那批货呢?”

黄文祥双手一摊:“那批货现在已经在公海上了,想召回也来不及了。”

“如果不做检测,我会考虑把实情告诉客户!”盛雪毫不妥协。

“你……你竟然威胁我!”黄文祥的脸青了红,红了青,使劲捏着一串红木串子。如果那是盛雪脖子的话,他早把她捏碎了。谁要敢动他的钱,那他一定会和对方拼命的。

“我没有想过要威胁谁,因为我是昌和的大股东,公司受损,我的损失将是最大的。但为了公司将来的良性发展,我们只能这样做。”盛雪尽量把语气放缓,试图说服黄文祥。

盛雪的电话响了,见是机场海关工作的同学,她起身到外面接听。听闻林浩楠的爸妈已经上了去非洲的飞机后,她大吃一惊,连忙挂断打给了另一个同学,得知自己的签证和红黄本都办好后,才稍微松了口气。

林浩楠出事后,盛雪将他之前和帕斯卡的合影发给了林爸林妈,他们看到儿子最后的音容笑貌后,就产生了去趟刚果金的想法;高英树的造访,更坚定了他们到非洲找儿子的决心。就算找不到儿子,能见见那个最后和儿子在一起的非洲小伙子也好。盛雪担心林爸林妈难以翻越语言和安全两座大山,劝他们先别去,等自己工作上手后,陪他们亲自走一趟。

林爸林妈见盛雪为了昌和都忙成了陀螺,庆幸自己没看错人。不忍心让她那么累,他们嘴上答应由她陪同前往,却悄然做着去刚果金的准备。原来林爸林妈对黄文祥的人品颇有看法，林浩楠是家中独子，家中又无亲近，儿子出事后，他们怕公司毁在黄文祥手上，才想要善良的盛雪接下昌和，可又怕她不答应，便忍痛上演了那场逼宫戏。

可怜天下父母心，为了儿子，明明很善良的人，却戴上面具假扮大灰狼……聪明如盛雪，已隐隐猜到了答案。这分舐犊之情让她很是感动，决定好好打理昌和，努力完成他们的心愿。

待去刚果金的所有手续办全，林爸康复的也差不多了，老两口便背着盛雪出发了。

5

盛雪虽然做好了预案，但得知林浩楠的父母已经出发后，仍格外焦急，她像一根会移动的芦苇，在走廊里走来走去。欧洲的客户，黄文祥以次充好，从别的工厂拿货；南美的客户，他竟然伪造检测报告单……两者都存在巨大隐患，处理不好就会变成吞没昌和的坟墓；而另一边，林爸林妈的安危又像千金重石朝她砸来……盛雪有点喘不上气来，犹豫片刻后，她决定追随林爸林妈前往非洲。

盛雪打电话托人订了加急票，然后回到了会议室。

“黄总，我有急事，明天要去非洲。公司的事，我希望你能处理好，欧洲的客户，必须从原来的工厂拿货；南美的客户，要出具真实的检测单，如果拿不到，就同客户实话实说。”盛雪目光灼灼地盯着黄文祥，没有丝毫商量的余地。

心怀鬼胎的人最怕光，黄文祥身上仿佛被她烫了个大洞，猛地向后躲去。原来不光扮猪能吃老虎，扮兔子也可以。他有点后悔让这个看似纤弱无害的女人进昌和了。

“你这会儿去非洲做什么？”周琳的声音突然提高了八度。自从绕过林浩楠直接同玛瑞迪合作后，“非洲”二字似乎就成了他们的禁忌。周琳当时虽没进入昌和，但馊主意是她给黄文祥出的。

“林爸林妈瞒着我去刚果金找浩楠了，我不放心，必须跟去……这个理由够充分吧？”盛雪没好气地说。

“可以可以，非常可以。你放心，欧洲和南美的客户，都按你的指示办。”黄文祥满脸的横肉都顺了下来，慈眉善目地说。他在心中连连大念“阿弥陀佛”，感谢林爸林妈这趟非洲行，简直有救命之恩。

盛雪虽不相信他会立地成佛，但此情此景，也无他法。

临行前，盛雪暗中叮嘱从小果，一定要留意公司的动向，尤其是欧洲客户和南美客户那里。

从小果拍胸脯保证：“师傅，你就放心去吧，万事有我从大侠呢！”

非洲，刚果金首都金沙萨。

金沙萨是一座三面环山一面临水的热带城市。著名的六月三十日大街由东向西横穿了整座城区，街道两旁高楼林立，高级酒店、银行、商铺等集中于此。吴家的“晋城乡味”就镶嵌于其中，在一所酒店旁边。

雨季的天空有点神经质，上一刻还顶着朝阳明媚微笑，下一刻就莫明地痛哭流涕。吴菲菲看了眼外面号丧似的雨，很是无奈。昨天的衣物烘干机突然罢工，林浩楠的衣服还湿漉漉地挂在天台上，今天就没得换了……她有点后悔上次没给他多买两套，便和老爸打招呼，说想去国内老乡那里拿点酱菜和咸鱼干。

酱菜、咸鱼干等在国内随处可见的腌菜，到了非洲就成了奢侈物。吴菲菲虽说幼年离乡，却固执地记住了邻居奶奶家的咸鱼干味道，心情好与不好时，均喜欢弄点嚼嚼，因此知道有人回国，就会托人家带点来。吴老板见状没有多疑，就放这个闯祸精走了。自从她捡了林浩楠回来后，吴家人生怕她再闯出什么祸来，便全家总动员，加强了对她的监管，无论她去哪都必须申请报备，批准后方可离开。

吴菲菲穿越在六月三十日大街上，林浩楠那张刚毅帅气的脸巡回演出似的在眼前闪烁。从医院出来两个月了，他一直躲在自己的世界里，不愿意睁开眼睛面对她。其间，老爸曾多次劝她将林浩楠交到国际救援组织那里，她却抵死不从，就像当初保护莉莉那样。

吴菲菲十三岁生日那天捡到一只受伤的非洲灰鹦鹉，她给它起名叫莉莉（她在国内幼儿园阿姨的名字），可此莉莉却没有莉莉阿姨的半点温柔善良，养好伤后留在吴家的时光里，不思感恩也罢了，还像主人吴菲菲那样闯祸，不是偷女邻居的内衣，就是啄过路人的头，令吴家人十分头疼。

可它最可恶的本领还不在此！

非洲灰鹦鹉模仿人说话最是惟妙惟肖，开始时莉莉只会嘟囔一些刚果语，来吴家时间久了，竟然学会了说中国话，甚至闽南话都学得十分相像。一个吴菲菲就够吴家人头疼了，现在又多了一只鹦鹉，吴菲菲的哥哥吴越看到莉莉就烦，总是驱赶它，使得它怀恨在心。鹦鹉是属于智商较高的动物，它们有自己的逻辑与思考能力，有一次莉莉竟在吴菲菲的嫂子面前，学着吴越的声音说：玛玛洛，我爱你，讨厌李红……玛玛洛是吴家餐馆的刚果女服务员，皮肤幽黑却很漂亮，而李红正是吴菲菲的嫂子。李红认定吴越和玛玛洛有私情，不听吴越的解释，气得要回国……吴菲菲顶不住全家人的白色恐怖，只好以断粮草相威胁，逼莉莉说实话。

在非洲的华人，常通过卫星电视收看国内的节目。莉莉饿了两天后，才学着《动物世界》里的解说——在广袤的非洲大地，莉莉开了个玩笑，骗子吴越就被老婆打了……大家哄堂大笑，吴菲菲的嫂子也被逗笑了，局势终于缓和下来。

“玛玛洛”事件刚过去没多久，莉莉又在一个半夜三更模仿着吴老板的声音，凄厉地叫着——着火了着火了……害得大家惊慌失措地往院子里跑，吴老板下楼时还崴了脚……看着大家狼狈的样子，莉莉卧在架子上嘎嘎大笑，吴越气得操起棍子就要打它，吴菲菲却拼命挡住哥哥。为了平息众怒，吴菲菲忍痛把莉莉关进了笼子。

战乱使得刚果金的治安状况始终危如蛋壳。莉莉被关禁闭后的一个深夜，几名武装分子闯进了 Ma Campagne 区，逼近了吴家的院子。莉莉似乎嗅到了危险的气息，用爪子打开笼子，鹰一般从大门上方俯冲下去，狠狠地啄向了带头人的右眼，他顿时血流满面，恼羞成怒地举枪将莉莉击落。莉莉使劲地扑棱着翅膀，却再也没能飞起来，最终目露凶光地用闽南话骂了句——赛连木后，就再也不动了。

吴家人被枪声惊醒后，隔窗发现了武装分子，连忙躲进了前主人修建的用来避难的地道里，才躲过一劫。武装分子闯进来发现扑个空后，就转移目标，洗劫完另一家华人客商后离去了。

外面平静后，吴家人才战战兢兢地走了出来。吴菲菲抱着血迹斑斑、早已僵硬的莉莉，面无表情地蹲在那里，整整一个上午既不哭也不闹，把大家都吓坏了。傍晚，她主动要爸爸做个盒子，将莉莉亲手葬在了后院的花树下。从那之后，吴菲菲似乎变了个人，乖巧懂事，不再捣蛋，却也很少说话，连笑容仿佛都被莉莉带走了。

为了哄吴菲菲开心，吴家人前后买过三只非洲灰鹦鹉，两只野鸡，一只迷你小刺猬，但全被吴菲菲放走了……就这样，吴菲菲以“吴媛”的内涵度过了几年后，才逐渐恢复成“无事生非”的吴菲菲，吴家人一边头疼地为她善后，一边却长长地舒了口气。从此，无论她带什么麻烦回来，他们都是拿嘴谴责，用行动收容。

第三章　馅饼果然是陷阱

1

在过去的十多年里，不知是费尽心机的忘记，还是无心无肺的放弃，那只非洲灰鹦鹉似乎永远淡出了吴菲菲的天空，直到她这次“捡”回来林浩楠，莉莉的影子突然再次清晰地出现。一人一鸟，完全不搭界的两种生物，却唤醒了吴菲菲麻木多年的痛感。除了擦洗身子等不方便的事项外，从喂饭到洗衣服等事宜，她从不假别人之手，亲力亲为照顾着林浩楠。虽然，他只是一具会呼吸的碳水化合物。

鹦鹉莉莉和沉睡不醒的吴浩楠，像两种频率和波段不同的电磁波组成的同框影像，在吴菲菲前往东区的途中播放了一路。

接近目的地时，吴菲菲的皮卡超越一辆做出租的丰田面包，林浩楠父母的脸从她的后视镜里一闪而逝，花白的头发从车窗里映现出来，通过雨的雾化和放大，格外苍凉。

东区是金沙萨的商业区，吴菲菲将车停在一个街口。这里类似于国内搞批发的集贸市场，街两旁是密密麻麻的店铺，就连坑洼不平的道路上，也被小商贩挤得满满的。在此做生意的大多是中国人和韩国人，他们将本土款式新颖的衣服、箱包带到这个非洲最大的都市，然后潮水一样又流向刚果金的各地，以及相邻的国度。

吴菲菲跳下车后，朝服饰鞋帽街走去。不远处的另一个街口，林浩楠的父母相互搀扶着下了车。

吴菲菲进了一家内衣店，要店员拿出他们家最好的男式内裤。当对方问她尺码的时候，她面红耳赤地站在那里，虽然每天都照顾林浩楠，但她从没关注过他衣服尺码的问题。她的目光在店里扫视一圈，指着一个塑料模特，说就按这个尺码来一打。

吴菲菲走出内衣店，又到一位华人开的服装店里，给林浩楠拿了两三套衣服。路过晋江老乡的鞋店时，她犹豫了一下走了进去，掂起一双刚上的新款旅游鞋子，爱不释手地端祥着，最终还是放下了。

"那个揣着秘密死不开口的家伙若是能醒来，我就买双最贵的鞋子送他。我们晋江制造的鞋子！"吴菲菲想着，朝外走去。

在相邻的一条街道上，林浩楠的父母走在熙攘的人群里，步态蹒跚，两张东方面孔格外显眼。在大使馆的帮助下，他们得知和儿子一起遭绑架的帕斯卡是一位做建材的生意人。他们一路寻找，好在有手机翻译软件，在当地一家贸易公司的店铺里，他们竟然真的找到了帕斯卡。

帕斯卡曾在中国留学四年，很有语言天赋，说得一口流利的普通话。他万分难过地告诉老人，自己目睹林浩楠胸部中枪，掉进了刚果河，被湍急的河水卷走了。老两口老泪纵横，抱着最后一丝希望问："浩楠会不会被河水冲到岸上呢？"

帕斯卡连连摇头。他告诉二老，刚果河的鳄鱼闻名世界，但还有一种生物世人鲜闻，那就是比鳄鱼更凶猛的巨型水虎鱼，最恐怖的是，这种鱼竟以鳄鱼为食。林浩楠就算躲过了子弹，也难逃鳄鱼和水虎鱼的饕餮大口……

帕斯卡用流利的汉语为林浩楠的命运下了判决。两位老人只觉得天昏地暗，浑浑噩噩地离开帕斯卡的店铺，不知不觉迷了路，走到了另一条街道上。

一只手伸进了林妈妈的包，沉浸在丧子之痛中的老人却毫无察觉。刚从店铺出来的吴菲菲看到这一幕，上前一把抓住那只手，用法语（当地的官方语言）要求对方把包放回去。突然，四五个人迅速将吴菲菲围住，一左一右两把匕首抵住了她的腰。吴菲菲毫不示弱，瞬间从包里掏出一把小巧的手枪顶住了面前的小偷。

眼前的情况让两位老人大吃一惊，只有在影视剧里才有的场景，竟然在异国他乡的街头上演了。他们呆呆地站在那里，不知所措。被偷的包里除了钱和银行卡，还有护照，若是丢失，那就麻烦大了。

“把东西还给他们！”吴菲菲晃晃手中的枪。

但对方仗着人多势众，并没半点儿退缩的意思。双方就这样僵持着。林妈妈见吴菲菲一个女孩子，担心她有危险，于是劝道：“姑娘，东西我们不要了，你别……”

突然，几名警察挥舞着电警棍朝这里跑来，小偷见状一哄而散。原来，两位老人走后，帕斯卡担心他们语言不通遇到麻烦，就跟出门一路尾随，想亲眼看到他们上车离开，结果发现他们被小偷瞄上了。帕斯卡在这里开店，不敢得罪地头蛇，就悄悄报了警。

在金沙萨，这种案子每天数不胜数，如果事主不是中国人，警察都懒得管。既然没什么严重后果，警察也不打算继续追究，示意吴菲菲和两位老人可以走了。

见他们没事了，帕斯卡才回到自己的店里，发现店里有个东方女子——正是盛雪。盛雪紧随林爸林妈的脚步来到了刚果金，大使馆的工作人员告诉她，两位老人去找帕斯卡了。

听闻盛雪是来找林爸林妈的，帕斯卡带着她再次赶到了事发现场，好在两位老人和吴菲菲都还没离开。

“叔叔阿姨，你们……”盛雪一时不知道该说什么。帕斯卡的大嘴巴像一个小电台，边跑边将事情的完整版讲给她了。

“谢谢你救了我叔叔阿姨。”这种情况下，没谁会忍心责怪一对伤心的父母，盛雪转眼看向了吴菲菲，连声道谢。

吴菲菲上下打量着盛雪，她微黑的皮肤在这里完全是白雪公主，湮没在羡慕的眼神中，甚是傲娇。天上突然掉下个雪白的盛雪，让她有种被打回了灰姑娘原型的感觉。

“咳，客气什么，都是中国人。我叫吴菲菲，开餐馆的。”微酸的感觉闪了一下就没影了，吴菲菲大大咧咧地冲盛雪伸出了手。

得知他们来自家乡刺桐后，吴菲菲力邀他们到自家的“晋江乡味”小坐，和父亲侃侃大山，解解他的乡愁，不过她要先回家处理点事情，得麻烦他们跟着自己先绕点路。

盛雪等人本想推辞，但想起吴菲菲奋不顾身地帮他们，心里很感激，便点点头，跟在她身后。

皮卡车像一枚机梭，平稳地分开将天地连接在一起的雨雾，向 Ma Campagne 驶去。盛雪坐在副驾驶的位置，不时望下吴菲菲，一个清秀的女孩子面对几个彪形大汉竟然镇定自若，令她很是佩服。

路上吴菲菲问他们来刚果金干吗？盛雪不知如何回答，沉默无声。林爸林妈不约而同地答道：来找个亲戚，他却没打招呼就搬走了。

盛雪心中猛抽了一下，那个不告而别的“亲戚”带给他们太多伤痛了。

见他们一副心事重重的样子，吴菲菲不再多问，加快了车速。

盛雪和林爸林妈望着窗外的一草一木，揣测它们是不是也进入过林浩楠的视线？雨是最善解人意的，一路上淅淅沥沥下个不停，仿佛在为三人的沉痛伴奏。

2

吴菲菲的车轻快地驶进了自家院子。下车后，她请盛雪他们到二楼客厅小坐，热情地为他们泡了咖啡，说她到三楼处理点事情，一会儿下来就走，然后抱着给林浩楠买的衣服，蹦蹦跳跳地上楼了。

“小雪，浩楠……可能永远回不来了……”林家爸爸的眼睛再次湿润。

盛雪的眼里也浮起了一层泪意，点点头，说听帕斯卡说了。

“对不起，孩子，我们不想再给你添麻烦，才背着你出门的。”林家妈妈哽咽难言。

“叔叔阿姨，我明白，我……都明白，虽然浩楠……没了，但还有我，以后不管有什么事，和我说下好吗，别让我担心。”盛雪说得异常艰难。她和林浩楠相识不过一个多月，虽说对他有好感，但连他的女朋友都不能算……因此对于他的失踪，她的难过出自善良的同情，更多的是心疼那对痛失爱子的父母。

盛雪走过去，将哽咽的林家妈妈抱进怀里，轻轻地拍打着她的背。

三楼，林浩楠的房间。

离窗户一米远的地方，放着一张非洲橡木（又叫榄仁树）的大床，林浩楠安静地躺在床上。他的鼻子上拖着一根长约半尺的鼻胃管，通过它来汲取外界的营养。他依旧沉浸在自己的世界里，帅气的脸上，看不出任何风浪，但较刚来到吴家时，脸上刚毅的线条缓和了许多，看来吴菲菲投喂成就很大，他明显胖了。

吴菲菲抱着衣服进屋，放在床头柜上，一件件取出来，在他面前抖落着，要他“过目”：“这件很漂亮哦，虽然有点花哨，但你穿起来一定闷骚帅气。这条是阔腿裤，我有一条黑的，给你买条白的……还有这些是内裤……算啦，这些不给你看了……”一向大大咧咧的她，面对内裤时突然脸红起来，将衣服一股脑儿地收进了柜子里。

楼下有客人，吴菲菲不敢在此耽搁太久，走到床前，调皮地捏捏他的鼻子：“喂，懒猪，家里来客人了，是从我们国家来的哦，是我的老乡哦……唉，也不知道你是哪里人，不知道我说的你听不听得懂？如果你能听懂该多好……好啦，我下去陪客人啦，晚上回来给你带粥喝……”

吴菲菲像对待饲养的小动物，爱怜地拍拍他的脸，转身走了。

床上，林浩楠似乎感受到了亲人的电磁波，手指动了一下。吴菲菲已然出门，并未觉察到他的异样。

三杯热腾腾的咖啡早已冰凉，林爸林妈和盛雪却没心情品尝。沉重的心事将他们的五脏六腑都塞满了。

林爸的电话响了，是大使馆打来的，要他们赶紧过去一趟，说绑架林浩楠的武装分子头目落网了，有东西要交还他们……三个人的眼神交会着，默然点头。

吴菲菲从楼上下来，说已经和老爸联系过了，他很开心地在准备饭菜，要他们过去。

吴家人的善良热情让盛雪和林爸林妈很感动，但只能遗憾地告诉她，他们要马上去趟大使馆，忙完后若有时间，一定过去拜访，并再三表达了谢意。

见他们有急事要办，吴菲菲表示可以开车送他们过去。

拒绝真心实意的热情，是一种伤害，三人欣然接受了吴菲菲的善意。

长长的雨季，绕着非洲大陆没休没止地跑了几个月后，似乎累了，外面的雨停了下来，偶有水珠沿着树叶向下滴落，宣誓一切还在它的可控范围内。

临上车前，盛雪和林爸林妈不约而同地扭头，打量着这幢湿润的白色别墅，有种恍惚的隔世之感，不明白他们怎么稀里糊涂地来到了这个地方，却又要匆匆离去。

吴菲菲发动了车，一行人向别墅外驶去。

三楼，林浩楠似乎感知到亲人渐行渐远的脚步，两行清泪从紧闭的双目中缓缓淌下。

路上，吴菲菲觉察出盛雪等三人有心事，放了轻松的音乐，可凝滞仍像一团风干的油漆，无法驱散。

“你在国内做什么的?”吴菲菲问，想打破某种沉重。

“哦……外贸。”盛雪的声音是弱节拍的，她怕刺疼林爸林妈仍在滴血的心。

“不错哎，都做什么啊……”吴菲菲没心没肺地继续问。

“我问个问题你不介意吧，就是……你一个女孩子竟然佩枪，不害怕吗?”盛雪改守为攻，避开她的问题。

“咳咳咳……怎么说呢，其实这事，我爸都不知道啦。自从莉莉走后，我就一直想有把枪，守护我想守护的。可那时候我太小，直到我成人后才……”提及“莉莉”，吴菲菲的声音喑哑下来。

看来每个人都有自己的黑洞，盛雪不知道“莉莉”是谁，但明白在吴菲菲心里一定占着非常重要的位置，不小心戳到人家的伤疤，她连忙岔开话题：“这里治安有些差，你们在这里做生意……不害怕吗？”

“其实金沙萨市区一般情况下也还好啦，从政府、警察到市民，对我们中国人都挺友善的——不仅刚果金，非洲很多地方的建设都离不开中国援助。就说埃塞俄比亚到吉布提的铁路吧，都是我们中国援建的，全部采用中国标准，甚至乘务员都是我们培训的。再瞅瞅那车票，除了文字和我们不一样，规格、纸张，都跟国内的火车票一样一样的。”

“在金沙萨的中国人多吗？”

“不是有句话这么说嘛，世界上有人的地方，就有我们中国人。我补充一句，有中国人的地方，就一定有我们福建人！这地方看似有点儿乱，却是一只潜力股，有巨大的市场。这里具体有多少中国人我不太清楚，但上次福建同乡聚会，据商会估算，大概有六千福建人在这里……”

林浩楠也给盛雪科普过，中国企业走出去闯荡天下，逐渐形成了不同的投资带和产业集群，不仅有利于自身发展，还能造福沿途国家。中国政府提出的“一带一路”，都是一步一个脚印干出来的。

福建自古就有出洋闯世界的传统，福建人身上爱拼敢干的中国哲学，与“一带一路”的思路不谋而合……盛雪陷入了沉思。

“你们要是多待一些时间，就会发现这里是一个神奇的国度……”吴菲菲不知道想起了什么，嘴角弯了起来。

“怎么个神奇法?”盛雪的好奇心似乎被勾了起来。

“前些年，我们去赤道省省会姆班达卡看望一位开商店的叔叔，要从金沙萨坐飞机过去，上飞机前，竟然每人让领一件雨衣……我们不知道干吗，到了空中才发现，外面下大雨，机舱里下小雨……因为那些飞机是20世纪50年代苏联时期使用过的，驾驶员也来自那里，但他们似乎很享受那种飞行。回来的时候，更神奇的事情发生了，一位农民竟然牵着羊一起进了飞机……”吴菲菲像是在朗读一部来自外太空的故事书，脸上洋溢着云淡风轻的笑。

“……这也太魔幻了，确切地说，是太恐怖了。”盛雪听得触目惊心。

3

吴菲菲却继续云卷云舒地往下讲：“一架飞机在勾马坠毁。调查后发现，事故起因是有乘客把藏在袋子里的鳄鱼带上了飞机。起飞后鳄鱼挣脱束缚在机舱里横行，乘客受到惊吓四处逃避，飞机失去平衡后坠毁了……”

盛雪的眼睛几乎瞪成了两枚灯泡。在国内想都不敢想的事情，在这里真实而魔幻地上演了，而吴菲菲竟可以从容地讲述。

吴菲菲平时并不绕舌，今天却不停地讲了一路，善良的她，想通过这些事让大家放松一下心情。

吴菲菲将盛雪一行送到中国大使馆门口，递给盛雪一张用天然树叶做的“晋江乡味”的名片：“有机会到我们的餐馆喝茶。”

福建人喜欢以“茶”待客，即便是请人吃饭，也经常说成请喝茶。盛雪和林爸林妈感激地望着那辆白色的皮卡，等它完全消失后，才朝大使馆内走去。

大使馆的工作人员将林浩楠的手机交给了林爸，说是在抓获的武装分子身上搜到的。林爸林妈轮替着摩挲着它，握住的仿佛是儿子的手，不舍得放下，直到它有了温度。

这晚，盛雪在酒店里翻来覆去睡不着，手里捏着那张“晋江乡味”的名片，对着灯光细细打量。透过这枚树叶，她仿佛看到了在全世界打拼的福建同乡们，一边品着工夫茶，一边笑谈与死神的擦肩而过，声音轻轻柔柔的，仿佛讲的只是月亮传说。收起茶具，他们就再披战袍，全身心投入新的拼搏中。这些人里，就包括了林浩楠。怀念一个人，就帮他把想做的做好吧……想到这里，盛雪开始给丛小果留言，要她把一些产品资料发过来。

国内此时是白天，丛小果在公司上班，不一会儿就给她发了过来。和国内比起来，这里的信号实在有点差，盛雪等了好久才下载下来，连夜进行了整理归类，并简单做了 PPT，在 iPad 上试播没问题后，才放心地睡了。

第二天，盛雪将林浩楠的父母送上回国的飞机后，便上了去东部商业区的出租车。这也是一辆二手丰田面包车改装的，车内有些挤，坐了满满当当的十多个人。有的衣着齐整新潮，有的却只是简单地裹着一片鲜艳的布。

“你好。”副驾驶上充当售票员角色的那位，竟然用汉语和盛雪打招呼。

盛雪笑着回了句“你好”，然后用生硬的法语告诉他，自己想去东部的商业区。这些简单对话，是她来的途中跟着翻译软件现学的，还真派上了用场。

一片漆黑中突然此起彼伏地闪烁起雪白锃亮的牙齿，像寒光闪闪的刀片阵，盛雪吓了一跳，环顾四周，发现就自己一位异族，其他十余位皆是黑亮部落成员……他们有礼貌地冲盛雪点头微笑，以释放对中国人的善意。盛雪也报以微笑，心情放松下来。

帕斯卡的店铺其实就是一座四层高的住宅楼，一层是商铺。这种结构，国内也常见。盛雪昨天找林爸林妈时来过，今天很顺利就找到了，只是还没开门。在非洲人眼里，雨季是一个悠闲的季节，下雨几乎可以成为不干活的充分理由，上班晚点仿佛是既定俗规。

从中国留学归来的帕斯卡是金沙萨树脂产品的大批发商，那扇挂着五六把大锁头的大门静静地讲述着这里的治安状况。盛雪等在门外，几名店员和一些客户也陆续赶到。盛雪明知道他们的身份，想起昨天林爸林妈的经历，还是有些紧张。还好，没过多久，帕斯卡就来了，他将一串钥匙递给一名店员，然后看着他一把把将挂锁打开。

店铺里有些灰暗，有六七米高。店员把店里简单收拾一下后，放客户们进来。帕斯卡和店员们帮他们选货、备货，然后收款、开票。客户们各式各样，有穿着时尚的小商贩，有远道而来的外省批发商，甚至还有头顶着瓦罐的妇女，有的胸前竟吊着吃奶的孩子……店铺里人声鼎沸，人们的互相问候声、讨价还价声，让有些沉寂的店铺活泛起来。

帕斯卡似乎很爱讲故事，他指着货架上的喷泉、浮雕、花盆等工艺品，边给几个客户介绍良好的工艺和产品质量，边向他们讲述这些树脂产品来自古老的东方国度——中国，说一个叫郑和的中国人最先把丝绸带到这里，现在，郑和的后人又把这些工艺品带来了。所以这些不是普通的工艺品，而是有故事的工艺品……

“郑和的后人”这个说法让盛雪忍俊不禁，但细想想，古丝绸之路和新丝绸之路，不就是这样衔接起来的吗？

等帕斯卡闲下来，盛雪才将做好的 **PPT** 给他看。

对于林浩楠的死，帕斯卡始终心存愧疚，觉得自己没能保护好这个中国朋友，但在讨价还价时却一点儿不客气。他拿出一张其他公司的报价单给盛雪看，然后滔滔不绝地说了一堆，总之就是你们的价格太高。

盛雪并没有急于反驳。这是盛雪跟着网课学外贸时学到的一招——不要试图争赢客户，争赢客户却输了订单有什么用？再说，自己本来也不是来拿订单的，只是顺便学习一下而已，拿下订单当然好，拿不下，就当是长点儿见识，积累点儿经验。

等帕斯卡说得差不多了，盛雪才开始耐心地给他科普。有些人做生意，生怕客户“懂”，怕他们懂了之后挑肥拣瘦；盛雪却反其道而行之，她想把客户教会，让他们懂得辨别质量好坏，才能选择性价比更高的产品。幸好她进入昌和后恶补了不少这方面的知识，这会儿都派上了用场。

盛雪的判断果然正确，帕斯卡最终表示，如果样品和盛雪说的一样，他会下三个柜的订单。

三个柜?！盛雪吓了一跳。相比之下，之前她从欧洲拿到的那笔订单，简直是小巫见大巫。盛雪马上订了返程的航班，好尽快给帕斯卡准备样品。见她做事这么利索，帕斯卡执意要请她吃饭。

盛雪闻言，吓得连连摆手。她来之前，已通过网上查询，和向到过非洲的朋友请教过了，了解到这里吃饭是要下手抓的，幸好金沙萨的华人餐馆不少，自助式西餐厅也还不错，因此她在饮食方面没怎么被难倒。

“请你吃正宗的金沙萨大餐，而且一定要品尝一下我们美味的香浓番茄汤。”帕斯卡说得无比虔诚和一本正经，盛雪却听得花容失色，风中凌乱。且不说对味蕾的挑战，光脑补一下拿手抓起浓稠的汤汁往嘴里送的画面，她就想落荒而逃。

见盛雪脸色阴晴不定，帕斯卡突然哈哈大笑起来，告诉盛雪：“看你紧张的，和你开玩笑呢，这叫兵不厌诈。我在中国留学四年，当然知道你们的饮食习惯，今天请你吃中国餐。”

盛雪知道被捉弄了，不由暗想，这个死老非，中国那么多好的成语不学，却单从《韩非子》中扯出来个“兵不厌诈”欺负她。算了，看在钱的分上，她笑眯眯地认了，操着软侬的闽南腔说“多虾”。

4

不出她的预料，帕斯卡果然瞪大了眼睛，问她“多虾”是什么意思？盛雪袅袅婷婷地用宫廷剧的造型福了一福，改用普通话说：“就是‘谢谢’”。虽然帕斯卡在中国时曾获得了“优秀留学生”称号，可他仅能听懂普通话，所以盛雪才调皮地用方言回敬了他。

嗯，子曰——你欺负来，我总得欺负回去，才算“来而不往非礼也”嘛。

令盛雪意外的是，帕斯卡选的餐馆竟然是吴家的“晋江乡味”，可见这个餐馆在当地的知名度。里面的装饰也像吴菲菲送的树叶名片那样，品位非凡——热带风貌特有的硕大绿植，配以精美的中式风格，使得整间餐厅雅致不俗，令漂泊异乡的人顿生归宿感。

吴菲菲见到他们格外开心，特地安排后厨，免费送了他们一道安海土笋冻。

帕斯卡已预订了位置。吴菲菲引领他们来到座位前时，已然有一位铁塔般的黑大汉坐在那里。帕斯卡热情地为盛雪介绍，说这是玛瑞迪。这个名字盛雪有点儿耳熟，但一时想不起来是何方神圣，连忙将自己的名片递了过去。

玛瑞迪笑眯眯地接过名片看了一眼，脸色突变，抬头盯着盛雪，用英语问：“你是昌和公司的？”

盛雪点点头：“是啊。”

玛瑞迪霍地一下子站起身，怒气冲冲用法语对帕斯卡说了一通，而后将名片狠狠地拍在桌子上，拂袖而去。盛雪莫名其妙，初次见面，自己怎么就把这个人给得罪了？

一直谈笑风生的帕斯卡叹了口气：“对不起，盛，三个柜的生意取消了，这顿晚餐我也不能再请你了。”

“帕斯卡先生，到底发生了什么事？”盛雪瞠目。

“我本来想介绍刚果金的大经销商玛瑞迪给你认识，没想到他是你们的老顾客，但你们公司上一个订单以次充好，害得他赔了一大笔钱，他目前正在向你们索赔……鉴于你们的声誉，我只能遗憾地终止我们的合作计划。”说罢，帕斯卡也起身离去。

盛雪这才想起来，玛瑞迪就是林妈妈跟她提起过的那个人，可是，玛瑞迪不是和其他公司签单了吗，怎么又和昌和扯上了关系？

吴菲菲把安海土笋冻端上来，没想到桌边只剩下盛雪孤零零的一个人：“怎么了这是？”

盛雪摇摇头，露出一个比哭还难看的笑，摇摇头，夹起一块土笋冻送进嘴里，大口地嚼着，她预感到，不管她愿意不愿意，一场硬仗还是火星撞地球般来了。

盛雪回到昌和的第一件事，就是召开股东大会，也就是她和黄文祥两个人的会，但周琳还是不请自到。

“黄总，我走之前说的事情处理的怎么样了？”盛雪单刀直入。

“当然是按您的懿旨办喽……”黄文祥皮笑肉不笑地说。

“南美客户那批货的检测单原件拿来我看看。”盛雪毫不含糊。她早已通过从小果了解到，自己去非洲的这些天里，公司并没将产品送检，而厂家因为规模小，不想在检测上面花钱才低价出货，所以黄文祥也没脸和人家讨要。

“凡事都要有个过程嘛，检测公司的结果还没出来。”黄文祥还在装模作样。

“那我们和刚果金的玛瑞迪是怎么回事？我这次在金沙萨见到他了，说什么我们以次充好，欺骗了他。我们公司和他的那单生意不是被别人抢走了吗，他怎么会拿昌和说事？”

“盛总，有件事我一直没和你讲，怕你有压力，现在看来不说是不行了……你来看看吧！”黄文祥在键盘上按了几下，点开一封邮件，将显示器转向盛雪。

发件方言辞激烈，指责昌和发过去的货出现了严重的质量问题，要求他们全部召回，并赔偿百分之二百的损失，约合八十万美元。

“这就是你说的那位玛瑞迪。全公司的人都知道，刚果金的大客户玛瑞迪的订单被一个神秘人物抢走了，现在看来，这个神秘人物一度就在我们公司……”黄文祥似笑非笑地盯着盛雪。

“什么意思？”

“没什么意思，一切靠证据说话！”说着，黄文祥将一份文件递给盛雪，正是和玛瑞迪签订的合同，上面白纸黑字用英文签着——Lin Haonan，并盖有大红的公司章。

“这怎么可能?”盛雪惊得瞪大了眼睛。

黄文祥拿起电话：“莺莺，你进来一下。”

片刻后，Joan 黄打着响指走了进来，YSL 的鸦片香水味儿猛然袭来，盛雪被熏得打了个喷嚏。黄文祥下巴呶了下，她才严肃起来。

“盛总，一些事我不知道当讲不当讲……”Joan 黄略显难过地望向盛雪。

“讲!”盛雪说。反正伸头缩头都是一刀，还不如做个勇敢者。

“合同是我帮周姐搬进林总办公室时，在他柜子里发现的。合同上的账户是我的，林总说他帮朋友的忙借我账户用一下，我没多想就给他了，后来有钱入账后，我也按林总的指示把钱直接打给了厂家……”Joan 黄拿手绢捂着半拉脸，弄不清是哭是笑。

“别说这上面的公章也是林总让你盖的!”盛雪的话是用后牙槽挤出来的，反正林浩楠不在了，他们可以把一切算在他头上。

“公章平时由我保管，但林总出去办手续偶尔会带上公章，这事大家都知道……没想到会发生刚果金大客户被抢的事。看来是林总为了私接客户，抢了自己公司的单……”Joan 黄眼神闪烁不定，声音缥缈，仿佛从万里之外传来。

黄文祥猛地拍了下桌子：“公章应该怎么使用，你心里没数吗?现在把天都捅了个窟窿，八十万美元，折合人民币五百六十多万元，这损失你承担得了吗!”

“对不起啊黄总，我知道自己有错，可林总要公章，我不敢不给他啊……” Joan 黄依旧惺惺作态地说。

剧情反转，就像一部狗血电视剧，让盛雪这个捉贼的反倒被贼捉了，她呆愣在那里，大脑一时短路，噼里啪啦地冒起了火星。按照当初签的协议，她接受林浩楠股份的同时，也接受了他在公司的一切权力和义务。若真按照 Joan 黄说的，林浩楠是私接客户的话，就意味着这五百六十多万元都要由盛雪来背着!

“盛总，浩楠是我的发小，我对他也算了解，没想到他竟然会做出这种事，他看着不像那种人啊……哦，对了，我听他说过，他要给你挖个钻石矿，所以背着公司做了这么一大单还嫌不够，又跑去非洲，结果把命搭在了那里。看来美人乡是英雄冢啊……” 黄文祥一副恍然大悟的模样，看红颜祸水一样盯着盛雪。

5

“对呀对呀，我也听林总说过，说女朋友制定了什么‘盛氏国标’，他要努力赚钱才能把她娶回家……” Joan 黄努力为黄文祥的莫须有附议。

其实，“盛氏国标” 他们是听周琳说的，于是临时起意拿来为这场阴谋背书，却成为打倒盛雪的大棒。盛雪心中无比自责，如果他们所言属实，那一切就真如林爸林妈所言，那个“盛氏国标” 才是害林浩楠和自己的原凶。

黄文祥用遗憾的口气说：“盛总，既然你在非洲也见到玛瑞迪了，应该知道索赔的事不是我杜撰的。这是浩楠私人的单子，这个锅公司不能背。如果你不能在对方要求的期限内进行赔偿，我们只能法庭上见了。”

盛雪感觉整个世界山崩地裂了，但眼睁睁看着大厦倾覆，也不是她的性格，她表示自己要对整个事件进行调查后再做决定。

职场的各种消息都是长翅膀的，盛雪和黄文祥在办公室里的谈话，很快就被公司里的人获悉，随即病毒般开始在公司传播。林浩楠为盛雪“豪情万丈下非洲”，女人们本来还挺羡慕的，这下子成了幸灾乐祸。

盛雪脸色苍白地走出黄文祥的办公室，从小果赶忙迎上去：“师傅，你没事吧？”

盛雪摇摇头说：“没事，我去工厂看看。”

虽然和林浩楠交往时间不长，但盛雪不相信他是贪利忘义之徒，她要把这件事弄个明白。就算他想送全宇宙的钻石给自己，也一定是君子爱财，取之有道。

盛夏的刺桐像一座蒸汽锅炉，闷热潮湿。盛雪坐在开足空调的大巴上，浑身仍然湿漉漉的。她茫然地看着外面，各种车辆像流水线上的玩具，不停地穿梭涌动，使人眼花缭乱。

盛雪按照 Joan 黄提供的地址赶到那个为玛瑞迪提供货源的厂家时，却已人去楼空，大门上还贴着封条，看日期是在一周前。

无奈，她找到工商局。工作人员告诉她，那个厂家因涉嫌质量问题被查封了。盛雪向他们打探具体涉及哪些客户，对方却说为保护受害者隐私，他们无权透露。

盛雪有些精疲力竭，但仍不死心，她再次回到工厂，碰巧遇到一个四十岁左右的女人，自称是老板的老婆。听闻盛雪是来打探刚果金那批货的，她没好气地大骂林浩楠是个混账东西，一分价钱一分货，相较他出的钱，他们的货已经很对得起他了，却因此害得他们工厂被查封，人也被带走……

“大姐，你确定是林浩楠从你们这里拿的货?”盛雪有些摇摇欲坠。

“哼，烧成灰我都认得他！喏，就是他啦——”那婆娘从手机中翻出一张照片给盛雪看，上面是林浩楠在车间看货的情景，旁边有一个男人作陪。

“这个就是我男人，被林浩楠害得进去了！”女人咬牙切齿，看架势恨不得咬下林浩楠一块肉才解气。

形象高大的林浩楠突然在盛雪心里分崩离析，碎成 N 多个碎片，可她却无力骂他，按照黄文祥等人的说法，他是为了自己才这么干的。

工厂的遭遇虽说是咎由自取，盛雪还是对那个婆娘连说了几个“对不起”后才离去。此时太阳已升至中空，似乎要将忧心忡忡的盛雪烤化了，哪会注意到那婆娘嘴角的诡异之笑。

盛雪疲惫地走着，大脑仿佛被林浩楠塞满了，无法运转。太阳的毒牙一下又一下地噬咬着她，她想坐到路旁的石凳子上休息片刻，不料眼前一黑，只觉得天旋地转……

高英树有些沮丧地从一家箱包厂出来。再次被拒，他的心情比这闷热的天气还要沉闷。高氏“素食皮”无论是环保还是品质，都要比真皮好得多，却难以推广。高英树连着跑了几家箱包厂，效果都不理想。

像盛雪一样，他一时间也觉得无比失落，不知前路在何方。一抬眼，发现了摇摇晃晃几欲摔倒的盛雪，紧走几步扶住了她。根据自己那点儿中医知识，他判断盛雪可能是中暑了。高英树在手机上搜索到附近有饮品店，他搀着盛雪迅速朝那里走去。

盛雪醒过来的时候，首先感觉到额头上冰袋的清凉，接着，一个男人的面孔映入眼帘。高英树将一杯冰柠檬汁推到她面前。

盛雪啜了一口，顿觉舒服多了，思维也恢复了，意识到是这个男子帮助了自己，仔细端详，觉得这个男人有点儿面熟。正寻思在哪儿见过，高英树已经起身去吧台结账。这个挺拔的背影唤起了盛雪的记忆，这不正是送自己鞋子的人吗？

这时，高英树已经把账结了，也不招呼盛雪，转身朝外走去。

“哎，等等……”盛雪喊。

两次相见，高英树满脑子都是怎么推广“素食皮”，并没太留意盛雪的长相，虽然听见了盛雪的呼喊，但他以为对方是要感谢自己，便冲她微微笑了笑，示意不必，随即推门出去了。

等盛雪追出门，已经不见了人影。

冰柠檬水让盛雪彻底清醒过来，她回想着玛瑞迪事件的前后过程，总感觉哪里怪怪的，起身准备再去昌和挂靠的外贸公司查询。

在对外贸易中，取得进出口权资质的门槛很高，需要在海关做备案，还要有美元账户等资质，因此不是所有的外贸公司都有进出口权，许多公司都是挂靠在有进出口权的公司下面，为他们代收、代付货款，剩下的利润再转来……作为一家中小型外贸公司，昌和就挂靠在一家有进出口权的公司名下。

盛雪看了眼时间，已是下午两点一刻，她打车直奔那家外贸公司。进入办公室后，恰巧办理玛瑞迪合同的小妹在，她稍感安慰。

“麻烦你好好看看，办理那笔业务的真是他吗?”盛雪将手机里林浩楠的照片举到小妹面前，满脸的期盼。

“没错，就是他——林浩楠林总。汇款的账号和老外的合同，以及这边同工厂的合同，都是林总提供给我们的，我给您看一下……”小妹的手指灵巧地在键盘上舞蹈着，很快就调出来两份合同给盛雪。盛雪瞪大了眼睛，逐字逐行细看……一切同黄文祥和 Joan 黄提供的一模一样!

又是一记重锤朝盛雪砸来，她感到四肢百骸都被车裂了……看来真是她的“盛氏国标”害了林浩楠，也害到了自己。

第四章　野百合也有春天

1

这晚，盛雪在床上烙了一夜大饼，她拿眼睛和天花板搏斗，恨不得瞪出个大窟窿，好掉下个林浩楠来扛起这一堆破事。可天花板纹丝不动，她只好溃不成军地思考着如何面对黄文祥。

第二天，盛雪刚来到公司，黄文祥就把她请进了办公室。

“盛总，调查清楚了吧?”黄文祥显然对她的行踪了如指掌。

“有一个重要的地方我没去……”盛雪摇摇头说。

“哪里?”黄文祥一个激灵。

“呵呵，那么紧张干吗，这么大的事，我总得给浩楠的爸妈汇报一下吧。公司是他们出资成立的，真被哪个王八蛋给败了，也得给他们一个信儿吧。”“王八蛋”三个字一出口，盛雪自己就吓了一跳，她从没想过有一天自己会爆粗口，但她必须承认，骂出这三个字，她有种鼻子堵塞很久后突然通畅的舒爽感。原来对恶人的咒骂真的可以祛除秽气。虽然黄文祥缔造的整个证据链完美得让人不可思议，她用尽全力也没能撕开个口子，但她的智商并没掉线，在她强硬地逼着黄文祥给客户提供真实有效的检测报告单，以及必须从原样品工厂拿货的时候，林浩楠“私接客户”的事件就爆发了。

“这个……咳，你一个女孩子家家的，张口就是王……什么蛋，也太粗鲁了吧，再说了，就算浩楠犯了错，他不也是为了你嘛。”黄文祥像被人踩住了尾巴，疼，却无法跳起来，连“王八蛋”三个字都无法完整地说出口。

“谁毁掉公司，谁就是当之无愧的王八蛋，不管林浩楠，还是黄浩楠！”盛雪扔出了第二个嘴炮。

“盛雪，你骂谁呢？林浩楠才是王八蛋！”贴在门上偷听的周琳忍不住闯了进来。反正已火力全开对盛雪宣战了，她就扯下了甜言蜜语的伪善面具。

“我骂那个接私单害公司的王八蛋！”盛雪咬牙切齿地说。黄文祥和周琳的态度已经告诉她，这里面有鬼，还不是一般的鬼，是足以吞掉她和昌和的厉鬼，可她却没有任何证据来翻牌，满腹的悲愤。

“好了，打嘴仗也解决不了问题，玛瑞迪催得很紧，如果不按期如数赔偿，他不光会告我们，还会让我们上中信保的黑名单。这是浩楠造成的，所以这一切你要负责。”黄文祥终于露出了獠牙，“玛瑞迪索赔八十万美元，你抓紧时间凑钱吧。否则，要是昌和真上了中信保的黑名单，我也会起诉你，到时候你要赔偿的可就不止这个数了。”

盛雪如一尊石化的雕塑，满脸凝滞沉重，沉默不语。咒骂不过舒了口胸中恶气，却无法破解眼下的困局。她使劲咽了一口唾沫，这个数字，她砸锅卖铁也拿不出来。

“我知道这笔钱你一时半会儿凑不出来。这样吧，我让黄莺算一下公司的盈利，减去债务，按持股比例分配，你分得的部分用来还债，怎么样?”

事已至此，即便心里明知这是黄文祥给自己挖的坑，盛雪也只能跳进去了。

昌和是家小型公司，Joan 黄人事财务一肩挑。几分钟后，Joan 黄抱着账本走了进来，噼里啪啦算了一阵，得出结论：“盛总，您分得的利润是一百八十万元，需要再拿出三百八十万元才够玛瑞迪的赔偿款。”

盛雪像遭遇核弹头的建筑物，轰然间就灰飞烟灭了，她艰涩地摇摇头说：“我没有……”

“这样吧，实在不行，就把我那百十万元也用来帮盛总补窟窿吧，谁让我和浩楠是兄弟呢……”黄文祥把身子往后靠了靠，幽幽地说。

“可那也不够啊，何况这事周姐同意吗……”Joan 黄按编好的剧本给周琳递了个眼神。

“黄文祥，没经我同意就敢随便拿钱给别人，我打死你——”周琳猛然一把揪住了黄文祥的衣领，雷声大雨点小地在他身上比画着打人。

黄文祥却使劲一把将周琳推到了地上，吼道：“你个泼妇，浩楠是我兄弟，这事你同意我帮，你不同意我还得帮，再阻挠我休了你!”

周琳是表演，黄文祥因平时对周琳的跋扈积怨已久，借机假戏真做了。周琳摔得生疼，从地上爬起来后，嗷的一嗓子就扑向黄文祥，在他脸上留下了血淋淋的五指山。见她真对黄文祥下手，Joan 黄立马露出女汉子的真面孔，孔武有力地将她拖了出去。

黄文祥抽出纸巾，一面擦着脸，一面喋喋地骂周琳泼妇，又不无委屈地看向盛雪，说他这可是为了浩楠和她盛雪才受的伤。

黄文祥和周琳的表演过于逼真，以至于盛雪开始犯迷糊，摇摆不定地有种错觉，自己的“盛氏国标”才是原罪，使得林浩楠铤而走险，铸成大错。

盛雪望着黄文祥，神情迷惑不清。

“盛雪，我对天发誓，我真的是想帮浩楠和你。”黄文祥是修炼千年的狐狸，已察觉到盛雪的防线开始溃败。

“黄总，你有解决危机的办法吗?”盛雪异常艰难地问。

“办法总比困难多嘛。我是这么考虑的，就像刚才莺莺说的，就算我把自己应得的那百十万元拿出来，还差两百八十万元，你看这样行不行? 剩下的赔偿款我来想办法，你将手里那百分之六十的股份按当初公司成立时的原始股给我，剩下的给我打张借条，慢慢还……当然，你要是不同意，我也不会强求，不过离玛瑞迪要求的最后期限只有五天了……”黄文祥假装格外头疼地说。

“如果这样……我还欠你多少?”事到如今，盛雪也没有更好的办法了。

“莺莺，你进来算算……”黄文祥冲门外喊。

Joan 黄应声而入，不假思索脱口而出：“一百零五万元!”

盛雪曾经向律师咨询过，如果拿不出有力证据证明这笔赔偿款是莫须有的话，按法律她必须是要对此负责的。换言之，就算黄文祥、玛瑞迪、工厂合伙做局害她，她也只能咽下这枚苦果。“我还要和浩楠的父母商量一下……”

炎炎盛夏，盛雪却冷得直哆嗦，仿佛赤身被压在了冰山下。

“行，给你们一天时间，玛瑞迪逼得很急，我也没有办法。”黄文祥装出一副黄世仁的仁慈。

林爸林妈逼着自己接昌和时给的是两天时间，这次背负巨债离开是一天时间……盛雪不知道自己怎么就成了可怜的鱼肉，被人拎到昌和的刀板上砍剁。

盛雪忐忑不安，却无法躲避地去见了林爸林妈，将实情告诉了他们。

想起当初儿子去非洲前和黄文祥在电话中的争吵，林爸林妈认为黄文祥在撒谎，义愤填膺地找上门质问他。

一切似乎都在黄文祥的掌控中，他由着他们喷了自己一脸唾沫星子后，慢条斯理地拿出了证据，一样一样地击败了他们的指责。

2

盛雪见林爸林妈一副摇摇欲坠的样子，担心他们身子扛不住，将他们给劝走了。

写字楼下，林爸林妈望着瘦成一副衣架的盛雪，格外惭愧，将当初逼迫她接昌和的初衷和盘托出了。

“小雪啊，都怪我们太自私。昌和是浩楠的心血，我们怕它毁在黄文祥手里，才逼着你接下了它，谁知道却害了你，对不起啊……”林妈妈抓住盛雪的手，哽咽着。

“叔叔，阿姨，其实我从一开始就明白你们的良苦用心。”盛雪的眼圈也红了。

林妈妈闻言，更是泪如泉涌：“是我家浩楠没福气……”

“这事因浩楠而起，我们就算砸锅卖铁，也要帮你还这笔债。”林爸爸真诚地说。

“叔叔阿姨，我把这事告诉你们，因为你们是公司真正的出资人，而不是想要你们帮我还债。”盛雪婉拒了两位老人家的好意。她知道林家并不宽裕，林爸爸生病时又花掉了一大笔钱，前些时候为了让浩楠去非洲，还借了外债。

该来的总是要来的。盛雪送走林爸林妈后回到公司时，黄文祥已经等在了走廊里，催促她尽快办理相关手续，说万一玛瑞迪真起诉了，还要再赔上一笔律师费和诉讼费……

盛雪虽说悲愤万分，却不得不在接下来的几天时间里，陪着黄文祥四处奔波，在各种文件上签名摁指印……

盛雪遭遇困境，周琳自然要落井下石，“拜金女不仅害得男友命丧非洲，自己也背上百万巨债”的消息不胫而走。

盛雪的母亲陈艾芸开胸手术后在家休息了几个月，刚上班就听到了这个消息，急得差点儿再次住进医院。她不敢直接问女儿，悄然找林浩楠的父母询问。得知真情，陈艾芸拿出房本要去抵押贷款，却被盛雪的哥哥盛强和嫂子胡小美拦下——大难临头，哥嫂想的不是帮忙，而是自己的利益。无奈，陈艾芸只好悄悄卖掉了自己仅有的一点儿基金和股票，勉强凑了十四万元。

林家居住的是自建房，没有产权，无法抵押。为了帮盛雪，林爸爸卖掉了一块珍藏的手表，林妈妈当掉了陪嫁的首饰，凑了十六万元。

三十万元打到盛雪的账上，盛雪感觉自己捧着的是三颗热乎乎的心。她含泪给林浩楠的父母和自己的母亲回复了一个热泪盈眶和拥抱的表情。

摁下发送键后，盛雪转过身，看到了一身粉色衣裙的从小果。从小果将一张银行卡塞进盛雪手里："拿去吧，可惜只有五万元。你知道我是个地道的败家子儿，攒不下钱。读大学到现在，从老爸老妈那里搜刮的零花钱，加上工资，就剩下这点儿了……"

盛雪拿着这张银行卡，眼泪夺眶而出。

"好啦师傅，别整得跟生离死别似的。本来想跟着你共进退，从昌和辞职一起打天下，又怕成为你的累赘，所以决定留下来继续祸害'黄世仁'。""黄世仁"是公司员工背地里给黄文祥起的绰号。

盛雪紧紧地抱住从小果，哽咽着："小果，谢谢你……"

从小果满脸嫌弃地推开了她："眼泪鼻涕一大堆，你也不嫌脏……"

盛雪办妥所有的手续，又给黄文祥打了七十万元的欠条，才离开公司。从此，昌和就跟她无关了。七十万元像七座大山似的压在盛雪的头上，就算再找份工作，猴年马月才能还上啊……而黄文祥给她的期限只有一年。

刺桐是古丝绸之路的起源地，又是新丝绸之路上的重要城市。盛雪思来想去，毕业后除了外贸，她也没接触过其他领域，为了尽快还债，只能从外贸做起。可眼下自己身无分文，既租不起办公室，更没有注册成立公司的实力，只觉得前路渺茫。

夏日的刺桐，雨水充沛，将路两旁的植被洗涤得郁郁葱葱。触目望去，满眼的绿色，走不到尽头，也眺不到尽头……在这绝望的绿中，盛雪撑着一柄碎花洋伞，撕破雨雾的一角，拾级而上，缓步攀上了大坪山，靠着巨大的郑成功雕像朝海的方向眺望，感叹自己稀里糊涂的，就被绑上了欠债的战车，想踩刹车都找不到那块踏板。

她拿出手机，胡乱地翻着朋友圈，看到殷主编刚发了一条，说收拾行李，准备去意大利带孙子。原来殷主编已于上个月光荣退休，盛雪羡慕他甩掉了职场的战袍，真心点了个赞，并送上三朵花的祝贺。

殷主编的电话随即打来，问她闲暇之余，能否帮忙看管一下旧巢？说有人照顾的房子不容易损毁，若她嫌麻烦，也可以租出去，租金归她。盛雪心中一动，问可不可以自己借住？殷主编说只要她不嫌弃，随时都能搬进去，没有任何条件。

“谢谢您，谢谢……”盛雪的眼泪突然间涨了潮。在杂志社期间，殷主编向来像老母鸡一样护着她，只是这次，上边的压力实在是顶不住了。盛雪知道，为了自己的事，殷主编一定已经尽力了。

殷主编挂断电话后，盛雪打给了从小果，说万达楼上刚开了一家美食店，卖的米线糊特好吃……果然，小吃货从小果立马说她一会就到。

青翠的葱花，雪白的面线，配上香喷喷的大肠、虾仁、猪肝、煎蛋……两碗人间美味端上来后，从小果夹一口送进嘴里，一脸的满足。盛雪望着她不由莞尔一笑，当初在杂志社时，自己没少训这小姑娘，她现在却成了自己可依赖之人。

“小果，公司情况怎么样了？”盛雪伸手摘去从小果嘴角的一片香菜叶子。虽然离开了，她仍会不由自主地关心昌和的命运。

“哈哈哈，报应不爽啊。你刚走，周琳就把‘黄世仁’和一个发廊妹捉奸在床，两个人掐得正起劲儿呢。”

“经营情况呢？”盛雪对那些花边新闻没兴趣。

“到目前为止还没出什么乱子，不过早晚的事儿。对了师傅，你下一步有什么打算？我现在只是寄居在昌和，将来还是你的小跟班。”

“我想做个 SOHO，挂靠在朋友的公司继续做外贸。可目前还没起步，我怕养不起你，等有点儿起色了，你再过来帮我，好不好？”

“SOHO？那是个什么东西？”从小果一头雾水。

“就是 Small office and Home office，是一种新经济概念，不受时间、地点、空间制约，大部分工作可以在家中独立完成，或在网上与他人协同完成。”这也是盛雪刚刚冒出来的想法。虽然SOHO可以在家里办公，但她和母亲居住的地方太小，加上哥嫂两口子时不时光临，很难安心工作。现在殷主编雪中送炭，SOHO才有了可行性。

“不错哎……”从小果觉得这是一种自由、弹性且新颖的生活和工作方式，“我支持你的选择。说好了，等一切走上正轨，我就辞职跟你混。”

3

殷主编一家前往意大利后，盛雪随即进住，正式开始了SOHO生涯。

网络时代，保密好像成了奢望，盛雪还没有开发到一个客户，瘟神却找上了门。门铃声骤然响起，盛雪以为是送快递的，开门后却发现是黄文祥。他嘴角还有一块瘀青，看来是周琳捉奸留下的纪念。

盛雪挡在门口，没有让他进来的意思，冷冷地问：“有事？”

对于这种防备的姿态，黄文祥也不觉得尴尬：“那行，我就敞开说了。听说你开始做外贸了，昌和的经营范围你很清楚，所以不准你再经销同样的产品。”

“法律有规定吗？”

“没有。但你别忘了，你还欠我七十万元……”

“你也别忘了，那张条子上标注一年内还清，还有三百三十天呢！在没有违法的前提下，我想做什么生意就做什么生意！”盛雪“嘭”的一声使劲关上了门。

黄文祥吓得摸了下鼻子，有种撞到的痛感，然后冲着门吼：“盛雪，别敬酒不吃吃罚酒，最好和我好好说话，还能给你留条活路……”

盛雪仿佛真的怕了他，把门猛然又打开了。

黄文祥嘟囔着：“这才对嘛……”抬腿欲进时，盛雪却又吼了一嗓子——没门！然后“嘭”地再次将门摔上了。黄文祥的鼻子猝不及防地和门来了个亲密接触，酸甜麻辣咸……各种滋味袭来，疼得他“啊”地叫了一声，恼羞成怒地擂门，叫嚷着“盛雪你给我出来”，可那扇门却再也没为他打开。

在昌和的几个月里，盛雪虽然只拿到一个订单，但和几个客户都保持着紧密联系。开始做 SOHO 后，她尝试着去接触那些老客户，不料，平时聊得很好的客户，居然没一个回她邮件的。盛雪心中不解，自己哪里得罪他们了？

转眼又是半个月过去了，仍没能开发到一个客户。盛雪感觉压力山大，有点儿喘不过气来，觉得必须出去走走，呼吸点儿新鲜空气。心烦意乱中，她上了一辆公交车，没有具体的目的地，只是想暂时逃开烦躁的情绪。

车里的广播提示洛阳桥站到了，她机械地跟着乘客下了车。走到桥上，盛雪脱掉鞋子，任凹凸不平的桥面硌着脚板。历史的沧桑感自带一种力量，可以让人从凌乱的思绪中摆脱出来。盛雪缓步走进桥南的“蔡忠惠公祠”，站在石碑前看着上面遒丽的《万安桥记》。

“刺桐花开了多少个春天，东西塔对望究竟多少年，多少人走过了洛阳桥，多少船驶出了泉州湾，现在轮到我走上桥来，从桥头的古榕步向北岸，从蔡公祠步向蔡公石像……”身边突然有人吟诵诗人余光中的《洛阳桥》。

盛雪也是极喜欢这首诗，循声望去，帕斯卡那张黑得发亮的大脸进入了视线。

盛雪一时感慨万千，想过去打招呼，可想想在金沙萨时他拂袖而去的情景，又不无尴尬地站住了。

风云变幻就在瞬间，帕斯卡突然捂着肚子蹲到了地上，接着开始满地打滚。天气炎热，游客本来就不多，围过来看热闹的也没人敢上前帮忙。盛雪赶紧跑过去，将帕斯卡搀扶到路边的椅子上坐下，然后拨打“120”。

帕斯卡认出了盛雪，哭得一把鼻涕一把泪：“盛，我肚子疼得厉害，我是不是要死了？我可不能死在这里，族长的位子还等我继承呢！”

盛雪又好气又好笑，只得安慰他：“镇定点儿，没事的，救护车马上就到了……”

半小时后，帕斯卡被抬上了救护车。

经医院检查，帕斯卡得的是急性肾结石，必须住院进行碎石排石。尽管医生解释说碎石不是拿锤砸，帕斯卡还是吓得不行：“盛，我好害怕，你不能把我扔在这里不管……”

盛雪无奈，只好留下来照顾他。

生病的帕斯卡像个黏人的孩子，什么事情都要假手于盛雪，连喝口水都要哼哼唧唧地问：“盛，你能不能喂我？我没力气端杯子。”盛雪一边拿白眼珠招呼他，一边又精心照顾着他。帕斯卡看她的眼神变得格外幽深，盛雪却毫无察觉。

两天后，帕斯卡的结石完全排出，盛雪把医嘱交代一遍，准备告辞走人。帕斯卡拉住了盛雪："盛，等等，我有话和你说……"

"如果是想说感谢的话，就免了。"白皙的小手被熊掌般的大手包裹着，说不出的怪异，盛雪快速把手抽了出来。

"不不不，在说'谢谢'的同时，我还有件重要的事情要告诉你，盛，我喜欢你……"帕斯卡的大嗓门突然低了下来，神情居然有点儿羞涩，要不是脸太黑，估计是应该泛出红晕的。

盛雪吓得差点儿跳起来，现在很流行以身相许报恩吗？再说了，帕斯卡那里可是一夫多妻制，想想就恐怖。

"我知道你担心什么，只要你愿意嫁给我，我不会再娶别人！"帕斯卡说得异常认真。

"别别，我只是碰巧救了你，别多想啊……"盛雪转身就往外走。

"盛，等等，我真的有话和你说，你是不是从昌和离职了？"

盛雪停了下来，隐隐意识到了什么。

"黄文祥给我发了邮件，说你品质有问题，被公司炒了鱿鱼……"

这就是黄文祥说的"罚酒"吧，因为自己没按照他说的不再从事树脂行业。盛雪纤细的手指握得紧紧的，关节泛着青白。黄文祥肯定不会只给帕斯卡写了邮件，而是给昌和所有的客户都写了邮件，昭告她是个品质败坏之人……所以那些老客户才集体无视她！

“谢谢你告诉我。”盛雪道谢后转身欲走，想去找黄文祥理论。

“盛，等等，冲动是魔鬼——”帕斯卡再次叫住了盛雪。他坦然承认，在金沙萨时，由于玛瑞迪的话，他曾经怀疑过盛雪的人品。但这次盛雪不计前嫌救了自己，他终于明白她是个善良的人，而且不由自主地喜欢上了她，没有任何冒犯的意思。他这次来华已经寻找到了新的合作伙伴，但可以介绍做校服的客户给盛雪。说完，他就给肯尼亚的客户打了电话。

叽里呱啦聊了一通，帕斯卡冲盛雪笑笑：“搞定了，你可以写邮件和基普桑沟通，我马上把他的邮箱发给你。”

天雷滚滚中，又传来梵音袅袅。帕斯卡的真诚感动了盛雪。但是，帕斯卡接下来的话又让盛雪提心吊胆：“盛，如果你跟我回非洲，欠的债我替你还了。”

“谢谢你帕斯卡，我要用自己的双手来还债。”盛雪再次婉拒了他。

“我嫉妒林浩楠曾经拥有你。盛，用成绩打败敌人，而不要用子弹打败敌人！”帕斯卡略显失望，仍给盛雪打气。

“谢谢你，帕斯卡。我一定会搞定这单生意的，走啦……”盛雪发誓似的握拳冲帕斯卡保证，却没有告诉他，自己只属于自己。

4

作为“海上丝绸之路城市”，刺桐也是享誉全国乃至世界的校服产业带，拥有全国学生服饰研发中心和全国学生面料研究中心，盛雪有信心做好这单生意。

盛雪约了丛小果，帮忙分析客户，觉得在不了解对方的情况下，所有人都喜欢同“大公司”合作，而不是SOHO，他们感觉那样更有保障。

为了拿下肯尼亚的客户，盛雪先是以业务员的名义发邮件给对方，介绍“公司”和所经销产品的情况。有了帕斯卡的推荐，对方回复很快，表示出极大的合作诚意。

“吃饭了!”丛小果拎着饭进了门。

“稍等，我的业务经理正在和他们谈……”盛雪头也不回，继续在电脑前忙碌。

“业务经理?”丛小果一头雾水，“师傅，您癔症了吧?一个人的SOHO，怎么还冒出个业务经理?”

盛雪发完邮件，才接过丛小果递来的饭盒：“我现在是集老板、设计等N个头衔于一体。”

对方的积极响应激发了盛雪的斗志，为拿下订单，她注册了N个邮箱，虚拟了N个身份，一个人扮演业务经理、跟单员、单证员、老板、设计、采购主管、财务经理。总之，一个公司里应该有的角色，她全都兼了。

“厉害啊盛总!”丛小果夸张地感叹，“您先吃饭，我帮您盯着电脑，他们回话了我马上告诉您。”

话音没落，“嘀嘀嗒”的提示音响起，丛小果连忙点开对话框，对方发来了一句：“你们的专业感动了我，我想把一万套校服交给你们做。”

丛小果开心地跳了起来：“师傅师傅，来了来了……”

盛雪凑到电脑前一看，简直不敢相信自己的眼睛：“小果，我不是在做梦吧，要不你掐掐我的脸……”

“您这倾国倾城的脸有什么好掐的，要掐也是掐……有料的部位嘛……”丛小果挤眉弄眼的，故做色狼模样，小爪子作势就要袭击盛雪饱满的胸，“我是个女的都虎视眈眈了，这要换个男人还不迷死……哈哈哈。”

盛雪被丛小果的调皮逗笑了，啪的一下子打掉了她的手，佯装生气：“没大没小，我可是你师傅。”说着她拿过计算器，噼里啪啦地摁着，兴奋地看向丛小果，“小果，肯尼亚气候炎热，所以我选的是优质生态棉的面料，报价是 18 美元，如果每套利润控制在两点以内，加上政府的退税……哈哈，差不多可以赚到三十万元左右，这下子我欠黄世仁的债就能还上一大半了……”盛雪万分开心。

“师傅，既然对方价格确认了，是不是得给人家出样品啊？”丛小果问盛雪。

“是，事不宜迟，明天送走帕斯卡，我就去跑工厂。”盛雪信心满满。

盛雪话音未落，门庭对讲机突然响了，丛小果跑过去按开后，帕斯卡那张大黑脸蓦然出现了，怀里还抱着一大束花。丛小果连忙喊盛雪过来。

盛雪知道事情不妙，连忙换鞋朝楼下跑去。从小果觉得有情况，跟着追了出来。

盛雪一出现，帕斯卡就单膝跪了下去，一脸深情地望着她："盛，我真的喜欢你，跟我回刚果金吧。你欠的债我替你还了，你要的钻石矿我给你挖，等我继承了族长后，你会是唯一的族长夫人。"

刺桐不算太小，可消息传得贼快，看来帕斯卡不知从哪里得知了"盛氏国标"。盛雪一时无语，却仍然被他的真诚打动了，眼睛湿润地拉起了他。

作为海丝城市，刺桐的国际友人自是不少，但拿着花大庭广众跪地求婚的镜头并不常见，一会儿的工夫，周围就聚满了看热闹的人。

"哇，家里有皇位继承，答应他啊……"周围的人议论纷纷。

"师傅，快答应他！答应了他，您就是土著王妃啦，'盛氏国标'分分钟都能实现，再也不用因为还债过得这么苦逼。"从小果激动得脸都红了，认为这是现代版的灰姑娘，鼓励盛雪接下那束花。

"帕斯卡，谢谢你。但我不能答应你，我们可以做永远的朋友，却做不了一世的伴侣……还有，明天有事不能送你了，祝平安吉祥！"盛雪说完，转身进了楼道。如果不能给一个人结果，就不要给他希望，她决定不再去送机。所谓的"盛氏国标"，她只是为试探人心定制的，若遇到真心喜欢的，别说钻石矿，就算拉车破砖来她都开心嫁。

帕斯卡和丛小果呆愣在那里，一派风中凌乱。

八月的刚果金已进入旱季，虽说天空中常有乌云翻滚，却再也掀不起什么风浪，到处笼罩在粉红色的尘沙中。

林浩楠仍是一具会呼吸的木乃伊。林家餐馆的雇工嫌照顾林浩楠麻烦，昨天再次提出加薪。这是他两个月之内第三次要求涨工资了，前两次都满足了他，这次吴菲菲有点儿恼了，直接给撵走了。新找的雇工下午才到，吴菲菲只好亲自给林浩楠洗脸。

她拧干毛巾轻柔地在林浩楠脸上擦拭着，从浓黑的眉毛，到睫毛长长的眼睛、笔挺的鼻子、刚毅的嘴巴……这一切是那么的熟悉。四个多月的时间里，这个年轻男子俨然成了她日常生活里很重要的一部分。

奇迹总在不经意间发生。蓦然，林浩楠的眼睛像刚刚探出地平线的太阳，又如蝴蝶翅膀般微微翕动着，先是一条狭小的缝隙，继而越来越大，直到完全张开。吴菲菲的面孔完全出现在林浩楠的视线中，那眼神好似带着清晨的一缕雾气，迷茫地与她对视着。吴菲菲胸口的小兔子受到了惊吓，奔突逃遁中踏入一望无际的巨鼓阵里，“咚咚”声铺天盖地袭来，响彻着耳际。她使劲摁着胸膛，生怕心脏一不小心跳脱出来，腾空飞走。

“这……是哪里？”久未开口，林浩楠的声音仿佛是从深潭里传出来的，喑哑得几乎无法听清。

但吴菲菲还是听清了，而且听出了他的闽南口音。她的眼泪夺眶而出，紧紧地握住了他的手。

“你……是谁?”林浩楠再次问道。

吴菲菲又哭又笑：“太好了！太好了！你终于醒过来了……我叫吴菲菲。”

“吴菲菲？可……我是谁?”

这个问题吴菲菲没法儿回答。她突然想起了医生的话，林浩楠就算醒过来，可能也会因脑部受损丧去记忆。

“这是哪里？我是谁？我怎么会在这里?”林浩楠不停地喃喃自语，神色焦灼。

吴菲菲知道，此时此刻必须给他一个答案，哪怕编一个也行，不然，这种困扰可能会让他发疯。“你真的什么都不记得了？这里是刚果金的首都金沙萨，你是陈大力啊，我喜欢叫你大力，你是我的……男朋友。”

“男朋友”三个字脱口而出，吴菲菲也有点儿吃惊，脸腾地红了。

5

或许这几个月里每天都会听到吴菲菲的声音，嗅到吴菲菲的气息，听吴菲菲这样说，林浩楠竟然没有太多的质疑：“真的?”

吴菲菲继续把故事编下去：“四个多月前，你去城里办事，遇到了反政府武装，受伤后就一直昏迷不醒，吓死我了。”

亲切的乡音让林浩楠对吴菲菲的话更加深信不疑。听闻她不离不弃照顾了自己四个多月，他格外感动：“谢谢你啊……菲菲。”

这声“菲菲”，让吴菲菲觉得这四个多月的辛苦劳累值了。

“知道这四个多月我是怎么过来的吗？每天都是在担惊受怕里度过的，真怕你再也醒不过来……”

吴菲菲的啜泣飘出窗外，湿润了旱季的金沙萨，却弄哭了雨季的刺桐。

八月的刺桐，老天总是毫无征兆就会痛哭一场。盛雪泡在老天的泪水中，奔跑了 N 个校服加工厂。

国外客户对于校服生产商要求很高，不仅需要指定标准的验厂报告、资质证书，还要通过环境、质量等检测才行，而拥有这些证书的大多为大型工厂，盛雪这一万套订单还是分几个不同的款式凑的单，大厂看不上她这点儿小活儿，小厂的打样检测又很难过关。

盛雪为了打样一事四处奔走，每天回来，累得就像一摊泥，从小果专门为她准备的营养晚餐都没劲儿吃。从小果给她打气，说她连帕斯卡那样的皇位继承人都不要，偏要背着林浩楠的债务吃苦受累，肯定能感天动地。

还真让从小果说准了，第二天，盛雪终于联系到一家靠谱的工厂。盛雪去实地看了，虽然规模不算大，但是从办公区域到车间，都错落有致，秩序井然。盛雪看了他们的样品，感觉很满意。曾厂长是个厚道人，听了盛雪的报价，坦言现在形势不是太好，这个单的利润虽然不高，但还是可以做的，答应尽快出样品。

盛雪拿到样品后，第一时间寄往非洲，并和工厂约好，外商那里一旦表示没问题了，就和曾厂长签合同。

“好事多磨”是个值得商榷的词，能成交的项目往往很快就能拍板。曾厂长按照约定，几天就做好了样品。盛雪拿到样品后，第一时间寄往了非洲，并和工厂约好，外商的 PI 下来，她就过来和他们签合同。曾厂长连连点头表示可以。

见一切进展顺利，盛雪才松了口气。她拿着一包爆米花，坐在电脑前查看运单号，发现样品已经到了肯尼亚，正要发邮件提示基普桑注意收货时，却收到了他的邮件。

基普桑告诉盛雪，他已收到了样品，感觉很满意。但他们是第一次合作，因此想过来看看工厂，并订好了机票……盛雪看着邮件，觉得上帝为她开启的那扇窗又被魔鬼拿砖头封死了。为了拿到这个订单，她曾冒充业务经理等多个身份和基普桑交流。基普桑之前曾被别的贸易公司骗过，所以一开始就特意强调，只跟源头工厂合作……如今他要来华，对盛雪来说无疑将是见光死的恶咒。

盛雪觉得自己误踩了魔幻的开关，跌入了狗血的电视剧工厂里，刚刚干掉一只怪兽，新的怪兽就下了生产线。可她不是奥特曼啊！

恰逢周末，盛雪喊从小果出来吃冰沙，把基普桑要来看工厂的事对她和盘托出。盛小果闻言瞪大了眼睛。

“瞪什么瞪，再瞪也比不上你师傅我的大！”盛雪指指从小果的眼睛，又在自己眼睛上比画着。她仿佛忘记了喊从小果出来是为了分忧解愁的，反倒开始调侃。

“师傅，要不然，您还是嫁给帕斯卡得了，那样就不用为七十万元外债逼死自己了……”从小果吃着水果冰沙，一本正经地对盛雪说。她有点怀念在杂志社时的盛雪了，“盛氏国标”挂在嘴上，秒杀一切男性，多帅啊，哪像现在，苦哈哈像个讨饭的。

“我三十六拜都拜了，就剩这一哆嗦了，就这么临阵脱逃也太丢人了……”盛雪好像是对从小果说，又像是在给自己鼓劲，但神情中好像有了什么主意。

“就算曾厂长愿意配合您，可他们是一个人顶十个人用，从哪里变出来业务经理、跟单员、单证员、老板、设计、采购主管、财务经理等一大堆人啊？”跟着盛雪时间长了，她的想法从小果也能摸到了几分。

“我要把这煮熟的鸭子留下来，还要让它从死鸭子变成活鸭子，再给我生一堆小鸭子……”盛雪的眼睛转着，主意已定，而后起身朝外走去。

“哎哎哎，您去哪？还有，这到底谁请谁啊？”

“找母鸭子去。要想好，大欺小，你请——”盛雪头也不回地往前走。路过出风口时，巨大的冷气将她白色的裙身收紧在胸前，裙裾则吹成了斗篷状，配以秀竹似的身姿，像极了大片里的美女横空出世图。

从小果一边呆呆地看着，一边嘟囔：“帅啊，”她突然清醒过来，大喊，“盛扒皮，又摧残我的钱包，拜师不慎……”

盛雪连夜写了个简单的剧本，哥哥盛强、嫂子胡小美，母亲陈艾芸、林浩楠的父母，甚至动员了邻居阿姨的女儿齐上阵，总算凑齐了角色。当然，最重要的“业务经理”是要留给学表演的从小果的。从小果总算是专业对口了一回，除了业务经理，还客串总导演，指导大家排练。

五天后，基普桑来到了刺桐。从小果开了曾厂长的车，和盛雪一起去机场接驾。一切按剧本进行得有条不紊，并未露出马脚，盛雪终于松了口气。

基普桑看过原材料和生产线后，非常满意，开始商讨交货时间等一系列细节。从小果暗中向盛雪比了个胜利的剪刀手。

不料，黄文祥不知从哪儿冒了出来：“先生，这家工厂的营业执照您看过吗？”

原来盛雪离开昌和后，黄文祥之所以容许从小果留下，就是想通过她打探盛雪的情况。今天从小果请假，黄文祥就猜到有情况，暗中跟踪，发现了基普桑来华一事。黄文祥立刻意识到，自己捏住了盛雪的七寸。

黄文祥的话让基普桑十分诧异，扭头看着盛雪，希望她能有个解释。黄文祥说：“这家工厂不是她的，你看到的这些所谓的业务经理、跟单员、单证员，都是她找的群众演员，盛雪的真实身份不过是一个 SOHO！”

“盛，这是怎么回事？”基普桑一脸难以置信的表情。

盛雪一时无言以对。学表演的丛小果第一次没有了表演的空间，像被点穴般站在那里。沉默半晌，盛雪对丛小果说："让我哥我妈他们都先走吧。"

事到如今，丛小果这个导演也无法掌控整部戏的走向了，只好按盛雪的吩咐办。

"盛，你是帕斯卡介绍的，我那么相信你，你竟然骗我？"盛雪的表现，已经告诉了基普桑答案，他的眼里写满了失望。

"对不起，基普桑先生，我的确骗了您。无论出于什么原因，这都是不对的，真的很对不起。"盛雪向基普桑深深鞠躬，"那些人的确是我找来的演员。但是，我想跟您合作的心意是真实的，您看到的样品是真实的，就是这家工厂的产品，我向您展示的验厂报告、测试报告和各项认证的材料也都是真实的。基普桑先生，虽然我只是一个 SOHO，但我向您保证，我会按时、按质、按量完成这个订单。"

基普桑沉默不语。

"像这种骗子，您可不能把订单交给她！"黄文祥有些急赤白脸。

"基普桑先生，您的订单给不给我都没关系，曾厂长——"盛雪冲外面喊，曾厂长应声而入，盛雪介绍，"这位就是这家工厂的老板，如果您对我不放心，可以直接把订单下给他们。我不希望因为我个人的原因，让您错过了这么好的校服供应商。"

外贸公司最怕的就是客户绕过他们，直接和工厂对接。盛雪此举无疑是自断财路，黄文祥觉得自己听错了，基普桑更是震惊。

“这……这不太合适，你那么辛苦找来的客户……”曾厂长有些手足无措。

盛雪却冲他摆摆手，一副失之我命得之我幸的云淡风轻。

接下来，让人更意外的事情发生了。基普桑脸上的表情从怀疑、愤怒渐渐转变成理解、欣慰甚至欣赏，冲盛雪伸出熊掌般的大黑手：“盛，合作愉快！”

其实，这是一场黄文祥和盛雪的心理较量。黄文祥赌的是人性的恶，而盛雪赌的却是人性的善，她相信“精诚所至，金石为开”，就算自己失去了客户，能帮上曾厂长，也是送人玫瑰，手留余香。

这个戏剧性的反转让丛小果激动不已：“师傅，您是最棒的！”

黄文祥恼羞成怒，恶狠狠地瞪着丛小果：“你不用再回昌和上班了！”

“不去就不去，谁稀罕呀！”丛小果吐吐舌头。

盛雪微微一笑：“丛经理，明天记得来我这儿报到。”

第五章　三生三世遇见你

1

盛雪和基普桑的定单进展得非常顺利。对方很快打来了百分之三十的定金，为了让工厂放心生产，盛雪将全部定金直接转给了工厂。

曾厂长见盛雪这么实在，非常感动，让工人加班加点，开足马力生产，对质量的把控更是严格。盛雪和曾厂长一样，一天到晚泡在工厂里，将车间的生产情况拍成视频，每天定时发给基普桑，要他随时掌握生产进度。

二十天后，这批校服按质按量全部完工，基普桑痛痛快快地结清了所有货款。曾厂长由衷地说："盛雪啊，在我所有的合作者中，你是最讲诚信的一个。我相信你会越走越远的。"

经过核算，这笔订单盛雪赢利三十万元。她留下十万元作为流动资金，剩下的二十万元用来还黄文祥。

"黄总，有句话非常适合你——损人不利己。如果当初基普桑真甩手走人了，这二十万元你也拿不到。"盛雪撕毁旧欠条，重新打了个五十万元的欠条给黄文祥时，揶揄他一句。她是站在地平线上平视人性的，怎能探测到阴暗角落里的险恶？一些人身处十八层地狱，也要踹他人入十九层，方能心安。

黄文祥仍就坐在那株巨大的绿植旁边，沉默无语，脸上表情却是风起云涌。

周琳端了热咖啡进来，一脸阳光灿烂。她亲手将杯子递给盛雪，说："小雪，难得你贵人登门，从杂志社出来后我们都忙得四脚朝天，连坐下来喝口水聊会天的工夫都没有，今天一定要好好聊聊。你最近怎么样？"

周琳亲昵的样子，仿佛她和盛雪真的是闺蜜。

盛雪却没有心情和她共话桑麻。但伸手不打笑脸人，是中华民族的传统美德，她接过咖啡，抿了一口，放下杯子，冲周琳和黄文祥点点头，起身走了。

"拽什么拽啊，不就赚点小钱嘛，看把她能耐的，哼，走着瞧吧！"周琳的脸倏地沉了下去，比川剧里变脸术还要快。从小到大，她就一直和盛雪较着劲。盛雪考一百分，她也必须要考一百分；盛雪第一批加入少先队，她第二批就一定要加入进去；盛雪从矮墙上跳下，她会跟着跳下去；盛雪若是捉个毛毛虫，她肯定也会逮一只……盛雪玩别针时不小心扎手了，强忍着没敢喊疼；她拿过去，笑眯眯地扎进了自己的手指头，流了很多血，吓得盛雪大声喊叫，她才拔了出来。

在各种较劲中，周琳只有占了上风才会开心。这次也一样，见盛雪有东山再起的架势，她开始谋划怎么把刀磨得更锋利一些。

挖到第一桶金，盛雪做 SOHO 的信念更加坚定。

外贸公司开发客户，少不了到处发邮件。从小果加盟后，每天干的都是发邮件的活儿，但收到的回复却寥寥无几。眼看两个月过去了，下一个订单还不知道在哪儿。从小果的信心眼看就要崩盘："苍天啊，简直就是天要亡我，师傅，您说这可怎么办……"

盛雪却不为所动，在阳台上聚精会神地拍那株开得异常鲜艳的蓝雪花。

从小果见她这样，更是抱怨连天："是不是小富即安了？整天摆弄这些，这是要回归田园的节奏啊。"

盛雪不说话，回到电脑前，开始给客户写邮件。从小果站在她身后看，发现她并不谈生意，跟客户聊的都是自己的日常——我养的蓝雪花开得特别美，令人不敢直视，生怕多看几眼，就会让它凋谢了。然而独乐乐不如众乐乐，我准备再养一盆送给邻居赵奶奶……邮件后面，还贴上了蓝雪花的照片。

"师傅，您哪是开发客户呀，这么聊能聊出订单吗？"

"这就是我跟别人不一样的地方。机械式的、千篇一律的邮件，客户都搞不清你是真人还是程序，人家凭什么要积极回复？所以我才在邮件中和他们分享生活细节，让对方知道我是一个活生生的人，这样自然而然会引起他们的共鸣。最简单，也最能引起客户共鸣的，是真实的生活经历。当然，不能吃喝拉撒睡什么都唠叨，这种生活经历一定要特别，比如上次我们参加志愿者活动，走进社区帮助空巢老人；还有，我虽然恐高，但我还是积极参加登山运动。总之，我们要有意识地在客户大脑中构建一张完整的'供应商画像'。"

从小果的眼睛瞪得圆溜溜的："说得倒是很有道理，能管用吗？"

事实证明，还真的管用。不久后，盛雪收到了一个回复，竟然是几张美短猫的照片，有上蹿下跳的，有四仰八叉睡觉的，还有一脸幽怨地盯着主人看的，极其可爱，后面附了一句话：有机会欢迎来美国。

从小果兴奋地跳了起来："师傅，瑞森可是美国著名的全球购公司，这是要请您去面谈的节奏啊！"

相对其他开发渠道来说，地推的成本是最高的。和从小果商量后，盛雪决定除了瑞森外，还要拜访另外几家客户。而且此行她不能只是"To be seen"，要先问下自己见面的目的是什么？急需要解决的问题又是什么？根据这些做好会议流程，见面时好引导客人给自己想要的。

盛雪一边办理签证，一边积极做着各种准备，包括几家客户的背景调查分析，自己的 PPT 和相关产品 PPT 介绍，几个版本的专业预约拜访邮件模板，样品准备，礼物准备，以及自己的行程规划和会议流程。

从小果的表姐在纽约，为了节约开支，她建议盛雪到纽约后住在表姐家里。想想微薄的家底，一向梗着脖子的盛雪不得不低下头，听从了从小果的安排。

一切准备就绪，盛雪带着两个塞得满满的行李箱直飞纽约。

飞机在空中漫步了十八个小时后，降落在肯尼迪机场。此时是黄昏，赭红色的云，将整个天空的色彩都提亮了几个度。盛雪推着行李出来时，从小果的表姐已经等在了外面，她的五官和从小果丝毫没有相像之处，个头近一米八，瘦高而伶仃，不由使人联想起鲁迅笔下“细脚伶仃的圆规”。

盛雪连连道谢，表姐却很美式地耸耸肩：“别谢我，谢小果那个黄毛丫头吧。”

表姐拉过盛雪的行李箱，走向了一辆蓝色的福特轿车。

虽然表姐没有刻意地疏离，盛雪还是感到了她们之间的距离，暗想表姐可能是在美国待的时间长了，磨淡了国人见面三分亲的热情。

车迅速向前奔跑。盛雪望着窗外陌生的道路、建筑和形形色色的人群，突然想起美国作家 **E. B.** 怀特的《这就是纽约》里的话——“纽约是艺术、商业、体育、宗教、娱乐和金融荟萃之地，在这么一个浓缩的竞技场上，布满了角斗士、布道者、企业家、演员、证券商和买卖人。它的西服翻领上浸润的味道，年深日久，洗也洗不掉。所以，不论你身在纽约何处，都免不了与伟大的时代、辉煌事功、奇人、奇事、奇闻发生感应。”

盛雪第一次来美国，第一次走近纽约，祈祷自己在这座传奇之城里，能和传奇撞个满怀，帮自己走出困境。

2

表姐住在皇后区的一幢不算新也不是太旧的公寓楼里，安排盛雪单独住一间小卧室。第二天表姐上班前告诉盛雪，她晚上替别人值夜班，不回来了，家里那辆福特，盛雪可以随意用。盛雪点头致谢，说自己坐地铁过去就行，但表姐还是留下了钥匙。

盛雪和瑞森方面约的是下午三点，她查看了一下交通路线，先地铁，再公交，大约两个小时可以到达。看看时间还早，她慢条斯理地整理着样品，不料，瑞森方面突然发来信息，将会面时间提前了两个小时。这下，就只有一个半小时的时间了，她咬咬牙，拎着礼物、样品和 iPad，将自己塞进了表姐的那辆福特。

盛雪拿到驾照有五年了，可开车的次数却不多，在人口密集的刺桐市区驾车出行实在是件痛苦的事，她虽有一辆 POLO，上下班却大多骑电瓶车，后来为了还债又把车卖了。驾驶技术和行驶里程绝对是正比关系，而且是在人地生疏的异国他乡，盛雪一路小心翼翼，差不多用了一个钟头，总算将车停在了瑞森的停车场上。

只剩下二十分钟了，盛雪抱着东西，一路小跑，穿过巨大的停车场，步入前面那座高耸入云的摩天大楼。再漂亮的高跟鞋，一旦用于赶路，就会面露狰狞。她一个不小心，就在宽阔的大堂内崴脚了。幸好女保安扶了她一把，才不至于摔倒在地。问明白会议室的方向后，盛雪咬着牙一瘸一拐地进了电梯。

到达会议室门外，她略微整理了一下，敲门而入。

“盛，你好。”小汤姆森笑吟吟地朝盛雪伸出手。

盛雪足足呆愣有十秒钟，才向他伸出了手，内心极不优雅地暗自爆粗口！她怎么也没想到，在邮件中和她谈天说地、聊工作谈人生、撸美短猫的人竟然是小汤姆森。后来盛雪才弄清楚，原来瑞森是汤姆森家族旗下的一个全球购子公司，树脂产品和校服，都在他们的经营范围内。

盛雪很快将情绪收纳好，强忍脚上的疼痛走向了座位。

“盛，你的脚……”小汤姆森从她的走姿中窥到了什么，吩咐助理拿点儿冰来，却被盛雪婉拒了。

盛雪拿出两盒茶叶：“一点儿小心意，不成敬意。”她说着，却不忘用余光打量屋子，发现偌大的会议室里，除自己外，只有小汤姆森和助理两人。

小汤姆森对礼物似乎很满意，连说谢谢，变戏法儿似的拿出一套茶具，烧水、沏泡，一气呵成，然后放在鼻息间嗅着，又张嘴轻抿了一点儿，满脸的陶醉。

“秋铁观音，纯手工炒制的。”他笃定地说。

盛雪暗自庆幸自己判断正确。从邮件的你来我往中，她觉察出对方似乎对中国茶挺感兴趣，挑选礼物时特意买了两盒上好的铁观音，但没有说明茶的采摘季节和炒制方式，现在小汤姆森一语中的，说明他不仅汉语好，还是个中国通，对茶文化也颇有研究。

“许多人都以为春茶好，铁观音却是秋茶为佳。因为秋季日夜温差大，十分有利于光合作用，以及质的积累和香气物的形成……”小汤姆森对助理和盛雪侃侃而谈，仿佛他们这次见面不是谈生意，而是以茶会友。

盛雪选的的确是上好秋茶，但她烧着钱跑了大半个地球，不是来和一个狡猾如狐的小老美喝茶论道的。她的大脑快速运转，思考着应对的战略战术。

“盛，你们中国有个成语，叫唇舌留香……”

“唇齿留香。”盛雪笑眯眯地纠错，果断地从包里取出iPad，准备向他展示产品。

小汤姆森仿佛根本没有领会盛雪的意思，再次为自己和盛雪满上杯子。她只好将焦躁之气使劲往肚子里摁了摁，端起茶细品。嗯，还真如这个小洋鬼子所言——唇齿留香。

眼看时间一分一秒地过去，盛雪却无用武之地，五脏六腑都急得冒烟了，小汤姆森却依然慢悠悠地喝茶。盛雪内心哀鸿遍地，还得端着四十五度角的微笑静候。

时间的爪子缓慢爬行，待茶水把小汤姆森差不多泡透后，他才慢悠悠收起茶具，朝助理递了眼色。助理随后起身出去了。

盛雪不明所以，两眼飞出的全是问号。

小汤姆森似乎很开心自己制造的效果，微微一笑开了口：“盛，我知道你满脑子都是疑问。用你们中国人的话说，现在我们可以打开天窗说亮话了。我收到了黄文祥的邮件，知道你离开了昌和，但我不相信他说的，所以选择和你面谈。”

盛雪有些感激地点点头。

这时，助理和七八名金发碧眼的帅哥鱼贯而入。

小汤姆森笑眯眯地起身，从采购总负责人到整个Team，一一为盛雪介绍后，还不忘卖了个关子：“现在我们开始谈工作，其他的问号我一会儿再回答你。”

盛雪点点头。工作才是重点，至于那些疑问，只要不妨碍她谈生意赚钱，不说更好。

整个 Team，加上小汤姆森这个大帅哥……现场帅哥荟萃，简直像是个小型的北美男装发布会。要是从小果在，铁定又是一场生死恋的开端，连自诩为深渊老潭古井水的盛雪都咽了几口唾沫。还好她定力足，连忙收敛心神，端出礼仪之邦的委婉表情，朝大家点点头，拿出名片，恭恭敬敬地一一派发，然后打开 iPad，将前些日子在刺桐举办的首届中国校园服饰国际博览会上的新产品投放到屏幕上，展示给大家。

大家一边认真观看，一边聆听盛雪的讲解。她提供的资料表明，那些产品无论是设计、主辅料，还是舒适度，均无可挑剔，这让瑞森的人眼前一亮。

十来双亮晶晶的眼神告诉盛雪，他们对她的产品非常感兴趣。她趁热打铁，侃侃而谈："在座的各位应该知道，我国的施振荣先生提出了著名的'微笑曲线'，在产业链中，附加值更多地体现在设计和销售两个微笑端点，而中间的制造环节，全球都是供大于求，产能过剩，附加值低，为此我国政府准备实施'买全国、卖全球'计划，推出一系列优惠政策，使得营销与贸易进入一个新的良好氛围中。各位，如果我们可以合作，将是一个共赢的局面。"

盛雪的话引来一阵掌声，她的嘴角不自觉地向上弯了起来。

小汤姆森却故意出难题："你们国家的校服供应商多如牛毛，你怎么能肯定我会选择你呢？"

盛雪胸有成竹："有句流行语——不买贵的，只买对的。

我觉得我就是你们的正确选择。”

看着盛雪自信的样子，小汤姆森发自内心地鼓起掌来：“盛，最厉害的销售不是卖产品、服务和方案，而是卖信任、卖思想。你关于‘微笑曲线’的解读也正是我的想法……祝贺你！”

3

从事外贸行业的人员，为方便和客户交流，大多都有一个英语名字，盛雪的英语名字为“Dorcas”。小汤姆森后来解释，他早就知道 Dorcas 是盛雪，却没有向她透露自己的身份，而是通过邮件和朋友圈里的言行来观察她。见盛雪主动参加对贫困学生的资助、给孤寡老人送温暖等社会活动，认为她是个有社会责任感的人，才发邀请要她前来面谈。他故意将会见时间提前，是为了考验盛雪的应变能力；而刚才磨磨叽叽喝茶，也是为了观察她的耐性……而这所有的考验，盛雪都交上了完美的答卷，所以他才将整个团队喊了进来。

盛雪不由对这个和自己同龄的小洋鬼子肃然起敬，同时感慨他的心思缜密，挑个供应商，都像皇帝选妃那么程序烦琐。

接下来的一切都顺风顺水起来，大家开诚布公地交谈，指定喜欢的面料和设计师作品，要盛雪回去准备相关资料。

初战告捷，盛雪连连点头，说马上回去准备。

“盛，几个月前在中国，感谢你的盛情款待。今天本来想留你共进晚餐的，可是根据天气预报，两个小时后将会有大风……SO……”小汤姆森耸耸肩，遗憾的表情一览无余。

“汤姆森先生，中国有句俗话，迟饭是好饭。我相信会有机会共进晚餐的。”盛雪由衷地佩服小汤姆森的商业头脑和识人的本领。

盛雪和小汤姆森握手告别，然后和大家互道再见，转身离去。

首战告捷的盛雪，怀揣合作愉快的期盼，开车返回。

纽约的盛夏，长着一张精分的脸，上一刻晴空万里，下一刻就乌云密布了。盛雪打开收音机，收听本地电台，虽然英语不是太好，但她还是从中提取到“狂风雷电”四个字，回想起小汤姆森的话，不由得紧张起来。

为了赶在雷暴来临前回到表姐家，盛雪一咬牙，跟着导航上了高速。这是她第一次上高速，而且是在异国他乡的美国！

大约行驶三十公里后，狂风像一头冲破笼子的饥饿怪兽，咆哮着，铺天盖地而来。雨点追着狂风秀恩爱，紧跟着砸在玻璃上，发出了令人心悸的砰砰声。盛雪感觉车突然长了翅膀，轻的想要飞起来。她纤细的手指不得不死劲抓着方向盘，才勉强保持车身不左右大幅度摇摆。

风雨越来越大，世界开启了天地连合的混沌模式。盛雪只得将雨刷的频率开到最大，才能勉强行进。车驶上了一座高驾桥，一个写有“There is a cross wind here，be careful.（此处有横风，驾驶须小心）的提示牌刚进入视野，一阵横风就像块巨大的幕布，铺天盖地席卷而来。盛雪用尽全力抓着方向盘，车还是像片枯瘦的落叶，猛然朝左边飘去。她绝望地踩下了刹车。尖锐的刹车声将咆哮的风雨撕裂了一道口子……随着“嘭”的一声巨响，车撞在栏杆上后停了下来。额头上一阵疼痛袭来，盛雪拉下上方的镜子照了一下，一个红肿的大包赫然入目，上面还有道小口子，有血渗出。她连忙从包中翻找出创可贴，将伤口粘贴好，然后仔仔细细检视了全身，发现除了头上的小伤外，其他部位并无大碍。她又试着发动了车，见也没问题后，在心里默念了句“阿弥陀佛”。

不知何时，外面狂躁的暴风骤雨似乎吃了药，已安静下来。盛雪吁了口气，发动车朝前驶去。

电台广播里，播音员急切的口吻再次传来，说此次雷暴给纽约带来不少灾难，街道积水，部分地段地铁被淹了，一些道路关闭，还有人被树枝砸中身亡……盛雪有种劫后余生的感觉，庆幸自己没有成为新闻中的阵亡者。

一路披荆斩棘回到表姐的住处时，已接近晚上十点。饥肠辘辘的盛雪简单煮了碗泡面，边吃边和从小果联系。

纽约和国内有十三个小时的时差，此刻刺桐是上午时分，盛雪要从小果立刻联系曾厂长，准备客户需要的各种资料。吃完收拾妥餐具，从小果那边的资料陆续发过来了，她回到自己的小卧室，打开电脑，开始一项一项整理。

不知不觉间，午夜悄然降临。就在大功即将告成之际，客厅里突然传出一声巨响，像是桌椅翻倒的声音。盛雪吓了一跳，开始脑补美剧里各种持枪抢劫的镜头，恐惧感潮水般袭来。

她屏住呼吸，四处打量着，可实在找不到护身的武器，只好抄起台灯，蹑手蹑脚地将门拉开一条细缝——客厅的沙发里坐着一个白人男性，遮天蔽日的胡子实在看不出实际年龄。他的脸涨得通红，手里拿着一个酒瓶，时不时灌一口，脚边是被他踢翻的餐椅。

从小果曾举着手机向盛雪控诉过这个男人的恶行。他叫吉姆，是表姐的男友。从小果大骂他是没进化完整的垃圾，可表姐不争气，就爱和这个酗酒闹事的垃圾混在一起。

至少不是歹徒闯进来了，盛雪总算放心了，将门拉开了些，小心翼翼地解释："表姐去上班了，我是她朋友……"

吉姆猛然抬头，死死盯着盛雪，眼睛里放出饿狼般的绿光。盛雪浑身一颤，话没说完，又赶紧关上了门。吉姆紧跟着过来敲门，一声比一声响。盛雪屏住呼吸，没有回应，以为这样他就能走开。可随着一声巨响，门被吉姆踢开了。近一米九的吉姆就像一台巨大的压路机，直直地朝她碾轧过来，轻而易举地将她推倒在床上。

在酒精的作用下，吉姆完全成了禽兽。盛雪手脚并用抵死反抗，一脚踢在了吉姆的要害处，他野兽般号叫一声，身体蜷成一团，惨叫不止。

盛雪迅速将电脑等物品胡乱地塞进行李箱里，急匆匆逃离了表姐的家。

盛雪像一片落叶，孤零零地飘在街上。清冷的风吹得她打了个寒战，让她彻底清醒过来。此刻是凌晨一点多，举目望去，四周偶尔有零星的灯光。她拿出手机定位，发现自己身处皇后区的偏僻地段，在网上搜寻附近的酒店，最近的也有四五公里。

她想快点儿逃离这个恐怖的地方，在 Uber 上叫车，却没人应答，只好拖着行李龟速朝目标行进。

谈到纽约，人们想到的往往是高耸入云的摩天大楼、繁华热闹的广场、规划整齐的街区，但光芒万丈的太阳也有黑子，光鲜亮丽的国际大都会背后，亦隐藏着阴暗角落。

盛雪在去酒店的路上，经过一处贫民窟。这里离肯尼迪机场仅有几个街区，却因地势低没被纳入整个城市的排水系统，久而久之，便成为“城市之坑”。

混浊的水坑里漂浮着零星的路灯，宛若魔鬼的眼睛在暗夜里闪烁；生活垃圾、树木和建筑物的残亘断壁，被那场暴风雨敛揽至此……一种肮脏的瘴气在此蒸腾。五六个流浪汉聚集在街头昏暗的灯光下，双目如两盏小小的探照灯，四处张望，寻找下手的目标。

4

盛雪的身影蓦然闯入了流浪汉们的视野，成了他们的目标。她感觉到了那些贪婪的目光，心突突地乱跳，不由得加快了脚步。可两个大行李箱使得她只能成为任人宰割的羔羊，她很快便被狼群包抄了。

“你们想干什么？”盛雪紧紧地护着箱子。吉姆是一只狼，她奋起反抗还有逃生的机会，现在面对的是一群恶狼，稍加反抗可能连骨头渣子都没了。

在流浪汉们的眼里，落单的盛雪就是一块肥美的羊肉。他们毫不客气地将盛雪推倒在地，抢走她的随身包，夺过她的箱子，当着她的面开始翻找。他们只想要现金，包里的衣服和化妆品被扔得满地都是。

“请留下我的护照，求求你们……”盛雪单薄得像一片纸，浑身瑟瑟发抖。她不知道他们在抢劫结束后，还要对自己做什么。她想逃跑，可她的两条腿像被挑断了筋，根本站不起来。

远处突然有警笛声传来，戏剧性的一幕出现了，流浪汉们抢走了盛雪钱包里的一千多美金，以及她的 iPad 和电脑，霎时作鸟兽散，只留下筛糠般的盛雪和满地的狼藉。

警笛声只是打了个晃就拐弯而去。几分钟后，盛雪清醒过来，挣扎着站起身开始收拾，将沾满污渍的衣物一一塞回行李箱。幸好那帮流浪汉被吓跑了，她装在口袋里的手机才得以幸存。

盛雪想报警，又担心在等待警察到来的过程中，再有什么意外发生，只好拖着行李箱，步履蹒跚地走向黑暗的街道。她发如蓬草，衣衫凌乱，身影被路灯拉得长长的，如一茎被大风吹断的芦苇……

过了不知道多久，前面的街道开始宽敞整洁起来，路灯也明亮了很多。盛雪总算从兵荒马乱的黑暗世界里逃了出来。她又累又困地坐在一家咖啡馆外的台阶上，双手抱膝，茫然地望着人流散去后的空城，万般滋味涌上心头……她只是和林浩楠相了个亲，就莫名成为负债百万的冤大头，如今又被纽约接连给了几个下马威——差点葬身在异国他乡的风雨交加中，差点遭遇女孩子最不堪的凌辱，若不是魔幻的警笛，她不知道自己能否劫后余生……委屈的泪水止不住往外涌。渐渐地，默然流泪已不能化解盛雪的伤痛，她嘤嘤呜呜地哭出声来。

眼泪虽不是万能的，但可以成为忧伤的排泄口。

不远处的酒店里，高英树躺在床上“烙大饼”，翻来覆去无法入睡。“素食皮”的市场一直无法打开，偶有订单，量也小得可怜，唯有美国这家客户还算不错。可昨天见面时，对方突然提出，高氏“素食皮”在全美的客户只能有他们一家。若是这样，“素食皮”在美洲市场的销售就太受制于人了；可若不答应，合作一旦中止，高氏的企业就会陷入全面危机。

高英树心烦意乱，索性穿上衣服到外面透口气。

不管你信不信，冥冥中，自有一根命运的指挥棒在运行，它招唤你，带你遇见你的幸运或者不幸。

高英树心浮气躁地想走进咖啡馆喝一杯。反正睡不着，与其苦苦地与困倦缠斗，还不如干脆来杯醒脑剂气死睡神。他刚踏上台阶，一阵细小压抑的哭声就传进了耳朵。循声望去，他看到了把头埋在胸前坐在角落里啜泣的盛雪，以及格外醒目的两个大行李箱。

世界上的可怜之人太多，全能的上帝也无法挽救这个局面。高英树本打算熟视无睹地直接进店，恰在这一瞬间，盛雪抬起了头。两人四目相对，都认出了对方。盛雪惊异于命运的巧合，两人的三次相见，居然都是在自己落难的时候。

高英树的脑海中也有什么东西突然翻动了一下，在他的记忆中，仿佛曾经有这么一个小身影，后来被时光弄丢了。

“别哭了，到里面喝点儿东西吧。”

前后两次的相助，让盛雪对这个陌生男人充满了信任，温顺地由着他把自己从地上拉起，走进了咖啡馆。两个大行李箱随即也被他拉了进来。

黎明前的咖啡馆内，一切都昏昏然。店员将一杯咖啡端上来后，又躲回到柜台后面打盹儿去了。

“要不要加糖?”他问。

盛雪黯然点头。她满心满眼的苦，急需要甜的中和。

高英树将糖加进去，搅拌后将杯子推送到她面前。

盛雪紧紧地握着杯子，大口地灌着，直到满满一杯酡酵的咖啡进了肚子，才有点活过来的感觉，流着泪简略地讲述了自己来美后的遭遇。

或许是店里的空调太凉了，盛雪的上下牙齿止不住地打架，身子也在颤抖，握着空杯子的手关节都是苍白的。

“你，唉，你这个笨女人，第一次出国地推怎么能一个人？最好结伴同行啊……”高英树很是生气，可盛雪紧绷的样子让他责备的话无法再出口。没来由的，他心中猛然一揪，迟疑着伸手覆在她的手上，从她手指的冰凉中感知她仍处在深深的恐惧中。

“没事了，现在没事了……”他不由握紧了她的手。

盛雪感受到了他的真实存在。不管他是神是妖，还是真的来自火星，他先后三次的出现都太及时了。她反手将他的手抓得更紧，久久不愿意松开。

“要不要报警？要的话，我陪你去。”高英树看了一眼窗外的黎明曙光，问。

“谢谢，不用了。”盛雪早就听丛小果说过，吉姆就是个无赖，他向表姐反咬自己杀人越货也说不定。而那帮流浪汉，估计警察也是懒得管的。况且目前还有更重要的事情要处理——她和小汤姆森约好了，要把准备好的资料送过去，眼看天就要亮了，可自己却如此狼狈，这个样子，怎么见人呢？

“都什么时候了，你还想着赚钱？”高英树惊讶地看着面前的女子，意识到她是认真的，不由叹了口气，“你和客户约的几点？”

“下午两点。可是我的平板和电脑都被抢了，整理的资料和 PPT 没法儿给客户看。”

“脑袋里塞的是豆渣吗？自己没有，别人也没有吗？资料保存到云盘没有？”

“存了。您愿意借我吗？”她问得有些不确定。

“脑子也被抢了？”高英树嗤笑。

盛雪的大脑原地转了三百六十度，才明白他的意思，连声道谢。虽然对这个俊朗的男人完全不了解，他对她却是神一样的存在，每当遇到困难，他就从天而降救她于水火。

从咖啡馆出来，高英树将盛雪带到自己住的酒店，在隔壁帮她另订了房间。

“您……怎么称呼？”盛雪有点儿不好意思地问。

高英树塞给她一张名片。盛雪看一眼名片，再次打量高英树：“马来西亚高氏皮革的总经理？”

“擦擦口水，别露出一副遇上霸道总裁的样子。”高英树将她的两个大行李箱放下，转身准备走人。

“高先生，您的电脑……”盛雪想马上进入工作状态。

“安心地睡上三个小时，iPad和电脑就借你，否则一切免谈！”说罢，高英树离开了房间。

5

他的每个字都是横着从嘴里拉出来的，盛雪却听出了其中的关心，有些感动地望着他的背影，总觉得有一种熟悉的东西，具体是什么却又说不清。而且，这种感觉并非源于当初他送鞋子给自己，而是由来已久……

没等到高英树叫早，盛雪就被丛小果的微信电话叫醒了。说表姐早上回到家后，发现她不声不响地搬走了，有点生气地通报了此事。丛小果敏感地觉察到事出有因，便追问盛雪。根据表姐的说辞，盛雪推断吉姆应该无大碍，还收拾了屋里的烂摊子……她提着的心总算放下了。

“没办法，本人天生丽质难自弃，到了美国还能招蜂引蝶。昨天遇到一个特别像玄彬的超级大帅哥，只好重色轻友抛弃了表姐。”盛雪亦真亦假地编造故事，然后下载了高英树的微信头像发她为证。

见对方果然是枚大帅哥，丛小果发了个哈喇子流满地的色色表情，便不再追问。

在高英树的帮助下，盛雪很快就把资料整理好了。见还有时间，盛雪邀请高英树共进午餐，以表示谢意。

“谢谢您，高先生。”盛雪真诚地说。较之那些金发碧眼的洋帅哥，高英树俊朗的东方人面孔更有亲和力。

“无事献殷勤，非奸即盗。我可不是小说中的多金总裁，穷鬼一个，叫我英树就好。”他撇撇嘴，想装酷，嘴角却不由自主地上翘。横空出现的盛雪像一缕清风，带给他别样的怦然心动。他有些后悔在刺桐相见时走得过于匆忙，没有在她身边多做停留。

“好吧，英树，您既然是大马的，怎么会有明显的闽南口音呢?”盛雪像个好奇宝宝。

“我祖籍闽南，行了吧。孤陋寡闻，没听说过吗，有人的地方就有中国人，有中国人的地方一定会有我们福建人。马来西亚的华商里，闽商可不少。”他在语言上对她嗤之以鼻，表情上却带着浓浓的笑意。

“您是福建……”盛雪继续问。

“收起十万个为什么。你现在的第一要务是吃饭，然后把准备的资料再检查一遍后，去见客户。还有，最好换掉身上这件像是礼服的玩意儿。”高英树认为现在不是做问卷调查的时候，而是战斗的前夕，便打断了盛雪，并给以着装建议。

这次时间充裕，盛雪乘地铁来到了瑞森。

进入会议室时，小汤姆森和他的整个团队已经等候在那里。

当盛雪将具体报价等相关资料呈现在他们面前后，大家频频用眼神交流着，连连点头，似乎是相当满意的。

“盛，实不相瞒，我们也和另一家校服工厂在谈，他们给的价格要比你们低。”小汤姆森突然说。

他才是最后的拍板人，盛雪内心的小鼓敲打起来。八九个金发碧眼的大帅哥齐刷刷地盯着盛雪，似乎在等着看她怎么落荒而逃。出乎他们预料的是，沉默片刻后，盛雪淡定地开了口：“尊敬的汤姆森先生，以及在座的各位，我再阐述一下我们制作校服的理念——我们的工厂在国内远远算不上最大的，但在设计、健康和舒适度以及实用性方面，却领跑于校服业的前端。我们开展有服装工效学方面的研究，按照学生的生理变化特征，结合温湿度的变化，采用综合性的面料，这些面料的环保要求，均符合欧美标准，而且排汗性、透气性、舒适度等，都是业内一流的。我们有专业的设计团队，首席设计师就毕业于纽约时装学院。我们每年在研发和设计方面的投入大约占到总销售收入的四分之一。各位，我们中国有句话，叫‘一分价钱一分货’，因此我们不和同行打价格战，在价格和合适之间，我相信在座的各位能做出最正确的选择。”

盛雪之前听曾厂长说过，早些年做校服外贸时，做什么就畅销什么。现在竞争白热化了，想避开和同行打价格战，就要将老外最注重的研发和设计做得比同行好才行。她临时将曾厂长的话组织了一下，来应对小汤姆森。

小汤姆森望着盛雪不卑不亢的样子，满眼的欣赏，带头鼓起掌来。

盛雪心中一动，觉得有戏，却又不敢放松，因为对方明确提出她的价格贵。她委婉地笑着，静候答案。

“盛，能告诉我们，你头上的伤……是怎么回事吗?”小汤姆森突然搁置生意，开始关注盛雪的身体状况。

这个小洋狐狸向来不按常理出牌，要想同他合作，只好跟着他的节奏走。盛雪犹豫了一下，把昨天从这里离开后两桩惊心动魄的经历如实道来，并向大家致歉：“对不起各位，由于昨天的特殊情况，随身带的衣物都弄脏了，只好穿了这件不是太正式的来见大家……”

说着，她的眼圈红了，但仍然保持着优雅的微笑。

现场一片安静，片刻后响起了热烈的掌声，大家真心为这个看似单薄，却蕴含着巨大能量的东方女子所折服。

“盛，合作愉快。我们将把五万套校服的订单交给你。”小汤姆森冲盛雪伸出来手。他刚才提价格其实就想利用盛雪急于成交的心理压价，却被她坚守的职业道德说服了。听闻她的经历后更是动容。昨天那样两次险象环生的遭遇，她从命悬一线间逃生出来，今天还能按时出现在谈判桌前，这种倔强和敬业精神，是一种难能可贵的美好人性，他当即做决定和她合作。

“谢谢，谢谢你们——”幸福好像来的太过突然，盛雪的笑容里夹杂着难以控制的哽咽，她将手伸过去，和小汤姆森的手紧紧地握在一起。

回到酒店，盛雪换上一件已经洗干净的白色长裙，化了个淡妆，敲响了高英树的房门。

果然如书上所言——纽约是个传奇之城，随便转个身，都能和传奇撞个满怀。她和高英树这次在纽约相见，除了用奇迹来形容，不知道该用什么来定义。他连着救了她三次，一种说不清的感觉从盛雪心底冒了出来。话语稍显刻薄，但行为非常体贴，高英树的言行极端不一致，却没有丝毫违和感，反而异常温暖，让人不自觉想走近，犹如磁铁对铁的作用。

门开了，高英树出现在门内，穿着衬衣，却只系了一粒纽扣，令结实的胸肌、腹肌一揽无余。从他疲倦的脸上可以看出，今天和客户谈得并不理想。

“干吗?”门开了，高英树挡在门口，没有让她进去的意思。

盛雪朝他举举 iPad，故意忽略他脸上的萎靡和拒绝，堆起一脸的调皮：“这一天心里都在敲鼓吧——这女人会不会把我的 iPad 拐跑了？我是不是做了件肉包子打狗的蠢事?”

第六章　你在灯火阑珊处

1

他明明被她逗得想笑，却为了维持高冷的形象强忍着，而后在行动上让了步，身子侧斜，放她进来了。

“我在想——我的 iPad 会不会带着一个肉包子回来……”他的声音哑哑的，一语双关，眼睛似笑非笑，里面有簇火苗在跳动。

嗯，人生萎靡，吓吓她玩也挺有意思。

盛雪果然中招，怕被那簇火苗点燃，不敢和他对视，看向他的下巴以下，却又被那健美的身子弄得无处可躲，大脑里突然蹿出来“秀色可餐”四个字。近墨者黑，她在心里笑自己被丛小果传染了，看见帅哥居然敢没羞没臊怦然心动了。

为掩饰内心的躁动，盛雪连忙说：“……共进晚餐如何，以表示感谢。”

“谈妥了？”高英树挑挑眉。

“嗯，签了 PI（形式发票），拿到了定金。”

“这速度，还真够快的。”高英树难掩惊讶。相比之下，他自己的谈判却没任何进展，难免有些黯然。

“这就叫中国速度。”盛雪无比自豪地拿祖国来背书。

“看来真得敲你一顿。先想好，钱包会不会疼……”话虽如此，他还是真心为她高兴，更为祖国的强大自豪。虽然全家人都生活在马来西亚，可他祖上在福建，中国也是他的祖国，中国的强大当然是他们这些海外游子的心愿。

“我第一次来纽约，而你看来是常客，能否帮忙找个那种……集小资情调、异域风光于一体的地方，我好拍点儿照片发个朋友圈显摆一下。”其实盛雪还有个用意，她想以照骗（片）为证，给家人朋友报平安，证明她在纽约一切安好。

“想体验一下纽约的夜生活?”高英树笑得坏坏的。

盛雪有些面红耳赤，但一时也找不到更合适的词，只好梗着脖子点点头。

纽约夜生活的主力军主要是白天潜身于高楼大厦里的白领，和来自世界各地的游客。前者是想在离开压力山大的办公室后放松一把，后者是想来见识一下这座世界之城的繁华。

考虑到盛雪是初来纽约，之后还有一连串的工作安排，此行几乎再也抽不出时间来仔细审视这所国际大都市，高英树给出了建议：“那就去曼哈顿找家餐厅吧，吃完饭到百老汇看场演出。”

盛雪顿时有点心疼加肉疼。麦当劳等快餐厅只是填饱肚子的地方，缺乏情调和文化内涵。而夜生活需要的是令人眩晕的酒精，而不是头脑清醒的咖啡。高英树推荐的餐厅从环境到食材，应该都相当考究，与此相匹配的当然也是“价格不菲”四个字。虽然收到了定金，可她不能铺张浪费，那些钱是留着做大事的……可说出去的话犹如泼出去的水，盛雪只好皮皮地冲高英树笑笑，说：“行，出发——”

高英树似乎看穿了她的内心戏，戏谑地笑笑说：“想好了，现在反悔还来得及……“

“我才不会!”盛雪大叫，以掩饰内心的尴尬。

高英树选的是一家法式餐厅。精致的装潢，优雅的琴声，安静用餐的人们……扑面而来的小资和文艺情调，使得盛雪一时忘记了“钱”的概念。

环境似乎轻易就改变了高英树，他突然从牙尖嘴利进化得很有风度，为盛雪拉椅子、挂风衣，接过伺者的菜单后双手递向她，要她点菜。良好的修养回归后，他由内而外自然而然地凝聚了一身贵气，显现着他出身的不凡。

盛雪接过菜单后却傻了眼。上面只有密密麻麻的文字，没有图。她在国内也吃过法式菜，可无论什么东西到了中国的广阔土地上，就入乡随俗做了改变，国内的法式餐厅的菜单上大多有配图。

高英树察觉到盛雪的窘境，接过了餐单。他每点一样，都要体贴地指着下面细小的文字给她看。那里标明的是这道菜用的哪些食材，以及烹饪方法和技巧等，然后轻声问可不可以？

盛雪突然感觉好心累，素以浪漫闻名于世的法国人难道不知道贴个图更一目了然吗？但她不能在高英树面前唠叨这些，只好笑眯眯地点点头。

“来杯起泡葡萄酒怎么样?”高英树征求盛雪的意见。

“起泡葡萄酒?”盛雪是第一次听说这个名词，有点傻白甜地问。

“哦，就是一种有泡泡的葡萄酒，你今天不是签单成功吗？我们用它庆祝一下，怎么样？”高英树难得好脾气地为她科普。

盛雪突然想起在影视剧中看到过的画面，缤纷绚烂的气泡很能营造欢庆的氛围，连忙点头。

“很好喝。”当那口起泡酒下肚后，盛雪顿觉舌头和心都酥酥麻麻的。

“早上的十万个为什么，还想要答案吗？”高英树望着盛雪，戏谑地问。酒精使得那张精致的脸如雨似雾，像一首朦胧婉约的诗，他不由怦然心动。而另一张艳丽的脸突然来势汹汹地浮现于眼前，伸手强势将他的脸扭向另一边。他强力地抗争着，又扭过来，看向了盛雪。

她想知道谜底，便点点头。

他突然想在这个纯良的女孩子面前卸下伪装的面具。

据高英树说，他们高氏皮革曾是名气很大的皮革生产商，当年在东南亚乃至全世界都占着相当的分量。可由于市场变化、外加经营不善，到了父亲手中时，已岌岌可危。为了重振高氏，高英树和父亲苦心研究出外观、质感甚至连纹理细节均与奢侈的真鳄鱼皮一模一样的“素食皮”，但还是没能挽救高氏。公司经营每况愈下，父亲连气带病，撒手人寰。不过，高氏“素食皮”既有真皮的质地，又比真皮更耐磨和环保的核心技术仍在。高英树这次来美国就是为推广此产品，可“素食皮”属于纯手工制作，成本高昂，许多客户望而却步。好不容易遇到一家有意向的客户，对方却又坚持在全美独家代理……

提起生意，高英树的情绪低落下来：“不说这些了。今天是为了压榨你的钱包而来。来，为你取得的成功，为庆祝我们的相遇，干一杯。”

两只杯子碰在一起。

“难道就没有其他办法了吗?”见他情绪低落，盛雪心里仿佛有只小爪子在抓挠，异常难受。

“也不能说完全没有，卖了自己还是可以换些银子的……”高英树故作调侃，心里却苦涩不堪。一张漂亮跋扈的脸出现在眼前，在她身后是飞舞的钞票，足以让高氏起死回生的钞票。他不想拿自己来交易，可眼下的战绩，又实在拿不出手。他给自己打气，“当今各大品牌包包流行的口号是保护动物，拒绝将血腥穿上身。高氏‘素食皮’与这个潮流不谋而合，前景是非常看好的，所以，无论多么艰难，我都要做下去。”

“我相信你，一定能成功!”

盛雪的鼓励，似乎让高英树看到了一线曙光。最近连续受挫，他太需要这样的鼓励了。他再次举杯：“谢谢你，小雪。Cheers!”

这声“小雪”，令盛雪想起了林浩楠，心里微微一沉。透过迷离的灯光，望着对面那张俊朗的脸，她的脑海里突然闪现出那句话——“在错的时间，遇到对的人”。

2

盛雪和高英树走在午夜的街头。

“看来百老汇今天是去不成了……”他笑着摇摇头。

“留点遗憾给下次见面时弥补。”她笑着回答。

有风吹过，盛雪白色的裙裾飘了起来，像一个在人间迷路的精灵，高英树看呆了。微醺的她走得有点摇摇晃晃，他偶尔扶一把，她巧笑颦兮地道谢，惹得他心头小鹿般乱撞。

“脱掉你的鞋子不介意吧?”盛雪将“你的”两个字咬的特别清晰。

他不解地望着她。

她脱下鞋子递向他：“你的鞋子，不记得了吗?”

看他的样子似乎完全不记得第一次相遇的情形了，她只好用这种方式提醒。

高英树接过去仔细看后，恍然大悟，想起了那个在楼梯上坐着的女孩子。看来纽约真是一座奇城，在这里散落下无数离奇的碎片，信手拈来就是一段美好的故事。

两人对视着笑，从优雅的微笑，到仰天大笑，直到泪流满面。高英树伸出手，盛雪咬着唇，踟蹰着不敢迎接，仿佛没看到，直直地朝前走。

他很自然地收回手，就像他并没有伸出去那样，愉悦地跟在她颀长的身后。

走累的盛雪坐在路旁的台阶上。在酒精的作用下，她一语双关地说：“这双鞋子出现的很及时，救我于水火。”林浩楠推倒一座巨大的山，压在了她身上，她好想天降个愚公来。但当有愚公潜质的人出现时，她又有些胆怯退缩了，只能拿一些模糊不清的语言来表述心里的躁动不安。

“那双鞋子好幸福。”他的目光，追随着她的，一起落在城市迷离的灯火深处。倘若眼神是人的全部，他想紧紧抓住她。

接下来的几天里，盛雪马不停蹄地又拜访了另外几个客户，而后准备启程回国。她想以最快的速度完成瑞森的订单。

机场大厅里，高英树将盛雪送到安检口，冲她挥挥手："赶紧走吧，走了就没人抢我的电脑和 iPad 了。"

盛雪却站在那里没动。

"别整得这么依依不舍行不行？每次见到你都有麻烦，我可不喜欢当雷锋。"他轻轻推着她的肩膀，将她的脸朝向安检口，动作自然而熟稔，仿佛两人是旧相识。

盛雪的身子僵着，牙齿紧紧地咬着下唇，仿佛做着什么生死决断，然后犹豫着拉起行李箱。

"哎——"高英树突然喊了一声。

盛雪扭过头，似笑非笑地看着他，眼里有一层蒙蒙的雾："干吗？"

他的喉节滚动着，半晌，艰难地挤出了一句心口不一的话："赶紧走，麻烦精，不想再看到你。"

"那我走啦，保重。"盛雪露出一个比哭还难看的笑，转身向前走去。

"麻烦精，我们还会再见的！"身后又传来高英树的喊声。

盛雪没有回头，但知道高英树就在那里，直到她过了安检，仍然觉得背上热热的……

林浩楠虽然失去了记忆，但身体恢复得挺快，不久便能下地走动了。为了加快各项机能的恢复，他想多活动活动筋骨，便和吴菲菲商量找点儿活干，比如当园丁。原本对花花草草没什么兴趣的吴菲菲，竟然买来园艺方面的书苦读，然后和林浩楠一起修枝剪叶，甚至尝试用嫁接的方式培育新品种。

今天是周一，林家餐馆逢周一休息，全家人都在家。吴菲菲起床后，发现林浩楠已经在院子里忙碌了，连忙下楼帮忙。

“我原来在餐馆里是做什么的?”林浩楠突然问。

“问这干吗?”这个问题吴菲菲还真没考虑过，一时难以回答。

“哦，我也恢复得差不多了，总得回到岗位上啊。”

“洗碗的。”身后传来哥哥吴越的声音。

“副主厨。”吴菲菲说。

兄妹两人几乎同时说出口。吴越是故意将林浩楠说成洗碗工；吴菲菲不想让他做那些鸡零狗碎的杂活，才编了个有点儿高大上的副主厨。

吴菲菲斗鸡似的瞪着哥哥，恨不得用眼神杀死他。吴老板背着手踱着方步走过来，用咳嗽声警告两人。

“好吧，副主厨，您老人家上班后，可要拿出绝活儿来让大伙儿见识见识。”吴越给林浩楠挖了个坑。

吴菲菲气得下手狠掐他的胳膊，然后一把夺下林浩楠的剪刀，拉着他走向那辆白色皮卡。“爸，我和大力去市场逛逛。”

在金沙萨，有些麻烦事是可以通过钞票解决的。吴老板托人给林浩楠办了一张居住证，使他成了具有合法身份的“陈大力”。

周一的大街上堆满了车辆，大货车、小轿车，还有随时上下客人的小中巴，杂乱地穿梭于道路上。吴菲菲开着车，穿行于其间。为对抗外面的喧嚣，她打开音响，唯美婉约的《花好月圆》响起，一咏三叹。她跟着开始哼唱：“浮云散，明月照人来，团圆美满今朝醉，清浅池塘，鸳鸯戏水，红裳翠盖，并蒂莲开……”

吴菲菲边唱，边时不时侧目看一眼副驾驶上的林浩楠，抿嘴而笑。

林浩楠清醒过来后，从吴家人断断续续的言语中，得知自己昏迷期间，一直都是吴菲菲不离不弃地照顾他，打内心开始喜欢这个看似大大咧咧，却心地善良的姑娘。

音乐是一枚万能钥匙，最能打开人或喜或悲或坚硬或柔软的心思。想起吴菲菲的付出，林浩楠内心一片温暖。

当吴菲菲再次缠绵望来时，林浩楠勇敢地回望向她，手轻轻地覆盖在她放在换挡杆上的手上。一种陌生的感觉撞击着吴菲菲的心扉，她感觉胸膛里跑进了一万只云雀，叽叽喳喳，吵得她头昏脑涨无法安心驾驶，只好猛打方向盘，将车从大路驶向旁边的小巷，停在了一丛巨大的芭蕉树前。

吴菲菲熄掉火，定定地看向了林浩楠。

世界突然静谧下来，除了歌声的清婉缠绵，似乎什么都不存在了。巨大的芭蕉树和小巷斜斜的道路，巧妙地挡住了外界吵杂的声音和七弯八拐的视线。

吴菲菲的手伸向按键，《花好月圆》戛然而止，她的脸蓦然红了，但还是勇敢地将脸伸向林浩楠。他也努力伸枝展叶，想接住她的热情。就在两张滚烫的唇即将天雷勾动地火时，令人尴尬的一幕出现了——两根安全带的长度限制了身体的接触，仿佛王母拿着簪子在他们中间画下了一道天河。两人使劲挣扎了一下，安全带已被拉到了极限。

就在这时，突然从寂静的小巷内蹿跑出来几个孩子，连接成乌拉拉一片低矮的黑云，朝皮卡飞奔了过来。强烈的好奇心让他们仰望着车窗，却无法看到里面的情景，便开始攀爬，隔着玻璃探索吴菲菲和林浩楠的神秘世界。

吴菲菲模仿瞪眼金钢的造型，张牙舞爪地恐吓，威慑力果然很大，孩子们像几颗大型的黑色弹珠，“嗷”的一嗓子滚溜下了车身，嘻嘻哈哈地笑着跑远了。

世界又归于宁静。做怪表情也是要费力气的，见吴菲菲拿手揉捏着酸疼的腮帮子，林浩楠不由笑了。

3

“你还笑……”吴菲菲拿手去捶打林浩楠，却被他顺手接住放在嘴边亲了一下。冷静下来的水温倏的一下子又开始攀升，两人的眼睛中分泌出黏稠的物质，黏住了对方。林浩楠分别解开两人的安全带，将吴菲菲的头揽到自己眼前，滚烫的唇印在她的唇上。

一度被浇灭的天雷地火，再次续柴重燃。在噼里啪啦的炸裂声中，喷薄而出的岩浆，一浪又一浪地袭来，似乎要将他们吞噬。

……

待激情回落，吴菲菲将头埋在方向盘上良久后，才驼鸟般抬起来，言不由衷地说：“坏死了……”然后发动车子离开了芭蕉织成的天然屏障，快速驶向东区的商业区。

吴菲菲和林浩楠徜徉于街头，两人的手很自然地牵在了一起。路过救林浩楠父母的地方时，吴菲菲将这件事当作趣闻讲给林浩楠听。

听到她拿枪指着小偷的情节，林浩楠吓了一跳：“你一个女孩子家，竟然有枪……”

“今天不是有你在身边嘛，就没带。”吴菲菲拿出手机，在相册里翻找，将林浩楠父母和盛雪三人同框的照片给林浩楠看，“喏，我救的就是他们喽。”

照片上的三个人站在美丽的吴家花园里，却无心欣赏异国风光，满脸的凝重和忧心忡忡。当时，他们欲离开吴家前往大使馆，在院子里等候吴菲菲相送时，被她随手拍了下来。

血脉相连的亲人间，自有心神相通的密码。林浩楠看到照片，虽不知道两位面容憔悴的老人就是自己的父母，胸口却有一种闷疼的感觉。他久久地盯着照片，两位老人脸上的凄切之情，令他的眼睛湿润了。

“大力，你怎么了？”

林浩楠似乎没听到她说话，只是痴痴地望着两位老人。

“陈大力，你这个花心大萝卜！”吴菲菲误以为他看的是盛雪，一把夺回手机，顺带踹了他一脚。

林浩楠赶紧收回心神："你想哪儿去了，我是觉得那叔叔阿姨特别亲切，有点儿家人的感觉。"

"你是孤儿，哪儿来的家人？要说家人，我们吴家人才是你的家人，是我们收留的你！"

林浩楠苏醒过来后，吴菲菲冲口而出说自己是他的女朋友，为了圆这个谎，只好又编造了一连串的谎言，其中就包括"孤儿"这项。不然他问起家在何处，她怎么回答？

"好啦好啦，别生气了，你们是我最亲的人，行了吧？"林浩楠连忙揽住吴菲菲的肩膀安慰到，她这才阴转晴了。

夜晚的非洲就是一座音乐的殿堂，植物和昆虫挥舞着自己的乐器，弹奏出一曲曲自然之歌。常在这种天籁之音里沉沉睡去的林浩楠，今晚却失眠了。

自从看了那张照片后，那三个人的音容笑貌，就一直在林浩楠眼前回放。为什么会这样？他不明白。

林浩楠的食指关节无意识地叩向了坚硬的床头柜。

突然，一阵"咚咚……"的敲门声响起。林浩楠连忙停下来不敢再敲。门却被推开了，穿着长款卡通粉色睡衣的吴菲菲走了进来。

"啊，把你吵醒了？对不起。"林浩楠这才意识到自己举止不当，吵醒了隔壁的吴菲菲。

"是不是有心思？"吴菲菲走到床前，极其自然地躺在他身边，将手机放在了枕畔。他下意识往另一侧挪了挪："没……有。就是睡不着。"

“睡吧，睡吧，我亲爱的宝贝……”她轻轻抚着他的头，就像小时候母亲哄她睡觉一样。

林浩楠的身子有些僵硬，心剧烈地跳动着，更加难以入眠。过了一会儿，唱《摇篮曲》的吴菲菲自己先睡着了。林浩楠悄然拿过她的手机，把相册里的那张照片发给了自己。

久久盯着那张照片，林浩楠的眼睛再次湿润。这三个人，他总觉得在哪里见过，却怎么也找不回失去的记忆。

盛雪从美国回来后，就恨不得长在工厂里，从面料到成衣，以及装箱、贴单，每个环节都亲力亲为地跟进。小汤姆森这笔订单对她来说实在太重要了，她必须谨慎、谨慎再谨慎。

“阿姨，这个单贴的不对，这是另一个区域的学校的，和那个不一样……”盛雪指着一个箱上的贴单，对正在忙碌的阿姨说。

这五万套订单进口到美国后，总代理商瑞森公司会分给不同的代理商，因此货号、吊牌标签、外箱唛头等是不相同的，若是贴错，会造成货物错分，后果很严重。对方一旦索赔，麻烦将非常大。

“这……我都不认识几个字母……”那位阿姨有点尴尬地说。

外贸工厂常面临这样的问题，流水线上的工作，一般招的都是技术工人。像贴标签这样的活儿，就找些待业在家的叔叔阿姨们来完成。可他们的外语水平参差不齐，稍不注意就会将货物 A 的标签或箱唛错贴成货物 B 的，由此引起的纠纷屡见不鲜，所以盛雪格外注意。

盛雪望着阿姨，思索一会儿后，似乎有了什么主意。

盛雪连着几天都没能好好吃饭了，从小果特意打包了土笋冻、肉粽和甜点带给她。当从小果走进仓库时，眼前的情景让她大跌眼镜——墙上挂着一个小黑板，上面写着 Red，Yellow，Blue 等颜色的单词，盛雪一手拿着不同颜色的标签，一手指着小黑板上的单词，认真地教那些叔叔阿姨们。

“黄色，yellow……”盛雪念。

“黄色，yellow……”叔叔阿姨们跟着齐声念。

老师教得格外认真，学生学得也格外努力，活脱脱就是个临时扫盲班。从小果刹那间就明白了盛雪的良苦用心，不由肃然起敬，拿起手机拍了小视频，发给了瑞森的业务主管，并附上文字说明。那边随即发来了点赞的大拇指。

经过两个月的忙碌，瑞森的五万套校服总算全部完工。盛雪和从小果站在工厂的大门外，望着最后一辆装满货物的车辆驶出工厂，驶向码头后，内心格外感慨。

“师傅，要不要一起喝点?”从小果问。

“不!”盛雪摇头。

“盛扒皮，我买单行不行?”从小果以为盛雪怕花钱。自从投笔从戎下海经商后，为还那百万元巨债，她就变成了盛葛朗台。

“不是喝点，要一醉方休!”盛雪笑着捏从小果的鼻子，“盛扒皮今天酒水管够。”

"这还差不多。"从小果欢喜得抿嘴笑了。

瑞森的五万套校服顺利到达了大洋彼岸。验货后，小汤姆森非常满意，将剩下的百分之七十货款一次性结清。扣除代理公司、代工工厂等费用后，盛雪看着账上的余额激动不已，恨不得亲吻电脑屏幕……

盛雪一把扯过正在拍视频的从小果："小果，快来，快来看！"

"我算算啊，还黄扒皮五十万元，林爸林妈和艾芸阿姨三十万元，加上我的五万元，师傅，恭喜你，还剩下五万元……"从小果见盛雪小富就大喜，怕她变成颠狂的范进，只好狠着心做了从屠夫。

4

正心花怒放的盛雪果然霜打一样，瞬间蔫了。在美国九死一生拿个订单，没日没夜地拼命两个多月，最后也就剩下五万元……

"哈哈，师傅，逗您呢，两个月您就赚了九十万元，在杂志社十年才能挣这么多，所以，我师傅是全世界最牛的！"打击过盛雪后，从小果又开始给她打气。

"死丫头，就欺负你师傅耳聋眼花老年痴呆吧，"最近盛雪的弦绷得太紧，才会被从小果忽悠郁闷又逗得开心，"我给黄扒皮打电话，把钱还他吧，然后是林爸林妈，我妈，还有你。"

从小果赶紧拦住："师傅，这钱搁您账上，是怕它吃您喝您还是咬您啊？着什么急啊，钱嘛，最好用来生钱！反正离规定的还款日期还差三个月呢。"

盛雪觉得从小果言之有理。目前，她正在和瑞森谈另一个订单，对方的采购总负责人换了，合作的方式有所变化，要求走信用证。这样的话，她就需要拿信用证去银行融资出来，但以她目前的资质，是很难融到钱的，而工厂必须拿到定金才能安排生产。若是用这笔钱垫付货款，倒是可以救急。

"也行。"盛雪点点头。

"哎，师傅，您那个白马王子怎么样了？"自从看了高英树的照片，从小果隔三岔五就会问一嗓子。

"没怎么样啊，家里倒是有矿，可是早被挖光了。"盛雪再次戴上市侩的面具，想蒙混过关。

就在这时，手机的微信提示音突然响了，盛雪拿起来一看，心里微微一颤。

"报位置，报行动。"高英树很高冷地扔来六个字。

缘分就像转动的轮盘，你不知道它会在哪里停下来。高英树在纽约遇到盛雪后，虽然相处短暂，却发现她是由勇敢、机敏、美丽等美好的词汇绘成的画卷，不知不觉便揣着她上路了。他不相信一见钟情，但三见让他彻底沉沦了。他的骄傲告诉自己，对女孩子不能死缠烂打；他的心却告诉他，快，给她发信息，打电话，掌握了她的行踪，知道了她在做什么后，他才安心。若她忙得无暇顾及，回复个微笑的表情，都能像蜜糖一样让他甜上两个小时。

为方便和客户交流，盛雪的微信在电脑上挂着。见状她有些心虚地瞟了一眼丛小果，回复："和瑞森谈下个订单的事。你呢?"

"屡败屡战，谋求突破。"

彼时，高英树独自走在槟城的爱情巷里。

高英树再次被姐姐逼着去见苏家的大小姐苏睿，他忍无可忍摔门而出。苏家是当地实力雄厚的财团。苏睿来自福建，是苏家掌门人的亲侄女，也是特意培养的继承人。高英树的美国之行并不理想，眼看公司快要撑不下去了，姐姐高英华便逼他和苏睿订婚，以便换取苏家的帮助。

高、苏两家也算世交，可高英树对过于强势的苏睿没半点儿好感。何况苏家对高氏虎视眈眈，打着帮助他们的幌子，谋着吞没高氏的棋局。姐姐不是不知道其中利害，却依然要饮鸩止渴。

此处离高氏工厂不远，旅馆、咖啡厅、酒吧遍布，处处可见文艺气息浓厚的铁线壁画，是情侣们白天游玩、晚上泡吧的好地方，也让他不由地想起了盛雪。

"发个……你来看看。"高英树犹豫再三，把这行字写了删，删了又写，最终还是大着胆子发了过去。他忽然明白过来，原来这就是思念。原来思念的滋味就是内心有无数只小手在抓挠，那感觉是那么的隐秘、苦涩，却又令人向往。他想着盛雪的模样，可越想看清楚她，她越是模糊，仿佛眉毛、眼睛、嘴巴……都是虚无缥缈的，让他只能在云里雾里揣测她的样子。

盛雪的脸腾的一下子红了。她瞄了一眼聚精会神写邮件的从小果，然后离座走向阳台，以盛开的扶桑为背景自拍了一张，美颜后才敢发给高英树。

盛雪的内心戏不比高英树少。从美国回来两个多月了，哪天高英树若是没联系，或因事联系晚了，她的心里就会七上八下吊上十五桶水。女孩子的矜持令她很少主动和他联系，却在内心深处盼望着他的微信。尽管如此，一旦高英树发来个拥抱等稍加热烈的表情，或发首爱情歌曲，她就变成被手指碰触的含羞草，迅速缩了回去。

过了一会儿，高英树自拍了一张笑眯眯的帅照发来。盛雪担心从小果看到，连忙将电脑版下了线。

盛雪的心底藏着一个人。年少分离时，他说要回来娶她做媳妇，可她望穿了秋水，望慢了岁月，他仍如遥去的黄鹤。

在闽南，女孩子生下来，连哭都是安静温婉的。那时，她家在崇武的老街。尽管有了哥哥盛强，奶奶还是觉得老盛家人丁单薄，因此给她起名“招娣”，希望她能给盛家再招来男丁。母亲陈艾芸当时在文化宫做舞蹈老师，两个孩子已使她的体形大打折扣，断然拒绝再生育。盛父在“媳妇和老娘同时掉进河里”的选择题中备受煎熬，责怪这一切皆因盛雪是女孩儿而起，对她异常冷漠。

家人有意或无意的漠视，使得八岁前的盛雪一直活在哥哥盛强的阴影下。哥哥可以肆无忌惮地过童年，而她从记事起，就必须跟在大人身后赶海，捡拾牡蛎、虾、蟹。

一次，因为争一只大牡蛎，她被一个男孩子追到了高高的礁石上，失足掉进了海里。不会游泳的盛雪在水里挣扎，那男孩儿吓坏了，转身逃离。眼看大海就要把她吞没，那个叫叶嘉宁的少年出现了。他鱼一般跃进水里，救起了她，还把她带到外婆的厝里。

那天盛雪吃了茉莉糕，喝了茉莉粥……在自己家里，所有好吃的都是哥哥盛强的，她觉得在叶婆婆家吃到的是全天下最香甜的珍馐美味。走的时候，叶婆婆又包了一包茉莉糕给她带上，并亲自护送她到家。

忙于工作的陈艾芸这才知道女儿发生了什么事，下定决心要离婚。在父母闹离婚的那段时间，盛雪成了父亲和哥哥眼中的罪人。畏于父兄眼中的仇恨，不到母亲下班她不敢回家。叶嘉宁就带着她下海捉鱼，上山摘荔枝，或一起躺在叶婆婆家的天台上看云彩。

“嘉宁哥哥，我长大了给你做媳妇好不好？”她问。

“为什么？”他比她大两岁，对“媳妇”二字的定义懵懵懂懂。

“可以和你一起玩，一起吃叶婆婆的茉莉糕，不用怕奶奶和哥哥吵我……”

“好。”他答。如果媳妇的内涵就这么多的话，他愿意。

后来，他在国外的母亲突然回来，说要接他过去读书。走的那天，她送他到街口，恋恋不舍，眼泪在大眼睛里转啊转。他悄悄把拉她到一旁，红着脸说：“等我，我会回来……接你，当媳妇。”

她点点头，目送他一步三回头地上了车。车子开走了，她眼睛里蓄满的泪水开了闸，跟着车子边跑边喊：“嘉宁哥哥，你一定要回来啊……”

他就这样走出了老街，走出了她的视野。

再后来，她父母离了婚，她跟着母亲住到市区，名字也从“盛妱娣”变成了“盛雪”。而那个说要回来接她当媳妇的叶嘉宁，再也没有出现。

盛雪等了二十年也没能等到叶嘉宁，和林浩楠短暂交往又以他的失踪而告终，现在遇到高英树，她不知道自己的脚步还敢不敢前行，她怕又是一个没有结局的开放性故事。与其那样，还不如停滞不前。

5

收到盛雪的照片后，高英树躁动的心才安定下来。他将手机举到唇边，轻轻地亲了下，明明喜欢的要死，却心口不一地回复了一句：不算丑。

来而不往非礼也，盛雪随即发来一句——You too，看在出手相救的分上，勉强打六十分吧。

瑞森接下来的两单生意没有第一单大，但一切进展顺利，交货后很快就拿到了全款。

转眼又是一个多月，虽说离年终还有两个月，黄文祥却开始催促盛雪还债。

两天后，盛雪如约来到昌和，款款生姿地走进了黄文祥的办公室。

“黄总，欠条呢?”盛雪恬淡地说。

“哟，小雪来了，快坐。”一身艳紫宽袍的周琳走了进来，隆起的小腹使她更向球体迈进了好几个度。她热情似火地请盛雪坐下，端茶倒水，十分周到。

知道这是她挖坑的前兆，盛雪全神贯注地想着如何应对，并没注意到她袍子下面掩藏的秘密，接过杯子说了声谢谢。

黄文祥气势十足地将那张欠条拍在了桌子上。盛雪拿起手机，将钱秒速转了过去。

“黄总，请查收。”盛雪笑魇如花。

黄文祥查看进账后，有些不可置信。

他惊掉下巴的表情让盛雪心情大好，盛雪慢悠悠地收起欠条装进了包里。

黄文祥和周琳没想到盛雪会这么痛快地还钱，两人对视一眼，脸色由晴转阴，就像富豪看到曾经吃糠咽菜的穷邻居突然下了馆子，内心突然失衡了。他们约盛雪过来，本想是看她的窘境，另外再套点消息，打探一下校服行业好不好做。自打盛雪走后，昌和的生意每况愈下，黄文祥和周琳想在做树脂的基础上，再扩大经营范围，把校服也纳入其中。

周琳是只适应能力很强的变色龙，她很快就调整了面部表情，亲亲热热地给盛雪续杯，拿她的高糖嘴和盛雪开聊：“小雪，看来你混的不错嘛，校服市场挺好的吧?”

“还行吧，不然怎么还你们钱呢。”盛雪大方地端起杯子呷了口茶。

“对了，你挂靠在哪家公司啊？我们挂靠的公司感觉很不靠谱，什么事情都磨磨叽叽的，该结的款不结，退税又慢，唉！”周琳唉声叹气，眼都不眨地编瞎话。

“哦，就是我们高中同学老董的公司。”他们挖空心思套取情报的样子，让盛雪都觉得累，直接给出了答案。反正外贸圈就这么大，就算自己不说，他们拐个弯也能打听到。

“老董？”周琳一愣，仿佛想起了什么。

盛雪还了黄文祥的债，把林浩楠父母和自己母亲的钱分别打到了他们账上后，又给从小果划过去了十万元。

“师，师，师傅，您搞什么鬼，为什么给我打了十万块钱？”收到钱后，从小果秒速回电，结结巴巴的，似乎受了惊吓。忙完瑞森的新订单后，盛雪给从小果放了两天假。

从小果梦中正和帅哥畅游夏威夷呢，却被账户变动的提示音搅得梦碎满床，正想发火时，发现账户上竟然多了十万元！她的第一反应是盛雪再次摊上了倒霉事，拆东墙补西墙给她发遣散费。

“从经理，先前从你那里借的五万元，我想作为百分之二十的原始股份，这是第一期分红，您，还满意吗？”盛雪笑着问。

自己竟然稀里糊涂地成了股东，而且还拿到了分红。从小果似乎被点了穴，一时间张口结舌、浑身僵硬，只有大眼睛眨呀眨的。爸妈对她虽然千疼万爱，却总把她陪盛雪创业的事当儿戏看，说是给她充分的自由，不干涉也不支持……这让她有种遭到轻视感。嗯，她要把这十万元取出来，面额全部为一块的，然后摆满家里的整张饭桌，让小瞧她的爸妈开开天眼！

“看来是不满意喽，那我收回刚才的话，当作是还你的借款加利息。”

“不不不，说出来的话泼出去的水，不准收回！我要当股东，我要向我爸妈证明我是不可小觑的，我要让我读了 MBA 的舅舅看看，什么叫从小果……不，从经理的实力！什么找个家里有矿的，我要自己开金矿！师傅，我现在就回去加班，把给印度客户的邮件写好，周一上班就发过去。”从小果站在床上，一手拿着电话，一手握着拳头呐喊。

金钱果然是第一生产力。盛雪可以想象从小果此刻的模样，不由莞尔一笑，挂断了电话。

西街是刺桐古城保留最为完整的历史街区，像一串耀眼的宝石链，将唐宋以来绚丽多彩的印迹和古街民居贯穿起来。

此时，盛雪正在西街漫步，身边是挺拔如水杉的高英树。

青色油光的石板街道，是不计其数的轮辙和脚打磨出来的，有着人与岁月厮磨的温度。男帅女靓的高英树和盛雪走在其间，格外养眼。

四果汤、五香卷、烧肉粽……看着盛雪吃得不亦乐乎，高英树的眼里满是笑意。这个灵魂有香气的女孩，看上去淡然，身上的刺却根根锋利，若直接用力握住，定会扎得满手血。因此，他想用更美好的东西，换取她心甘情愿脱掉刺芒的外衣……而让高氏起死回生就是其中的一页。但他要凭借自己的力量，而不是借助苏家。

在姐姐和苏家的步步紧逼下，高英树有种喘不上气的感觉。他和姐姐高英华是同父异母的姐弟。父亲去世后，高英华就不再把继母放在眼里，一直想用高英树的幸福换取高氏的利益，姐弟俩的关系越来越僵。而父亲临终前将公司大权交到了姐姐手里，这让高英树备受掣肘，无法放开手脚，只能眼看着高氏企业一步步走向衰落。

在苏睿的暗示下，高英华下了最后通牒，给高英树半年时间，若高氏企业仍然没有好转，就必须和苏家联姻。高英树认为，高氏“素食皮”的理念和当今提倡的“拒绝杀戮”不谋而合，前景一定是光明的。中国有巨大的市场，他便再次来华。

心中有爱，才有努力奔跑的动力，高英树把刺桐作为第一站，一下飞机就直奔盛雪而来。

而盛雪想举行个仪式，好把往事挽个结，便约了高英树，两人穿过紫云屏背后的象峰巷，来到开元寺，恭恭敬敬地拜了东西塔。在一棵凤凰树下，盛雪用枯枝挖了个小坑，从包里取出那张五十万元的欠条，撕碎后又拿矿泉水浇湿，埋在小坑里，心中默念：“林浩楠，倘若我上辈子真的亏欠了你的话，现在算是两清了……”

高英树虽然不明白她埋的是什么，但可以看出她在进行一场告别仪式，便静静地站在一旁。

良久，盛雪转过身：“走吧。作为主人，带客人游览一下刺桐古城，如何?”

高英树想说什么，却欲言又止，跟在她身后，朝前走去。

第七章　左边海水右边火焰

1

两人游走在幽深的老巷里。

“严格来说，我不能算是客人，”高英树说，“小时候，外婆带我来过这里，到开元寺烧香。”

“你外婆家是刺桐的?”盛雪有点儿惊讶。

“嗯，在崇武。外婆好多年前去世了。”

“呀，我们家也是崇武的，不过我爸妈离婚后，我跟着姆妈住在市区，很少回那里了。”

“我外婆很爱种花，后院种了一大片茉莉，花开的时候常做茉莉糕给我吃。可惜外婆不在了，不然带你去吃外婆的茉莉糕。”高英树有些伤感。

“你外婆家在崇武哪里?”盛雪的记忆里有个喜爱种茉莉的婆婆，家里也有个外孙，不过不叫高英树。

“老街。”

“老街喜爱种茉莉的有个叶婆婆……”盛雪眯着眼睛打量高英树，心跳突然加速。

“叶婆婆就是我外婆啊。只是那时我还不叫高英树，叫叶嘉宁。我最幸福的时光是在叫叶嘉宁的时候度过的……”往事画卷般展开，高英树被扑面而来的回忆弄湿了眼睛。那时候他的母亲是个年轻的继母，姐姐高英华担心叶嘉宁会夺走父亲对她的爱，大吵大闹，以死相逼。母亲为做个好继母，便让儿子跟自己姓叶，并一度把他送回崇武的外婆身边。

“你是叶嘉宁?”盛雪仿佛被放到了巨大的离心机上，头晕目眩，摇摇欲坠。

盛雪的反应让高英树心中一动。一直觉得她有点儿熟悉，却想不起来她是谁。之前也曾询问她是否到过大马，她的回答是 NO。此刻，记忆中的小不点儿出现在时光深处，只是年代久远，布满了模糊的噪点，不那么真切。“你是……妱娣?”

“骗子，大骗子!”盛雪不由哽咽，“你说要我等你，等你回来接我……”

“回来接你做媳妇!”高英树让这句时隔二十年的话再度完整。

“可你没回来!”盛雪的眼泪夺眶而出，等待多年的委屈得到了释放。

高英树拿手擦掉她脸上的泪，深情地望着她：“我回来过好多次。可你们盛家搬离了老街，谁也不知道盛妱娣的下落。后来外婆去世，牵着我的风筝线彻底断了，我才不再回来的。”

“我后来也回去过，到外婆的坟前祭拜，却没能遇到你……”盛雪的眼睛再次湿润，欲言又止。送别叶嘉宁的二十年里，他们没能再依约相见，使得她心中一度对“离别”产生了恐惧感。

他和她都没想到，两人会以这种方式再见。看来是月老醉酒多睡了一会儿，却害得他们在人间寻寻觅觅错失了多年。

兜兜转转，再度相逢。高英树和盛雪四目相望，眼神越来越灼热，仿佛要看穿对方的五脏六腑。他的大手翻转，紧紧握着她的小手，越握越紧，直到两个人的手心都是汗。

“小雪——”“娼娣”这个名字是对她的一种羞辱，因此他喜欢称她小雪。

“嘉宁哥——”“高英树”三个字带着豪门望族的冰冷无情，她还是喜欢亲切地叫他嘉宁哥。

“回崇武去！”

“嗯。”

老街依旧是老街，朴素的石房子、红砖厝、木质结构的老屋，默默地守护着这里，斑驳的容颜上，刻满了岁月的沉淀。

猫狗懒洋洋地赖在台阶上或门槛里。狭窄的青石板路上，街门洞开，有妇人坐在那里，麻利地拿着小刀剥牡蛎。

盛雪和高英树手挽手穿过小巷，走进外婆的院子，上了天台，像小时候那样，并排躺在那里看天上的悠悠白云，感受微风徐徐。

“小雪……我，我们终于又回来了。”

“嘉宁哥……”盛雪看向了高英树。她想重拾当年两人分别时说过的话。

高英树却没有勇气迎上她，感慨地望着天空。男人齐家治国平天下，若不能重振高氏，他拿什么来兑现当年的誓言——“接她做媳妇”？

盛雪用热辣辣的眼神望着高英树。他实在无法抑制胸中奔腾的千军万马，蓦然将她紧紧地抱进怀里，滚烫的唇贴在了她的唇上。

手机铃声突然响起，打断了一段美好时光。曾厂长的语气里透着无奈："能不能把货款给我们结了，你知道的，快到年底了，我们的原料钱、工人工资都要结清的。"

"放心，客户已经把钱打到老董那里了，就是我挂靠的外贸公司。他还没打来，我再催催，要他马上清账，钱到账我立刻给您打过去。"盛雪被爱情弄迷糊的大脑一下子清醒过来。曾厂长为人厚道，若非不得已，他不会这样催。

接着，盛雪打电话给老董，可电话一直无法接通。她有种不祥的预感，又打给丛小果："你马上到老董那里去一趟，我们还有三笔订单的账没结清，这边曾厂长催了。"

"好，我马上找老董去，还反了他了！"丛小果应道。

挂断电话，盛雪不好意思地对着高英树笑笑。他十分体谅地握握她的手。

相较于干柴烈火，这种淡然相守更令人温暖。

一个小时后，丛小果的回电像一颗炸弹："不好了，老董不见了！好多人堵门呢！听周围的人说，老董是个大赌鬼，从国内赌到国外，输得抬不起头，干脆卷钱跑路了！"

"什么?!"盛雪大惊失色，她使劲咽了口唾沫，努力让自己平静下来，"小果，你先别急，我马上过去。"

盛雪一脸惭愧地看向高英树："不好意思，挂靠的公司出了点状况，我要过去处理一下。"

"别急，我陪你过去。"高英树拍拍盛雪的肩，安慰着。

二人如梦如幻般的罗曼蒂克就这样被结束了。他们起身下楼，匆匆穿过幽深的巷道，出了老街，打车直奔老董的公司。

一个多小时后，出租车停在了老董的公司楼下。盛雪刚下车，便看到穿着工作服的工人在往楼下搬电脑等办公用品，不由心跳骤然加快，连忙奔向电梯口，可人太多一时挤不上，她只好朝步梯跑去，一口气奔到了五楼。

长长的走廊里，站满了吵吵嚷嚷的讨债人。其中两家工厂干脆带着工人来了，仰仗人多，将这里能搬的东西全搬走了。

从小果期期艾艾地站在那里嘟囔着："你们别全弄走啊，也给我们剩下点吧，他们还欠我们钱呢……"

"小果，什么情况?"盛雪气喘吁吁地跑到从小果身边。

从小果看到盛雪身边的高英树，咧咧嘴想冲他笑，可比哭还惨淡："据说老董就是个赌徒，原来只是在地下赌场小打小闹赌，后来被人诱惑跑到国外豪赌，输红眼后卷着大家的货款跑路了，所以大伙才围门讨债。人家来得早，把东西都搬光了。我们啥也没捞着……"

"他还欠我们三笔货款啊……曾厂长那里等着这钱进原料，给工人发工资呢……"盛雪腿一软，差点坐到地上，幸好被高英树扶住了。

盛雪刚从泥泞中抽身，却又被打入谷底，她有种欲哭无泪的感觉，摇摇晃晃地下了楼。

天蓝得逼人的眼。盛雪站在一帮上上下下忙碌搬东西、叫骂的人群外面，茫然苍凉。虽然已经报了警，可结果未知。从小果和高英树一左一右站在她身边，不停安慰。她苍白着脸，沉默不语。

周琳隐匿在楼道的拐角处，将这一切看在眼里，连连冷笑。原来，周琳听人说过老董嗜赌，那天突发善心本想提醒盛雪的，可话到嘴边又打住了。

老董从国内赌到国外，输红眼后，卷了大家的货款潜逃了。周琳得知债主围门后过来围观，果然看到了盛雪失魂落魄的一幕。

2

小城人家咖啡馆内，盛雪、高英树、从小果三人沉闷地坐着。

高英树安慰着："小雪，你也别太担心，都报案了，相信警察一定能找到老董的。"

"师傅，那十万块钱我一分没动呢，马上转过来应急。"从小果说着，拿出手机当场转钱，"可是，三笔订单一共一百二十多万元，还差得远呢。"

盛雪思忖片刻："曾厂长那儿肯定急坏了，我得把真实情况告诉他，尽快凑钱，能凑多少凑多少。"

"我陪你去吧。"高英树有些不放心。

"没事的嘉宁哥，我能处理好。想想我在美国的遭遇，还有什么坎是迈不过去的？"盛雪的目光渐渐坚定。

盛雪急匆匆地赶到工厂，刚要敲门时，就听见曾厂长办公室里有人说话，声音还不小。她听了个大概——负责车间的赵主任在和曾厂长吵，说眼看要过年了，工资和奖金要是不发，年后工人不归队他可不负责。曾厂长让他好好安抚工人，只要货款一到，工资奖金一起发。

“您还在做梦哪，盛雪在骗我们啊！我听说她挂靠的外贸公司的老总都卷款跑路了，哪来的钱啊！”赵主任的大嗓门传出来。

“老赵，你别胡说，上午盛雪电话里说了，她和老董那里清了账就汇钱给我们，你不相信老董可以，但不能不相信盛雪啊。”

盛雪被这种毫无保留的信任感动得鼻子发酸。她做了个深呼吸，调整好状态，敲门而入。

“曾厂长，情况正如赵主任说的，老董卷款跑路了……”盛雪鼓起勇气将实情说了出来。

“什么？”曾厂长大吃一惊，重重地跌坐到椅子里。

盛雪无比揪心：“您放心，我一定尽快把钱凑齐。”

“说的比唱的都好听，尽快是多快？我听说你还昌和那几十万元都用了快一年的时间！”赵主任说，“你必须留个字据，不然我们没法儿相信你。”

“我相信！”曾厂长的话掷地有声，“盛雪到时候若还不上货款，我曾子祺卖房子卖车，也要把钱给大家，行了吧？”

盛雪哽咽着：“谢谢您，曾厂长，我不会让您失望的。”

回到办公室，盛雪就开始清算账户上的钱。从小果的十万元，加上原来账户上的二十万元，她需要再凑将近一百万元才能渡过难关。林浩楠父母和自己母亲的钱刚还回去，此时再向长辈们伸手，就有点儿不合适了。

钱不是万能的，但没钱的日子如在刀尖上起舞。盛雪踩着刀尖奋战了近一年，刚想喘口气，就被现实又打回了百万巨债的深渊。她呆呆地坐在那里，恨不得天上掉下来一座金山砸死自己，也比欠人家的辛苦钱苟活幸福。

高英树的电话将盛雪从神游太虚中叫了回来，他约她晚上一起用餐。盛雪抬眼望去，这才发现不知不觉中，窗外已是暮霭沉沉。她简单收拾了一下，佯装无事地打电话给母亲，说晚上陪客户吃个饭，回去晚点。

高英树订的酒店离殷主编的旧巢不远。和盛雪相比，高英树在刺桐仍是客，她便以主人的身份，带他走进巷道内的阿公土食店，点了石花膏、土笋冻、姜母鸭等当地特色菜。和富丽堂皇的大饭店相比，这种乡情乡味更适合他的胃口。

“哇，真不错……”这些都是他爱吃的，可今天他的情绪实在不高，但仍极力表现出食欲大开的样子，拿起筷子大快朵颐。

盛雪从他眉间那道细细的川字纹，窥出了他重重的心思。

“谈得怎么样?”两人异口同声。

“女士优先，你先说……”高英树可以察觉到盛雪的压力。

“我好像和百万巨债有不解之缘。”盛雪将大致情况做以叙述后，苦笑着摇摇头。

“交给我来处理，好吗?”高英树说。

“不，我自己能搞定，”盛雪坚决反对，“你今天怎么样?”

“前途是光明的。”高英树信心满满地答到。

高英树今天见的是个国外驻华的全球购代理商，对方看了“素食皮”的相关资料后表示很感兴趣，这让他很开心，准备安排大马的工厂寄样品来。其间，他去了趟卫生间，回来时，竟然听到对方在电话里向总公司汇报，说在收到他们的样品后，将直接转寄到国外，送到化验室分析原料及配方……高英树闻言警铃大作，一旦配方外泄，意味着高氏两代人呕心沥血研制的“素食皮”有可能被复制，继而取而代之。

高英树陷在两难中。若大胆将样品交到对方手中，有可能绝处逢生，但更有可能被窃取，导致全军覆没；可畏手畏脚只能让它养在深闺，韶华逝去无所作为……看似前途光明的高氏“素食皮”，现在却深陷在黑暗中，前是悬崖，后是追兵，高英树一时不知该何去何从。

稍感欣慰的是，美国的客户今天把上笔订单的钱结了，他想马上飞回大马，和姐姐商量一下，拿一部分出来为盛雪解燃眉之急。

“我明天回马来西亚，钱的事你别着急，我帮你想办法。”高英树隔桌握了下她的手。

盛雪拿起他的手放在嘴边亲了下，陷入了沉默。良久后她开了口：“嘉宁哥，谢谢你，你的好意我心领了，但……”她说到这里，戛然而止。她明白他的用心，但她已下定决心独自面对。爱情如无瑕美玉，物质性的东西则是笨拙的刻刀，弄不好就破坏了它原本的质朴纯美。

他久久地握住她的手没有松开。

恋爱中的人，没谁不想长相厮守，但用实际行动去兑现承诺，会比缠缠绵绵更有质感。高英树知道，想帮盛雪，就必须过姐姐那关，因此他回到酒店后就已订了回大马的机票。

第二天，高英树是悄然走的。他知道这是暂时的告别，出发后给盛雪发了条微信，便消失在黎明的刺桐。

盛雪早上醒来，淡然回复了“平安吉祥”四个字，便开始忙碌。她将小有富贵的同学、朋友列了个名单，逐一拜访。可忙了一整天，见了十一位，也只借到十一万元。这个年月，每个人都有自己的苦衷，有的同时在供几套房，手中无余粮；有的资金链断裂，要跳的坑比她的还大；还有的财权被老公（老婆）把持着，只能用仅有的私房钱资助她……虽然钱不多，盛雪对他们的这份真情还是非常感激的，一一打了欠条。

此刻正是晚高峰时段，大街上人流如织，盛雪的电瓶车左突右奔，才冲出了人群的围剿，拐入了旁边的小巷。一道强烈的汽车远光突然迎面照来，她的眼前顿时白花花一片，直直撞向了拐角的墙……

醒来时，四周一片雪白。魔音入耳的呻吟声和医护人员来来往往的身影，让盛雪意识到自己身处医院。还好，没像影视剧里演的失去记忆，一切都记得清清楚楚，包括害人的远光灯，包括……欠曾厂长的百万货款！

“小雪呀，你总算醒过来了……”

母亲陈艾芸、林浩楠的父母，还有丛小果，都聚在她身边。

3

“小雪啊，你这傻孩子，怎么什么事儿都自己扛着啊，要不是小果，我们都不知道发生了什么事……”陈艾芸说着哽咽了。

“是啊小雪，你转过来的钱我们还留着呢，一会儿转给你……”因儿子失踪，林浩楠的妈妈流泪过多，眼神越发不好了，便将手机递给丛小果，“小果，帮帮阿姨，把钱转给你师傅。”

早上，林爸林妈打电话问盛雪最近的情况，得知出点小事故后，便赶来医院看望，却在走廊上遇到了丛小果，这才知道盛雪的货款被人卷跑了。

“阿姨，我不能再拿你们的钱，你们别担心，我一定能筹到钱的。”盛雪连忙阻拦。

“小雪，你怎么这样见外啊？浩楠没了，我们把你当亲生孩子啊，出这么大的事，我们怎么能袖手旁观呢？再说了，要不是我们逼你去昌和，你也不会遭这么多罪。这事我做主了！小果，把钱转给你师傅。”林浩楠的爸爸说。

盛雪眼睛湿润，从小缺爱的她，如今多了两个疼爱自己的长辈，受再大的磨难也值了。

陈艾芸也很是动容：“小雪啊，你给的钱我刚买了点儿基金，现在马上卖掉……”

说着，陈艾芸就要在手机上操作。可就在这时，盛强和胡小美突然闯进来。盛强一把夺走了母亲的手机："妈，你要干什么？你的钱就是我的钱，不准给盛雪！"

胡小美的话跟着像冰珠子一样弹了出去："妈，按说钱是您的，给谁是您的自由。可我怀孕了，我和盛强还挤在出租屋里，连个安身的窝都没有，你却一次次把钱给盛雪，您是想让您孙子也住在鸽子笼里啊？"

胡小美说的也是实情。陈艾芸被儿子媳妇一边一个挟持着，不知所措。

"妈，那钱您留着吧，我的问题自己可以解决的。"盛雪不是怕哥嫂，而是见不得母亲夹在中间作难。

众人走后，盛雪拿出手机，从微信好友中找出高英树的名字，写下"你到哪儿了？我出了点儿小意外，在医院……"可是，按下发送键前，她犹豫了一下，又删除了。虽然想得到他的关心，但她不想成为他的包袱。

病房门外，少雷手捧鲜花站在那里。他从胡小美和盛强的吵闹不休中，将事情了解了个大概，不无担心地打量着盛雪苍白的脸，叹口气转身走了，随手将花塞给了迎面走来的小护士。

了解盛雪有多么倔强，就得给她留多少空间独自舔伤口。

第二天一早，盛雪接到曾厂长的电话，说是问候一下，但盛雪明白他的真正用意还是想要钱，又不好意思明说，估计他又被工人们逼宫了。

医生要盛雪留院观察，可她坚持要出院。她担心连累善良的曾厂长。

办理完出院手续，盛雪正要离开，却在大厅里撞上了一个人。

“盛雪？你怎么在这儿?”一身警服的少雷问。

“我为什么不能在这儿!”盛雪甩开他搭在自己肩上的爪子，径直向外。

一袭浅蓝风衣的盛雪疾步前冲，一身警服的少雷紧追其后。不知情的，会以为这里正上演着警察追逃犯的戏码。

迎面走来四五个人，带头的竟然是服装厂的赵主任。盛雪不想跟他们纠缠，赶紧掉头，边走边四处打量，想找个地方躲起来。

少雷一眼就看明白了形势，拉起她钻进了旁边的一条走廊，七拐八拐，两人在小花园的紫藤架下驻足。

“那几个人怎么回事?”少雷问。

“抢了女老大的男人，遭到追杀。”

少雷笑了，还是他记忆中的盛雪！她不想说的，就算拿根撬杠也撬不开她的嘴。他只好换了话题：“你病了吗?”

“没有。我还有事，少警官再见。”

盛雪转身想走，却被少雷拦住了：“别呀，咱哥儿俩多少年没见了，一起吃顿饭怎么样？这都快中午了，你血糖低，饿着不好。”少雷如一部被屏蔽的电子产品，接收不到盛雪释放的拒绝信号。

他竟然还记得自己血糖低，盛雪心头掠过一丝温暖。可她没时间耗了，还是让他知难而退吧。“少警官，实话和你说吧，刚才那些人是放高利贷的，我欠了人家一百万元。你要能借我一百万元，让我解了燃眉之急，我就和你吃这顿饭。”

“没问题！”少雷眼睛都没眨就答应了。

盛雪瞬间石化。在她印象中，割他身上二两肉，都不如借他两块钱让他疼。她怀疑是某个妖魔鬼怪吃掉了真少雷，变作他的样子来迷惑人。

少雷是盛雪的远房表哥。陈艾芸离婚后，带着盛雪搬到了市区，和少雷家住得挺近。少雷幽默随和，盛雪在他面前可以无所顾忌，做最真实的自己，因此两人从小到大都像亲兄妹一样。可突然有一天，少雷从她的世界里彻底消失了。

那年他考入上海某医大读研，盛雪去送他时，两人还嘻嘻哈哈地玩自拍，大唱《友谊地久天长》。谁料他走后，电话、微信等联系方式全部换了，整个人失联了。盛雪一度以为少雷出了什么事，非常担心，找到家里问表舅和舅妈，对方支支吾吾，欲言又止。直到那年春节，她在街头看到少雷和苏睿嘻嘻哈哈地在一起逛街，才知道少雷和自己玩了一场人间蒸发的游戏。

和盛雪在一条街上长大的，不但有周琳，还有苏睿。和盛雪、周琳不同，苏睿在马来西亚有个有钱的伯父，她家住在一幢白色小楼里，属于小街上的上层群体。富裕的家庭，还算漂亮的外表，使得苏睿也喜欢和盛雪较劲。不过，苏睿的较劲是写在脸上的，而周琳的较劲是在下水道中爬行的。大户人家的小姐也有大户人家的气度，即便较劲儿落了下风，苏睿倒也没把盛雪怎么样，倒是周琳打着苏睿的旗号，时不时找盛雪的麻烦。为此，少雷曾暗中教训过几次周琳，捎带也治了下苏睿的公主病。谁知在接触的过程中，少雷发现看似嚣张的苏睿其实十分单纯可爱，竟然喜欢上了她，于是瞒着盛雪开始追苏睿。苏睿乐得把少雷作为打击盛雪的武器，少雷迫不得已和盛雪划清界限。得逞后，苏睿就把少雷晾在一边没下文了。

盛雪从小就和哥哥盛强关系不睦，打内心把少雷当作亲哥哥。少雷的这一套骚操作让她很是受伤，便在心底将他彻底拉黑了。后来听说少雷成为一名前途无量的外科医生后，又跨行做了市特警支队的一名法医，也没和他有任何往来。

“好吧，那恭敬不如从命。”盛雪抱着撞大运的心理，接受了这顿飞来的午餐。

两人沿着医院门外的街道往前走。少雷问盛雪想吃什么？盛雪说随便。当初他们就这样，一般情况下，他无论说什么，她都会说“好”，或“听你的”。盛雪体谅母亲养大自己不易，从小就懂得“珍惜”的深意，和别人相处时，极少会制造麻烦。

4

“今天听你的，你想吃什么我们就吃什么！”少雷的底气肥了不少，大有一种拿钱砸得盛雪心服口服的气势。

两个人继续向前，盛雪静静地跟在少雷身后，走啊走啊，走过了数不清的饭店后，他的金足终于停在一家人声鼎沸的火锅店前。

“有人气，说明味道好。”少雷满脸笃定，心情愉悦地抬腿入内。

见他依然一副抠门的样子，盛雪的心情蓦然沉重几许，就算他口袋丰满，愿不愿帮自己还得画个问号。

少雷不停将锅里的各种食材往盛雪碗里夹，并几次起身为她加免费的果饮。此少雷还是彼少雷，虽然抠门，却格外贴心。盛雪没吃几口就停了，托腮静静地望着蘸着蒜泥料吃的满头大汗的少雷，暗自感慨——他是尘世俗人中的一个好人，当年若没上演那出“重色轻妹”，该多么温暖美好。

“看着我干嘛，快吃啊，味道挺好的哦。”少雷将一大团鸭肠塞进嘴里，含混不清地说。

“我问你——”盛雪沉吟着，借钱的勇气突然打了三折。

“说吧，那一百万元你是怎么欠下的？”少雷外表看似钝拙，内心却绝顶聪明，早从盛雪的犹豫不定里，读出了她的死要面子活受罪。

“我……”盛雪一时不知从何谈起，她不想再扯出来林浩楠。

“和男人有关，对吧？”少雷到医院看望同事，无意间发现盛雪住院了。昨天在病房外，他从盛强两口子和陈艾芸的吵闹中，以及林爸林妈所提及的林浩楠，隐约猜到了盛雪欠债的缘由，才精心设计了结算处的“偶遇”。

林浩楠当初在华大可是无人不知无人不晓的名人，他在非洲失踪一事，也一度占据着刺桐的新闻热搜榜。没想到因为他，盛雪落到了今天的境地，少雷不由很是心疼。

“嗯。”盛雪干脆坦然承认，“借还是不借?”

“借，请你吃饭不就是为了借给你钱嘛!”少雷爽快地答应借钱。

“拿来——”盛雪伸手。

“不是我借你，是银行借你。”少雷笃定地说，“我治好了某行长的老娘，听他讲，为扶持中小企业，政府出台了一系列措施，对符合条件的新型创业项目，给予最高两百万元的资助……”

“你可是个法医，治什么病啊……”

“法医也是医生！再说了，我是因为医术精湛才干上了法医，不是因为笨蛋被踢出医疗队伍的。”少雷一副受到羞辱的表情。

盛雪这才信了他，幽幽地说：“政策是好政策，可我是个SOHO，不算企业啊……”她喃喃自语着，突然眼前一亮，“我可以注册个小微企业呀!”

不过，注册公司是需要时间的，盛雪怕曾厂长那边等不及。

“呵呵，小看我了不是。少雷大夫不仅是治病救人的医生，还是行侠仗义的警察。我和他们说一下，在合情合理合法的前提下，看能否加快办理速度。”

说罢，少雷拿起电话就是一通拨打，边打还边向盛雪核实一些细节：“你做的是外贸，有没有和一带一路沿线的国家有实质性的贸易关系？国家政策对这个倾斜。”

盛雪连连点头。

“有就好，国家政策对这个倾斜。”

“嗯嗯。”

半小时后，少雷放下手机：“OK，搞定了。”

他想把几个关键人物的电话分享给盛雪，却发现自己还在她的黑名单里，不由得连声叫屈：“你也太小气了吧，都多少年了，还把你亲哥关在小黑屋里，赶紧放我出来。”

“你不怕苏家那只母老虎呀？她可一直是防火防盗防盛雪的嘛，我是好心保护你……”盛雪没好气地说着，将他拉出了黑名单。

苏睿本来就是为了报复盛雪，才答应和少雷来往的，后来她大学毕业去了马来西亚后，就彻底和少雷断绝了来往。这可是他“重色轻妹”的罪证，少雷哪有颜面和盛雪解释，便忽略不提。

“这才是友情的正确打开方式。跟少警官做朋友，有肉吃嘛……”少雷得意地扬扬眉。

“谢啦。又拉了啊，免得你这小身板被五马分尸了。”等他号码分享成功后，她又马上拉黑了他。

“你——”少雷为之气结，随即又笑了起来，这才是他认识的盛雪，做事从来不拖泥带水，就算对他这个哥哥，也不会手软。

“谢啦，少警官。”盛雪扬扬手机，拿起包走了。

盛雪准备好各种证件，根据少雷给的救命信息，逐一拜访各部门的负责人，几天内顺利办妥了公司注册手续。她把将来的规划做了个详尽的 PPT，同时叮嘱丛小果，让她把之前和基普桑、瑞森，以及肯尼亚客户的合同、回款情况的相关文件、客户回访时写的答谢函等全部找出来，各复印几份。

在少雷的引见下，盛雪前往银行拜访行长。为了这场会见，她刻意穿了一套质地良好的米白色真丝套装，化了个淡装，显得正式而干练。尽管做了充分的准备，但站在行长办公室门外，盛雪心中未免还是有点儿忐忑。

除了行长，在座的还有五六个人。行长是个爽快人，开门见山，要盛雪拿出证据说服他们。盛雪深吸一口气，开始晒成绩单。她将准备好的资料分发给大家，然后取出 iPad，播放关于继续在“新丝绸之路”上开拓外贸业务的思路和规划……

解说完毕，风控经理开了口：“按照规定，不够两年的新企业，我们是很难发放贷款的。”

盛雪心里咯噔一下：“我之前虽然只是个 SOHO，但业绩真的挺好的。这次若不是挂靠的进出口公司老板卷款跑路，也不会陷入危机。因此我才注册了公司，想利用政府对小微企业的扶持政策，东山再起。而且我的业务拓展区域，正好在国家规划的新丝绸之路上，有很好的发展前景。所以，请你们考虑一下。”

说完，盛雪冲大家深深地鞠了一躬。

行长沉吟良久：“你先回去吧，这个事情我们需要评估一下风险。”

这话看似合情合理，盛雪却看到了一堵无法透光的墙。对方碍于修养，才没有直接说不。

盛雪背着装有资料和 iPad 的大包走出了大楼，脚上是高英树送的那双鞋子。她总觉得这双鞋子能给自己带来幸运，穿着它拿下了基普桑的订单，拿下了瑞森的订单，就连最后被老董卷走货款的三笔订单也是穿着这双鞋子拿下的，今天穿出来，希望好运再次降临，可一切并不如想象中那么简单……她突然感觉鞋子硌得脚有些疼，便脱下来，两手一边一只拎着，用赤裸的脚丫丈量冬天的大地。

光脚的不怕穿鞋的，你又奈我何？

盛雪光着脚丫低头向前走着，视线里突然出现了几双大脚，拦住了她的去路。她顺着脚往上看，发现赵主任带着几名工人横成一排站在那里，怒眉立目的，像十八罗汉。

5

“盛总，那天在医院你溜的挺快啊。今天可是你和我们曾厂长约好的最后一天，钱准备的怎么样了？要不要我们去告你拖欠农民工工资啊？”赵主任的眼睛里喷着怒火。

“对不起赵主任，那天我实在不方便。请你们再宽限我两天，就两天……”盛雪有点绝望地说。前两天帕斯卡还在撩骚她，她回敬了个鄙视的眼神，便没有再理。两天内若她的贷款申请银行没通过，她就……插根稻草把自己卖到非洲做土著太子妃，如此，这盘死棋就可以还魂了。

“又在玩拖延战术。主任，看她背的包挺大的，又从银行出来，说不定里面装的都是钱呢，就是赖着不肯还我们！”一个工人生气地说。

他的话似乎提醒了其他人，他们相互递着眼神，朝她围拢过去。

“这里面不是钱，是资料，真的！”盛雪急的大叫。这些资料千万不能丢失！她紧紧地捂着包向后退去。

盛雪的后退让讨债的工人们兴奋起来，认定包里装的是钱，快速朝她逼近。盛雪有点绝望地转身就跑……那几名大汉在后面紧追不舍。

还好，身为本地人，盛雪对地势还算熟悉。她快速冲进一个有着多处岔道的小巷，五名大汉紧跟着也追了进来。盛雪拐向其中一个岔道，然后顺着岔道又跑进一个环形的小巷，再转回来奔向另一条小巷……如此七拐八绕后，总算甩掉了追兵。

……

确定自己已经逃出来后，盛雪坐在一间旧式庭院门前的青石台阶上，身子靠着龟裂的木门蜷缩在那里，大背包和那双“幸运鞋”一左一右陪伴着她。热辣辣的疼痛感从脚上传来，她抬起脚丫察看，发现有两处磨破了皮……看来在逃命中，脚和青石板搏斗时负伤了。她打开包，却没有找到创可贴，只好取出纸巾，撕下来两小块，摁在伤口上，然后小心翼翼地穿上了鞋子。

天空黄黄的，像是生病人的脸。盛雪仰脸望天，不知何时，这座南方城市竟然罕见地飘起了雪花，落在脸上融化后，分不清是泪还是水。

如果眼泪能化解危机的话，她不介意哭倒长城。几分钟后，盛雪用手里剩下的半张纸巾擦干脸，起身一瘸一拐地朝前走去。

回到家时，已是华灯初上。

见她进门，母亲陈艾芸默默将房本交到了她手上。她买基金的几万块钱，被盛强两口子逼着赎回后转给了他们。如今她能帮盛雪的，只有这个了。

“妈，对不起……”盛雪抱住母亲，眼泪喷涌而出。

第二天早上，盛雪一下楼，便看到赵主任和四名工人守在楼下。看到她，他们先是有点不好意思，但还是硬着头皮朝她走了过来。

“今天要再不给钱，我们就真的去告你。”赵主任的声音是颤抖的，眼睛却看着自己的脚尖，不敢和盛雪对视。昨天回去后他们都懊悔不已，担心盛雪一旦报警麻烦就大了。盛雪没有那样做，让他们心存感激。他们也不愿意用这种极端的方式为难盛雪，可受了工友们的委托，请假来讨债，若要不回去钱，不仅没脸见大家，更没脸回家过年。

“我正在从国外融资。请相信我，这两天一定会把欠你们的货款全清了。”盛雪见大家明明是讨债的，反而一副欠债的样子，明白这几个北方打工者也都是善良之人，心里的愧疚又增加了几分。

“好，我们就再相信你一次！”赵主任点点头。

盛雪和母亲住的是老楼，值不了几个钱。为了争取到贷款，她还是把房本送去给风控经理过目了，得到的回复依旧是“等”。

盛雪像热锅上的蚂蚁，在办公室里走来走去，不时看看手机，生怕漏掉银行的通知。可除了几个被人标注了的骚扰广告和诈骗电话外，就是从小果打来的，说她正和老爸老妈闹绝食斗争，一定要争取到二十万元，作为新公司成立的股东入资……除此之外，再无人类来电。

南方的天空，雪是稀客，昨天匆匆走一遭后，又恢复了晴空万里。盛雪在煎熬中度过了十多个小时，随着夜幕的降临，她的绝望感也越发强烈，打电话告诉母亲，加班不回去了。她将身子扔进椅子里，等待另一个黎明降临后，山崩地裂的那刻到来。

天从一线赭红，变为彩霞满天，再到日上三竿，一切仍然没有任何变化。盛雪感觉自己正滑向绝望的深渊，她拿起手机，打开微信，久久地望着高英树的头像，心潮起伏。

高英树回马来西亚之后音信皆无。其间，盛雪给他发过几次信息，他都没回复。难道他又像当年那样消失了？思来想去，她拨打了他的电话，关机。

仿佛救命稻草被人夺走，盛雪顿觉两腿发软。她不是想要高英树伸手相帮，只想他能说一句——小雪，别急，我和你同在！

赵主任的信息又炸弹般丢来：“盛总，我们相信你，你可别让我们失望。家里的父母妻儿在等我们拿钱回家过年呢，唉……”

这声无奈的叹息，像根粗大的木桩，撞得盛雪心口闷疼。

赵主任说的是实话，她实在毫无退路了。

盛雪再次拨打高英树的电话，可还是关机。她一脸绝望地从通讯录中找出了帕斯卡，凝视着他的头像，良久后总算下定了决心，拨通了他的电话

“盛，想我了?”接通后，帕斯卡热带海浪般的声音传来。看来他在中国学到的不仅是知识，还有男人的贫嘴。

“还，愿意，娶我吗?”盛雪拼命想隐藏自己的委屈，但还是忍不住哽咽了。

“当然。虚位以待。”帕斯卡被这突如其来的喜讯冲昏了头脑，并没有听出来她的异样。

“按照中国传统，你要准备聘礼的。”

“没问题。多少，你开个数。”

“一百二十万元。”盛雪狠了狠心，多要了二十万元，她想给母亲留点养老钱。

“二百万元。”帕斯卡自觉加价。

“OK。成交!”此话出口，犹如拍卖师的锤子狠狠地砸下，结果无法更改。两百万元就买断了她的一生！盛雪的眼泪喷涌而出。

“好，我马上给你订机票，人落地，钱到账。”他的笑声如一万只鸭子般嘎嘎着。

“……好。”盛雪感觉被人牵到了骡马市场，买卖双方银货两讫的满意笑声，变成了飞向她的匕首。

第八章　绝处逢生又一春

1

盛雪回家简单地收拾了一下行李，对母亲谎称要出差，然后打车直奔机场。帕斯卡恨不得马上见到她，早已为她订好了经上海飞亚的斯亚贝巴，再转刚果金的机票。

车窗外，刺桐的街景飞速掠过。有数不清的触须从盛雪身体里长出来，伸向街道两旁的灰色门扉、红色柱子、雕饰精美的窗户，以及优雅的行道树、美艳的花圃……就连墙角的三角梅和店家的招牌都被触须紧紧地抓着，撕扯不开。

这些触须有个感性的名字，叫——舍不得！

在这里生活了二十多年，她的思想和灵魂已同这座城市血肉相连，难以分开了。可是，个人的意志怎能翻得出命运的手掌？盛雪的眼泪再次涌了出来，挥起狠心之剑，砍向那些令人伤感的触须。然而她砍掉一根，就会有成千上万的舍不得再长出来。

机场到了。血肉模糊的盛雪下车，走向难卜的未来。

而后，她取票、过安检，坐在候机大厅里发呆。播音员悦耳的声音响起："女士们，先生们，飞往上海的航班开始登机了……"

盛雪茫然地跟在排队的人群后面。突然有陌生的电话打了进来，她怏怏地接通。

“喂，是盛雪吗？我是银行的风控经理段成，你的贷款申请审核通过了……”

风控经理在电话中告诉盛雪，银行经过严格的走访调查和风险评估，认为“盛雪外贸”虽然是刚注册的，但从盛雪做 SOHO 的业绩来看，属行业内的潜力股，最终决定贷给她两百万元。

“谢谢，太谢谢了……”盛雪刹那间泪流满面，转身离开登机口，义无反顾。

从机场出来，盛雪打车直奔市区。途中，帕斯卡的电话打来：“亲爱的盛，登机了没有？”

愧疚如海水，淹没了盛雪的良心。犹豫片刻，她还是鼓气勇气说：“亲爱的帕斯卡，请原谅……我不能嫁给你了，机票钱我马上转给你……”她激动得泪流满面，嘴却上扬着微笑。银行关键时刻伸出的援手，拔掉了插在她头上的卖身稻草。

“盛，你开什么国际玩笑，我连欢迎仪式都准备好了。如果你嫌二百万元的彩礼少，我可以加，你要多少我都给，你要什么我都给……”帕斯卡夸张的惨叫声隔着大洲大洋传来。

“我要的你永远给不了。我想要一个独立自主的我，一个命运掌握在自己手中的我。谢谢你帕斯卡，谢谢你对我的一片情意，但是，爱和被爱，都不如相爱！祝你早日找到自己的真爱！”

帕斯卡说的没错，这个玩笑从刺桐开到刚果金，真真正正算是个国际玩笑。可盛雪没时间考虑这个了，工厂的工人们还在等着她的钱回家过年呢。她满怀愧疚地挂断了电话，迅速将机票钱转给了帕斯卡，而后又打电话给丛小果：“小果，你不用和叔叔阿姨闹绝食了，赶紧回办公室上班。钱的问题解决了！”

银行的相关手续办妥后，贷款很快就到账了。盛雪在第一时间和工厂结清了货款，并当面向曾厂长和赵主任致歉。

“对不起，是我没处理好，给大家造成困扰了。”盛雪诚恳地说。

曾厂长不无担心地望着她：“小盛,你的钱是从哪里来的?据我所知，公安局虽然把老董抓到了，可钱也被他挥霍的差不多了，并没追回来多少呀。”

“我新注册了公司。国家的政策好，针对小微企业专门有扶持资金，根据这个，我从银行拿到了贷款。”盛雪坦言相告。

曾厂长望着她，肃然起敬：“小盛，你真是个能干的好姑娘。以后资金紧张时，只要我这边还能转得开，不付定金也给你做。”

“谢谢您啊曾厂长，新的一年，祝生意兴隆，合作顺利。”盛雪望着远处喜庆的红灯笼，由衷地说。

大马槟城，高宅。

高家大宅在槟城的富人区。虽说只有两层，却因其独特的宝蓝色外墙很是突出。前后有三十间房间，三个天井，格局有点像中式的四合大院。它是高英树的曾祖父请了苏州的设计师傅和闽南最好的工匠，历时六年时间建成的。屋顶以彩色瓷片黏合出一个个惟妙惟肖的故事，精致有趣。手工打磨的百叶窗木条，苏格兰进口的新艺术风格彩绘玻璃窗……所有细节都透露着惊艳，处处展现出东西文化合璧的奢华大气。

高英树被关在中间院落的一个房间里。他匆匆从刺桐回到大马后，委婉地和姐姐商量，想从美国那批订单的回款中借用一百万元。高英华问他这笔钱的用途？他却沉默不作答。

苏睿一直关注着高英树的一举一动。高英华反馈的信息令她疑窦丛生，花大价钱动用了私家侦探，很快就收到了他在美国和盛雪吃饭、漫步街头，以及这次回大陆时两人在西街等地游玩的照片。

“呵呵，竟然是你！盛雪啊盛雪，还真是哪哪都有你。我都跑到大马了，你还是和我过不去！”苏睿异常恼怒地盯着照片上笑靥如花的盛雪，觉得真是冤家路窄。随后她找到高英华，将照片甩在她面前。

“英华姐，我丑话说在前头，你要是再放任高英树这么下去，我大伯答应资助高家的两千万元可就泡汤了。”

“小睿啊，我保证会管好英树的。你放心好啦。”高英华焦急地说。苏睿脸上这才有了点笑容。

见姐姐迟迟不答应借钱，高英树便开始收拾行李，想回到刺桐，尽自己的力量帮盛雪。就在这时，高英华带人冲进屋，夺过高英树的护照和手机，将他反锁在屋里。

高英树冲过去，使劲想拉开门，可曾爷爷精心打造的房子固若金汤，赤手空拳根本不可能战胜牢固的门锁。因担心盛雪，他疯了般开始拍打房门，怒吼：“高英华，你疯了吗？放我出去！”

“什么时候和盛雪彻底断了，就放你出来。”高英华隔着窗轻飘飘撂下这句话后走了。高英树不知道姐姐是怎么知道盛雪的，格外沮丧，连着几天管家送饭来他连碰都不碰。

母亲心疼高英树，借送饭来看望他，想劝他吃点东西。高英树知道盛雪联系不到自己会着急，借了母亲的手机想打给盛雪，高英华却突然出现，连母亲的手机也夺走了。

高英树管高英华要手机，她却不为所动，还要管家取来她最爱的一套德化白瓷的茶具，沏了茶，坐在那里慢悠悠地说：“既然不想吃饭，那就坐下来喝点茶吧。”

“手机还我——”高英树像一个随时爆炸的爆破筒，眼神犀利地剜着高英华。

“除了苏睿，谁也别想嫁进高家。你要是答应娶苏睿，我现在就把手机还你。”高英华抿了口茶，说的很慢，杀伤力却比核弹威力还大。

高英树气得抓起那套德化白瓷茶具，从茶壶到杯子，一个不留地摔了个粉碎。高英华的嘴角抽动了几下，明明很心疼，却只是冷冷地瞥着他。

2

“为什么要这样逼我？”高英树握紧了拳头，对高英华吼。从小到大，这个所谓的姐姐无时无刻不在控制着他和母亲的命运，父亲临终前却把高氏和家交到了她手上，使得他们母子连还手的余地都没有。

母亲连忙拉住高英树，怕他冲动之下做错事。

“我也是为了高氏好。你生在高家，感情就不属于自己了。什么情呀爱呀，呵呵……”高英华的嘴唇鄙薄地撇了撇，一脸淡漠。年近不惑的她也有过青春烂漫的时候，可当年父亲为挽救高氏毁掉了她的爱情，换得高氏苟延残喘了一些年。既然父亲那么珍视“高氏皮革”的传承，如今她克隆父亲的手腕，拿他最心爱的儿子的爱情当子弹，来对抗高氏的陨落，也算公平合理。

“我要是不答应呢？”高英树的话是从牙缝里挤出来的，他从未如此憎恨过这个血脉相连的姐姐。

“呵呵，别忘了，‘素食皮’是你的心血，你忍心为了一个女人，让它永远陷在黑暗中吗？”高英华连连冷笑。

高英树闻言沉默了，往事突然在眼前倒带。当年他在英国皮革学院读书时，父亲突然病重了，姐姐掌握大权后，便逼着他退学回了大马。为了让父亲着手研究的“素食皮”技术早日面世，高英树隐瞒身份到巴黎一家研究所打工。为了学习制革技术，他除了完成本职工作外，还要充当清洁工，捡拾人家丢弃的废料，带回去潜心研究。功夫不负有心人，经过两年的刻苦努力，他总算研究出外观、质感甚至连毛孔的细节均与真鳄鱼皮一模一样的“素食皮”。父亲临终前，把母亲和他们姐弟俩叫到床前，叮嘱将来无论发生什么，一家人都要齐心协力把“高氏皮革”传承下去，发扬光大。而振兴高氏的唯一希望就是“素食皮”了。

姐姐的话像一记重锤，重重地砸在了高英树心上。“素食皮”是他的软肋，没有谁比他更想让它发扬光大，可他又不愿意拿这个来置换自己的爱情。

“我不会屈服的！”高英树坚定地说。

“呵呵，那你就老实在家里待着吧。”高英华也毫不手软，踩着碎瓷片往外走去。

……

从此，母亲再来给高英树送饭，高英华都全程监视，别说借用手机，就连高英树想把盛雪的联系方式转告给母亲的机会都没有。

在和盛雪失联的日子里，高英树被思念和担忧围困着，却没有好的办法脱身。

今天是尾牙，大街小巷都张灯结彩，使得过年的气氛越来越浓烈。

盛雪站在窗前，望着人们进进出出，忙碌着置办年货，心里说不清是什么滋味。从春天的早牙开始，到如今的尾牙，她这一年像是在影视剧里度过的，剧情大起大落，大悲却无大喜。唯一欣慰的是，赶在尾牙前把拖欠工厂的货款还上了。

“师傅，想吃什么，我请。虽然没能从老爸老妈那里要来投资款，但还是顺利讹了他们两万元零花钱。”各商家会在尾牙这天宴请员工，从小果明白盛雪内心的惆怅，打算以美食安慰一下她。

“谢谢啊小果。看来我上辈子修桥建庙做了善事，才化来你这么贴心的徒弟。公司虽然只有我们两个人，但尾牙宴还是由老板请比较合适。”

电话响了，是个陌生的号码，归属地显示为马来西亚。她的心突然狂跳起来，迟疑着接通。高英树的声音恍若隔世：“小雪，你还好吗?”

从小果耳尖，听到了高英树的声音，刚刚还满脸笑容的她，突然就乌云满天了，怒气冲冲地夺过盛雪的手机：“她好不好和你没一点儿关系！懦夫，逃兵！你配不上她!”

从小果猛地挂断了电话，并把高英树的号码拉黑了，然后瞪着盛雪：“我警告你，这种看上去人模狗样、关键时刻就跑路的男人，不准和他再有任何联系，不然我们两个就分道扬镳!”

望着气得原地爆炸的从小果，盛雪不由笑了，笑着笑着，眼泪却涌了出来：“好，听我们小果的，不再理他。”

高氏虽然没落了，但尾牙宴还是要举行的。为了面子，高英华只好放出了高英树。公司仅剩下的十来名员工，都是高氏的元老。有的想再熬两年退休了好拿到养老金；有的一时找不着好的去处，暂时按兵不动。

高英树知道高英华要面子，当众不会闹的太难看，便当着大家的面，拿起母亲的电话打给了盛雪。从小果的话令他心疼不已，可以猜出盛雪发生了什么事。眼睁睁看着她受难却无能无力，他内心格外煎熬。还有，那个林好男（浩楠）是谁?他无从得知，却知道他和自己一样，伤过盛雪。

高英华站在高英树的身边，耳朵支棱得像个收音器，将话筒里传出来的每个字都收纳入耳了。这下她完全放心了，摆出一副慈姐模样，笑眯眯地压低声对高英树说：“回去就把手机和护照还你。”而后一脸假笑地朝大家举起酒杯，“过去的一年，在各位的努力下，高氏平稳向前，业绩略有提升。相信新的一年会越来越好。让我们共同举杯，为旧时光画上句号，迎接新时代的到来。”

在玻璃器皿稀稀落落的碰撞声中，大家貌合神离地同饮了一杯酒。高英树使劲地捏着杯子，滴酒未沾。从小果骂得好，不管前提是什么，他的确没能在盛雪最需要的时候帮到她。

盛雪敬过三个长辈后，和从小果两个疯疯颠颠地玩骰子喝酒，却师傅敌不过徒弟，屡猜屡错，以至于喝得晕晕乎乎。

这晚盛雪是被母亲架到床上的。她浑身软绵绵地瘫在那里，却毫无睡意，拿出手机，一遍遍地刷着被拦截的信息，却再没有高英树的只言片语。她几次想拨过去，又都停了下来。她害怕知道他失联的真相，一如当年他的离开。她承认爱情是生活的一部分，但她面临的是生存危机。若不能好好生存，何谈生活？因此就现在而言，爱情对她来说是件奢侈品，她没时间，也没能力消费。

林浩楠的身体完全康复后，要求重新回到岗位上班。吴菲菲和老爸商量后，便让他到吴家餐馆帮忙。

林浩楠惊讶地发现，作为一名曾经的“副主厨”，“重操旧业”后，除了阿嬷咸饭和花生汤，别的菜完全不会做。吴菲菲的哥哥吴越经常一脸嫌弃地说林浩楠硕果仅存的两门手艺连入门级都够不上。每当此时，吴菲菲就会对吴越又掐又打，还会把客人不吃、自家人嫌弃的阿嬷咸饭和花生汤一口气吃完，再大赞特赞一番。

林浩楠知道她是爱屋及乌，也明白吴越并无恶意，打内心感激吴菲菲和整个吴家人，平时除了在家里当花匠，到后厨帮忙，连采买等许多杂务也主动去做。见林浩楠这么勤快，大厨吴老板也很乐意手把手教他一些菜的做法，可他的厨艺却一直没什么长进。

3

林浩楠不想再祸害客人，便主动要求到前台当服务生，接触了不少在刚果金工作和经商的中国人。他曾悄悄给他们看了那三个人的合影，可没有一个人见过他们。

夜深了，林浩楠还在端详那张相片，一些碎片式的画面突然呈现在眼前——一双上了年纪的女性的手渐渐显现，微瘦，左手无名指上戴着一枚铂金戒指。那双手在厨房里忙碌，大米淘净，加入酱油、糖和清水小浸一会儿，花生米炸好备用，鲜肉、腊肉都切成小丁，然后将所有食材和大米一起，放进锅里焖煮……

熟悉的味道充斥着林浩楠的大脑和味蕾，他努力想看清楚镜头里那个女人的脸，却始终模糊不清。自己应该吃过她亲手做的饭，可她是谁，她在哪里？他揣着这个巨大的谜团，渐渐睡去。

第二天早上吴家人起床后，发现桌子上已经摆上了热腾腾的饭——阿嬷咸饭和花生汤，不用问就知道出自谁之手。吴越盯着“罪魁祸首”林浩楠，表情夸张：“林副主厨，看来您老贼心不死啊，如此难吃的饭简直是在谋害兄弟……”

吴菲菲死死地盯着哥哥，用眼神将他后面的话全部逼回了肚子里。吴越不得不坐下来，勉强拿起了筷子。吃了第一口，他脸上的表情突然就变了，紧皱的眉头舒展开来，一口气吃完一整盘，喝光了满满一碗花生汤，然后狐疑地打量着林浩楠：“你是不是被妖怪附体了，怎么突然就会做饭了？”

“是神仙附体了。”林浩楠低头吃着，鼻子酸酸的。昨晚镜头碎片里的女人，对他而言应该就是神仙。

今天是尾牙，整个吴家餐馆都被闽商包了。帕斯卡本打算来这里吃饭的，没想到座无虚席，一位难求，转身要离开时，眼角的余光扫到了一个熟悉的身影，仔细一看，“被鳄鱼吃掉”的林浩楠竟然活生生地出现在视野里——由于人手不够，他这个只会做两道菜的副主厨同时还兼职服务员给客人上菜。

“林浩楠，妈呀，你不是鬼吧！”林浩楠刚将盘子放到客人面前，就被帕斯卡抓住了手，“热的，不是鬼，是人！你是怎么活下来的！”他在中国留学时，曾听中国同学讲过，中国的鬼浑身是冰凉的，没有温度，便用此来识别林浩楠是鬼是人。

“你叫我什么？”林浩楠诧异地问。

“林浩楠，你不会连自己叫什么都忘记了吧？”帕斯卡惊讶地瞪大了眼睛。

“林浩楠”三个字他的确有些耳熟，可吴家人明明说自己叫陈大力呀。看到吴越正在朝这个方向走来，他一面向帕斯卡递眼色，一面大声说：“先生，我叫陈大力。请问有什么能帮您的？”

帕斯卡猜到其中有隐情，悄悄将一张名片塞到林浩楠手里。

吴家人做生意，逢周一必休息。林浩楠早起将庭院打扫干净后，便独自开车出去了，中途才给懒床的吴菲菲发了条微信，说外出采买点儿东西。

按照名片上的地址和电话，林浩楠找到了帕斯卡的商铺。

因喜欢盛雪，帕斯卡从刺桐回来后，前所未有地迷上了中国文化，特意从中国商人手里买来这款非洲黄花梨的茶海，和两套德化的茶壶茶杯。

林浩楠走进来时，帕斯卡的表现比昨天在吴家餐馆时更夸张，他腾的一下子站了起来，手中的杯子啪的一下摔在了地上，本来就大的眼睛瞪得像初生牛犊的眼眸。

“帕斯卡先生您好……”林浩楠忐忑不安地和帕斯卡打招呼。

“我一点儿也不好，我……”帕斯卡上前，一把抱住林浩楠，眼泪大颗大颗地掉了下来，“上帝啊，真的是你啊林浩楠！你是怎么活过来的？”

“你叫我什么？”林浩楠艰涩地问。

“别给我玩中国电视剧里那套！”帕斯卡擦擦泪，放开了林浩楠，把他摁在了沙发里，“为了你，我和中国大使馆的人找遍了整个刚果河沿岸，你醒过来却不认得我是谁？当然，你失踪我有很大的责任，但也不都是我的错，武装分子的车开得那么快，谁想到你说跳就跳，一点儿准备时间也不给我……”

帕斯卡讲述着当时的情景，林浩楠混沌的记忆渐渐清晰——深夜的刚果金，KTV外闪烁的霓虹灯，视频里盛雪的笑颜，武装分子的枪声，他和高英树先后跳车逃跑，帕斯卡吓得在车上哇哇大叫，他朝河边奔跑，一声枪响后，大脑一片空白……

失去的记忆就这样猛然回来了。原来照片上的是自己的父母和恋人，原来阿嬷咸饭和花生汤都是姆妈的绝技……往事涌现得越多，林浩楠心里灌的铅也越重。

“你失踪后，你爸妈和盛雪来找过你。”帕斯卡将林浩楠父母和盛雪来刚果金的经过，以及后来自己去刺桐见到盛雪的事，都讲给了林浩楠，不过，省略了他追盛雪的戏份。

“借你的手机用用，可以吗？”

帕斯卡把手机递给了他。林浩楠拨通了盛雪的号码，马上，他就听到了那个熟悉的声音。

“下午好帕斯卡……哦，你那里应该是早晨。最近怎么样？”盛雪懒洋洋的声音传来。

林浩楠的嘴唇颤抖着，一时不知道该说什么，眼眶突然红了。他好想喊声“小雪”，可喉咙涌动了半晌，还是忍住了，任由内心的野草狂长。吴菲菲的面孔突然浮现在眼前，林浩楠心里一沉，现在的他，没有资格再和盛雪说什么了……那个他一眼就爱上的女孩，被意外给硬生生推出了银河系，让他可望而不可即。

长时间的沉默，让盛雪觉察出了不对劲儿：“帕斯卡，你怎么了？有话说啊……”

林浩楠默然将手机递给了帕斯卡，由着他和盛雪扯了几句“今天天气哈哈哈”的闲篇后，挂断了。

“帕斯卡，先别把我的消息告诉盛雪，好吗？”

从帕斯卡那里出来，林浩楠像丢了魂。孤儿“陈大力”的身份，无疑是吴家人编造的。不过也可以理解，毕竟，他们救自己的时候，也不知道他到底是谁。

父母的电话号码自是铭记于心。他看了下时间，现在的刺桐应该是晚饭时分。他想了想，拨通了母亲的电话。

“喂……”妈妈的声音传来。

不到一年时间，母亲连声音似乎都爬满了皱纹，林浩楠哽咽难言，拼命压抑住泪水：“妈，我是浩楠……”

“啪”的一声脆响，那边似乎有什么东西摔在地上。林浩楠突然意识到自己把母亲吓到了，连忙补充：“妈，你听我说，我没死，我还活着，活得好好的。只是有点儿特殊情况，一直没能联系上你们。你别激动，慢慢和我爸说，也别让他太激动了……”

“浩楠啊，我的儿子啊……老林，老林，我们浩楠没死，他真的没死啊！”妈妈总算缓过劲来了，痛哭出声。

爸爸的声音也传过来，却只叫了声“浩楠啊”，便被呜咽淹没了。

4

林浩楠将自己被人所救、失忆等情况告诉了父母，却没敢提吴菲菲。

“浩楠啊，小雪因为我们一家，遭了太多罪了，你赶紧办好护照回来吧。”

林浩楠的眼泪再次涌了出来。自己果然没看错人，可是，他和吴菲菲的事，该怎么和父母说？

当务之急是要找回林浩楠的“真身”，挂断电话，他根据导航的设置，直奔中国大使馆。只有恢复了林浩楠的身份，他才好和吴菲菲做个了断。而感情的了断，不像拿着大剪刀为植物修枝剪叶，急不得。

天完全黑下来后，林浩楠才回到吴家，直接上楼回了自己房间。

“哎，给你留着饭呢，快下去吃。”吴菲菲前后脚地跟进来喊他。

林浩楠背门而卧，说了句“不舒服，不想吃了”，拉过被子将自己蒙头盖脸地裹了个严实。

“陈大力，你怎么了？”

“陈大力”三个字刺痛了林浩楠。他闷着声音问：“你为什么要救我?”

“因为你是陈大力啊，因为我喜欢你啊!”她脆生生地回答，一副天经地义、理所当然的样子。

林浩楠一时语塞。是啊，当时自己像一具会呼吸的木乃伊，除了她本性的善良和内心的喜欢，还有什么能让一个女孩子救回陌生的他?

“菲菲，我有话和你说……”总是要面对的，林浩楠硬着心肠开了口。他实在无法放弃盛雪，那是他的真爱，而他对吴菲菲只有感激之情。

粗线条的吴菲菲并未察觉出他的异常：“女士优先，大力，我也有话和你说。我……怀孕了。”

林浩楠的世界突然就爆起了蘑菇云，像电影镜头里那样，四肢百骸的碎片天女散花似的炸得漫天飘飞。

“高兴傻了吧你?我都和我爸说过了，他说择个日子就把我们的事办了。我的事说完了，你要说什么?”见林浩楠呆瓜一样，吴菲菲拿胳膊捣捣他。

林浩楠苦涩地望着吴菲菲，到嘴边的话又咽了回去。

“说啊你——”吴菲菲追问。

“我，菲菲，我……”林浩楠努力组织着语言，思索着怎么样开口才不伤害她，“我的记忆恢复了，我叫林浩楠，家在刺桐……”

林浩楠颤抖着手打开手机，找出来那张照片，告诉吴菲菲，当初她帮过的叔叔阿姨就是他的亲生父母。

“她是谁?”女人一旦面对爱情，每一个触觉都会变成灵敏的小雷达。一向粗线条的吴菲菲指着盛雪问。

“她是，是……我表妹。”林浩楠艰难地吞咽着唾沫，疼痛不已地回答。若吴菲菲没有怀孕，他还可以提出分手。可是现在，他就算再狼心狗肺，也不能置她于不顾。

吴菲菲提到嗓子眼的心这才放了回去，有点不好意思地说：“对不起啊，当初不知道你的名字，就胡乱叫你陈大力。怕你醒后走人，才骗你是孤儿，我这么做是因为，因为……”

“别说了，我明白的。”林浩楠苦涩地打断了她。喜欢一个人并没有错，吴菲菲这样做他完全可以理解。可是……阴差阳错的，使得所有事情都脱离了原来的轨道。

这个年盛雪过得虽然惆怅，但也算充实，她注册了自己的品牌——“SNOW SHOW”（雪地秀），几乎每天都是在写邮件、发邮件、查看邮件、回复邮件中度过的，用这个品牌努力开发一带一路沿线国家的客户。之后，她决定将印度作为年后地推进军的目标国。

从小果学着《西游记》里的腔调：“师傅，带上悟空吧，一切妖魔鬼怪都逃不出俺老孙的火眼金睛。”

盛雪捏了下她的鼻子：“到哪儿能少了你?参展的样品，我都和曾厂长联系好了，要他们准备好，另外你和他们配合，整理一下资料。”

“没问题。可我有点儿担心，印度本身就是纺织品生产大国，人家会从我们这里进口吗?”

“怎么说呢，印度目前的市场属于中低端，甚至是偏低端，高端市场大多被品牌垄断了。我们这次的目标是争取挤进中高端市场，让‘SNOW SHOW’成为印度家喻户晓的品牌。”

春节放假期间，盛雪去给曾厂长拜年的时候，就进军印度市场和他做过深入详细的探讨。曾厂长本身属于供应链端，延迟满足能力很强，对终端市场需求、竞争对手，以及客户情况都有所了解。尽管印度为了保护本国纺织业，对多种纺织品的进口税率有所提升，但他们在技术革新和效率方面是短板。经过商讨，盛雪准备收割印度市场。而此次的展会将是一次投石问路之行。

“我们之前从没参加过展会……”从小果还是有点儿不托底。

盛雪一副胸有成竹的样子：“这可不是贸然行动。你过大年养膘的时候，我做了一些前期工作，查阅了印度市场该产品类目下的进口商信息，并对他们采购的偏好和需求，以及客户背景等基本情况进行了分析。这次的展会城市是新德里，我通过黄页以及 Google 定位的方式找到了目标客户，给客户发了邀请函，在附件里展示了几款新产品的图片，其中有四五个回复说会去。”

“师傅就是师傅，这工作效率，我策马扬鞭也追不上啊。”从小果突然又想起了什么，“不过，展位一定不便宜吧，我们这点儿家底……”

盛雪微微一笑：“放心，山人自有妙计。”

远在刚果金的林浩楠无时无刻不在关注着盛雪。通过帕斯卡，得知她有意去印度地推，便悄悄联络了在印度的朋友，问有没有意向和别人合租摊位。得到肯定的回复后，他又通过帕斯卡将这个信息转给了盛雪，并叮嘱印度那边为自己保密。

从帕斯卡的口中，林浩楠得知“自己”竟然“以次充好”，坑害了大客户玛瑞迪之事。他明白此事一定是黄文祥所为，甚至玛瑞迪都参与其中了，从开始的受害者，变成后来和黄文祥联手坑害盛雪的人。

帕斯卡闻言极为愤怒，当即就要打电话质问玛瑞迪，却被林浩楠拦住了。在没有掌握确凿的证据前，仅凭推测改变不了什么。林浩楠叮嘱帕斯卡，不要将他活着的消息透露给任何人，尤其是黄文祥和玛瑞迪，他另有打算。

“林，你不会真要留下来继承吴家的餐馆吧？在中国这可叫‘吃软饭’。”帕斯卡见林浩楠已经恢复记忆了，补办的护照也下来了，却仍没回国的意思，有点儿摸不透他的心思。

“呵呵，我又不是蓝翔毕业的，当什么厨子啊，我学的可是经贸。”说着，他看向帕斯卡的脚，“你穿的鞋子是在中国买的吧，如果我没猜错，产地离我们刺桐不远。鞋子穿着还好吧?”

“鞋子舒服不舒服，只有脚知道。我的脚告诉我，这双鞋子非常好。”帕斯卡已经明白了林浩楠的用意，“如果我没猜错的话，你想把中国，或者说把你们刺桐的鞋子卖到非洲。不过，目前非洲市场不比以前了，现在这里不缺鞋子，而且有很多是中国人在卖。”

“但他们缺乏与众不同的鞋子，你脚上的这双鞋子，在金沙萨看到有同款的吗？”

帕斯卡摇摇头。

5

“所以，这里依然需要鞋子，只不过是从单纯的需要穿鞋，变成了对与众不同、拥有自己独特风格的需求。”林浩楠很有信心，“如果我们联手，在金沙萨建立直营公司，以此为依托注册自己的品牌，第一时间掌握客户的需求，和流行趋势接轨，立足于刚果金，直面非洲市场，何愁不能成为‘非洲鞋王’！”

“工厂怎么解决？”

“有晋江这个鞋都在，你怕什么？到时候我回国寻找合适的代加工工厂，做好市场调研，争取一年推出上千个款式，把新开发的产品寄给非洲各国的客户，让他们去挑选、投票，满意度高的再投入生产，不满意的就放弃。”

“太好了，林。合作愉快！”帕斯卡真诚地伸出了手，“哦，还有件事，如果你放弃盛雪的话，我……可不可以继续追她？”

“这个……我说了不算。”林浩楠内心百味杂陈。

盛雪和从小果乘坐的班机到达英·甘地机场时，已是下午四点多。这是个现代化程度很高的国际机场，除了通关时间无比漫长，其他一切还好。从小果格外兴奋，这个机场的建筑曾多次出现在宝莱坞电影中，满满的既视感，她也不在意通关的漫长，拿着手机不停地拍。

因通关花费了很长时间，出机场后，天色已然暗淡下来。还好，摊位合租方派车来接她们，出来后很快就找到了那辆红色的玛鲁蒂轿车。大家仅是摊位合租关系，盛雪本来不想麻烦人家，可考虑到两个女生出门，人生地不熟的，她心中还是惧怕的，便由着他们安排了，但提出来付费给人家。

令盛雪和丛小果惊喜的是，司机是一位印度美女。她穿着得体的职业套装，和印度电影里身着艳丽纱丽的女性差别有点大，很有亲和力。

女司机用英语对她们说："你们好，我叫南德娜，不好意思，出来匆忙，忘记带名片了，请上车。"

盛雪和丛小果初到印度的紧张感顿时消失了，连连道谢，并双手递上名片。

印度是一个谜一样的国家，经济发展很快，人口增长也很快。首都新德里是在古老的德里城基础上扩建而成。这是一座典型的放射型城市，宏伟的建筑大多集中于市中心，政府主要机构集中在市区从总统府到印度门之间绵延几公里的宽阔大道两旁，国际会展中心也在其间。

盛雪和丛小果订的酒店就在会展中心附近，女司机南德娜将她们送到后，就告辞了。

经过一夜的休整，第二天，盛雪和丛小果去会展中心布置展位。她们这次的目的有两个，一是设定品牌代理项目的合作，确定独家合作伙伴；二是把潜在的客户扫一遍，提高印度客户的转化率。

到达展位时，昨天那位女司机南德娜已经在忙碌布展了。可接下来的情景令盛雪和丛小果大跌眼镜，几名工作人员走到女司机面前，毕恭毕敬地请示着什么。看见她们惊讶的表情，南德娜笑了，拿出名片递给她们。原来，所谓的女司机竟然是印度民族品牌“NANA”箱包公司的老总。

一般来说，品牌产品很注重自身形象，在展会上不会跟别的参展商拼摊位。南德娜从美国留学回到印度后成立的“NANA”公司，生意上和美国联系得比较密切。有一次她去美国参展时，从酒店到会展中心的途中，装有资料的包被抢了，幸好路过的林浩楠出手相助才拿了回来。因此，这次受林浩楠委托，她才答应在摊位上留一个角落给盛雪。

竟然把人家当成司机，盛雪和丛小果有些尴尬，不过，内心对她的好感更增加了几分。

和南德娜闲聊了几句，盛雪和丛小果取出海报、样品等，手脚麻利地开始布展。丛小果眼尖，很快发现隔壁摊位竟然是她们的同行——意大利著名校服品牌“意顿”在印度的独家代理。对方自然也发现了她们。盛雪干脆大大方方地走过去，将自己的宣传画册恭恭敬敬地送上一份，对方也很绅士地回赠了盛雪一份宣传册。

“师傅，咱们展位的位置不是太好，明天展会正式开始后，我们要不要从同行摊位截流啊？”丛小果问。

所谓“截流”，就是提前拿着样品和名片站在有利位置，看到从同行那里出来的客户，或者有客户想去同行那里，就一路搭讪，把他们截到自己的摊位上来。盛雪听得直皱眉："不行，会伤了同行间的和气。我们事先做了那么多的工作，从海报、宣传页到样品，做得都很好，联系上了新德里、孟买、拉杰果德等地的目标客户。我相信，只要是真心寻求合作的，都不会对我们视而不见。"

会展开始后，一切果然如盛雪的预想，客户络绎不绝。大部分时候，她们两个根本就忙不过来，不光是事先约好面谈的客户，就连没预约的也被吸引来，拿宣传页的、看样品的，问报价的……"SNOW SHOW"的摊位都要被人挤爆了。反观隔壁的校服大牌"意顿"，用门可罗雀来形容一点儿也不为过。目前的印度市场，性价比还是第一要素，毕竟十几亿的印度人民，并不都是富翁。

见"SNOW SHOW"那么火爆，"意顿"的少东家忍不住拿起手机对着她们拍照。学表演的从小果对镜头十分敏感，调皮地比了个剪刀手配合他。少东家似乎忘记了自己的职责，从小果的配合令他龙颜大悦，从偶尔拍升级为一直对着她们拍拍拍。从小果乐得手舞足蹈："师傅快看，那家伙个头那么高，而且还很帅哎！"

"收起哈喇子好好干活。今日工作不努力，明日努力找工作！"盛雪敲了一下她的脑袋。

"疯狂的机器，没有七情六欲的人最可怕……"从小果嘟囔着，全心全意开始接待客户。

"价格能不能再降百分之四十？"客户突然问盛雪，"你们实力比我们强嘛，让点利，大家都好做生意。"

虽然是第一次来印度，可盛雪久闻他们砍价的盛名，对此她早有心理准备。

“不行，这已经是我们的最低报价了。先生，我们虽然第一次见面，但之前通过邮件也多次沟通了，彼此也算了解。另外这次来印度，有很多的客户想与我们合作，如果你想在拉杰果德独家销售这款产品，我们给的优惠是——第一笔订单只需达到 MOQ 量即可，但今天必须付定金、确定订单才行。”盛雪不仅没让步，反而开始逼单了。

MOQ 是国际贸易术语，意指最小订单量。这客户对中国商人的认知还停留在之前，以为压价对方就会让步，盛雪的反应出乎了他的预料，他迟疑着说：“这个……我需要带样品回去商量一下，如果 OK，会付款确认订单的。”

“OK，如果今天没有付款确认的话，需要把样品还给我，我还要给其他客户。”盛雪并不想逼他太紧，物极必反嘛，留点空间给别人思考未必不是好事。

第九章　热辣辣的咖喱香喷喷的订单

1

盛雪的“SNOW SHOW”虽然在会展上的地利不是很好，但天时和人和都占了。由于刚出农历正月，国人还没从年的气氛中拔出脚来，这次来参展的国内同行很少，使得“SNOW SHOW”非常耀眼。

“先生，我们一起合个影吧。”盛雪笑吟吟地对刚聊完的客户说。每次和客户谈完后，她们都会跟客户合影留念，一方面是为了后续跟进加强联系，另一方面可以将这些作为今后的营销素材。

“加我一个——”隔壁“意顿”的少东家突然横空入镜，喜滋滋地站在丛小果身边。他的员工拿着相机“咔咔”摁着快门，记录下了这一刻。

少东家大大方方对丛小果说：“我们加个微信吧，我好把照片发给你。”

“师傅，这是他自己找上门的。”丛小果冲盛雪挤眉弄眼。

晚上回到酒店，两人开始整理照片，准备给客户发过去。翻到其中一张相片，盛雪愣住了。在背景的人流中，有一个熟悉的身影，虽然不那么清晰，但盛雪百分之百肯定，那是高英树！

盛雪没看错，那个身影的确是高英树。高氏的尾牙宴上，他当众和盛雪联系时被丛小果骂后，姐姐高英华就将他放了出来。当他收拾行李准备回国找盛雪时，姐姐放出了更厉害的撒手锏——如果他敢和盛雪再来往，盛雪的哥嫂就会有牢狱之灾。

不久前，一家小型纺织品加工厂倒闭转让，盛雪见哥嫂在家里无所事事，便低价拿下，交给他们打理。不料，盛强和胡小美贪便宜，竟然找人 PS 了检测报告单。事情败露，对方索赔，不然就要把他们告上法庭。正当盛强两口子手足无措的时候，这事却不了了之了。原来，是苏睿拿了一笔钱赔给工厂，平息了此事。苏睿本想以此为条件要挟盛雪彻底断绝和高英树的来往，可又觉得这样做显得自己太低级，就把此事托付给了高英华。

高英树明白，以苏睿的聪明和能力，怂恿客户向盛雪的哥嫂索赔是轻而易举的事。盛雪的事业刚回暖，这对她的打击无疑是致命的。高英树黯然答应不再和盛雪来往，但要姐姐保密，不许把盛强闯祸的事告诉盛雪。

有了把柄在手，高英华才放心地把高英树给放了出来。

心和口很难保持和谐统一。高英树虽说答应了和盛雪断绝关系，可思念是有牙齿的，无时无刻不在噬咬着他的心。盛雪的电话早已镂刻在脑海里，他无数次一个一个数字地输进去，却又一个个地删除掉了。

备受爱情煎熬的高英树，决定把全部精力放在事业上。为参加印度的皮革和纺织品春季展会，在高氏的遗老遗少们放年假期间，他独自在加班，忙碌着准备各种资料。可能是看他太辛苦，姐姐高英华的态度有所转变，主动帮他订了参加会展的机票和酒店。姐弟俩的关系虽没因此而有所缓和，但总算不再那么僵硬。

出发当天，高英树到机场取票时发现，姐姐订的竟然是头等舱。以高氏目前的状况，他感觉有些浪费，但又不想因此和她多费口舌，有点无可奈何地上了飞机，半躺在那里闭目养神，思考着到新德里后怎么和约好的客户商谈。

突然有人拿手碰了下高英树。他以为是服务的空姐，睁开眼后却发现苏睿拿着瓶饮料举在他面前。

“要不要喝?”她问。

高英树仿佛见了狮子、老虎等大型食肉动物，惊讶地瞪大了眼睛，但还是有礼貌地冲她摇摇头，然后闭上眼睛努力睡去。

苏睿还算不错，一路上也没吵他，安静地待着，两人倒也相安无事。

高英华很聪明，独自担当了棒打鸳鸯的法海，因此高英树并不知道盛强一事苏睿在里面扮演的角色，否则不会任由她待在身边。

到新德里后，高英树快速冲下飞机，逃命似地通关，然后打车直奔酒店。一路上，他的眼睛不时通过后视镜观察着，看到后面并无可疑车辆后，以为彻底甩掉了苏睿，才长长地松了口气。

到酒店，顺利办理入住，进房间换过衣服后，高英树拉开房门准备出去吃饭时，却发现苏睿赫然站在门口，双手抱胸，一脸好玩地望着他。

“想吃什么？我请。”她笑吟吟地说。

“无聊！”他咬牙切齿，忍无可忍，甩上门朝前走去。

她不徐不疾，神情自若地紧跟于后。两人一前一后进了餐厅。

他拿起菜单点菜，她大方地坐在他的对面。他只点了自己的那份。她心情丝毫不受影响，也点了自己的。两人面对面却毫无交流地各吃各的。

高英树吃完，起身买单时，伺者指着苏睿告诉他——那位女士结过账了。而后苏睿吃完，优雅地擦嘴，起身经过他身边时，轻飘飘地撂出一句：“不好意思，忘记告诉你了，机票、酒店，还有在这家酒店里你所有的消费，都是我们苏家买单……”然后摇摇摆摆地走了。

高英树瞬间石化，知道姐姐出卖了他，但又无可奈何。这天晚上，他一直睡得不踏实，时不时会瞅一眼门，生怕苏睿会破门而入。

第二天，高英树强打精神在摊位前忙碌布展，苏睿一身休闲服在旁边帮忙。其间，盛雪和从小果在展会上四处走动、察看行情的时候，站在梯子上挂海报的高英树发现了她们，惊得差点从梯子上摔下来，幸好苏睿扶了他一把。他想朝盛雪追过去，可看看身边的苏睿，又不敢轻举妄动。高英树从母亲的口中得知，姐姐之所以知道盛雪的存在，是苏睿找人调查的……以此推断，她肯定看过盛雪的照片，却不知道她们是旧相识，甚至有点宿敌的意味。

这晚高英树再次失眠了。他想将思念压成一方小小的石头，放在心底。可夜晚的念想在白天的太阳下曝光后，犹如服了一剂猛烈的催情药，他心里的烈火突然就燎原了，蔓延着一发不可收拾。

第二天的展会上，高英树在和客户面谈的间隙，借着上厕所的机会，悄然来到盛雪的摊位前，却踟蹰着不敢走近她，直到苏睿电话催促，说有重要客户来了，他才转身。恰逢盛雪和客人合影，无意间将他的背影拍了下来。

第二天的展会上，尽管盛雪和丛小果一如前一天那般忙碌，她还是找机会开始在人群里寻找高英树的身影，最终于人头攒动的人海中看到了他。

彼时，高英树正在和客户谈，并未注意到盛雪的出现。她便将自己掩藏在人流里，名目张胆地打量着他，想将他一次性看个够。但近在咫尺却遥如天涯的痛，哪能是看两眼就够的……那边丛小果已经打电话催她回去了，她只好举起手机，尽力避开闲杂人等，将他纳入镜头，拍下来独自收藏。

盛雪给了一名服务人员小费，要他去高英树的摊位上拿宣传册页和名片。

高英树和客户还在谈判中，无暇顾及别处。苏睿拿资料给那名服务员时，觉得会展工作人员索要这个有些奇怪，目光追着他发现了盛雪。她眼睛一亮又一暗，身子稍微侧了下，挡住了高英树的视线。就算此刻他抬头，也无法穿透她看到盛雪。

“盛，晚上一起吃饭怎么样？有个合作伙伴想见你。”南德娜盛情邀请，“你们想吃什么？”

来到印度的两天里，南德娜留给她和从小果的印象特别好，况且又是合作伙伴，哪有拒绝之理？盛雪的回答很讨巧：“喜欢印度传统的美食。”

南德娜闻言果然很开心。她是个很贴心的人，订的饭店离盛雪住的酒店不远。

2

傍晚时分，盛雪和从小果从展会出来后，乘坐南德娜的车直奔饭店。进入大堂后，从小果夸张地张大了嘴巴——精美的巨大水晶吊灯，极具南亚风情的精致奢华装潢，让人恍若走进宫殿。在伺者的引导下，她们来到位置前，发现连桌椅都挺特别的，油菜色的屋顶和棕黄的椅子，色彩搭配的几尽完美。桌子上还放了一个小熏灯，氛围亲切温馨，令人放松。

座位上已经有了一个印度帅哥，高挺的鼻梁，大大的眼睛，性感的双唇……正是从小果理想中的帅哥代表作。可盛雪没等她的口水流出来，便将她一把推到了身后，因为南德娜笑眯眯地正为她们介绍，这是她的未婚夫兰比·卡普尔，是做全球贸易的，纺织品门类下的校服也在他们的经营范围内。

既然盛雪说喜欢吃印度菜，南德娜的未婚夫点的当然都是印度美食。

盛放食材的容器非常有特色——只见一个印度大浅盘，或者随便的一个什么器皿，放在一个凹进的小格子的盘子上，看上去就像是画家的画板。

食物陆续上来，令盛雪和丛小果宽慰的是，并非像网上科普的那样，吃饭必须要用手抓。这是个高规格的餐厅，可能考虑到客人来自世界各地，备有刀叉等餐具，甚至还有中国的筷子。

可能小卡普尔觉得，中国人眼里的“印度美食”就等于“咖喱饭”吧，他今天点的几乎全是咖喱食谱上的菜。盛雪见人家按自己的“喜好”点菜，决定含泪也要吃下。为了证明自己有多么喜欢印度菜，每道菜她都要大吃特吃。

“哇，这道咖喱番茄炖羊肉真不错，用的应该是罗根乔咖喱吧？这道咖喱海鲜焗饭也很好……这咖喱鸡也实在太香了，还有这道巴吉……”

幸好来之前做过攻略，每上一道菜，盛雪都能准确地叫出它的名字。丛小果当即石化，自己也算吃货一枚，对印度菜的了解竟远不及盛雪的皮毛。

手抓饭上来时，盛雪完全抛却了淑女风度，大快朵颐，边吃边夸。一个中国女孩儿竟然这么热爱印度美食，这让南德娜和卡普尔开心极了。当然，吃饭不是目的，盛雪早有准备，和他们聊着“SNOW SHOW”，还将随身携带的 iPad 取出来，打开相关产品的 PPT 给他们做介绍。

卡普尔的家族企业做的是高端产品，看了盛雪的产品介绍，对“SNOW SHOW”很感兴趣，唯一的缺憾是，品牌影响力不够大。

“卡普尔先生，印度和中国都是文明古国。我们中国有句话，一年之计，莫如树谷；十年之计，莫如树木。‘SNOW SHOW’虽然是一个年轻品牌，但品质上绝对不输于那些大品牌。我希望您能和我们一起见证‘SNOW SHOW’的成长。”

卡普尔出身名门望族，受过良好的教育，对盛雪的观点非常认同：“盛小姐，我们一直在寻找性价比高的供应商合作，这次你们来展会真是缘分。明天我让市场部的人来拿样品，测试合格的话，可以先下一个柜的试单，等广交会的时候，顺便去拜访一下你们的工厂。”

“OK。我这就把详细报价和信息发您。”盛雪当即拿起iPad，将报价等发了过去。

“合作愉快，干杯!”四个人举起杯子，开心地碰在一起。为表明自己是真心热爱印度、印度人、印度文化，以及正在吃着的印度美食，放下杯子后，盛雪又连着吃了几口手抓饭。

其实，盛雪打小胃就不是太好，这种咖喱组团轰炸的饭局她还是平生第一次，最后这几口咖喱饭，成了压倒她的那根稻草，胃里顿时燃起一座火焰山。她只得朝大家歉意地笑笑，起身朝洗手间走去。

离开南德娜的视线后，她叫住一个服务生，用英语说：“请给我拿一杯冰水，谢谢。”

不到两米远处，高英树正和苏睿用餐，熟悉的声音让他一愣，抬眼望去，不由得霍地站了起来：“小雪?”说着，高英树向盛雪走去，却被苏睿拉住了。“不许去!”

盛雪自然看到了高英树，捎带的，连旁边的苏睿也一并收入眼底。她整个人似乎被塞进了速冻的冰柜，硬邦邦地戳在那里，一时不知道该怎么办。在展会上她看到了苏睿，但大学毕业六七年了，苏睿当时又一身休闲服饰，而她的注意力全在高英树身上，竟然没认出来对方。此刻苏睿浑身上下的名牌，那种傲娇的气焰又自动回归了。

见盛雪认出了自己，苏睿拉住高英树的手更加用力了，似乎在宣示着某种主权。高英树的脸沉了下来，硬是扯开苏睿的手，朝盛雪走去。

“高英树，今天签单的客户是我大伯的世交。你要是还在乎高氏的话，就给我站住!”苏睿用强势的声音，包裹着内心的脆弱。

这顿饭是苏睿安排的，高英树本想拒绝，可这次的展会她的确帮了不少忙，有几个客户也是她介绍的，其中一个还当场签单了……若吃顿饭都不赏光的话，有点说不过去，他这才勉强来了。

高英树的脚步停了一下。他是在乎高氏的传承，更怕盛雪受到伤害……但此刻姐姐没在这儿，他又实在太想念盛雪了，哪怕和她说句话也好，便继续向前走去。

苏睿顾不得面子了，起身再次拉住他，狠狠地盯着盛雪：“你能给他什么？你什么也帮不到他，只能害得高氏破产！要不是因为你，英树也不会被关那么久，别那么自私好不好?”

高英树杳无音讯的谜团被苏睿解开了。盛雪从速冻的状态里迅速解冻，转身就走，却被高英树拉住：“小雪——”

“这谁呀，放开我们家小雪!”少雷不知从哪里冒了出来，扒拉开高英树的手，将冰水塞进盛雪手里，“喏，你要的冰水。”说着，他连拉带扯地将她带到远离高英树的座位上，摁到椅子里。

盛雪大口地灌着冰水，似乎并不奇怪少雷的出现。自从两人再次相遇后，少雷的厚脸皮像一味缓和剂，帮盛雪顺利拿到贷款还清债务后，二人一度冰封的水流就开河了。

少雷是来追查一位红通人员的。来印度之前，他告知盛雪要到印度参加个法医学研讨会，问要不要给她带点什么纪念品回去？盛雪知道这是他一惯的抠门伎俩，只等自己回答“不用了，谢谢老哥”，便一反常态地吓唬他说，要他带枚印度宝石回来。他果然吓得不再吱声了。盛雪内心大笑三声，并没告诉他自己会在同一时期来印度。没想到世界这么小，吃个饭，两人竟然在饭店遇到了。

“妹妹，给老哥说下那人是谁呀？”

盛雪还没回答，高英树已经追了过来：“我叫高英树。”

盛雪放下杯子，视高英树如空气，起身朝自己的座位走去。高英树想追，却被赶过来的苏睿拉住了。

“哇，苏公主，怎么这么巧？”少雷挽住苏睿的胳膊，硬是把她从高英树身边扯开。

苏睿对少雷怒目而视，但她是大家闺秀，大庭广众之下，又不好闹出太大动静，只能眼睁睁看着高英树追着盛雪而去。

“苏公主，好久不见，十分想念。异国相遇，更是缘分，要不要喝点儿什么……”

3

盛雪刚回到座位上，高英树就跟了过来。“小雪，你听我说……”

“你怎么也来了？我师傅和你没什么好说的，走人吧！”从小果一点儿不客气。

“盛，这位是……”南德娜诧异地问。

“这是来自马来西亚的高英树先生。”盛雪示意从小果少安毋躁，从包中取出在展会上拿到的高英树展位的宣传册和名片，递给了南德娜，并让服务员搬来椅子，请高英树坐下。

南德娜看了名片，目露惊喜：“高先生，如果我没记错的话，我们应该是约了明晚面谈的。”

为了将“素食皮”打入南亚市场，高英树特将“NANA”作为目标客户，来展会前便积极联系，和南德娜约好了明晚商谈，谁料盛雪的无意之举，促使他们提前见面了。

见高英树有正经事情商谈，从小果不再对他横眉立目。一时间，形势的风云变幻出乎了所有人的预料。盛雪强压心头的悸动，和从小果一起，继续和小卡普尔谈着“SNOW SHOW”的合作事宜；高英树和南德娜则就“素食皮”的推广应用聊得热火朝天。

“高先生，我听说过‘可以吃的皮革’，比如苹果和菠萝皮革，甚至蘑菇、茶叶皮革。请问高先生，你们的‘素食皮’的主要成分是什么？”南德娜非常好奇地问。

“我们的‘高氏素食皮’是在这些的基础上，又升级的一种材料。它是由椰子水生长的纤维素制成的可持续材料，就是将椰子水消毒，并将其喂入细菌培养物，发酵十多天后收获、精炼，与香蕉纤维混合并干燥而成。”高英树侃侃而谈。

“哦，实在太神奇了。”南德娜惊叹。

“是，该材料富含天然纤维，自然染色后风干，不含任何塑料涂层或合成成分，但成品比皮革更柔软耐用，外观和质感等方面与奢侈的真鳄鱼皮一模一样，并且非常环保，这点与当今市场上的多数素食皮革的替代产品完全不同。”

“高先生，我觉得我们应该可以合作。”南德娜也是世界动物保护组织成员，“不使用皮草，拒绝杀戮”也一直是她追寻的目标，听闻“高氏素食皮”与真鳄鱼皮完全一样后，她非常感兴趣，表示出想合作的意愿。

合作意味着就要看样品，高英树之前在中国遇到的难题再次出现——怕对方通过研究分析成分，窃取素食皮的核心技术……他眼底的为难之色一闪而过。

盛雪看似在和小卡普尔说话，耳朵却不由自主走神，绕过去听高英树和南德娜的谈话内容，她突然朝高英树用闽南语说：“与其退缩枯萎，不如勇敢向前，还能争取到生存的机会。”

“可是……”盛雪的关心令高英树感动，但他还是有些犹豫。

南德娜是个冰雪聪明的人，虽然听不懂他们在说什么，但看懂了高英树的心思，连忙说：“高先生放心，我们可以拟定一份法律文书，不会侵犯‘高氏素食皮’的知识产权。”

“那就太好了，谢谢谢谢！”高英树对着南德娜连声道谢，不由自主握了下盛雪的手，她却闪电般缩了回去。

南德娜和高英树约好，会展结束后看样品，再详谈合作细节。

见大家都达成了合作意向，南德娜带头举起了杯子：“合作愉快——”

苏睿将这一切看在眼里，目露愤恨。盛雪和高英树对视而笑的样子像根刺，狠狠地扎在她心上，她拿包起身跑了出去。

盛雪偶尔会打量苏睿一眼。当她再次望来时，正好看到苏睿逃走的一幕，心中说不清是什么滋味。虽说爱情如战争，胜者王败者寇，但她丝毫没有胜利的喜悦。少雷冲盛雪耸耸肩，用唇语告诉她——老哥只能帮你到这儿了，也起身离席，追了出去。再次相见，他对苏睿敢爱敢恨的样子仍一如既往地喜欢。

饭局结束后，南娜德很识趣地将盛雪和丛小果交给高英树护送。

此处离酒店不过几百米。当三人走到酒店外面时，丛小果打着哈哈边朝前走边说：“我先回去准备资料了，‘意顿’的少东家约了明天展会结束后面谈。”

不等盛雪的反馈意见，她就风驰电掣般消失了。

高英树和盛雪站在酒店大堂外的水池旁，望着被灯光打造得流光溢彩的世界，一时不知道从何说起。

“小雪，我……其实苏睿只是……”

“不用解释了，我都明白。”

“你真的明白吗?” 高英树的声音里满是苦涩。

盛雪强忍着不让眼泪掉下来：“她说得对，我帮不上你，对不起……”

高英树见状，五脏六腑像被一只钢铁大手抓捏在一起。他迈前一步，想把她抱进怀里，姐姐高英华的电话突然打来。

“高英树我警告你，如果为了那个女人，让苏家答应的两千万元投资款泡汤，不光你的‘素食皮’会胎死腹中，我们一家人也得流落街头，因为我已经把高家老宅抵押给银行了！还有，你真的想让盛强坐牢吗?”

不得不承认，高英华这波打击十分精准。就算高英树和南德娜谈好了合作，没有苏家的两千万元，“素食皮”也无法投产，由此产生的后果是——父亲的遗愿落空，高家传承了几代的老宅不保，从小娇生惯养的姐姐和一把年纪的母亲跟自己住进贫民窟……还有，盛强极有可能坐牢，让盛雪陷入痛苦的深渊。

一念及此，高英树的声音冷了下来：“你说的没错，你的确帮不上我。你可以去网上查一下马来西亚的苏氏企业，他们有实力让我们高氏起死回生。”

没想到高英树说出这样的话，盛雪再次如坠冰窖。想想自己刚刚帮他谈好了合作，她悔恨得只想扇自己嘴巴。“恭喜你找到了乘凉的大树，祝飞黄腾达。再见!”

盛雪转身朝酒店走去，脚步踉跄，几次差点儿摔倒。高英树望着她跌跌撞撞的背影，深夜在纽约街头伤心哭泣的盛雪在脑海中浮现，他的心猛地揪紧了，忍不住跑过去扶住了她。

盛雪转身，恨恨地瞪着他："怎么，还想看看我有多狼狈吗？"

一阵凉风吹过，高英树再次清醒过来，此刻他若心软才是害她。他只有冷酷地回答："是。"

盛雪抬腕狠狠甩了他一耳光，逃也似的进了酒店。

这晚，盛雪躺在床上翻来覆去无法入睡，咖喱在胃里燃烧着，疼痛难忍。更令她痛心的是，高英树砍在她心口的那一刀。可此刻她更恨的是自己，不争气地一直想起当年的"嘉宁"哥哥——想起他从海里救起来自己，想起他送的那个玩具熊，想起他送的"幸运鞋"，想起两人在纽约他请的那杯热咖啡，想起他们再次回到崇武老街时的亲昵……痛不欲生的痛让盛雪蜷曲成一枚瘦长的大虾，她咬着牙忍着，但还是有细微的呻吟声溢了出来，汗顺着额头往下滚。

看着盛雪痛苦的样子，丛小果担心的要命，问要不要叫救护车？她摆摆手说没事，这就找医生来，然后拿起电话打给了少雷。

4

"我胃疼，快疼死了……"盛雪终于忍不住哭了出来。

"我马上到。"少雷像个随时待命的侍卫。

半个小时后，少雷拿着药出现在酒店的大堂。

"以后可别再吃那么多咖喱了。唉，你不是个贪嘴的人啊，怎么会弄成这样。幸好我带了药。”拿水，喂药，拍背，要她服下……他一气呵成完成这些后，就变回了老母鸡，不无担心地叨叨。

晚饭时，少雷追着苏睿从饭店出来，不顾她的拒绝，打车将她送回酒店后，本想约盛雪聊聊，但想起她和高英树的样子，猜测他们或许另有大戏，不想充当路人甲、尸体乙等配角，他便回自己的酒店休息了。

盛雪边吃药，边无声落泪。

“有什么你倒是和老哥说呀。”少雷有点急了，看出她真正的伤口不在胃，而在心。

“就是咖喱吃多了，伤到胃了。”盛雪像一枚蚌，不想说的旁人很难撬开。

“好吧，什么时候想说了，就找老哥。还有，苏睿那丫头其实并不坏……”少雷小心地为苏睿辩解。

盛雪却像中箭的羚羊，腾的一下子站了起来，转身朝电梯走去，回了客房。

少雷望着她的背影，喃喃自语：“千年不变我妹妹，雷打不动我妹妹，天崩地裂我妹妹，海枯石烂也丝毫影响不了她的犟！”

或许应了那句“情场失意，职场得意”的俗语，展会结束后，盛雪顺利地和卡普尔签了一个柜的订单。

从小果战绩也不俗，在和少东家的饭局上，她亮出她和盛雪同卡普尔的合影，告诉少东家，卡普尔家族准备和她们合作。少东家马上表示，他们在代理大品牌“意顿”的同时，还可以考虑代理“SNOW SHOW”。

从小果却不给他“考虑”的时间，表示想要合作就快点儿下单，因为过了今天，她们将取消在印度的 MOQ（最小订单量）优惠。少东家听出了从小果“逼单”的意思，意味深长地笑着说：“我们若是下单，绝对不会是 MOQ，至少不会比卡普尔家族的少。”

从小果就势问：“那您什么时候能下单啊？”

“产品信息我看过了，可是样品……”

“早就准备好了。”从小果变魔术似的从包里取出样品。

少东家这才明白她赴个宴为何会带那么大的包，觉得从小果不但聪明，而且敬业，马上打电话喊来了市场部的人，很快达成了共识，当场下 PI，付定金。

又是一个货柜的货！这是从小果真真正正通过自己的努力拿到的第一个订单，而且是个大单，激动的从小果好不容易才忍住了给少东家一个大拥抱的冲动。少东家仿佛看穿了她的心思，笑眯眯地递给她一个精致的礼盒。

从小果脑补着影视剧里男人送女人礼物的画面，顿时有些心惊肉跳——他不会是想求婚吧？忐忑不安地打开盒子，里面端端正正地放着一款小叶紫檀梳子，从小果的心才放回了肚子里。

“这是我家的传家宝，是我爷爷年轻的时候送给我奶奶的。我成年后，我奶奶送给了我，特意叮嘱要我送给喜欢的女孩子。你们中国有句古话，‘一梳白发齐眉’，希望你喜欢。”少东家的口吻很是轻松，仿佛在朗读别人写的鸡汤文。

从小果又紧张了。“一梳白发齐眉，二梳子孙满堂……”他这么说是什么意思？还有，他一个老外，真的理解这句话的含义吗？

戏精对决的巅峰时刻来临了，从小果差点儿就感动得热泪盈眶时，猛地一下子又踩了刹车。她总觉得哪里不对劲：“传家宝送我，真的假的啊？”

“你猜。”少东家调皮地眨眼。

拜她爱收藏的舅舅所赐，从小果倒是见过一些小叶紫檀的东西。仔细打量这款所谓爷爷送奶奶的传家宝，怎么会有种崭新的气场呢？一念及此，从小果不再计较它的真假，喜滋滋地收下了。男人的真话和人心的深度，最是深不可测。反正大单已签，梳子的功效只是饕餮盛宴后的甜点，欢喜吃下即可。

盛雪和南德娜可谓一见如故。在转战别的城市前，南德娜请盛雪和从小果喝印度茶，闲聊中，她告诉她们，NANA 和高氏素食皮的合作基本敲定了。为培训 NANA 的技术人员，高英树还要在新德里停留一段时间。

盛雪笑着向南德娜表示祝贺，心里却异常苦涩……一想到高英树和苏睿将一起留在这个城市，她就恨不得插上一双导弹的翅膀，把自己发送到外太空。

处理完小卡普尔和“意顿”少东家的订单与补充协议后，盛雪和从小果向南德娜告别，马不停蹄地飞往班加罗尔，接着是孟买，又从孟买转战拉杰果德。

来自中国的“SNOW SHOW”一举拿下卡普尔和“意顿”

代理商两大巨头的消息，在印度商圈不胫而走，中国美女老板喜欢印度咖喱美食更是成为这条惹人注目的花边新闻，每到一处，必定用咖喱饭招待。

在拉杰果德和客户会面时，客户被从小果忽悠得晕头转向，竟然拿出 iPad，向她们展示和欧洲供应商签的 PI。趁着客户出去接电话的工夫，从小果悄悄对盛雪说："师傅，他们的报价比我们高哎，我们可以在原有的报价上再涨五美元。"

"不，诚信才是我们的法宝。不过，他们错过了我们给的 MOQ 优惠时间，我们可以在数量上增加一万套，并且要注明价格随汇率浮动而调整。"

果然，客户主管不同意价格上浮，却答应在原有的订单量上再增加一些。

盛雪和从小果相视而笑。这一单下来，她又可以赚上一笔了。钱是帮凶，可以帮着抢来不属于你的东西，比如苏睿对高英树的掠夺，所以她才要拼命赚钱……为表演好"热爱印度美食"这一角色，盛雪红着眼睛猛地喝了一口咖喱鸡肉汤，胃就像汽油筒里扔进了点着的火柴，"轰"的一下子爆炸了。

盛雪强忍着火辣辣的疼痛，夸张地说："It's delicious（美味极了）!"

客户和主管都极为开心，很快便将合作的大致细节定了下来。

这样的盛雪令从小果担心极了，怕她出师未捷身先死。饭局一结束，从小果拖起盛雪就跑，打车让司机直奔最近的中国餐馆。

盛雪像喝醉了一样捂着肚子趴在桌子上。从小果向服务员要来水，从包中翻出来少雷给的药让她服下，然后要了两碗面。

“盛娘娘，您这是拼命啊，为了男人值得吗?”从小果冰雪聪明，早看出来盛雪和高英树真的出问题了，不然她不会这么不要命的。

“错，你师傅我是为了订单，订单就是Money，Money才是我的命根子。”盛雪一脸严肃地纠正从小果。

“切——，以我的经验，爱情这东西，谁认真谁就输了。不就一个高英树吗，还真以为自己是豪门霸道总裁呢，小瘪三而已，连给我们盛娘娘提鞋的资格都不够!”从小果痛骂了高英树一通。她怎么会不明白，那个把钱挂嘴上的盛雪，内心纯净如阳春白雪，现在却被爱情玷污了。

5

从印度大捷归来，盛雪和从小果带了六七个订单，直奔工厂找曾厂长。曾厂长坦言，这么大的货量，以自己一家之力，恐怕难以如期交货，便介绍了另两家不错的工厂给盛雪，这让她很暖心。

“曾厂长，不管什么时候，我们的工厂，永远是我的第一合作对象。”盛雪刻意用了“我们”，言下之意，就是将曾厂长的工厂当成了自己的。

三个月后，印度的订单全部完成，按时交货。这一波胜仗打下来，盛雪不仅将银行的贷款还清，拿回了母亲的房本，还想帮母亲另买新房。

陈艾芸年轻时是少年宫的舞蹈老师，职业使然，患有较为严重的关节炎。让母亲住进采光好的新房子，一直是盛雪的心愿。江滨路有一处口碑甚好的精装楼盘，其繁盛的公共配套，宏大的生活品质构思，成为刺桐住宅的标杆式建筑。

盛雪看后感觉很满意，便带了母亲一起来看，还喊上了哥哥盛强和挺着大肚子的嫂子胡小美。

叠水喷泉、下沉式泳池、殿堂式入户大堂，人行其间，仿佛置身花园里，可视门铃、在家 APP 等设施一应尽有……胡小美惊得合不拢嘴。

看了样板间后，陈艾芸也非常满意，脸上挂着抑制不住的笑容。

“小雪，你准备给咱妈买多大的房子啊?”胡小美轻柔地问，仿佛怕声音大了会吓着娇贵的盛雪。

“一百三十八平方米的。”盛雪回答。她读懂了嫂子精明算计的小心思，却假装不知。

“妈，姆妈，你看我都快要生了……”胡小美扯着婆婆的袖子撒娇。

“小雪，那房子有几个房间啊?”陈艾芸当然明白她的意思，硬着头皮问女儿。

“三卧两卫”，盛雪说着看向了胡小美，“好啦，别再拉扯咱妈的袖子了。买这么大房子，一是给妈住，二也是为了你。眼看你就要生了，你们和姆妈一起住，月子里有人照顾。附近有配套的学校，将来孩子上学也方便。”

盛强两口子闻言，万分惭愧。胡小美说：“小雪，对不起，我和你哥那样，你还对我们这么好……”

“都是一家人，不说这些了。妈以后还指望你们照顾呢。”盛雪宽容地说。

待所有款项回笼，盛雪和工厂结清货款后，在一幢写字楼里另觅了办公地点，大大方方地挂上了“盛雪外贸”的牌子。

第十章　情场的熊掌职场的鱼

1

得知吴菲菲怀孕，吴老板便催促林浩楠和吴菲菲完婚。林浩楠虽然答应了，可从嘴到心像被人塞进了几吨的黄连，苦的连呐喊都不能，只能机械地任由吴家人欢天喜地地准备。

婚礼的前一天，林浩楠来到帕斯卡的店里，黯然呆坐，像一尊碳水化合物的雕像。他紧紧地捏着手机，手心里满是汗水却一无所觉。

“是不是想给盛雪打电话?”帕斯卡洞察了他的心思。

他沉默地点点头。

“想打就打吧。”

在帕斯卡的鼓励下，林浩楠终于下了决心。

“喂……”

电话那边，盛雪的声音暖洋洋的，像春天的一缕阳光。可听进林浩楠的耳朵里，就成了烧红的烙铁，一时间，到了嘴边的话，又不知如何开口了，不由地哽咽起来。

抽泣声令盛雪有些不安。她扫了一眼手机屏幕，发现号码归属于地为刚果金后，焦急地问：“喂，谁呀，帕斯卡，是你吗？为什么哭了……”

怕盛雪起疑心，林浩楠连忙将手机递给了帕斯卡，捂着嘴坐到一旁黯然落泪。帕斯卡暗骂一声“猪队友”，硬着头皮和盛雪对话：“盛，你真聪明，一下子就猜出来是我啦。没什么，就是想你了……”

盛雪虽有点儿莫名其妙，但帕斯卡有时候就是这么无厘头，只好配合着干笑了几声，算是礼尚往来。

等帕斯卡挂断了电话，林浩楠才放开捂着嘴巴的手，呜呜咽咽地哭出了声。

帕斯卡边摇头，边给他递纸巾。

“男儿有泪不轻弹，只因未到伤心处……唉！”帕斯卡又是一声叹息。自从听林浩楠说盛雪曾经是个编辑和作家后，他就开始恶补汉语，为的是有一天可以拿博大精深的汉语言和盛雪来场华山论剑。

良久之后，林浩楠总算止住了悲伤。

帕斯卡安慰他：“林，我有个让你不再伤心的好办法，那就是化悲痛为力量，好好发展我们的‘中非楠卡鞋业’。”

林浩楠和帕斯卡为他们在金沙萨的鞋业直营公司命名为“中非楠卡鞋业”。这段时间，林浩楠已经将刚果金，以及几个相邻国家的鞋业市场调查的差不多了，他明白自己该回国了，点点头，说婚礼后就回去找合适的工厂，由帕斯卡负责金沙萨总公司的相关事宜。

不管愿不愿意，该面对的迟早得面对，该偿还的债早晚都得还。林浩楠明白，自己对盛雪的感情，将变成琥珀，被他放在心灵深处最隐秘的保险柜里珍藏，夜深人静时悄悄拿出来，静静地欣赏一会儿，也就满足了。而他对吴菲菲，必须承担起人间烟火的夫妻情分。

婚礼后的第二天，林浩楠和吴菲菲商量，想尽快回国重新开始。吴老板觉得林浩楠是个有志向的人，非常开心，赠送这对小夫妻一笔不菲的创业基金，作为女儿的嫁妆。

晋江素有“鞋都”之称，拥有全国最大的鞋产品生产、加工和贸易基地，有超一流的生产设备和完整的企业链，市场非常成熟。吴家在晋江有房产，吴菲菲建议把“中非楠卡鞋业”的子公司设在晋江。

对家的思念是无法遏制的。林浩楠下飞机后，第一时间打车直奔刺桐。一路上，他贪婪地望着窗外一晃而逝的街景，暗自感叹，这个阔别了一年多的城市，再回来竟是那么熟悉又陌生。

对于失而复得的儿子，林爸林妈的珍视自不必多说，非要到机场接机，被林浩楠制止了，要他们在家里等着就好。

天逐渐昏黑成一片苍茫黛色。当出租车离家还有一小段距离时，林浩楠看到门前那棵大榕树下，影影绰绰地站着两个人，不住朝车的来向张望。车刚停稳，两个略显佝偻的身影就扑了过来。林浩楠下车后，他们一人抱住一只胳膊呜呜咽咽地哭了起来。

林浩楠张开长臂，将父母紧紧地抱进怀里，哽咽着叫：“爸，妈，我回来了——”

吴菲菲和司机将车上大包小包的行李往下拿，直到所有东西拿完，林浩楠和父母因大喜激发的泪水才止住。林浩楠突然想起吴菲菲的存在，拉过她向父母介绍："爸，妈，这是吴菲菲……"

虽然举办了婚礼，可他只是称她"吴菲菲"，而不是"我媳妇"。他的心仍然没有转过弯来，需要时间来填平那个塌陷的大坑。

望着吴菲菲微微隆起的肚子，林浩楠的父母一时感慨万千。一家四口拿起东西往院子里走，说说笑笑，悲悲喜喜。

林家妈妈早就精心准备好了晚饭，阿嬷咸饭和花生汤自然是桌上娇客。林浩楠甩开腮帮子大吃特吃，似乎要将这一年多的饭都找补回来。父母不停地给儿子和吴菲菲夹菜，不知不觉中，眼睛再次湿润了。

电话突然响了起来，林妈妈看了一下号码，愣了片刻，拿着手机走向阳台。林浩楠似乎意识到了什么，放下筷子追了过去。

"阿姨，我刚忙完，您和叔叔最近怎么样？家里有没有好吃的？我过去混顿饭吃，好久没吃您做的咸饭和花生汤了……"电话里传来盛雪略显疲惫的声音。

公司正式挂牌后，盛雪终于将曾经虚拟的业务经理、跟单员、单证员、采购主管、财务经理、设计等人招齐了，可仍然忙得恨不得八只手八只脚齐上阵。

从印度回来后，命运之神就开始眷顾盛雪，客户越来越多，订单自然也是越来越多。为了方便和客户交流，她不仅要帮一些外国客户申请注册 QQ、微信，并教会他们使用，还要在他们忘记密码的时候充当记忆小秘书，帮他们再找回来。甚至一些客户的七大姑八大姨来华旅游，也会让她帮忙办签证、买机票、订酒店，亲戚子女在中国留学，临时钱不够了什么的也会找她应急。客户集团旗下的其他材料供应商没有进出口权也找她；他们买哪家设备的叉车、检测仪器等统统找她……总之，在他们眼里，盛雪是无所不能的。

经过如此这般，盛雪自然接触到了不少校服之外的业务。整个团队反复研究，认为在当今社会，女人和小孩儿的钱是最好赚的，因此决定将卫材作为战略性的重要高地。

2

拥有了一定的经验积累和人脉积累，虽说初涉卫材行业，盛雪的生意倒是顺风顺水，芝麻开花节节高地攻破了一个个堡垒。她斐然的成绩不是凭空天降，完全得益于其超强的多线程工作能力。所谓多线程工作，指的是从一个对象转移到另一个对象。从小果整天和盛雪黏在一起，看了她的笔记本电脑后还是吓了一跳，明明用了没几个月，好几个键都磨坏了……因为使用频率实在太高。她的系统重装次数也是全公司最高的，电脑速度都跟不上她使用的速度。

在盛雪这个多线程工作狂魔的带领下，整个团队都变成了拼命三郎。“忙”就成了这个年轻团队的日常写真。作为团长，“忙碌”二字在盛雪身上犹为突出，是加粗加黑并画了着重号的。这天忙完，已是晚上近八点了。相较于往常，今天算是早的，因此盛雪打电话给林家妈妈，借口蹭饭，实则探望。

听到盛雪要来，林家妈妈看看身边的林浩楠，又望了一眼屋子里的吴菲菲：“哦……小雪呀，我今天遛弯有点儿累，早早睡下了。明天阿姨做好咸饭和花生汤给你送过去。知道你想阿姨了，阿姨也想你和小果了……”

林浩楠站在旁边，将母亲和盛雪的对话一字不落地听进了耳朵，不由鼻子发酸。等母亲挂断电话，他想问问盛雪的近况，一时又不知从何说起。

母亲叹了口气：“唉，浩楠啊，我们欠小雪的太多啦。这一年多，若没有她，我和你爸都不知道死了几回了……”

这时，吴菲菲也来到了阳台上：“谁的电话呀，浩楠?”

林浩楠和母亲对视一眼。母亲只得敷衍：“哦，是小雪，浩楠的……表妹。”林家妈妈抢先答道。在他们回来前，林浩楠已经和父母通过气了，给盛雪重新定位为“表妹”，好应对类似今天的情况。

见这表妹和林家人关系挺好的，吴菲菲便讨好地说：“等公司的事情安顿好后，请小雪过去玩吧。你们这么久没见面了，好好聊聊。”

“再说吧，她……可能会出国一段时间。”林浩楠编造理由搪塞。目前他还没有做好见盛雪的准备。

第二天，林浩楠便和吴菲菲去了晋江。父母虽然舍不得，但也明白，儿子若住在家里，遇到盛雪的可能性非常大。再者说，儿子要做生意，住在晋江更方便一些。

在晋江安好家，林浩楠便开始跑市场和工厂。晋江拥有鞋业生产经营企业三千多家，产品远销世界八十多个国家和地区。经过对多家工厂的考察，林浩楠最终将“康健”鞋厂作为他们的源头供货工厂。

一个月后，“中非楠卡鞋业有限公司”在刚果金的总公司和晋江的子公司都挂出了牌子。开业后，业绩蒸蒸日上，超出了帕斯卡和林浩楠的期望值，令他们格外惊喜。

与此同时，“盛雪外贸”也如一台动力强劲的马达，突噜噜地转得飞快。

季节替换如褪换衣裳，红肥绿瘦先后谢了幕，经过一番休憩整顿后，从肃杀的冬季中拔出腿脚，伸向雨水丰盈、莺歌燕舞的春天，姹紫嫣红地再次闪亮登场了。

转瞬又是一年。

盛雪团队的平均年龄虽然仅有二十九岁，却干劲十足，用了不到一年的时间，销售网络就覆盖了非洲、南美、东欧、南亚、东南亚等地区。

“喂，周总好，新产品的设计出来了？好的，我马上挂到网页最显眼的地方。”虽然还是初春，设计已经在和工厂沟通夏季产品了。

“赵先生，印尼这笔订单要的比较急，麻烦你们多关照啊……”跟单员在沟通订单。

“郑主管，巴西的货款到了，请您查收一下，没有异议后，麻烦和我们结算一下，好吗？”财务主管在和挂靠的外贸公司商议结账事宜。

就连内勤盛强的脚下也像装了加速器，风风火火地抱着一堆快递走了进来，按照收件人的名字分发着。纺织品加工厂倒闭后，盛强就一直闲赋在家，恰逢公司招内勤，盛雪和丛小果商量后，就让他来公司帮忙，并约法三章，若干得不好，一样走人。几个月下来，盛强做得倒还不错，盛雪见状才放下心来。

大办公室隔壁的两个独立小办公室内，盛雪和丛小果也都忙得不亦乐乎，几台电脑和手机交叉并用，必要时，还会起身进入大办公室和大家沟通几句。

……

整个公司看上去就像一个缩小版的作战室，忙碌而有序。

正当盛雪下指如雨地回复客户时，单证员小邵敲门走了进来："盛总，巴西客户那边说我们寄的产地证有错，需要多付五百美元。"

"怎么回事?"盛雪闻言眉头微微皱了一下，但她马上就强制性地熨平了。

"我是得到他们的确认后才安排做的副本，不会有错的。要不要直接和他们的上司沟通，说明错不在我们，而是他们的业务员搞错了?"小邵说着，将 iPad 递给了盛雪，微信上的聊天记录表明，她所说属实。

思忖片刻，盛雪对小邵说："让大家把手头的工作停下来，我们开个小会。"

几分钟后，大家都在会议室聚齐。单证员小邵将她和巴西业务员阿德里亚娜的邮件来往，以及微信截屏投放到屏幕上。

“这不是耍赖吗？”

“责任根本就不在我们这里……”

大家看后议论纷纷，从小果说：“要说这五百美元也不是多大的事儿，但明明是那个阿德里亚娜出错了嘛，是她副本确认有问题，却这么理直气壮管我们要，不是这个理儿……”

看到盛雪进来，大家的目光齐刷刷地望向了她。盛雪对小邵说：“回复阿德里亚娜，就按她说的办。邮件的最后，代我问候一下她家的两个宝贝千金，去年十月份我去巴西时见过她们，太可爱了，问她两个宝贝长高了没有。”

大家面面相觑，这可不像盛雪啊，她可不是那种左脸被打，还会把右脸伸出来乖乖挨揍的人。她经常向他们强调——人必须为自己犯的过错负责，不然地狱和监牢为谁所设？

“师傅，我没听错吧？”自打公司挂牌招兵买马，从小果在大家面前向来称盛雪为“盛总”，这一急，把师承关系都喊了出来。

“没错。这五百美元从我的工资里扣除。大家都忙去吧，散会。”

3

从小果觉得，自从去年从印度回来后，盛雪就像变了个人，身上的雌性激素仿佛被人拿着大针筒给抽干了，而雄性基因日渐强大，工作起来就像在完成铁人三项赛。她刚才下达命令的样子简直就是个霸道总裁，只有在提及客户的宝贝女儿时，雌性的一面才稍微回了点儿魂。

回想起印度展会期间发生的事情，从小果觉得盛雪之所以变成这样，和高英树不无关系。在盛雪的办公室门外徘徊了几分钟后，从小果决定来次破冰之旅，便推门而入。

盛雪仍然在两三台电脑间十指纷飞地穿梭。从小果进来后，也不打搅她，顾自走过去给自己泡了杯咖啡。

“你说这只蚊子是怎么死的？殉情啊，还是他杀？”从小果端着咖啡，站在落地窗的大玻璃前，聚精会神地盯着外面被灰尘吊挂着的一只蚊子尸体。

盛雪回复完一个客户后，正好找从小果有事，便扭头看向她：“小果，你上次给基普桑亲戚买的减肥药、睫毛膏和眼线液什么的，这两天再买点儿寄过去。”

从小果仿佛没听到，为了推理出蚊子的死因，她的脸都快摁到玻璃上了，叨叨着：“我猜它肯定是为情自杀的，而且是只雌蚊子。雄蚊子一向只负责纵火，从来不会做消防员的。”

“从副总，赶紧给基普桑的亲戚，也就是叙利亚那姑娘把东西买了，听到没有？”盛雪仿佛没听出她的话外之音，起身过去夺了从小果手里的咖啡，瞪着她。维护客户的关系，让客户感到舒心，一向被盛雪放在工作的第一位。

“赚钱机器，恨不得十根手指加上一根舌头来数钱。好不容易聊点风花雪月的事儿，还被你拉回到血肉横飞的工作中来。”从小果满脸幽怨。

“哪根神经搭错了，上班时间哪来的风花雪月？”盛雪手抱于胸，气鼓鼓的。

“想让我给叙利亚那小姑娘买化妆品对吧?”从小果突然皮皮地问。

“嗯。”

“没问题，分分钟就可以搞定。但是，”她话峰一转，“您要回答我一个问题——大马的那枚，这么久没消息吗?”从小果绕地球一圈后，突然袭击，直奔高英树而去。

盛雪毫无防备，愣了一下。一年了，高英树音讯全无。他把她的心打碎后就不见了，留下她蹲在那里捡拾着一地的碎片，拼命想粘接起来，可割的自己满身伤口，仍无法还原。因此她不得不把自己扔进疯狂的工作中，用忙碌的巨毒来治疗爱情的砒霜。

正不知道该如何回答，敲门声传来，业务经理抱着平板走进来，满脸喜悦：“盛总，从总，巴西的阿德里亚娜传来了彩稿，还有一段留言……”

盛雪接过平板，只见上面写着：“盛小姐，彩稿已经发给贵公司了，请您安排做模具吧，我想把以后所有卫材的订单都转给您做。另外，代我的两个宝贝问候她们美丽的中国阿姨……”

盛雪和从小果对视一眼，击掌相庆。

“我现在就去给基普桑的亲戚买东西，”从小果也顾不上问高英树的事情了，转身就往外跑，手触到门把手又停住了，扭头看向盛雪，“师傅果然是师傅，您怎么就能断定阿德里亚娜会投桃报李呢?”

盛雪摇摇头说：“我真没这么想，只能叫好人有好报。她只是个业务员，如果因为这五百美元受到老板苛责，可能会失去这份工作。她还有两个可爱的小宝贝要养呢。这也叫得饶人处且饶人……”

也许，拥有善良之心的人会自带圣光吧。此刻的盛雪，看上去格外温暖柔软，和平时那个冰冷的工作机器判若两人。

从小果和业务经理离开了。看着那扇关上的门，盛雪的心绪一时难以平静下来，因为刚才从小果提及了高英树……她站在窗前，望着美丽的古城，心潮起伏。关于他的记忆，她一直努力关停，该封存的封存，该整理的整理，可他还是会像一匹难以驯服的野马，时不时就脱缰奔来，蹄飞鬃扬，将她践踏的遍体鳞伤。

高英树约了苏睿和她的大伯父在槟城的一家高级会所用餐。

“英树啊，你和小睿也相处这么久了，什么时候定下来呀？昨天她老爸还问我呢。”大伯父满脸的慈爱。

高英树却没有回答，只是殷勤地给他们夹菜。

“我大伯问你呢……”苏睿拿手碰了下高英树。他仿佛被蝎子蜇了一下，手猛地朝后甩去。这个小小的动作，像一道防火墙，将他和苏睿隔开了。

苏睿习惯了他的躲避，只是撇撇嘴，没什么表示。大伯父的眼睛却倏地亮了一下，然后又暗了下来。那是夜间枭鸟出动时的眼神，根据猎物移动产生的响动及影像，不断调整扑击方向，好在最后出爪时一举奏效。

在他眼里，高英树不过是一只羽毛未丰的鸽子。

“英树啊，你和小睿也相处这么久了，什么时候定下来呀？我和你爸是好兄弟，小睿已经过继到我名下了，一个女婿半个儿，有什么需要的，尽管说，大伯会尽全力帮你们的。”

大伯父简短几句话，便给苏睿和高英树的关系下了定义。高英树微微一笑，掏出一张支票轻轻地推到了大伯父面前。

大伯父戴上老花镜，拿起支票看了看，眼皮连着跳动了几下：“你这是……”

“这是大伯支持我的一千万元，外加这一年来的利息。”高英树停顿了一下，看了看有点儿懵的苏睿，“还有你帮盛强垫付的补偿款。苏睿，我知道你的心思，可我们真的不合适。你是个好女孩儿，相信能找到如意郎君。谢谢苏家对高氏的支持，你们的恩情英树永生难忘。”

高英树说着站了起来，冲大伯父和苏睿深深地鞠了一躬，转身离去。

望着高英树离去的背影，苏睿起身就想追上去，却被大伯父抓住了。

“放心好啦，这小子早晚会腆着脸来求我们苏家的！”大伯父一脸的云淡风轻，仿佛一切都在他的掌控中。

从印度回来后，在苏睿的游说下，苏家大伯答应支持高氏两千万元，先给一千万元，说是等两人完婚后，另外的一半就会到账。

4

高英树以“忙”为借口，整天泡在工厂里，躲避苏家的逼婚。为了将每一分钱都用在刀刃上，他处处开源节流，能省就省。南德娜那边也很给力，在她的推动下，“素食皮”的包包上市后，市场反馈非常好。一年下来，“素食皮”的净利润竟可以偿还苏家的债了。

为挣脱苏家的桎梏，高英树想在第一时间把这些钱还给苏家，然后光明正大地去找盛雪。姐姐高英华却认为这些钱应该用来扩大再生产。高英树明白姐姐说的是对的，可他实在不能忍受相思的煎熬。姐弟二人为此再起龃龉。

后来，高英树亲手抓住了一名在研发室里鬼鬼祟祟的工人，经过盘问得知，他竟然是苏家派来的卧底，目的是窃取高氏“素食皮”的配方。高英华虽然喜欢苏家的钱，但谁若觊觎高氏，就动了她的底线。在人证物证面前，她不得不选择站在高英树这边，同意和苏家割裂关系。

外面，风起，树舞，月光不疾不徐，如水一般流淌。

高英树颀长的身姿漫步在骑楼绵延的街巷里，格外的舒心。他伸开手掌，似乎想握住蓝色的月光，却连一缕清风都未能抓住。和盛雪阔别的一年里，每分钟都长得令人绝望。现在他连一天都不能多等了，订了前往刺桐的机票，明天一早就出发。

在这一年中，林浩楠和帕斯卡的“中非楠卡鞋业”发展得也是如日中天。即使整个经济形势增速放缓了，一年下来仍有四百万双的销量。虽然还是春季，他们已经开始运作秋款上市的事宜。

“哇，亲爱的林，秋季的新款，第 8 号、9 号、13 号试销一天就没货了，这三款要加大马力生产，我断定会成为今秋的爆款。”帕斯卡泰山压顶似的一屁股砸在了椅子里，肥硕的臀部把椅子压得咯吱地直响。他刚从几个经销商那里跑回来，秒速和林浩楠通起视频电话。

“好，我知道了。我这就去趟工厂，和他们商量下一步具体怎么操作。”林浩楠开心地说。

“感谢崛起的中国，感谢伟大的中国人民……”帕斯卡的大嘴唇子上下夸张地波动着，仰天长叹，抛着飞吻。

“Stop，停止表演。对了老帕……”林浩楠摇头笑笑，犹豫了一下才问，“肯尼亚那边怎么样了?”

“Mr. Lin，你现在可是有妇之夫，不准再‘见见’盛雪。”帕斯卡的笑容立马云收雾敛，哇哇大叫起来。

“纠正一下，那个词叫‘觊觎’，看来你的汉语言还需要努把力啊。”林浩楠笑了。

盛雪对父母的关怀令林浩楠非常感动，下决心想报答她。他无意间听闻帕斯卡认识肯尼亚一个做卫材生意的朋友，而那个朋友有政府背景后，便第一时间想到了盛雪。回国后，林浩楠一直悄悄关注着盛雪，知道她现在外贸生意做得还不错，但缺乏政府大手笔采购的贸易，便和帕斯卡商量，想将这个客户介绍给盛雪。

“反正她的事用不着你管。当然，这次我也没能管上。基普桑早就和盛雪认识，她的第一桶金也是从他那里挖到的。”帕斯卡说。当他向基普桑提及盛雪时，对方竟然直接说，自从校服那单生意后，他们就一直保持贸易往来，最近更是谈妥了一大单的卫材生意。

听闻盛雪已然在路上，林浩楠这才放了心。

这天盛雪到公司后，和从小果交代了一声，便开车前往晋江。上次拿货的工厂，无纺布的生产好像有点紧张。为确保接下来的几笔订单按质按时交货，她新联系了晋江的一家工厂，现在过去看看。如果合适的话，将作为他们今后的货源工厂。

电话响了，见是基普桑的号码，她联线蓝牙接了起来。

“Hi，基普桑，上午好。”

“盛，刚才发你的照片看了没有？”

“什么照片？”

“我老婆生了，当然，她还没出产房，我先把宝宝的照片发你了。哈哈，是个可爱的小王子，很像你哎……”基普桑的声音里灌满了蜜，可见开心的程度。

“热烈祝贺再次荣升父亲大人。我开车在路上，一会儿停下来就看哈。”盛雪说着不由笑了，暗忖自己什么时候黑成了非洲人？人家生个儿子竟然像自己，可还是开开心心地分享他的喜悦。合作这么久以来，基普桑一直说她是他的“中国Wife”。当然，绝对没有占便宜的意思，纯粹想表达对她的喜爱。

挂断电话后，盛雪似乎被基普桑感染了，久违的笑容染上了脸庞。这个城市容得下一切赤裸裸的财富和野心，却切碎了她的灵魂。但愿经过一番折腾，她可以凤凰涅槃，重塑一个新的自己吧。

位于晋江的这间工厂，是一家集设计、开发、生产、销售于一体的专业外向型生产企业，主要生产卫生巾、尿不湿、纸尿裤等专用的无纺布产品。在电话中已沟通过需求的数量和产品质量了，盛雪到来后，双方接洽得很是畅快，从参观车间到定下来大致交货日期，大概一个小时就搞定了。

“没别的事情的话，你们可以尽快安排生产了。我回去就打定金过来。”盛雪和主管生产的陈副总说。

“行。目前库存的原料不够你的这批订单，不过明天就到货了。”

“原料分两批的话，我明天再来看看吧。”为确保万无一失，盛雪决定多跑一趟。

“好，没问题。”陈副总爽快地答应着。

之后，盛雪婉拒了陈副总安排的午餐，挥手道别。

近几个月来，盛雪像上紧了发条的钟表。今天临出门前，从小果竟然说她“干巴巴的，像块风干的腊肉”。坐进车里，她看看后视镜里的自己，又捏捏脸，确实有点儿僵硬，决定稍微放松一下，就偏离了回刺桐的道路。

盛雪在五店市附近找个合适的地方泊好车后，朝传统街区走去。

这里多为独具闽南特色的“皇宫起”的红砖建筑。因不是周末，或是到了中午用餐时间，街面上的人流并不多。盛雪缓步穿行其中，顺着历史的辙轮，逐渐往深处踱行。街边的美食店像妩媚的娇娘，勾引着行人的胃肠，一家名曰“成敏工作室”的小店赫然入目。工作室不应该是搞文创之类的地盘吗？但招牌上彩绘的闽南美食，其小吃店的性质便一目了然了。或许为一睹店主乃何方文青，盛雪抬腿而入。

5

“要点儿什么?”老板娘迎上来脆生生地问。见是个其貌不扬的中年大妈，盛雪略感失望，看着墙上的菜谱，开始点。

“一份醋肉，加一份四果汤。”盛雪和另外一个声音同时说。

那个声音不仅熟悉，而且震撼得要把她炸裂，她不由循声望去——林浩楠像闯进大气层的外星生物，划出一道道亮光后，撞进了盛雪的视野。

林浩楠回到国内的一年中，为躲避盛雪，恨不得随身携带隐身草，没想到竟这样与她相见了。

盛雪像被扔进了北冰洋，冷得上下牙齿直打战。她希望林浩楠平安归来，但从未想过会如此相逢。

“我都快被你害死了，你变鬼也不能这样捉弄我吧……”盛雪腿一软，就势坐在旁边的座位上，抬手捏捏自己的脸，“我在做梦，一定是的……”

这家小店是林浩楠无意间发现的，味道特别合乎他的胃口，什么时候馋了就过来一饱口福。帕斯卡催促秋季新款赶紧发货，他刚从工厂跑回来，见到了午饭时间，便再次来到这里，竟然遇到了盛雪。

“小雪，这不是做梦，我是浩楠，我……回来了。”林浩楠的嘴里像是塞满了麻椒，声音含混不清。

“我是在做梦，你别糊弄我。你走后我……我帮你还了债，还照顾你父母，你不许这样欺负我……我很久没吃醋肉了，就想好好吃顿饭。”说着，她把刚刚端上桌的一盘醋肉摆在面前，大口吃了起来，眼泪却止不住往外涌，啪啦啪啦往盘子里掉。其实她已经确定林浩楠真的是回来了，只是她不想承认。自己为他受了那么多罪，他怎么可以这样没事人似的，连个招呼都不打，突然就回来了呢？

“对不起，小雪，我……”林浩楠一时不知该如何解释自己是怎么“活”过来的。

“你什么时候回来的？为什么不和叔叔阿姨联系？”盛雪终于收住了泪。

“我……其实回来有一段时间了，也回家见过我爸妈了……”

原来只有自己不知道！盛雪不由苦笑。

吴菲菲的电话突然打来，林浩楠毫不犹豫地挂断后，屏幕朝下放在了桌子上。她又打来，他又挂断；她再打来，他再挂断；后来她好像生气了，气势汹汹地轮番轰炸，似乎他不接起来，她就要从电话里杀出来。

在林浩楠接二连三挂断的间隙，盛雪瞟了一眼，清楚地看到了屏幕上的“媳妇”两个字，心头的千金重石顿时卸去，轻松不少。

“接吧，免得回家跪榴莲壳。”她轻声说，恍然猜到了他不联系自己的原因，就直接挑明了。

那称谓是结婚后，吴菲菲自己拿着手机修改的。见被盛雪看到，他只好尴尬地接了起来。

“喂，你在忙什么呢，我想问你还回不回来吃午饭了，给你留着呢。”吴菲菲的声音格外温柔，并没有想象中的枪林弹雨。

“不回去了，见个朋友，聊会儿。”林浩楠轻声细语，却不带多少温度，像在喝一杯凉白开。

他们夫妻通话期间，盛雪埋头对付那盘醋肉，以免林浩楠不自在。

“小雪，我……”林浩楠挂断电话后，想继续解释。

“想听我的真心话吗？”盛雪截住了他的话。

“嗯。”他点头。

“你失踪的那些日子里，知道叔叔阿姨是怎么过的吗？白发人送黑发人的痛，我现在想想还难受……所以，我想说，真心感谢你全须全尾地回来了！”

“小雪，我当时头部受了伤，暂时失去了记忆……”

盛雪再次打断他：“不要解释，浩楠，只要你好好地活着，就是上天送我的最好礼物。在这两年里发生了很多事情，所以，我应该感谢她的出现，不然就算你孑然一身归来，我们也不可能了。”

林浩楠闻言，心头先是一阵轻松，继而又怅然若失。

随后两人边吃边聊，将所有的事情聊了个透彻，说了个明白。林浩楠澄清了自己在昌和时，并没有做“以次充好，坑骗客户”之事。盛雪表示自己知道他是冤枉的，但证据链完整，就算他将黄文祥告上法庭，都很难还自己清白。林浩楠点头同意她的看法，说就因为如此，他回来才没有动黄文祥。

“公道自在人心，好人必有好报。”盛雪用十二个字为这场谈话画上了句号。

吃完饭出来，二人回头望向“成敏工作室”的招牌，不由相视而笑。这个不像饭店的饭店，竟让他们唱了一出重逢记，也算意外中的惊喜。

林浩楠一路将盛雪送到车前，殷勤地为她开车门。“路上慢点儿开。回见。”

“嗯，谢谢。回见。”

林浩楠站在那里，目送盛雪的车七拐八拐没入车流，才恋恋不舍地转身，可另一张熟悉的面孔突然闯入眼帘……他不知道高英树站在那里多久了，但这张曾经生死与共的面孔，他已镂刻在大脑皮层里，绝对不会忘记。

高英树怔怔地站在那里，看着林浩楠……他怎么也没有想到，自己守着盛雪的车静候她的出现，最后等来的竟是林浩楠对她款款深情的凝视，和盛雪巧笑颦兮的笑颜。

高英树来到刺桐后，不敢直接打盛雪的电话，而是到殷主编的旧巢寻找，物业却告知盛雪已经搬到别处了。还好盛雪怕有客户来此寻访，走前给物业留了新办公地址。高英树按物业的指点，又找到了写字楼，从小果和盛雪都不在，他便冒充客户向在公司里当内勤的盛强打探。

以盛强的智商，三两下便被套出盛雪的去向。出了“盛雪外贸”，他打车直奔晋江的卫生材料公司，恰逢盛雪正好谈完开车出来。高英树让司机一路尾随，跟着盛雪来到了五店市老街区附近。看到她停车，他正要过去，却被姐姐的电话给搅了。

“苏睿也回国了。”高英华只说了这一句，便将电话挂断了。

高英树怔了片刻，转身去找盛雪，她却不见了。他只好快快地守在她的车前，直到她和林浩楠吃过饭有说有笑地过来。看着二人甜甜蜜蜜地道别，他的内心被塞进了一把又一把黄连。高英树怎么可能忘记林浩楠？当初若不是他掩护，倒在枪口下的人也许就是自己。

四目相对的瞬间，记忆咆哮着向林浩楠和高英树奔来。那声枪响犹在耳边，将他们又拉回遥远的非洲，拉回到那个惊心动魄的刹那。

“咳……”林浩楠主动上前，和高英树打招呼。他不知道对方叫什么名字，但一起经历的恐惧就像神秘的接头暗号，让彼此间有种天然的亲近感。

“你……好，林浩楠。”高英树拼命地吞咽着口水，显得有点儿笨拙，和平时从容的他判若两人。

他竟然知道自己的名字？林浩楠有点儿不解。高英树随即解释，自己曾到大使馆和林浩楠在刺桐的家。

“来刺桐有事吗?”林浩楠以主人的身份热情询问。

“找人……”高英树的回答却极其沉闷。

“找到了吗?”

“也算找到了，也算没找到。刚才那女孩儿……是你女朋友吗?”高英树迟疑着问。他知道这么问有些唐突，但他必须知道答案。

“嗯……”林浩楠的回答有点儿轻飘。若没有那些变故，盛雪此刻或许就是自己的妻子了，就让她短暂地停留在自己希望的角色上吧。

第十一章　卑鄙是卑鄙者的通行证

1

高英树刚走进酒店大堂，苏睿就旋风般向他卷来。他却无视她，直接朝房间走去。她紧追不舍，跟进了电梯。他刷卡开门，欲将她关在门外，她拿身子堵在那里。

高英树看着苏睿，努力将澎湃的心事往下摁，心平气和地说：“苏睿，你帮过我，帮过高家，我心里非常感激。我不想伤害你，但我真的不……爱你。所以，别再这样了，好吗？”

一个你喜欢的人，当面告诉你“我不喜欢你”，堪比你花几生几世的力量盖起来的大厦，被他轻轻地拿手指头给捅倒了。

毁灭性的砖土瓦石轰然朝苏睿压下来，她强忍眼泪说：“我不是来乞求你爱我的，我只是想告诉你一件事，盛雪脚踩两只船，你不是他的真爱，林浩楠才是。不信你自己看吧……”她朝他举起手机，将那篇《刺桐男青年为拜金女友勇闯非洲在刚果金失踪》的文章给高英树看。

高英树看都没看，就成了一头怒狮，使劲将苏睿推了出去，重重地关上了门。所有诋毁盛雪的人，无论是谁，都该下地狱！

他把自己扔进床里，扯起宽大的被子死死地捂住了脸，孩子般闷在里面哭泣。这是姥姥走后他第一次如此悲伤。几分钟后，他心有不甘地“霍”的一下子拉开了被子，拿出手机，输入“林浩楠刚果金失踪．拜金女友”等关键词，看到了刚才苏睿说的，信息几乎是铺天盖地。

网络果然是有记忆的。我与春风皆过客，你携秋水揽星河……这世界上有一种痛，叫握不住的光芒。

苏睿不设妨地被高英树推出来后，差点摔倒在地。身后有一双手伸过来，扶住了她。“被人赶出来没什么大不了的。当年你让我滚的次数，十根手指头，加上十个脚趾头，都数不过来，我不照样活得春风得意马蹄疾嘛。”

苏睿扭头望去，少雷那张脸赫然出现在眼前。她不由摇头苦笑，看来她和盛雪真是互为劫数，上演着十年河东十年河西的烂俗戏码。当年自己费尽心机让他们兄妹一度老死不相往来，现在盛雪什么都不用做，就让自己败得落花流水。

“你怎么会在这里？”苏睿心底的怒气止不住冒泡。去年在印度，高英树舍她而去，这次又被他赶出门，前后两次全被少雷看到了。被人撞到“丑”的羞耻感令她非常不爽。

“开会啊。”

“开会能开到客房？你故意跟踪我，不要脸！”

“脸是个什么东西，既不能当钱花，又不能当饭吃，干吗要死端着？”少雷故意挤眉弄眼，用一副不正经的样子开解她。

少雷的话虽然无赖，却让苏睿心里不由一动。她任由少雷扶着进了电梯，下楼坐到了大堂的沙发上。四下打量，她看到了不远处竖着的标牌，才知道这里有个法医论坛年会，少雷应该不是故意跟踪自己。

“不觉得盛雪和高英树很般配吗?”见她情绪平静下来，少雷才往正题上引。

“呵呵，可惜，林浩楠回来了。”

苏睿回到刺桐后的第一站，便见到了当年的跟班周琳。

周琳虽然嫁给了黄文祥，却并没和前男友断绝关系。自从周琳帮前男友开了古瓷修复工作室后，她就四处出击，帮他营销，甚至顶着城墙般的脸皮跑到了盛雪那里。刺桐窑是中国古代外销瓷生产的大窑场，为海上丝绸之路的发展和繁荣发挥了非常重要的作用，在国外享有很高的声誉。周琳的恶行，盛雪十个手指头都数不过来，但捱不住她的甜言蜜语加请求，还是从她前男友那里拿了一些东西，送给了感兴趣的客户。可令盛雪尴尬的是，某次她将其中一件给陶瓷专家掌眼时，对方竟说她买的是假货。

盛雪气愤地找到周琳的前男友，他却拒不认错，推诿是专家走眼。盛雪警告他以后别再造假，不然将会举报他。周琳为此又给盛雪记上了一笔。

见苏睿为了高英树和盛雪而来，周琳向她提供了当初林浩楠和盛雪的所有绯闻，并告诉她林浩楠已经回来了，却刻意隐瞒了他已结婚的事实，怂恿苏睿利用这个破坏高英树和盛雪。

林浩楠从非洲回来后不久，便找到了黄文祥和周琳，警告他们不准再动盛雪半分，不然他们冤枉自己的事一定会彻查到底。两人虽然口头答应了，但心里是气不顺的，尤其是周琳，看盛雪从一只外贸丑小鸭，一步步蜕变成振翅高飞的白天鹅，加上她对前男友造假的警告，不由恨意汹涌，才想借苏睿之手，给盛雪以颜色，从而打击林浩楠。她周琳不好过，盛雪和林浩楠谁也别想好过。

“林浩楠回来了？”少雷吓了一跳。

“是。”

“那你要怎么办？”

“凉拌！”苏睿发现脚完全没事后，就爽利地起身走了。

“还是那么辣，喜欢。”少雷望着她的背影，一脸花痴相。

咖啡馆内，周琳和苏睿对面坐着。

“我晚上的航班回大马。”苏睿耷拉着头，偶尔啜一口加了很多糖的浓咖啡，仍觉得没滋没味的。

“怎么这么快就回去呢？怎么着也得把盛雪打翻在地，再踩上一脚，然后敲锣打鼓带着战利品高英树回去。”周琳想劝苏睿留下来。自己斗不过盛雪，但苏睿有这个实力啊。

“花自飘零水自流，天要下雨，娘要嫁人，爱咋咋地吧……”苏睿机械地用勺子搅和着杯子里的咖啡，心已跑远了。那天高英树将支票放在大伯面前时，大伯笑眯眯的表情让人有点儿不寒而栗，她总感觉会发生什么事，必须马上回去。

“怎么这就丧失斗志了？只要咱们握着盛强的把柄，瞬间就能给她来个黑白棋子大翻盘。”浓咖啡激活了周琳体内的好战因子，眼睛都眯成了一条线。

“高英树已经把赔偿款还给我了。再说，总感觉那样做不是君子所为。听我舅妈说，盛雪可能会被推选为区里的‘十大杰出青年’，祝她前程似锦吧。”苏睿说着站起身，“该去机场了。我走了，后会有期。”

苏睿想用爱去征服一个人，而不是金钱和阴谋。这一点，也是今天见少雷后突然悟出来的。

周琳感觉像被人揪住头发摁进水里呛了几口，难受得不行。“富贵”二字，仅有“富”，算不得什么；若加上政治地位，那就晋升为“富贵”了，而这正是自己日思夜想的。她可以容许盛雪发财，却不能容许她当选什么杰出青年。一如当初在杂志社，她要想方设法折断盛雪的翅膀。

望着苏睿消失在暮色中后，周琳也起身离去。按她“跟班贼”的历史惯性，应该开车送苏睿去机场的，但此时她另有迫不急待的事要去做，顾不得这位前主人了。

苏睿没走多远，少雷的车便跟了上来，冲她“嘟嘟”地轻摁了两下喇叭。她看都没看，仿佛就知道是他，拉开门上车，由着他送自己去了机场。

2

周琳驾车直奔苏睿的亲戚家。这家的男主人在穿盛强和胡小美制作的工装上班期间，曾上吐下泻差点儿一命呜呼。工厂认为此事是盛强的责任，准备索赔，苏睿出钱把这事摆平了，说是盛强的赔偿。

周琳一进门，就拿出造风造雨的蛊惑之舌，以苏睿的名义，鼓动那家人撇开工厂单独向盛强索赔。工厂收到的百万赔偿金，这家人得到了三分之一，已经尝到了甜头。听闻还能再捞一笔，一个个跃跃欲试。在收下周琳给的一万块钱后，他们答应不光向盛强索要经济赔偿，还要追究他的刑事责任。

第二天早上，盛雪起床后毫无胃口，却不得不逼着自己吃早饭。因为今天又将是体力透支的一天，不仅要去晋江的工厂看原料，还得买点礼品寄往肯尼亚，安抚基普桑同志的两个女儿，据说她们因为弟弟的到来情绪不安，担心他会抢走父母对自己的爱。还有，区"十大杰出青年"候选人的表格今天也必须填好，跑几个部门盖章后送到工商联……另外手边还有一堆杂七杂八的事要处理。

盛雪一边吃饭，一边思考着怎么做效率才能更高一些。从小果的电话打进来了。

"您赶紧来吧，我们公司被人拉横幅堵门了！"从小果的声音像炸响的炮仗。

"怎么回事？"盛雪吓了一跳。

"一句两句说不清楚，你来了就知道了。"可能那边情况紧急，电话随即挂断了。

盛雪丢下吃了半拉的饭，换衣服，拿包，拿起车钥匙匆匆下了楼。她这个小公寓离公司挺近的，平时都是步行来往，今天时间紧迫只好开了车。

周琳的车停在写字楼不远的街角，当盛雪那辆红色的MINI驶过后，她马上把电话打给了现场的带头人。

盛雪的车刚在楼下停稳，一帮人呼啦啦就围了上来。

“交出杀人凶手盛强，还我们公道！”

这帮人分工明确，有负责吵架的，有负责录视频拍照的。看有手机对着自己，盛雪的第一反应是拿手去挡脸。带头的看到了她手上的车钥匙，怕她开车跑路，上前去抢钥匙，拉扯中把盛雪推倒在地。

她白色的休闲小西服上，顿时沾满了夜晚留下的雨水污渍，异常狼狈。

“你们都疯了！”从小果冲过来想拉起盛雪，也被推倒在地。

盛强躲在角落里，惴惴不安地朝这里张望，却不敢过来。公司的其他人都在外面跑业务，一时间，从小果和盛雪只能相互守望，如两只被恶狼围困的小羊。

人一旦聚了群，骨子里的魔性就会被唤醒。他们一拥而上，再次准备去抢夺盛雪的车钥匙。

“住手，我已经报警了！”随着一声断喝，林浩楠冲进人群，满脸怒气地冲过来，七手八脚地将他们推到旁边。

“报警也不怕，我们还想找警察呢！”带头的人嚷嚷着，目光里还是露出了怯意。他已经接到了周琳的场外通知，指示今天的武戏到此结束。

昨天见过盛雪后，林浩楠一直心潮澎湃。今天他去市政府办事，半路上接到高英树的电话，说他看到写字楼这边有人在闹事……还没等他把话讲完，林浩楠就连忙问他涉及了哪些单位？他说是“盛雪外贸”，具体情况他没问，不清楚发生什么事儿了。

原来高英树昨天一夜未眠，将他和盛雪的前世今生都想了个遍。网络上对于盛雪“拜金女”的指责，他根本不以为然，令他望而却步的是林浩楠的出现。在床上“烙饼”实在痛苦，天刚蒙蒙亮，他就起了床，满脸颓废地沿着街道走了不知道多久，竟然不知不觉来到了写字楼下，又不知不觉地乘电梯上了八楼，迈腿正要走向“盛雪外贸”时，却被吵吵嚷嚷声惊得清醒过来，抬头看到了那帮闹事者。他有心过去察看，却发现从小果正朝这里望来，吓得赶紧转身躲避，快速下了楼。

幸福是宁静的。祝福一个人最好的方式，就是不去打扰她。既然林浩楠回来了，就该由他来保护盛雪，所以他才含糊其词地给林浩楠打了电话。

关心则乱，林浩楠并没深究他为何出现在那里，只说了声“我马上过去后”，就挂断电话，掉转车头直奔写字楼而来。两人有一点极为相似，就是在没弄清楚情况前，都没有贸然报警，他们担心像之前那样，盛雪是因欠债被人围追堵截。

通知了林浩楠，高英树并未远离。盛雪倒地的瞬间，他的心一哆嗦，仿佛被人拿螺丝刀拧紧，正要过去，林浩楠到了。

林浩楠心疼地将盛雪扶起来，再次斥责闹事者：“你们想干什么？有事说事，凭什么动手？”

“好，那我们就坐下来讲讲法治，看这事怎么处理。”文戏表演者登场了。

见林浩楠护着盛雪朝楼里走去，高英树揪着的心才小有放松，却又升起了一缕沉闷的疼痛。这种感觉叫嫉妒，或者小心眼。若能将所爱之人若无其事地转让，那她（他）一定是不爱。

会客室里，文戏表演者将盛强和胡小美工装检测文件造假的证据，以及患者在医院抢救时的证据全部摊在了盛雪面前。

“哥，为什么要这么干?”盛雪这才知道哥嫂曾经做过什么，目光如荆条，抽打着耷拉着头蹲在角落里的盛强，恨不得踹他几脚。

“我也是没办法，那时候你嫂子都怀孕了，她坐月子的钱，孩子的奶粉钱，哪来呀……”

“全中国怀孕的就她胡小美一个人吗？有几个人造假了?只要你肯干，总有办法的。说穿了你们就是好逸恶劳!”

“我现在不是洗心革面了嘛。再说了，他现在也没事了呀……”

文戏表演者清清嗓子：“你们兄妹就别一个唱红脸，一个唱白脸了，说说怎么解决吧?”

“您想怎么解决?”盛雪问。

“要么拿出两百万元赔偿，要么让盛强去蹲大牢!”患者家属咬咬牙说。

“小雪，你要救救哥！我不想坐牢！我要是坐牢了，咱妈怎么办？你侄子怎么办？他还那么小……”盛强拉住了盛雪的衣角乞求着。

盛雪的心揪在了一起……

林浩楠冷眼旁观，总感觉哪里不对劲。他担心盛雪情急之下会做出错误决断，走上前说道：“这么大的事儿，一时半刻我们很难给出答复。让我们商量一下，好吗?”

“行，给你们一天时间考虑。”带头的向大家挥挥手。

等那些人都出了门，林浩楠一闪身也跟了出去。他刚收到高英树的信息，提醒他注意那帮人的后续动作。

直到这时候，从小果和盛强好像才意识到林浩楠“死而复生”了。从小果瞪大眼睛看看林浩楠的背影，又看看盛雪：“你……他……你们……”

3

盛雪刚想解释的时候，微信电话铃声突然响起来，见是基普桑后，她连忙接起来。

“亲爱的 Dorcas，这批订单怎么样了?”基普桑的大脸隐没在黑乎乎的窗帘后，简直就像一块炭掉在煤堆中，若不是那嘴闪亮的牙齿，盛雪根本都没看到人。因为月子里老婆在沉睡，他只好这样委屈自己。

“我已经去工厂看过了，一切 OK，你就放心吧……”盛雪连忙说。

“爸爸不爱我们了，只喜欢弟弟，每天都要跑来看弟弟，哇……”一阵哭闹声传来，接着镜头完全黑了下去，只有基普桑的大嗓门子响彻云霄，“我保证，我爱你们，如果再胡闹，就真不爱你们……”

他笨拙的安慰，让那对姐妹的哭声一下子响彻云霄，直冲宇宙。

盛雪这才想起来基普桑的两个千金还在闹腾，连忙将写好的剧情提前剧透：“咳，亲爱的宝贝，盛雪阿姨已经为你们买了喜欢的中国零食，大蚕豆、牛肉酥、卤凤爪、小麻花……还有你们最爱的中国辣条，很快就寄出去哈。”

祭出“小祖宗请笑纳”大礼包后，那对姐妹花马上就不闹了，乖乖地说：“谢谢中国阿姨。”没有谁比她们更爱中国零食了，尤其是辣条。

安抚下那对小祖宗后，基普桑才挂断了电话。

盛雪拍拍一个小两个大的脑袋说：“小果，我这就去趟工厂，确定原料和样品一致后，就让他们赶紧开工。”

她说着朝外走去。

盛强期期艾艾地说：“小雪，我怎么办？”

盛雪没理他，走了。

“小果，我该怎么办？”他又看向了丛小果。

“凉拌！”丛小果也走了。

林浩楠下楼后，那帮人已经无影无踪了。他随即打电话给高英树：“喂，高先生，您在哪里啊？我下楼后他们就不见了，您是不是看到了什么？”

高英树却有气无力地回答：“我已经回酒店了，没看到什么，只是感觉他们有问题。”

林浩楠一时有些茫然，不知该从何查起。两分钟后，手机提示音响起，是一个视频文件，点开一看，竟然是刚才那个带头的给那帮人分钱的画面。

高英树躲在角落里，将林浩楠惊喜的表情看在眼里，满腹苦涩地离开了。刚才林浩楠陪盛雪上楼后，高英树一时无处可去，又不愿意远离，便走进附近一家小吃店，要了碗酸粉，没滋没味地吃着。回想起那帮人的形迹，他总觉得可疑，便发信息提醒林浩楠。

从这里正好可以看到从写字楼里出来的人。那帮人下楼后鬼鬼祟祟的样子引起了高英树的注意。他悄然跟踪，将他们分钱的一幕用手机拍了下来。怕林浩楠怀疑自己的动机，便发到了他的邮箱里。

仿佛为了躲避什么，高英树特意选了条僻静的街道。可没走几步，就和一辆红色 MINI 来了个狭路相逢。由于这是一条小街道，仅有两米多宽，盛雪和高英树就这样猝不及防地闯进了对方的视线。

盛雪已经换下了那件有污渍的白色小西服，着一件深红色的长裙，将白皙的肤色衬托的更加洁白无瑕。

这场相逢，简直是上帝即兴加的一场戏，盛雪都没反应过来，只是愣愣地盯着他。乳白色的休闲服，稍加零乱的头发，胡子像刚萌生的小草，探头探脑地拱出地皮……浑身上下洋溢着旧时代落魄贵族的沧桑感。对女人来说，这种沧桑感是种致命的吸引力。

几个月不见，他竟然憔悴至此。盛雪的眼泪突然就失控溢出，只能紧紧地抓着方向盘，来控制失衡的情绪。

高英树昨天虽然一路跟踪盛雪，但并没有这样近距离直面她。几个月不见，她的凄惶单纯逐渐被成熟睿智取代，更增添了几分致命的美，让他不想移目。

但他必须离开。高英树反应过来后，转身就跑。

盛雪却突然加大油门，轰鸣着直直地朝他逼近。

高英树狂奔起来，想以光速迅速逃离。不料，对面突然驶来一辆焦糖色的宝马，两辆车一前一后堵住了小巷两头的出口，高英树无路可走。

盛雪开门下车，一步步朝高英树逼过去。她每向前一步，他就往后退一步，最终被逼得身子向后倾斜，努力拿两手撑着，才不至于仰躺在宝马的引擎盖上。

这姿势，完全是被黑老大逼债的模样。

“你，来，干，什，么？”盛雪的每个字都是从牙缝里挤出来的。

“我，我来……不是，你的车不是停在那边吗？怎么会从这里走？”高英树特意从这里绕，就是为了避开她，却还是遇到了她。

“你家主人苏睿呢？她竟然放心大胆解开绳索，任你撒欢了？”盛雪的声音格外温软，脸上却满是讥讽的笑。理智告诉她，不能这样赤裸裸地怨恨，舌头却自作主张，想说什么就说了什么。

高英树知道她不带脏字地骂他是苏家豢养的犬。如果骂能让她开心的话，她就算骂出一部长篇小说，不，一部两百集的电视剧都行。

“怎么不回答？”盛雪的眼神咄咄逼人。

“哦，她……在酒店。”高英树的理智完全回魂了。既然下决心要成全她和林浩楠，就要将她通向自己的情感之门封死。

盛雪原本隐隐期盼他是来找自己的。高英树的话，让她“扑通扑通”跳得很快的心脏，突然冻住了。“别低头，皇冠会掉；别哭泣，贱人会笑”，这句名言突然从记忆深处跳出来，指导着盛雪下一步的动作——她强忍着眼泪，努力挤出一脸灿烂的笑，猛地将高英树从那辆焦糖色的宝马上推开，温柔地轻叩着前挡玻璃。“亲爱的，下来吧，见见我小时候的邻居。”

宝马车里坐的正是林浩楠。林浩楠收到视频资料后，想追上来和盛雪商量下一步的行动，不料遇到了这样的场面，只好下车。

“高先生，好巧。”他虽然这样说，却知道其实并不巧。这个看上去家世背景相当良好的男人，是冲盛雪来的。

“你们认识？”这下换盛雪诧异了。

“嗯，林先生在非洲救过我的命。”

盛雪一下子呆在那里。

宇宙万物，看似毫无规律地各自运转，但冥冥之中，一切似乎又都有定数。

“高先生，苏睿是何方神圣？”看盛雪和高英树之间的气氛似乎不是那么和谐，林浩楠想问清楚人物关系，以免弄巧成拙。

“我……女朋友。”

林浩楠的神情瞬间冷了下来：“小雪，我们借一步说话。”

说着，他伸出胳膊，将盛雪和高英树隔离开来，送她回到车上。接着，朝自己的车走去。路过高英树身边时，他用只有他们两个能够听到的冰冷低音说：“以后离她远点儿！”

林浩楠虽不知道他们之间发生过什么，但从盛雪的表现看，她被高英树伤了。这是他不能容忍的。

红色的MINI和焦糖色的宝马迅速倒车，分头出了巷口，只剩下孤零零的高英树被遗弃在那里，仿佛他是土匪、强盗，或某种令人讨厌的病毒。

4

盛雪和林浩楠退出巷子后，绕了个圈，在一个宽敞的地方会合了。

“小雪，我拿到了那帮闹事者分钱的视频了，下面的事情交给我就好，你安心做自己的事吧。”林浩楠暖声说着。

聪明如林浩楠，当然看出了自己和高英树之间的异常，却没再提及……盛雪感激地叭叭直掉泪，点点头。

高英树像一只无家可归的小动物，流浪到酒店后，简单收拾了下行李，打车直奔机场。

刺桐曾是他的挂念。因为有姥姥，有小昭娣。如今姥姥没了，曾经的小昭娣变成了盛雪，有了别的男人呵护，他唯有退出，她才能幸福吧。

盛雪来到工厂，见新进的原料和上一批完全一致，才放心离去。按照日程安排，她准备去相关部门给区“十大杰出青年”推荐表盖章时，丛小果的电话又来了：“师傅，您快上网看看吧，有人把你哥检测报告单造假的事发到了网上，阅读量都十万加了……”

坏事扎堆而来，盛雪的头“嗡”地大了。她拿出手机，打开网页，果如丛小果所言，写有“杀人偿命”的醒目横幅赫然在目，还配了文字说明——这就是区“十大杰出青年”候选人盛雪的亲哥哥盛强干的好事。不仅如此，文中还说“盛雪外贸”给欧洲某客户提供的 LFGB 报告单也是假的。

LFGB 是德国食品与日用品安全法的简称，出口到德国的食品和日用品都需要做 LFGB 检测。盛雪想起哥哥为食品加工厂的工装提供的假检测报告，再细品那批发往德国的围裙，不由得不寒而栗。

思前想后，盛雪觉得不能因为一己之私，给区里评选“十大杰出青年”的活动抹黑，便忍痛给工商联的领导打电话，自愿放弃候选人资格。

挂断电话，盛雪像被人抽了筋骨般，瘫在了座椅里。说实话，她非常珍惜这次的机会和荣誉……可惜天不遂人愿。良久后，她强打精神去了超市，给基普桑的两个千金买了零食，寄往了肯尼亚。

凭直觉，盛雪觉得事情没那么简单。回到公司后，她马上将丛小果喊进了办公室：“把德国那批围裙的 LFGB 报告单给我看一下。”

丛小果叹口气，转身出去，一会儿就把报告单放在了盛雪面前。盛雪拿起电话就要向检测中心求证，却被从小果拦住了。“师傅，别打了，这张报告单是……PS的！那批工装检测单出问题后，我就向检测中心求证过了，这份报告单属于另一家供应商，不是我们公司的！”

“什么？食品厂工装的事从一开始你就知道？”盛雪腾的一下子站了起来。

从小果的头都要埋进胸口了：“刚开始不知道。出事后你哥来找我……后来我查出来那事是周琳做的……再后来，工厂索赔，之后不知道怎么又悄无声息了。那之后我就怀疑德国那单围裙的检测报告有问题……师傅，您别生气，我知道做错了，您打我骂我都行……”

盛雪重重地跌进了椅子里：“小果，我知道因为盛强是我哥，你才袒护他的。可是商道酬信，我们必须做到言必先信，行必中正。那张假的检测单会害死客户的！”

“德国那边这么久没消息，应该没事了吧？”

“就算客户没发现，但我们的良心呢？围裙中的重金属含量若超标，我们的良心就会被架到火上烤，这辈子都无法安心！”

“那我们该怎么办？”

“主动向客户坦白，承担所有责任，全面召回产品，赔偿客户的损失。”盛雪说得很慢，却一诺千金。

“可是……那样的话，我们最少也要损失三四百万元啊。当时我就算了这笔账，才……没敢和您说。”从小果的声音越来越低。

“损失再大，就算因此一夜回到解放前，该承担的也要承担!”当今社会，很多人的信仰是金钱，而她盛雪信奉的是道义。

听闻盛雪被迫放弃了区“十大杰出青年”候选人资格后，林浩楠的眉头紧紧地皱在了一起。看来对方醉翁之意不是盛强，盛雪才是他们的目标和靶子。

有视频在手，林浩楠顺藤摸瓜，很快就追查到了带头的。患者家属见事情败露，担心连累自己，将周琳给了一万块钱，以及之前苏睿已经做过赔偿之事和盘托出。

林浩楠告知盛雪，盛雪却请他不要再追查下去了，说这件事本身就是盛强有错在先，自己应该感谢周琳，没让事态更加恶化。

听闻盛雪已经联系了德国客户，针对商品的召回和赔偿达成了协议，林浩楠不由对她肃然起敬。但思前想后，他还是去了趟昌和，脸色铁青地将存有视频的 U 盘拍在了黄文祥和周琳面前。

“黄文祥，因为我们是发小，我才没有追究以前的事。我想给你们反思自己、重新做人的机会。可你们却把仁慈当成了软弱，变本加厉。我警告你们，如果还不收手的话，这个视频就只好交给公安部门了。”

林浩楠一直是个谦谦君子，从小到大，黄文祥还是第一次见他发飙。他看过视频内容后，才知道周琳都做了什么，恨她做事没脑子，让把柄落在人家手里，嘴里却说：“你怎么就看不得别人好呢？人家盛雪怎么着你了？”

“盛强如果没做那缺德事，我能那样吗？我那叫为民除害，打抱不平。”事情败露了，周琳还在强词夺理。

“呵呵……你认为自己是正义使者吗？那我问你，你前男友卖给盛雪的假古瓷算是怎么回事？据说，那间工作室你占有股份，确切地说……连工作室都是你帮他开的。”林浩楠本不想说出这件事，见周琳太嚣张，只好以此来敲打她。

黄莺曾不止一次提醒哥哥黄文祥，说周琳和前男友不清不楚，他一直不相信，如今听闻对方的工作室都是她帮着开的后，他仿佛想起了什么，恼怒异常，脸色顿时阴沉下来。

“希望一切到此为止。之前的恩怨我不会再追究，但以后再怎么样，我会连本带利地讨回来！”林浩楠撂下这句话，深深地看了黄文祥一眼，转身离去。

那眼神像两把淬了毒的匕首，发着幽幽的绿光，黄文祥不由打了个冷战，呆在那里。他伸手摸了下后背，一手的湿汗，不由将全部怒火朝周琳发泄。

“我让你丑人多做怪——”他过去就是一脚。

5

处理完德国客户的赔偿事宜后，盛雪和丛小果亲自“押”着盛强来到食品厂登门道歉，并询问了后续情况。得知后来他们将那批工装专门送到检测中心做了检测，数据还都合乎要求后，才吁了口气。

“我不用坐牢了。”盛强紧绷的弦才算放下。

“这事我有知情不报的过错，自罚两年年薪。该承担的责任一定要担起来，以后才能管理好整个团队。”从小果说。经历了这件事，她成熟了许多。

盛雪赞赏地看着她，点点头说：“那好，我也表个态，我哥犯的错，给公司造成这么大的损失，我也有责任，也自罚两年年薪。”

盛强有点结巴了：“那，那我呢……”

“你什么你，跟着自罚两年。”盛雪没好气地说，“这两年嫂子和侄子的生活费我来想办法。”

盛强这才松了口气，内心除了愧疚外，更多了一份感动，眼里不觉有了泪意。

事情总算得到了妥善处理，但另一个疑问又浮上盛雪心头：苏睿为什么替哥哥盛强出头？她可从来都是视自己如洪水猛兽的。正当她百思不得其解的时候，林浩楠来访。

“小雪，这次你一共损失多少？”

“四百多万元吧。幸运的是，德方客户认为我们是主动坦白的，没有追加罚金，不然公司就该关门大吉了。”

“资金周转有问题的话，随时和我说。”林浩楠说出了来的目的。

“谢谢，暂时不用。”盛雪转换话题，“这事苏睿是什么时候知道的？”

“去年春节前。苏睿正好回国探亲，听说了这事后，就出一百万元搞定了。”

“她知道盛强是我哥吗？”

“据那家人说，苏睿当时声称，盛强是她旧友的家人……”林浩楠对此也有些疑惑。

“这么说来，去年春节前苏睿就抓住盛强的把柄了，这一年多却按兵不动……”想起印度展会上，高英树和苏睿成双入对地出现，一个大胆的猜测形成了头脑风暴。她当即拿起手机，输入了一连串的数字，却又停了下来。她向林浩楠伸出手，“借我用用你的手机。”

接过林浩楠递过来的手机，盛雪拨通了高英树的号码。高英树的声音随即响起：“林浩楠？盛雪还好吧？”

盛雪握着电话的手都是颤抖的：“苏睿是不是用我哥的事威胁你了？”

“没有……小雪，你还好吗？”高英树没想到来电话的会是盛雪，很是震惊。他使劲吞咽唾沫的声音，盛雪这边都可以清晰地听到。

“撒谎！你从小就有个毛病，一撒谎就会使劲咽唾沫。是不是苏睿拿我哥来威胁你，如果不和我断绝来往，就把我哥送进大牢，对吗？”作为一名曾经的编辑，盛雪的逻辑思维能力很强，有限的碎片很快就被她串成了链条，还原了故事的真相。“苏睿一边用我哥要挟你，一边用苏家的财力诱惑你。你就用‘保护我’的借口说服自己，然后置我于不顾，挥剑斩情丝……高英树我告诉你，爱情是两个人的，你那边狠、准、快地摁下了暂停键，有没有想过，有没有想过……”盛雪的质问突然在这里打了结，哽咽着有点说不下去了，但她还是强忍疼痛继续质问她，“有没有想过，拼命奔跑的我，会在你的急刹车中跌倒？你……有没有想过，我摔得会有多疼？”盛雪憋了一年多的眼泪夺眶而出。

那边一阵沉默。良久，高英树才说：“小雪，林浩楠是个好男人，勇敢、睿智，在非洲若不是他，中枪倒下的人应该是我……”

“所以，你明明回到了刺桐，却躲着我。为了报恩，你就把女朋友拱手让给一个有妇之夫？”

“什么？林浩楠结婚了？”高英树如遭雷劈。

“伟大的高总，您不是为了保护我，也不是为了报恩，只是为了求得自己心安。所以，你是懦夫！懦夫！懦夫！”盛雪连着骂了三声“懦夫”，挂断电话，将手机还给了林浩楠，坐到椅子里小声啜泣起来。为了这么久以来的委屈。

林浩楠这才知道了谜底，所有的不合理一下子都合理起来。他拿起桌子上的纸巾，抽出一张递给盛雪，她擦了扔掉；他再递，她擦后又扔……直到纸巾“尸横遍野”。

从小果拿着 iPad 走了进来，见状吓了一跳。

“小果，给我订去马来西亚的机票，越快越好。”盛雪虽然声音沙哑，却鲜活了很多，像春天刚吐蕊的芽儿。她嘴上痛斥高英树是懦夫，心里怎会不清楚他是怕自己受伤害，才要断绝来往的，要不然在印度时他就不会那么纠结，所以她要立马飞到他身边。

事情有点儿火烧眉毛，从小果只好打断了她的幻想：“那个……咳，盛总，我想您暂时好像不能去马来西亚了。刚才基普桑发来了核对的数据，晋江工厂的模具和上一家的尺寸不同，生产出来的无纺布卷太大了，肯尼亚那边的工厂没法儿用啊。”

“啊？那我马上去趟工厂。是我的失误，原以为所有工厂的模具都一样……”盛雪稍微沉顿了一下，才从迷茫的爱情中清醒过来。最近自己快被哥哥给逼疯了，只顾当消防员，使得工作上出了这么大的纰漏。

“我捎你过去吧，正好要回去。”林浩楠艰涩地说。他当了足足半个多小时看客，厘清了盛雪和高英树之间的感情纹理，为她开心的同时，心里还是略有酸楚的。

“不了，那样的话，还要麻烦你再送回来。都占用你几天时间了。再这样下去，嫂夫人会有意见的。”盛雪嫣然一笑。和高英树的疙瘩解开后，她顿觉轻松多了，准确地给自己和林浩楠的关系定位，暗示他们只能是朋友和亲人。

林浩楠不由慨然，聪慧的盛雪，他这辈子却错过了。

盛雪快速将心思换挡到了工作上，随即给主管生产的陈副总打电话：“喂，陈总，肯尼亚那个订单的尺寸出现点儿问题，麻烦你们先停工，我大概一个小时后就到，具体情况咱们见面后再说……”

第十二章　卖了灵魂赎罪

1

盛雪来到工厂时，陈副总已经在车间门外等着了。在车间主任的陪同下，她查看了模具后，发现果然比原来拿货工厂的尺寸大了不少。

“陈总，这个比原来的大了差不多三公分，客户那边没法用，尺寸能否再小点?”盛雪问。

“可以是可以，不过按照这个尺寸的，已经生产出来一批了。”陈副总有些为难。

“生产出来的可否再二次加工一下，裁成甲方需要的尺寸?”

“这个没问题，不过这样一来的话，原材料就不够了。还有，浪费的这些该……怎么算?”陈副总一脸的为难。

“别担心，办法总比困难多。”盛雪安慰他。陈副总也是个实在的人，若不是成本增加太多，他不会这样说的。“这样吧，就按您说的，按照客户需要的尺寸，把生产出来的再裁小点，所有增加的成本算我的。原材料不够的话，抓紧进来，怎么样?”

“这样的话，我这里倒没什么问题。就是返工，加上部分原材料现进货，工期可能会有所延误，如果不能按合同上的日期交货，会不会有麻烦啊？”陈副总替盛雪担心。

这倒是个难题，盛雪陷入了沉默。她想了下，咬咬牙说：“你们只管安排加急生产。我一会儿和机场的航空物流联系一下，实在不行，到时候就全部走空运过去，应该可以按时交货。”

“空运？那运费很贵啊。”陈副总瞪大了眼睛，像盛雪这样大手笔走空运的真不多见。

“不是很贵，是特别贵，”盛雪心疼加肉疼地说，“可延误交货，会给客户造成很多麻烦，他们那边还在等着这批货做纸尿裤呢，孩子们和生病的患者等不起。”

“那您还有赚的吗？”陈副总不无担忧地问。

“哪还有赚的，不赔的底掉就算幸运了，”盛雪苦笑着摇摇头，“但我认为这么做是值得的，信誉比什么都重要。”

从工厂回来的路上，盛雪有点儿失重的感觉。和高英树之间刚有点儿冰释前嫌的迹象，生意又出了问题。她考虑着该怎么来承担后果，毕竟公司不是她一个人的，从小果、曾厂长、母亲，甚至林爸林妈都是股东。

电话响了，还是高英树的。今天骂完他“懦夫”，他的电话癫痫症就发作了，不住地打过来。她挂掉他再打，不屈不挠，害得她在工厂和陈副总谈事情的时候，不得不把手机调到静音。

世界不是你的，也不是我的，是厚脸皮之人的。见他不屈不挠，盛雪一脸嫌弃地接了起来。

“喂，小雪，我想来见你。”高英树的声音有些沙哑。他哪能不明白，盛雪骂出去的每一个“懦夫”，都是三个字的“我爱你”。

“你来也行。我准备好支票，麻烦高总带回去给……你们家苏公主。”

“她不是我家的，是苏家的。还有，那笔补偿金我之前已经还给她了。我马上就去公司等你，你可以打我骂我，就是千万别不理我。”

不等盛雪回答，他就挂断了电话。盛雪的心脏像台拖拉机，“突突突”地颤动起来。

那天黄文祥打完周琳后，怒气冲冲地回到了家中，抱起女儿黄菡站到了镜子前，仔仔细细地比对着——眼睛、鼻子、嘴巴……果然哪哪都不像自己！心中的疑云变成了绳子，勒得他喘不上气来，狠着心从孩子头上揪下了几根头发。

黄菡疼得“哇”的一声大哭起来，母亲进来训斥黄文祥笨手笨脚弄哭了孩子。他一向孝母爱女，这天却性情大变，把黄菡往母亲手里一塞，转身跑了出去。接下来一连三天，他都不知所踪。

黄文祥在一个深夜回到了家。他喝得酩酊大醉，摇摇晃晃地走进了卧室，打开台灯拧到最亮，举起来对准了周琳照射，发现那张脸是那么的狰狞和丑陋！

睡得迷迷糊糊的周琳被突如其来的强光弄醒了，咕哝：“干吗啊你……这些天不见人，回来就发疯……”

黄文祥猛地扔掉台灯，一把揪住她的头发，指向旁边熟睡的黄菡吼："她是谁的杂种？告诉我，她是谁的杂种？"

周琳一下子清醒过来，恍然明白这几天他去干了什么。但这个节骨眼上，打死都不能认的，她咬着牙说："你的啊。黄菡真的是你的孩子……"

黄文祥像一头失控的野兽，狠狠地掐住了她的脖子，嘶吼："你这个骗子，还嘴硬！肯定是那个姓韩的贱渣的，不然你怎么会拿钱给他开工作室！"

周琳被卡的难受，剧烈地咳嗽起来，脸涨得通红。

他放开她的脖子，扯住了她的睡衣，左右开弓就是几耳光："你等着。我一定要把你对盛雪做的那些龌龊事全告诉她，要她用手里的假古董举报那个姓韩的。你不是喜欢他吗？我要看着他完蛋！"

然后他比画了个爆炸的动作，狰狞地"哈哈"大笑着。周琳惊恐地望着他，一时不知道该怎么办。

床上一岁多点的女儿被惊醒了，哇的一声大哭起来，口齿不清地喊着"妈妈"。周琳过去哄女儿，黄文祥望着孩子的脸，突然泪流满面，转身踉踉跄跄地跑出了家门。

这是盛雪在镜子前消磨时光最多的一个早晨。洗漱后，她抄袭了丛小果的全套化妆作业——水、乳、精华……彩装……直到最后涂口红，每一步都比当年审稿子还要精细挑剔。

昨天高英树登机前打来电话，告知盛雪要回刺桐后，就再也没有消息。盛雪几次想问他究竟回来没有，目前身在何处，可到最后都住了手。因为丛小果告诉她——这个时候一定要沉住气，不能主动联系，不然他会得意，然后就会骄傲，你这么长时间所捱的孤独寂寞冷就会掉价。

所以直到此刻，盛雪也不知道高英树是否真的来华了。她换上一件粉绿的真丝长裙，下楼后忐忑不安地东张西望，希望像影视剧里那样，高英树手捧鲜花等在那里……可她都把周围的东西瞪出重影了，也只有影子在等她。

期待变成浓重的失望向盛雪狠狠地砸了下来，她低着头快快不快地朝公司走去。可刚拐过楼角，就被一大簇会移动的玫瑰花挡住了去路。以为是给情侣传递爱意的快递小哥，她连忙朝左边挪动让路。对方有些笨拙，也朝那边移动；她又挪向右边，那“小哥”也朝右边挪移。

“我不想挡你的路，明白吗？我喊一、二、三，咱们大路朝天，各走一边。我左你右。”盛雪的口吻有些生硬。这快递小哥也太没眼色了，非逼着一个失意人看别人秀恩爱。

对方似乎患了失语症，沉默地举起花束摇了摇，算是答应了。

“一、二、三……”盛雪喊着朝左挪动，快递小哥配合着她，步调一致地……也朝左挪去。盛雪抬脚就向前冲去，不设防地一头就扎向了那束巨大的玫瑰花。发现形势不妙后，她努力想收回脚，可根本做不到。玫瑰虽美，可是有刺的啊……盛雪悲壮地闭上了眼睛。

2

千钧一发之际，那快递小哥来了个乾坤大挪移，将花交到左手里，长长的右臂展开，揽住了盛雪的细腰，犹抱玫瑰的高英树终于出镜了——五官雕塑般深邃，眼睛像暗夜里的星芒，深情地凝视着盛雪。还没等她反应过来，他的薄唇便印在她柔软的嘴唇上面。

盛雪掉进谷底的心突然飞向云彩里。她不由自主地回应他，但不到两秒就清醒过来，明白被高英树捉弄了。想想自己的失落和懊恼被他一览无余，她就恨从心头起，牙齿狠狠地铡住他的舌头，脚也下死劲踩在他锃亮的皮鞋上。

趁高英树吃痛之际，盛雪挣脱他朝前跑去。他却像头猎豹，快速敏捷地追上来，从身后揽住了她。左手鲜花，右手美人……这画面太招眼，行人纷纷驻足侧目，盛雪羞的恨不得挖坑把自己埋了。

“放开我……”她咬牙切齿。

“不放!”他一语千金，手上的力道更大了。人来人往的，盛雪只好扯着身子往回走。

就这样，两人在控制与反控制、强权与反奴役的斗争中，进入了盛雪的小公寓。

“放，开，我——”关起门后，盛雪扯下了风度，凶狠地说。

高英树倒真的放下了——那个巨型花束，将盛雪完全捆紧在怀中，一脸人畜无害的笑容，温柔地说："不放，不服气咬我呀……"

他用虚张声势掩盖着实力调情。她扎扎实实地行动了，低头对着他的胳膊就是一口，狠狠地，直到有了血腥味，才仰头看向他。那眼神是挑衅的、是疼痛的、是黏稠的，是饥渴的思念，是深深的眷爱。她的泪突然就开了河，汹涌奔腾，弄花了精致的妆容；睫毛膏化成了纤细的蚯蚓，顺延脸颊弯弯地往下爬。

她的泪点燃了他内心的火种，对着那粉如樱花的唇深深地吻了下去。她越挣扎，他吻得越深，从白皙的脸蛋到修长的脖颈，小巧的耳垂，以及 V 领处微露出来的雪白胸窝。

盛雪梨花带雨地开始回应他，咬他的脸、他的耳窝，以及突出的喉结。

"咬死你——"她喘息着说。

"咬死我吧……"他将她的愿望往更浓烈的方向拓展。

他的喘息声越来越粗重，觉得衬衣和裙子成了可恶的法海，抬手击倒两座雷风塔，抱起她进入卧室，像两条蛇一样缠斗在一起，撕咬着，交织着，上演了一出惊天动地的全武行。

爱情不光需要文艺的花前月下，更需要暴力的镇压。

盛雪最终像一堆被榨干汁液的甘蔗渣子，瘫在床上昏然入睡了。她昨晚被即将到来的相聚煎熬得几乎没怎么合眼。高英树轻轻地给她盖上被子，静静地欣赏她甜美的睡姿。

如果有来生，还要遇到她。他想。

夜浓得研磨不开，苏家大伯坐在客厅的沙发上，面沉似水，偶尔瞥一眼电话机，似乎在等一个什么消息。

过了一会儿，苏睿静悄悄走了进来，见大伯在客厅，便想蹑手蹑脚地上楼。她总感觉大伯会做什么对高英树不利的事情，才跑回了大马，谁料高英树竟也前脚后脚地回来了。等她得到消息去高家见他，他竟然又飞回大陆找盛雪去了。

苏睿万分伤感，独自跑到酒吧喝到半醉后才回家。

“高英树去刺桐了?”大伯波澜不兴地问。

“您……怎么知道的?”苏睿猛地愣了下站在那里。

电话响了，大伯拿起话筒，只说了六个字：“知道了，开始吧。”

放下电话，他右手的食指和中指在红木沙发的扶手上有节奏地敲击着，这个动作几乎是苏家大伯的“说大事专用章”。

苏睿隐隐有种不祥的预感：“大伯，什么事情开始吧?”

“他高英树敢欺负我侄女，大伯替你抓着他的小辫子乐一乐，有何不可呢?”

他的声音明明很温和，苏睿却听得毛骨悚然。她顿时紧张起来：“大伯，到底发生了什么事?”

“谁知道呢。”大伯转身回了房间。明明掌握着局势的他，撂下的是完全没有答案的话，苏睿的后背冒起了凉气，酒也醒了大半。

这天高英华刚一上班，就被印度 NANA 公司的邮件和电话炸蒙了。对方极其愤慨地声称，高氏“素食皮”存在重大质量问题，发到欧美的成品包包出现了脱色和表面破损腐烂等情况。

对方发来的图片令高英华目瞪口呆。这些垃圾一样的东西，根本不可能是高氏的产品。高氏“素食皮”要经过模具压、手工打磨、反复上色等独特的处理工序，最后才能做出纹理和真的鳄鱼皮一模一样的“素食皮”。整个制作过程中，从最里层的纺织贴布到最外层的染料，全部采用世界顶级的环保产品，因此成本才会那么高。

高英华口干舌燥地和对方反复沟通，强调高氏“素食皮”完全符合环保要求，有检测证书为证。NANA方面却认为她在推脱责任，声称他们已将“素食皮”送检，若证实是“素食皮”的产品质量问题，将会开出惩罚性的高额赔偿。

高英华感觉事情不妙，连忙打电话给高英树，却无法接通。

围裙事件后，从小果成熟了许多，在公司完全可以独当一面了。高英树来后，盛雪干脆关机，从百炼钢变回绕指柔，心甘情愿地做起了小女人。想起之前曾被时光之刃切裂的疼痛，高英树不想再饮那瓢隔岸相顾的遗憾，也关了机。

两人像对米面夫妻，手挽手逛超市买菜。归来后，高英树自告奋勇下厨做厨夫。盛雪想帮忙，他却笑着将她推回客厅，将洗好的水果塞进她手里，沏好的茶放在她面前。

“娘娘请慢用，厨房交给小的就好。”他学着从小果的口吻。

如此良辰美景哪能虚度？她又脚跟脚地溜进去，从背后抱着他，感受他优美如西腊雕塑般的身躯，手从领口侵向他结实的胸肌，连摸带捏地吃豆腐。

“这饭想在灶台上吃，是吧?”他一语双关，声音里满是威胁。

已是午时，肚子的抗议声不绝于耳，她只好乖乖放开他，回客厅和橙子大眼瞪小眼。

饭菜上桌后，他笑眯眯地说：“根据记忆中的味道，还原的外婆饭，不知道合不合娘娘胃口?”

翡翠青菜、闽南红烧肉、十香醉排骨、山菌土鸡汤，三菜一汤，端端正正地放在桌子上。好看的男人做菜似乎不太靠谱，盛雪嗅到的不光有香味，还有浓重的危险。她将手机开机拍照存证，还将少雷的号码发给了高英树，并拿起他的电话强行开机，要他保存。

高英树一脸不解地问：“谁的?”

“我哥少雷，法医一枚。如果我肠胃受损，直接打那个电话，他会上门救命……”盛雪停顿了一下，又说了后半句，“顺带的，他会操起手术刀，连你一并收拾了。在进特警支队前，他还是个优秀的外科大夫。”

然后她才拿起筷子开吃，却再没有停下来。不一会儿，每盘菜都成了奄奄一息的残花败柳，被她扫荡的所剩无几。

3

“要不要我打电话给少警官?”他问，强摁住想冲破喉舌的大笑。

“别，那蒙古大夫会连我家盘子也吃掉。”她头也不抬地继续下筷如雨，还不忘拿过他的手机再次关上，“免得你误打，把饕餮之徒招来。”

而就在同一时刻，高英华再次打电话给高英树，可刚响了一下，对方就关机了。她以为高英树故意躲她，又急又气，却无可奈何。

饭后，盛雪和高英树腻在沙发上聊天。从高英树断断续续的讲述中，盛雪大致了解了高家目前的状况。听闻高英华十分喜欢的一套德化白瓷茶具摔碎了，她建议：“下午去德化吧。我在杂志社的时候，一个作者的老爸是德化瓷的工艺美术大师，我们到那里看看，有合适的给姐姐带套回去。”

高英树知道她想缓解他们姐弟的关系，心里暖暖的，点头答道：“嗯，朕从了你。”

十分钟后，两人手挽手下楼，坐进了那辆红色 MINI。

这时周琳驾车赶到，那辆紫色的马六直接堵在了盛雪的车前。因出来的有点急，她是用丝巾将女儿绑在怀里开来的。

那天黄文祥甩门走人后，第二天周琳便收到了律师转来的离婚协议，里面附了张亲子鉴定书，证明黄菡和黄文祥并非亲生父女。周琳拒不签字，昌和的财务一直由黄文祥的妹妹黄莺把持着，除了那点工资外，她并没捞到钱。见她死活不离婚，黄文祥再次扬言，要联手盛雪端掉她前男友的工作室。

周琳和盛雪从小一起长大，了解盛雪其实是个贝类生物，外壳硬，心肠柔软。如今周琳走投无路，带着孩子来找盛雪求情。毕竟，她掌握着黄文祥坑害盛雪霸占昌和的证据，她希望盛雪出面，以此来要挟黄文祥做出让步。

周琳将孩子解开放到副驾驶上，下车来敲盛雪的玻璃。

盛雪本想绕开她走人，看到她脸上的伤，还是下车了。“你的脸怎么回事？”

“呵呵，你就别装了。我被黄文祥打了。我知道我活该，惹了你这个有众多男神保护的女人……”周琳原本有求于盛雪，可看到车里的高英树后，她就话如毒液、见血封喉了，大脑忙踩刹车都控制不住。

周琳出身低微，凭着一脑子的精明才勉强考上了大学。后凭借苏睿的杠杆，把自己撬起来，送进了杂志社，然后一步步走到现在。而盛雪轻轻松松就拥有了一切。因此，盛雪的幸福，就是凌迟她的屠刀。

“如果你来找我是为了说这些话，请自便吧，我还有事要办。”盛雪的眉头皱了下，转身上车。

“你站住！我问你，是不是你把我和韩子棋的事儿告诉黄文祥的？”

“无聊！”盛雪轻斥一声，关上车门。

周琳冲到车窗前，厉声问：“你去哪儿？”

“去德化办点儿事，麻烦你让开！”盛雪强压怒火，发动引擎绝尘而去。

“德化”两个字像一枚炸弹，炸得周琳魂飞魄散。前男友的工作室正是开在德化，难道盛雪和黄文祥要联手端掉它？和黄文祥离婚是早晚的事，若前男友的工作室没了，她今后该依靠何人？

人的第一本能总是怪罪于别人，周琳恼怒地想，如果没有盛雪，她怎么会沦落到这种地步？发现盛雪已跑远后，她连忙上车，将女儿胡乱往怀里一塞，疾速朝前追去。她一定要阻止盛雪，不能让她毁掉自己最后的救命稻草。

此刻的大街上，堵得像患了肠梗阻，任周琳怎么横冲直撞，也追不上那辆红色的 MINI。出了主城区，道路才甩掉体内的赘物，通畅起来。周琳加大了油门，拼命地追赶盛雪的车。

那辆红色的 MINI 内，高英树无意间瞥了眼后视镜，发现了周琳的紫色马六。那车怎么一直跟着？回想起周琳和盛雪刚才的对话，他顿时心生疑窦。但马路本来就是群车荟萃的舞台，偶有几辆相似的车，也没什么大惊小怪的，他随即又放松了警惕。

到德化的距离并不近，盛雪加快了速度。周琳的紫色马六紧随其后，追着盛雪的 MINI 不放。车头咬车尾的时候，周琳本想从左侧超车，可超车道被一辆大货车挡住了，她只好从右边的应急车道超了过去。

“这车好像有问题……”高英树嗅出了不对劲。

盛雪也发现周琳追来了，猛踩油门，趁周琳还没反应过来超越了她。

周琳好不容易超车，结果又被反超，顿时恼羞成怒，一个黑色的念头，像恶狼一样潜入她的心。她猛然将油门踩到底，轰鸣着向前，很快再次超越了盛雪。

盛雪看到旁边有路口，就下了高速，她可不想冒着生命危险跟周琳飙车，惹不起还躲不起吗？看看后视镜，没发现那辆紫色马六，盛雪总算松了口气。

“是刚才找你的那个女人?”高英树不无担心地问。

“放心，我没欠债。”

盛雪话音未落，就见周琳的紫色马六从对面轰鸣着撞了过来。胸前的女儿尚未觉察到危险已临近，她狰狞的表情竟逗得孩子咯咯地笑了起来。

盛雪想躲开，可对方速度太快，已经来不及了。就在那撞上的瞬间，她看到了周琳胸前的孩子，猛打方向盘，撞向了路边的护栏，而马六则结结实实地撞在了 MINI 上。

随着巨大的撞击声，那辆紫马六的前风挡被撞出一个大洞，周琳的女儿在冲击力的作用下飞了出去，小小的身躯在空中画了道弧线后，重重地跌到了浓密的绿化带里……一切都化作了沉寂……

不知道过了多久，高英树才从昏迷中睁开眼睛。他努力去寻找盛雪，发现血顺着她的额头，流淌到了雪白的脖子里。

“小雪，小雪你醒醒啊……”高英树将盛雪的头抱过来，拍打着她的脸，她却没有丝毫反应。他想开门下去，却发现副驾驶的门紧紧地挤在护栏上，根本打不开。他只好爬到后座上，从右后方下车去救盛雪，驾驶室的门被那辆紫色的马六挤压着，也无法打开。

高英树只好再次爬回副驾驶的位置上，焦急地呼喊盛雪：“小雪，你醒醒啊……”

“打 110……再打给少雷……”盛雪孱弱地睁开了眼睛。

“哦哦，好。”见盛雪醒了，高英树手忙脚乱地拨打 110 后，又打了少雷的电话。

在等待救援的过程中，盛雪再次昏了过去。高英树完全乱了心智，眼泪不断地往外涌，紧紧地抱住盛雪，不停地呼喊她。

警车和救护车呼啸着先后来到。救援人员破除车门，七手八脚地将盛雪从车里抬出来，放到了担架上。

“小雪，小雪……”少雷满脸焦急地为盛雪检查，呼唤着她。她仍然悄无声息。他有点急了，边给她处理头上的伤口边大吼，“盛雪你给我醒过来，上次摔得那么重，也只是轻微脑振荡啊……”

“老实交代，害我摔倒的远光狗是不是你——”盛雪微弱地说。

4

见盛雪清醒过来，少雷轻松了几分，往常的不羁开始小露狰狞：“冤枉好人是要六月飞雪的。就说嘛，你皮实着呢，哪那么容易嗝屁……”

“我掐你……”她伸手想打他，却发现眼前一片漆黑，“老哥，天黑了吗？我怎么看不到你了。他呢，不会又走了吧……”盛雪伸手四处乱抓着，突然开口呕吐起来。

高英树知道她在找自己，连忙握住了她的手：“小雪，我在这里呢，我没走，永远都会不走了……”他的声音哽咽了，拿纸巾为她擦拭呕吐物。

少雷立马意识到不对劲了，连忙对司机说："小刘，快，马上去医院……"

"老哥，周琳和她女儿呢?"盛雪担心地问。

"都什么时候了，你还担心她?"听闻是周琳，少雷就知道这里面肯定有故事，没好气地吼她。

"去看看她们……"盛雪仍然呕吐不止，却倔着不肯松手。

"她肇事后逃逸了!"

刚才警察四处搜寻马六的车主，却没找到，推测是肇事后弃车逃逸了。

盛雪却坚持要他们四处找找。

少雷无奈地摇摇头，下车和出警的警察一起四处寻找，发现周琳雕塑般抱着浑身是血的女儿呆坐在茂密的绿化带中。少雷感觉不好，向前想将孩子抱过来检查，她却抱得更紧了。

"不，谁也别想夺走我的小菡，谁也别想！菡菡啊，妈妈错了，妈妈这就跟着你去……"她以为女儿死掉了，整个人变得十分颠狂。女儿不仅是她爱情的珍贵纪念品，也是她的整个精神支柱。

两名警察只好架住她，让少雷将孩子抱了过去。黄菡的嘴还在往外冒血，呼吸微弱。少雷暗叫不好，抱着她就往车上跑去。

"给那女的腿包扎一下，有外伤。"他边跑边朝出现场的医生喊。

在警车的开道下，救护车鸣着长笛朝医院疾驶而去。一路上少雷不时和医院沟通，协调各检验科室和手术室，做好应急处理准备。

高英树一路上都紧紧地握着盛雪的手，安慰她没事的。怕他担心，她配合着偶尔笑笑，那双漂亮的大眼睛空洞地望着上方，嘴里仍不时地呕吐着。

“求求你们救救我女儿，救救她。我知道我错了，都是我的错，盛雪，我给你磕头，求你们救救我的菡菡啊——”周琳抓着盛雪的担架，不住撞着自己的头。得知女儿还活着后，她一路上就不停地乞求着少雷和盛雪。

盛雪被她晃得连着又吐了几口。高英树气得一把推开了她，怒吼：“够了，你这个疯女人，让小雪休息一会儿！”

“少雷，少警官，求求你一定要救救我女儿……”她目光又转向了少雷。少雷却只是专心地看护着黄菡，偶尔安慰一句盛雪，连眼角的余光都没赏她。

救护车呼啸着进了医院。急诊科的医护人员已经等候在那里。盛雪和黄菡被分别推进去做检查。高英树一路狂奔，跟在盛雪身旁。

CT 检查结果出来后，少雷盯着那张胶片，神情凝重。

“少警官，小雪的情况怎么样?”高英树焦急地问。

“颅内受损，血块压迫视神经，由于出血部位在脑干上，手术很困难。不过你放心，失明只是暂时的，好好休息一段时间，等血块完全被组织吸收后，就没事了……”少雷参加完会诊后急匆匆走进病房，话说得虽然轻松，但他的表情说明了一切。

盛雪空洞地点点头。她的外伤已经处理好，输上了液。

“小雪，你打起精神，少警官都说了，没事，休息一段时间就能看见了。”高英树紧握盛雪的手。姐姐的电话曾打进来几次，都被他摁掉了。此时此刻，他眼中没有高氏，没有事业，只有盛雪。

“一段时间是多长?”盛雪平静地问。

高英树已从少雷的脸上看到了答案。“不论多长，我都是你的眼睛。”

“少雷，你回答我。”她倔强地问。

少雷一时不知道该怎么说，这时他的电话响了。“少警官，黄菡脾脏破裂，失血过多，需要马上输血。可她是罕见的熊猫血，血库备用不足，怎么办? 还有，这个手术我没有把握，能不能由您来做啊?”

在去特警支队前，少雷就已经是闻名刺桐的外科医生了。后来虽然做了法医，因医术精湛，他时不时还会被医院请回去做一些复杂的手术。

对方的声音很大，病房里的几个人都听到了。盛雪挽起了自己的袖子:“老哥你知道的，我也是熊猫血……”

“没傻吧你? 你也受伤了啊!”少雷气急败坏。

“小雪，我也反对。”高英树说。

周琳突然一瘸一拐地冲进病房，扑通跪在了盛雪的床前:“盛雪，求求你救救菡菡吧，如果你不解恨，就把我杀了! 当年是我给苏睿出的主意，让少雷和你断绝来往的；向杂志社举报你文章抄袭，害你进不了编委会的也是我；利用那篇文章陷害你，逼迫你辞职的同样是我；黄文祥以次充好东窗事发，嫁祸给林浩楠、逼你离开昌和的事我也参与了；把你哥 PS 检测证书的事发到网上，煽动受害者家属找你闹事的还是我；害你躺在这里的仍然是我……这些都是我干的，受到报应的应该是我，只求你救救我女儿吧，她还那么小，求你救救她！”

周琳忏悔的每一桩恶行，盛雪都直接知道或间接猜到了，但她这样赤裸裸地坦白出来，还是让盛雪心绪难平。

“出去！滚出去！”高英树听得火冒三丈，连拖带扯地将周琳弄了出去，重重地关上了门。

少雷的电话又响了。“少警官，黄菡的情况很不好，怎么办？本市的血库调不到熊猫血……”

“少雷，用我的血吧。你是医生，救死扶伤是你的责任！”盛雪再度伸出手臂。

“小雪，别意气用事……”高英树在一旁劝阻。

少雷依然犹豫着。

“那我不输液了！”说着，盛雪右手摸索着去拔左手上的针头。

少雷和高英树大惊失色，一人一只手给她摁住了。

“盛雪！祖宗！我上辈子欠你的，行了吧！我马上联系血站让来采血……”少雷边吼她，边拨打电话。

盛雪惨然一笑：“对不起，老哥，我知道你是为了我好……”

门外的周琳泪流满面。她再次跪在地上，隔着门磕了个头，然后一瘸一拐地离开了。

黄文祥不是个好丈夫，却绝对是个好父亲。得知黄菡不是自己亲生的，他想快点儿和周琳离婚，好眼不见心不烦。可周琳真的带着孩子离开了，他又是百爪挠心。此刻，面对曾经对着自己咯咯笑、奶声奶气喊“爸爸”的小身躯，他心疼得都不能呼吸了。不管她身上流着谁的血，她都是自己的女儿！黄文祥紧紧地握着黄菡的小手，喃喃着：“菡菡，都是爸爸不好，是爸爸害了你……”

少雷亲自操刀为黄菡做了手术，很成功。几天后，孩子就从 ICU 转到了普通病房。黄文祥每天衣不解带地守在床前。

5

在黄文祥的精心照料下，黄菡恢复得很快。出于愧疚，他将当初从盛雪那里巧取豪夺来的一百多万元转给了她，还附有一句留言：对不起，盛雪，生命无价，爱更无价，谢谢你对小女的救助。

因为对女儿的爱，黄文祥狭隘的心胸突然变得宽阔起来，不光接受了黄菡不是自己骨肉的事实，也不再提离婚一事。

盛雪的视力一直没能恢复。少雷请了省里的专家会诊，答案依旧是等血块散去后视情况而定。恢复遥遥无期，让盛雪疑虑重重。她知道高氏企业正处在紧要关头，几次催高英树回马来西亚，高英树却声称公司有姐姐在，运转良好。

而远在马来西亚的高英华简直要疯掉了。NANA 公司的检测结果已经出来了，确定是高氏“素食皮”的问题，开出了五千万元的巨额罚单。

五千万元，高氏就算是砸锅卖铁也无法偿清。再者，高氏的所有产品都是符合国际环评标准的。高英华把原料重新抽样送检，结果令她大吃一惊——染色剂检测竟然不合格！

这家染色剂公司长期为高氏供货，高英华拿着证据怒气冲冲找上门，对方的技术人员经过辨识后告诉她，她提供的染色剂根本不是他们的产品。

高英华明白，原料被人调包了。在高氏企业里，能接触到染色剂等原料配方的，只有研发室。管理研发室的，只有高氏姐弟和管家李伯。李伯年轻时就跟着父亲，忠诚可靠，问题绝不会出在他身上。可高英树也没理由自己坑自己呀，这样做对他有什么好处？再打高英树的电话，依然是那个回答——不回去，你看着办吧。

既然高英树不回去，她只好去刺桐。

根据苏睿提供的线索，赶到刺桐的当天，她就找到了盛雪住的那家医院。

“你来干什么？”姐姐从天而降，高英树有些惊讶。

“你说我来干吗？高英树，你就那么恨我，所以才设这么个套，要让高氏覆灭？别忘了，你也是高家的子孙。高氏要是真没了，你就是罪魁祸首。”高英华声音平缓，可每个字都重若千斤，压得人喘不过气来。

“出去说吧……”高英树担心地看了一眼床上的盛雪，怕吵醒她，带头朝外走去。盛雪昨晚没睡好，液输完，护士拔掉针头后，她还沉沉地睡着。

待关门声传来后，盛雪蓦然睁开了眼睛。最近高英树的电话响后，他不是直接挂断，就是跑出去接，盛雪总感觉有点儿不对劲儿，今天高英华出现后，她才若有所悟。为弄清高氏到底发生了什么事，她挣扎着下床，摸索到门口，把耳朵贴在了房门上……

盛雪突然性情大变，狂躁，喜怒无常，动不动就摔东西，甚至赶高英树走，说自己原本喜欢的人就不是他，是林浩楠。大夫说她可能是眼睛看不到引发的情绪狂躁。高英树理解盛雪心里的苦，想尽各种办法安抚她，给她讲自己当年到大马后的事情，讲升旗山、姓氏桥、爱情巷的见闻，以及读书时被老师叫家长的糗事。

“那时候，每当在学校犯点错误，老师让叫家长，总让我喊妈妈。我妈妈不打我也不骂我，却总是出了校门就开始哭，一路哭到家。我最怕我妈妈哭，急得给老师写纸条质问——老师，你喊家长为什么不叫我爸爸，总是喊我妈妈？老师在讲台上念完纸条后，当着同学们的面回复我说——因为你爸爸也是我的学生，我心脏不好就是他气的……全班同学哄堂大笑，从那以后我再也不犯错了……”

他边讲边观察盛雪，见她果然笑了，才跟着笑了起来。可她笑着笑着，眼里却有了泪。因为这个段子她以前在网上看到过，可见他为了逗自己开心所费的心思。

爱是给予，不是索取……盛雪暗中似乎下了什么决心。

黄菡出院那天，周琳办完手续，让黄文祥先送女儿回家，她自己则去了盛雪的病房。高英树没在，盛雪在床头柜上摸索着，想拿杯子喝水。周琳连忙过去，把水杯递到她手里。

盛雪怔了一下："周琳，我知道是你，我知道你来过许多次。我……原谅你了，不管你之前做过什么，我都原谅你，但你要替我办点儿事……"

周琳哽咽："盛雪，我是来告诉你，我女儿今天出院了，谢谢你。不管你要我做什么，哪怕要我这条命，我也不会皱眉头。"

听闻黄菡出院，盛雪格外欣慰。她让周琳坐到床边，低声交代了几句。

"不，这样太残忍。我做的缺德事够多了，不能再这么干，不然会天打雷劈的！"周琳听完，脸色大变，连连摇头。

"你这是做好事，让一个好人避免了不公平的待遇。"盛雪的语气无比坚定。

"可是，这样也会毁了你自己……"周琳向后退去，有点儿想逃跑。

"我宁愿毁掉的是我，也不愿意他替我受罪。"

"好吧，我答应你。"成全善良不算做恶，周琳这样安慰自己。人斗不过自己的性格，从八岁那年认识盛雪至今，无论是掰直了还是压弯了，她最后都会弹回善良的原状。

一晃又是一周过去，盛雪的眼前还是一片漆黑，脾气也越来越暴躁，坚决要求出院。无奈，高英树只好答应。为了给盛雪一个惊喜，高英树悄悄跑出去买了一枚钻戒，准备向盛雪求婚。

高英树回到病房时，盛雪不见了，护士告诉他，家属用轮椅推着她去了花园。他兴冲冲地拿着戒指到花园找她，却看到林浩楠推着盛雪在晒太阳。

在高英树看不到的地方，周琳像一名合格的场记，见证和记录着这一幕。高英树进入花园后的一举一动，都在她的监控范围内。当高英树的距离足够听清盛雪和林浩楠的对话后，周琳就发微信给林浩楠，提醒他们可以开始了。

“小雪，你还不知道吗？高氏现在面临破产了。其实我多年前就认识南德娜，听说高氏的‘素食皮’出了问题，导致 NANA 的产品遭退货，造成了重大损失。南德娜已经向高氏提出巨额索赔了。”

“什么？这么大的事，他怎么没向我提起呢？”

“说明他很有心机啊。毕竟‘盛雪外贸’的发展势头很好，他是把你当成救命稻草了，要不然家里鸡飞狗跳闹成那样，他为什么不回去？这个高英树啊，真没看出来，还有吃软饭的潜质！”林浩楠说得一脸轻蔑。

盛雪脸上的表情在急剧变化。半晌，她似乎做出了重大决定：“浩楠，我现在想清楚了，这些天之所以一直对高英树发脾气，是因为我爱的不是他，而是你……我好后悔，当时不该赌气离开你。”

“小雪，回到我身边吧，我一定会挖一座钻石矿做聘礼，让你成为世界上最幸福的女人。”

“好，我等着你的钻石矿。”盛雪脸上露出迷人的笑容。

这么多天了，高英树第一次见盛雪笑得那么灿烂，却是为了林浩楠！高英树拿着那个红色的戒指盒，万箭穿心般站在那里。

第十三章　埋了爱情突围

1

林浩楠的手机振动了一下，他看了一眼屏幕，推着盛雪转身。看到高英树，林浩楠佯装吃惊：“我……我们有话对你说……”

“别说了，我都听到了。”高英树朝向盛雪，“我确实没有挖到钻石矿，对不起，盛雪……这些天打扰你了。”他的手脚都是颤抖的，而后转身踉跄着逃掉了。

林浩楠心有不忍，紧追几步抓住了高英树。他像被捕兽夹夹住的野兽，拼命挣脱。那个红色的戒指盒就成了为保命而舍弃的断肢，孤零零地摔在地上。

林浩楠捡起来，打开看后，心情沉重地将它交还到盛雪手上。她摸索着拿起那枚戒指，死死地握着它，指甲掐进了肉里都没有知觉，空洞无神的眼睛被泪光照亮了。

此刻的高英树有多疼，她就有多疼！

高英树没有回马来西亚，而是直接飞往印度。羞辱给了他力量。林浩楠说他是“吃软饭的”，他发誓要挖一座天大的钻石矿，用来埋葬自己的爱情。

虽说已确定问题出在“素食皮”上，高英树还是要来求证一下，这才是解决问题的正确方式。南德娜却不见他，而是让技术人员直接带高英树去了存放退货的仓库。看着那些脱色和腐烂的“素食皮”，高英树一时哑口无言。

“高先生，现在还有疑问吗?”技术人员耸耸肩。

高英树沉默无语，俯下身，认真检查包上的问题所在。无意间，他看到了另一排架子上摆放的箱包，那些显然是真皮制品，上面布满了菌斑。从 LOGO 看，应该也是欧美退回来的货，目测损失也不会是个小数目。

高英树真诚地说：“麻烦给南德娜小姐带个话好吗？我能解决真皮箱包发霉的问题。”

技术人员有些不相信。皮革发霉是个老大难问题，霉菌在外部生长的同时还向里面发展，不仅表面失去光泽，皮革的耐磨度、弹性等也受到了影响。因此 NANA 公司每年损失不少。

高英树继续说：“我在英国留学时，学的就是皮革专业，这个问题我可以解决的。让我见见南德娜小姐，好吗?”

二十分钟后，南德娜在会客室见了高英树，脸色却不是太好。

“对不起，因‘素食皮’的问题，给贵公司带来这么大的损失，我代表高氏企业向您表示深深的歉意。”高英树向南德娜深鞠一躬。

他的态度让南德娜的表情稍微回暖。而且，他的估计也没错，南德娜烦恼的不光是“素食皮”产品，还有那些发霉的真皮制品。南德娜问：“你真的有办法?”

“有。不过在这之前，我有个请求……如果我能解决这个麻烦，能否请您重新考虑对我们的报复性惩罚？当然，该赔偿的我们一定承担，毕竟责任在我们。”

南娜德思忖片刻，点了点头。说实话，除去后面的两三笔订单，过去的一年里，NANA 和高氏的合作是非常好的。但正因如此，这次高氏“素食皮”给 NANA 带来的损失也是无法估量的，欧美合作伙伴甚至降低了 NANA 的信用等级，南德娜非常恼火，才会开出五千万元的罚单。

“谢谢南德娜小姐。我会写出一个详细的解决方案。”

说干就干，高英树回到酒店，饭都没顾上吃，就开始制订方案。从包装纸盒的黏合剂中添加防霉剂、盒子内再盛放干燥剂，到外包装纸箱的含潮率控制的低点系数、仓库的通风干燥度达标、运输全过程保持干燥等环节都列出了严格的控制参数和执行的详细步骤。

当这份方案放在南德娜面前时，她一眼就看出高英树是皮革制品的内行，这更是让南德娜大惑不解：“高先生的方案这么专业，‘素食皮’怎么会出现那么低级的错误？”

高英树回答：“中国有句古话，叫‘千里之堤，溃于蚁穴’。我想是我们内部管理出问题了。回去后，我首先要做的就是挖蚁穴，除白蚁。”

回到马来西亚，高英树要安保人员调来了工厂前两个月的监控，可除了他和姐姐高英华、管家李伯外，进出研发室的再无他人。高英树总感觉哪里出了漏洞，便来到了工厂实地查看，终于发现正对着研发室的探头有被挪动的痕迹。厂长说是前两个月线路老化冒火花，他找人修理时，可能不小心碰到了探头。高英树问是谁修的。厂长说是管家李伯的侄子李阿涛。李伯就这一个侄子，为照顾他，平日工厂里有什么杂活都会找他来做。

高英树又调阅了工厂后门的监控，虽然李阿涛刻意躲避探头，但高英树还是从一个模糊的背影认出了他。

李阿涛是瘾君子，还喜欢到码头附近的地下堵场赌博，高英树带了几名工人守在赌场门外，很轻易就堵住了他。李阿涛承认，偷换染色剂的的确是他，但拒绝说出幕后指使，摆出一副死猪不怕开水烫的架势："要杀要剐随你，别的问也白问！"

高英树倾尽全力想力挽狂澜，可仍无法改变高氏的命运。NANA 发来了律师涵，根据高英树和南德娜的新协议，他提供的技术支持解决了 NANA 皮革发霉的难题，因此将五千万元的惩罚性赔偿降为三千五百万元，但必须在四十天内全额还清。

虽然降了一千五百万元，可高氏仍然拿不出这笔钱。股东会上，"卖掉工厂，断尾重生"的呼声不断响起。可高英树和高英华明白，一旦卖掉工厂，将来泉下真的无颜再见父亲了。

高英华突然发现，不过二十多天，弟弟仿佛老了十岁，胡子拉碴，满脸沧桑，心里不由一阵酸楚。可有些话，该说还是要说："英树，目前能救我们的，可能只有苏家了。"

"嗯。"出乎她预料，高英树竟然点头同意了。

第二天，高英树到苏家拜访，主动向苏家大伯提出，想将高氏工厂卖给苏家。苏家名下的旅游业一直做得不错，高氏工厂无论地理位置、人文景观还是历史积淀都颇具亮点，稍微改造一下，就会成为吸引游客的金窟，苏家大伯早就觊觎那块地皮了，几次提出高价购买，高家姐弟都没有答应。

“什么价格？”苏家大伯一脸高冷。

“还按您上次说的，五千万元。”高英树不卑不亢。

“呵呵，此一时彼一时。两千万元，再多不行了。”

高英树想到他会还价，但没想到他能还到这个程度，一时愣在那里。

“英树啊，如果你连‘素食皮’的配方和高家老宅一起卖的话，五千万元就五千万元。”苏家大伯轻声细语，笑得格外和蔼，可眼底的寒光，能直接从人身上剐下两坨肉来。

高英树的汗瞬间就下来了。工厂没了可以另觅新址，要是配方和老宅没了，就是拦腰把高家的命脉斩断了。

2

大伯的手指不断地敲击着沙发扶手，一副有肉在嘴的得意相。

高英树再没了当初还苏家那一千万元时的豪气，像一只丧家之犬。而这正是苏家大伯想要的。

随着一阵“咯噔咯噔”的高跟鞋声，苏睿拎着行李箱下楼了。

“小睿，你这是去哪儿？”苏家大伯有些诧异。

苏睿径直走过来，将一摞照片放在了高英树面前。高英树拿过来一看，竟然是李阿涛和苏家大伯见面以及收钱的照片。

“高英树，相关的录音我已经发到你邮箱了。你可以根据这些告我大伯，将损失降到最低。”苏睿说得看似轻描淡写，可从她两只手的不停搓磨中，可以窥见她内心的争斗和极度的不安。

苏睿觉察出大伯可能对高氏下手后，便暗中留意他的一举一动。没想到，大伯竟然做出如此卑劣之事。她必须阻止大伯，不然他毁掉的不光是高氏，大伯一手建立起来的苏氏商业帝国也会一起陪葬。经过一番挣扎，苏睿才从幕后走到了前台。她明白，背叛大伯，就意味着必须离开苏家。

“吃里扒外的东西!”大伯精心布局那么久，没想到被苏睿轻易给破了，气得狠狠甩了她一巴掌。

眼泪瞬间弥漫了那双漂亮的单凤眼。苏睿捂着红肿的脸颊，拎着行李箱朝外走去。

高英树的心猛地一揪。他不喜欢过分强势的女孩子，可这一次，苏睿用她的强势，帮高英树解了困局，却把自己伤得面目全非。

“你去哪儿?”他拉住了她。

她猛地甩开他：“高英树，不过扔了根骨头给你，就开始摇尾示好了？告诉你，我不是在帮你，而是在帮苏家。世界上没有永远恪守的秘密，我知道你早晚都会查出真相。那一天，或许就是苏氏商业帝国灰飞烟灭的时刻。所以，我只是想在过好自己日子的时候，也给人留条活路。”

苏睿说完，深深地看了大伯一眼，拉着行李箱走了。

苏家大伯脸色阴晴不定地坐在那里。苏睿的话是一枚炸雷，炸醒了他。“过好自己日子的时候，也给人留条活路”曾是苏家的家训。这些年自己只顾厮杀，却忘记了根本。就算苏睿没有提供这些证据，聪明如高英树，也一定会查出真相的。届时自己不光面临巨额赔偿，还会有牢狱之灾，紧随其来的，将是苏氏商业帝国的倒塌。

想到这里，苏家大伯额头上布满了汗珠子。“高英树，小睿把我的小辫子塞进了你手里，你想怎么办?”

“借我四千万元，三千五百万元用于赔偿，五百万元用于支付原材料和工人工资。到时我会连利息一起奉还。”高英树知道，就算他开出五千万元的天价赔偿，苏家大伯也愿意出，可他不想让苏睿的一片心意落了空。彼此退一步，或许会有另一个海阔天空吧。

高英树没有狮子大开口，完全出乎苏家大伯的预料。从侄女苏睿，到眼前的高英树，这些年轻人的心胸气度让他肃然起敬。“英树啊，是大伯错了。那四千万元你尽管用去，利息不利息的，大伯不在乎这个。只是，如果可以的话，帮我找回小睿吧……”

看似娇娇女的苏睿，商场上却是巾帼不让须眉，因此才被苏家大伯列为继承人。

“我尽力。”高英树其实也没底气能找回苏睿。他之前为了推远她而做的那些事，也都是伤她的利器。

办完相关手续，高英树按约定偿还了 NANA 的赔偿款，剩下的除去各项开支后，已所剩无几。由于欧美客户终止了同NANA“素食皮”包包的开发合作，高氏皮革失去了这个大客户后，剩下的零散小客户根本无法维持其正常运行。

无奈中，高英华和高英树只好一边裁员续命，一边四处出击，寻找新的商机。高英树将对盛雪的爱放进了情感碎纸机，然后一个国家接一个国家地奔跑，住最便宜的酒店，吃最便宜的餐食。再小的订单，他都会认真对待；再烦琐的工艺，都会努力做到最好。

因视力尚未恢复，盛雪出院后暂时搬回去和母亲一起住，好有个照应。

转眼两个月过去了。这六十天中，盛雪每晚必须紧紧握着那枚戒指，才能浅眠两三个小时，仿佛那枚有棱有角的金刚石上，残存着高英树的温度。

盛雪的胃口越来越差，人也越来越消瘦。知道她爱花，母亲时常会推她下楼，在繁花盛开的小区里走动。她眼睛看不到，让室外清新的风吹下也好。

“是不是茉莉开花了?”一阵熟悉的香味扑面而来，盛雪的脸上难得浮出生动的表情。

“是啊，前面花圃里种着不少呢。走，妈妈推你过去……”陈艾芸说着推动轮椅往前走，却被盛雪阻止了。

“妈，我想自己过去。”她摸索着下轮椅朝前走去。花香引路，盛雪很快就准确地找到了茉莉花的位置，蹲下来，探过头去，闭上眼睛，鼻子像个收香器，将香味收入嗅觉的囊中。

“想吃茉莉糕了……”她小声细喃。当年叶婆婆做的茉莉糕的香甜味突然冲破了记忆之闸，侵入了味蕾。那片雪肤碧衣的茉莉花，还有……那个陪她赏花吃糕的少年，在泛黄的记忆中清晰可见。

“小雪，茉莉糕。吃多少有多少。”林浩楠的声音突然响起，将食盒放在了她手里。盛雪就那样蹲着开始往嘴里送，嚼着嚼着，已是泪流满面。茉莉糕还是原来的味道，可当年一起吃茉莉糕的人却走散了。

“怎么了，不好吃吗？”林浩楠听她说过爱吃茉莉糕，没想到会惹得她哭成这个样子。

她苦大仇深地将茉莉糕吃光后，起身气势汹汹地质问林浩楠：“不好吃！难吃死了！谁让你买这么难吃的东西给我？为什么要这样欺负我？”

母亲陈艾芸吓坏了，连忙过来劝她：“小雪，不好吃就不吃了，别发火啊……”

盛雪却一把推开母亲，气势汹汹地瞪着林浩楠：“还有，你为什么穿和他一模一样的衬衣，连发型都一样？”

她横刀立马地拿眼神砍杀着他。刮来的风说，哭吧；茉莉花也笑着说，哭吧，于是她不知不觉再次泪流满面。

林浩楠却一脸的惊喜，仿佛被她骂是极为开心的事儿。“小雪，你能看见了？”林浩楠不确定地问，眼睛湿润了。陈艾芸也是。

盛雪望着热泪盈眶的母亲和林浩楠，一下子呆住了。

生命里很多瞬间是起决定性作用的。茉莉花开的时节，吃茉莉糕的瞬间，唤醒了盛雪沉睡了多时的视觉。

随后，林浩楠开车载着陈艾芸和盛雪直奔医院。经过 CT 排查，盛雪大脑中的瘀血已经完全吸收了。

3

这么久以来，“盛雪外贸”在丛小果的带领下，运转的井然有序。盛雪的视力恢复后，大家劝她在家里再休养一阵，可她还是很快回到了公司。她知道，自己必须整装上阵了。

开足火力战斗，是对抗心魔的唯一方式。盛雪像一只浴火的凤凰，经过五年的浴血奋战，客户遍布亚欧大陆、北美、南美、非洲等地，办公地点也从普通写字楼搬至顶级商务中心的二十三层。这里不仅可以欣赏到建筑极致挑高的恢弘气势，还能领略十部高速电梯所带来的高效便捷，以及俯瞰繁华与一线景观的震撼。

人经历了生死的淬炼，胆子突然就壮了很多。盛雪刚入行的时候，圈内凶猛异常，到处都是牙尖嘴利的老狼，随时准备把她撕碎吃光。如今她已把自己和整个“盛雪外贸”锻造成了百毒不侵的金钢不坏之躯，无数次被咬，却可以完好地全身而退。

强大后的盛雪团队，除了帮人，从未咬过人。

秘鲁的一位客户胃癌手术住院期间，公司股东突然分离，使得整个经营陷入瘫痪，导致客户差点破产，被列入中信保的黑名单。当时盛雪还不是太强大，但在客户最困难的时候，她伸出了援手，自己做担保，将几个货柜的货物先给了客户。不仅如此，她还帮着客户融资，渡过了难关。

佛说，帮人就是帮己。后来客户活了过来，被大集团收购，感恩于盛雪的雪中送炭，将一半的订单给了盛雪外贸，并热情邀请她本人去秘鲁玩。那是盛雪第一次去那个南美国家，客户两口子一起陪她在马丘比丘玩了一周，并承诺未来的三到五年内，和盛雪外贸的合作将达到六十个亿。盛雪也开心地邀请他们有空来中国，带他们一起自驾去西藏。

巴西一位年近七旬的客户，亲切地称盛雪是他的中国女儿。这位客户之前跟多国客户合作过，由于诚信问题，他和他们都是一锤子买卖，唯有盛雪，一合作就是五年。其间，客户因被左膀右臂架空，转移了财产，商业王国突然坍塌破了产，但他诚信做人，变卖资产还供应商的货款，其中就包括盛雪的。盛雪给了他很长的账期，他很是感激，介绍了许多南美客户给盛雪。

巴基斯坦的一位客户，跟盛雪合作的时候，公司才刚成立，只有一台很破的二手设备。盛雪有个理念，就是养客户，因此让利为客户供货。听闻客户家的老太太患有风湿病，盛雪力邀她来华，亲自带她到养生院，用中医针灸和中药热敷的方法，使她的疼痛有所好转。待客户一步步强大起来后，找盛雪帮忙在中国一口气买了十二台的设备，整个产业链做到了他们国家的 NO. 1。善良真诚的盛雪，不仅得到客户全公司人的尊敬，所有订单编号都用她的英文名字 Dorcas 的缩写开头，还深受客户一家人的喜爱。客户本人喊盛雪为 Sister（妹妹），他的儿子也喊她 Sister（姐姐）。盛雪去参加客户儿子的婚礼时，老太太特意请了一线明星的化妆师到家里为她化妆，并赠送她唯有贵宾才能有的传统服饰。

……

若老外也流行送锦旗的话，盛雪宽敞的办公室里，可能早被那些极具地域和语言特色的锦旗塞满了。

当然，这些年盛雪被“咬”的次数也不少。埃及某客户在收到货后，却不付余款，盛雪每次催款，对方不是装死，就是顾左右而言他，后来干脆把她拉黑了。还好金额不大，盛雪也懒得多追究。而叙利亚的客户，却因为战争造成的不可抗力，导致厂房全部被烧，所欠货款的百分之七十都无法结清。虽然损失有点大，但盛雪并没有国际追逃般纠缠不休，客户非常感激，至今还和她保持着好朋友般的联系，说“盛雪外贸”是他还款名单上的第一位。

盛雪凭一副柔软的心肠，应对世界的寒凉，却意想不到地软化了坚硬，广结了善缘。

“盛总，明天市里的招商引资扩大会议，你看派谁参加合适呢?”盛强毕恭毕敬地将打印出来的通知书放在盛雪面前。

“我参加吧。”看着那份通知，一个大胆的计划在盛雪心中初具雏形。

第二天，盛雪到达市会议中心后，看时间还早，便在走廊的座椅上小憩。这时林浩楠和一个中年男人走了过来。“小雪，来，给你介绍一下，这是‘康健鞋业’的林大健林总。”

在刺桐，林氏是个大姓，所以“林总”随处可遇。

"盛总好，久仰大名。"短短几年时间，从一名外贸小白，成功晋升为刺桐外贸圈的黑马，盛雪的盛名林总当然听说过。

三个人站在那里简单聊了几句。这位林总叫林大健，听他介绍，自从和楠卡合作后，他们产品的产销率提高了百分之五十，今年又扩大了规模，目前有三十条生产线，工人一千多名。

盛雪正要进一步询问具体情况时，入场时间到了，三人随之鱼贯而入。巧的是，她的座牌和林浩楠的相邻。

"浩楠，散会后找个合适的地方，喊上林总，一起吃个午饭怎么样？我想请教他一些事情。"

"没问题。"

招商局和政府的相关领导陆续在主席台上就座，会议很快开始了。盛雪拿出笔记本，认真地边听边记。

整个会议议程围绕着"招商引资"的主题进行，其中专门提及了华侨回乡投资。刺桐作为著名的侨乡，有着光辉的历史。改革开放几十年来，那些在异国他乡事业有成，恋祖爱乡的闽籍海外华人华侨，回乡投资办厂回馈桑梓的事例很多，为刺桐的发展做出了不可磨灭的贡献。因此，今后再有回乡创业的侨胞，政府将给予进一步的优惠政策。对他们招商回来的人员，也将给予实实在在的奖励。

听到这里，林浩楠和盛雪不由抬眼对视了一眼。

会议结束，已接近午时。按会前和盛雪的约定，林浩楠在一家环境不错的巴洛克风格的茶餐厅订了座位。

当你上了商业的战车后会发现，大多的饭局只是为了谈事情。因此坐下来后，盛雪便开门见山，直奔主题，向林总询问了关于鞋面用料的情况。

根据林总的描述，鞋面用料里面的皮面料主要有 PU 革、牛巴、超细纤维，以及真皮，价格从每码的十几元到两百多元不等。

盛雪向林大健询问了关于鞋面用料的情况。“林总，您有没有想过走高端路线，比如开发鳄鱼皮产品?”

“鳄鱼皮？那投入有点儿高啊。这种高端产品，如果不是给国际一线大品牌做贴牌，根本卖不上价。而且随着‘拒绝杀戮’的观念深入人心，一线大品牌都打出了生态环保牌，昂贵的鳄鱼皮市场发展前景并不乐观。”林大健对国际市场还是非常了解的。

4

盛雪微微一笑：“林总，我给您推荐一款外表和品质都跟真的鳄鱼皮一模一样的‘素食皮’，但价格却要比鳄鱼皮低很多。”

“这个……市场不知道能不能接受?”林大健虽然很感兴趣，但还是心存疑虑。

林浩楠明白盛雪是在为高氏的“素食皮”做推广，接过话说：“这样吧，就用我们楠卡的牌子，我先和你签三万双的试销单。不过，这个供应商在马来西亚，我和盛总都不方便出面，还需要您亲自联系。”

这几年，盛雪一直在关注高氏企业的发展，知道因缺乏资金，以及受全球经济衰退的影响，高氏的发展势头并不好。高家姐弟虽然力挽狂澜，也只是勉强维持。盛雪曾试着联系高英树，向他解释当时的情况，并提出由“盛雪外贸”给高氏注资，都被高英树冷冷地拒绝了。

送走林大健，盛雪问林浩楠：“今天的招商引资会，你有没有想法，尤其是华侨回乡投资那一块。”

“如果我猜得没错的话，咱们是想到一块儿了。”林浩楠笑了。

“那我就直说了。引高氏皮革回刺桐的计划，你有没有兴趣参与？这次市里针对引来的外资企业，给予税费减免的优惠力度很大，若高氏来刺桐发展，我认为前景是很好的。”

“好，如果试销成功，就让林老板出面去谈招商引资的事情。”

高英树拖着行李箱，走在槟城黎明的街道上。他刚刚从印尼铩羽而归，拜访的几家客户，要么因为价格，要么因为五年前的“NANA”事件，“素食皮”再次被拒之门外。

高英树没有回家，他拉着行李箱直接走进了工厂。近一段时间，仅有几笔小订单，工人们处于半放假状态，为了养家，有的甚至另找了兼职。

穿过静悄悄的长廊，步入样品间后，他抚摸着一张张色彩绚丽，工艺精湛的“素食皮”，格外惆怅。这么好品质的东西，却没有好的市场，真是暴殄天物。

就在万分沮丧的时候，姐姐高英华的电话突然打来：“英树啊，快上邮箱看看，刺桐有客户想让你过去谈谈……”

“刺桐”两个字像把刀子，让他结痂的心再次鲜血淋漓，但为了高氏，他还是在手机上登录了邮箱。果然如姐姐所言，对方口吻相当真诚，说有人指定要一批高氏“素食皮”的订单，要他带样品过去，合适的话就下单。

虽然不知道这是一条救他出井底的绳子，还是推他入火海的手，高英树还是答应马上飞过去。挂断电话后，他都觉得奇怪，几年前离开时，他曾暗中发誓，挖不到天大的钻石矿，他不会再踏入那座埋着痛苦记忆的城池半步，谁知一旦有机会，竟又奋不顾身地前往。

高英树是在第二天傍晚到的刺桐。休息了一个晚上后，他神采奕奕地出现在“康健”，将样品给老总林大健和工厂采购部的人员过目，并将精心制作的 PPT 播放给他们看，为他们讲解“素食皮”的理念。

“高氏皮革是个有着百年历史的老品牌，随着‘尊重生命’时尚观的兴起，我们将‘给自己一个更柔软的选择，与万物和平共处’的价值观融入了制革业……我相信——时尚和环保，完全有和平共存的一天。”

高英树侃侃而谈，林大健等人不住地点头表示赞同。制革和制鞋是产业链上的母子关系，采用新理念紧密合作，才能开辟出共赢的新天地。

隔壁房间内，盛雪和林浩楠站在电子屏幕前，全程观看现场直播。

待高英树关闭 PPT 后，林浩楠鼓起掌来：“果然人中龙凤，只是差了那么一点运气……”其实他还有潜台词——上帝也算公平，给了你美好的盛雪，别处留点缺憾也算正常。

林大健那边很快就进入了签单程序。高英树大笔一挥，用汉语写下了自己的名字，为这场会见画上了圆满的句号。三月阳光似的微笑爬满了他的脸庞，给人一种优美的希腊雕塑复活的假象。盛雪目不转睛地盯着画面，心脏像因塌方埋在地下的矿工，本能地发出“咚咚”的求救信号。

“想见他的话，我让林总安排个午餐?”林浩楠从盛雪的表情看出了她的想法。虽然有点儿嫉妒高英树，还是打算好人做到底。

“你觉得他会见我吗?”盛雪摇摇头，“算了，还是留给时间解决吧。我得马上去机场了。”

“去哪儿?”

“肯尼亚。有件棘手的事情得去处理一下。另外他们新进了一批设备，我要带工程师过去给他们安装调试。之后还要参加肯尼亚中国周的展会。”

林浩楠苦笑着说：“简直就是一台赚钱机器，转起来比陀螺都厉害。这才几天，都飞了三个国家了，现在又要去非洲。”

“没办法。何以解忧，唯有 Money。”她皮皮地一笑，出了门。

两个小时后，盛雪拎着三个大行李箱出现在机场的行李托运柜台前。其中一个箱子里面全是零食。因为基普桑的女儿喜欢，他们负责采购的小姑娘也喜欢，所以自己累点也无所谓。

等着办手续的人们排起了蛇形队伍，盛雪夹杂于“蛇腹”。在抬眼探寻还有多久才能挪到柜台前时，与另一队伍里的高英树的目光撞到了一块。眼神的对接处，刹那间就成了车祸现场，噼里啪啦的，各种零部件飞起，碎落了一地。高英树被撞得失去了方向感，他强力控制着情绪，猛然将头转到别处，视盛雪为路人甲。

这是五年间两个人的第二次会面。第一次是在三年前的广交会上，盛雪在人群中看到他后，连忙追了过去；他却避她如洪水猛兽，从快走，到小跑，再到拼命奔跑。拿过短跑冠军的盛雪追得气喘吁吁，泪流满面地追丢了他。担心往事再重演，今天隔屏看了他一眼后，她便准备逃去肯尼亚，命运却在这里让他们挤到了一起。

盛雪的眼睛里伸出许多触须，黏缠着高英树。他却用冷峻的后脑勺斩断了她的爱意。长蛇般的队伍突然加快了速度，盛雪才得以在十分钟内挣脱了疼痛的桎梏。

望着她消失在安检处的背影，冷如冰山的高英树突然眼睛湿润了。拿到合同后，他不敢在刺桐多做一分钟停留，一是为了早点赶回去安排生产，二是为了躲避旧伤的追杀，没想到却在这里和疼痛撞了个满怀。

肯尼亚时间比国内晚五个小时，盛雪到达内罗毕时正是清晨。她拉着行李箱出来后，便看见基普桑的那辆SUV停在那里，而他本尊，斜靠着车门正朝出口打量，两个千金一左一右站在他身旁。看到盛雪，爷仨儿张开熊抱朝她奔来，像三座会移动的大小黑塔。

“哦，盛，好久不见，非常想念。”基普桑夸张地大叫着。

当装满零食的行李箱打开后，两个千金开心地尖叫起来。盛雪居然万里迢迢不辞辛苦给孩子们带零食，基普桑甚是动容。

5

SUV随即发动，朝前奔去。盛雪疲惫地靠在副驾驶的座椅里。路的两侧是一望无际的绿树和芳草，偶有奔跑而过的动物，人行其间，就像在上演现实版的《人与自然》。唯一的人工雕琢痕迹，可能就是草地中竖立的偌大广告牌了。

基普桑已在都喜酒店为盛雪订好了房间。

“盛，你一路辛苦了，先休息一下。”办好入住手续后，基普桑贴心地说。

盛雪点点头，再次拥抱了两个千金，目送他们爷仨儿上车后，才由服务生带领着朝房间走去。

都喜酒店源自泰国的Dusit，属内罗毕顶级豪华酒店里的一枚，紧邻澳大利亚、荷兰和德国三国驻肯使馆，很受西方外交官和肯尼亚高端人士的青睐。因无法从主干道上一睹它的风采，有一种大隐隐于市的感觉。

盛雪进入房间后，简单洗了个澡，就把自己扔进了床里。她必须在这几个小时里抓紧补觉，因为基普桑约了肯尼亚的一位部长，下午过来商谈。

一觉醒来，已接近下午四点。和基普桑约的是五点，盛雪洗漱后化了个淡妆，换了套得体的长裙，出了房间。

这里的餐厅号称是内罗毕，乃至整个肯尼亚最高大上的餐厅，一些没有在这里住宿的客人，也会在日落的时候过来，步入酒吧喝一杯。订的位置在屋外花园里的露台上，盛雪坐下来后，薰衣草的香气扑鼻而来。

基普桑和部长很守时，五点钟准时到来。

基普桑的公司做的都是政府订单，他原本经营的范围仅限校服、卫生巾、纸尿裤等成品，当得知政府将发展本土企业作为目标后，就从中国进口了设备和原料，自己生产。由于种种原因，他们生产出来的产品要比直接进口的成本还高，因此同时还做着成品进口。

为扶持本土企业，肯尼亚政府出台了新政策，以后纸尿裤、卫生巾等卫材成品只能本土采购，不允许进口，并对眼下的进口产品加征百分之五十的关税，使得盛雪的货物到港后价格翻涨。盛雪就是为此事而来，若关税真的上涨百分之五十，这批货就成了灾难。

“部长先生，贵国提高卫材成品关税的政策是突然宣布的，那个时候，我们的货船已经行驶在公海上了，能否通融一下，这批还按原来的关税，之后的再做调整呢?”盛雪试探着部长的口风。

“我们是按照货物到港的时间算的。盛小姐，我们不要只看当前，还要放眼于未来。中国是一个非常强大的发展伙伴，你们制定了适合非洲大部分需求的金融方案，还帮我们搞了很多基建……”部长侃侃而谈，将谈话高度拉升到了珠峰。

盛雪也算身经百战，明白对方是个谈判高手，只好微笑着洗耳恭听。来之前，她已有了充分的思想准备，实在拿不下来，也只好接受现实，再寻找新的合作机会。

基普桑却有点儿着急地打断了部长的话：“政府不让进口成品卫生巾，可答应给我们的补贴现在还没到位，市场告急怎么办?”

卫生巾，这种对于国人来说再普通不过的生理用品，在一些贫穷的非洲国家，却成了奢侈品，有超过一半以上的肯尼亚女性根本就买不起。为改善这种状况，肯尼亚当局决定向全国约九万名女性提供免费的生理用品，可这远远不够。而这些生理用品，政府正是向基普桑采购的，却经常欠账，令他很是无奈。

部长耸耸肩：“亲爱的基普桑，别着急嘛，政府财政紧张你是知道的。还有我们亲爱的中国朋友盛雪小姐，也希望你理解……”

“尊敬的部长先生，我能理解贵国的国情，可是女孩子们的生理期不能等啊……”盛雪一语中的，能说会道的部长顿时陷入了沉默。

联合国的一份调查报告曾指出，非洲一些国家的女孩子，因为生理期而错过了百分之二十的课程。盛雪曾听客户提起，有女孩因生理期没有卫生巾污染了裙子，遭到嘲讽后，竟然自杀了。

想起这些压抑而沉重的事例，盛雪看向了基普桑："这批货物，就算贵国涨了关税，我们还按照原合同上的价格执行吧。"

"盛，那样的话，你的损失也太大了！"基普桑吃了一惊。

盛雪摆摆手："另外，我以个人的名义，再捐赠两万美元的卫生巾，送给那些家庭贫困的女孩子。"

基普桑和部长的眼神里惊起了一滩鸥鹭，他们良久地望着盛雪，感慨万千。

"我……也捐赠两万美元。"基普桑被盛雪的义举感动了。

部长更是对盛雪由衷敬佩："尊敬的盛小姐，我知道基普桑刚从贵国引进了两条生产线，我保证，等新政策出台后，政府采购的卫材原材料订单全给你，到时候肯尼亚的卫材市场就是你的天下了。"

这不过是部长的口头承诺，还不知能不能兑现。但爱人者，人恒爱之，就算到时候订单不给她，她一样会这样做。

基普桑选了一所中学举行捐赠仪式。所谓的学校，不过是由铁皮和木头搭成的房子。来的路上，基普桑已经给盛雪科普过了，这里的学制是小学八年、中学四年，不过，大部分孩子受各种条件限制，只能完成小学。

因为是生理用品的捐赠仪式，校方刻意挑选了四十个女孩子，都穿着白T恤红裙子，青春的脸庞，熠熠生辉的期待目光，显得格外可爱。

“欢迎基普桑先生和来自中国的盛雪小姐……对了，姑娘们，你们身上的校服，也是盛雪小姐捐赠的……”教室里顿时成了掌声的海洋。

接下来是学生代表发言。那姑娘用的是斯瓦希里语，盛雪一个字也听不懂。这时，她的耳边响起了一个女声，进行同步的汉语翻译。

盛雪扭头一看，顿时愣住了，竟然是苏睿！

和印象中的傲娇大小姐相比，苏睿的皮肤没有原来白嫩了，却多了份健康的红润。像温室里的花朵移植到室外，经受风吹日晒后，整个人的精神气质焕然一新。

“欢迎你，盛雪。”苏睿大大方方地伸出了手。

盛雪握住那双略显粗糙的手后，一时感慨万千。原以为她会一如既往的高傲，谁知这么朴素磊落。

五年前，苏睿为高英树背叛苏家的逸闻盛雪早有耳闻，从那之后，她就彻底改变了对这位大小姐的印象。爱屋及乌吧，盛雪曾一度寻找过苏睿，却毫无所获。没想到绕了地球一圈后，两人竟在这里撞到了。

第十四章　赤道高地的重逢

1

仪式结束后，苏睿邀请盛雪参观自己执教的小学。原来苏睿并非这里的老师，而是被临时借调过来接待盛雪的。

小学的条件比中学更简陋，都是孤儿或贫困家庭的孩子。恰巧到了午饭时间，孩子们先在一个盛放水的容器里，用刮下来的肥皂丝洗手后，才拿起脏兮兮的涂着果酱的面包，非常香甜地吃了起来。

苏睿递面包给基普桑和盛雪。他们面面相觑，一时不知道该如何下嘴。苏睿却极其自然地吃了起来。那绝对不是作秀，而是她生活的一部分。

见他们两个那么吃惊，苏睿解释，自己离开马来西亚后，在这里一待就是五年，已经成为这里的一员了。其间，她不光教授地理，还传授中华文明。

盛雪不由对苏睿肃然起敬，毫不犹豫地跟着吃了起来。基普桑紧随其后。他们这才明白了苏睿带他们来这里的用意。盛雪向苏睿表示，回去后召开董事会，每年拟从肯尼亚的订单中拿出一部分收益支持这里的教育。基普桑更是大受感动，表示将成立一个基金会，用于救助孤儿和贫困家庭的孩子。

“苏睿，我少雷表哥现在参加了维和部队的医疗分队，目前也在肯尼亚，这点你们真的很像啊。”临别时，盛雪试探性地抛出了少雷的行踪。

“还要在这里待多久？”苏睿将主题来了个飘移。

“过几天就是肯尼亚中国贸易周的展会，我是一定要参加的。”

“那好啊，明天周末，没事的话，我陪你转转。”

第二天苏睿准备过去找盛雪的时候，她却开着基普桑的SUV出现了。

“上车。”盛雪冲她歪歪头。

苏睿坐到了副驾驶的位置，并没问盛雪去哪，任由她开车朝城外跑去。

“不怕把你卖了？”

“好像我比你更熟悉肯尼亚，谁卖谁还不知道呢。”

“好吧，你这个老非，陪我这个小白出城去逛逛动物世界，怎么样？”盛雪一脸兴奋地说。

苏睿哂然一笑，没同意也没反对。

肯尼亚地处赤道的高地，极端的降雨让东非大裂谷的中南部成为一望无际的开阔草原，也成为野生动物的家园。

出了城区，无边无际的草原像一块巨大的地毯，迎面展开。大象、羚羊、猴子等一些叫得上名叫不上名的动物开始出现，像谁突然打开了巨无霸的立体电视机，调到了《动物世界》栏目。先是一群狒狒撒欢而过，接着是几只丑陋的疣猪，同框出镜的还有臀部肥白的水鹿，以及黑白花色的猴子……盛雪感觉两只眼睛都不够用了，不时停下来，拿手机和相机拍摄。

“哇，这里简直就是一张狂野非洲的名片啊……”盛雪认为远距离拍照不过瘾，手伸向了门把手。

“不准下车！这里不光有长颈鹿，还有猎豹和狮子。”见盛雪激动成那个样子，苏睿只好给她降温。

“好吧，听苏正确的。”盛雪一脸调皮，仿佛回到旧时光。

当年一个街上住着时，由于苏睿常以“绝对正确”的姿态自居，盛雪干脆称她为“苏正确”。但彼时的盛雪好像没这么听话。苏睿不由暗笑时光是块磨刀石，磨去了彼此的青涩和棱角，使得一切圆润起来。

“呀，不早了，不玩了，冲啊！”盛雪看了下时间，快速向前驶去。

“还要去哪？”苏睿惊讶地问。

“卖了你——”她巫婆般嘎嘎大笑。

接下来的旅程两人谈天说地，有说有笑，多年前的不愉快，都抛到了九霄云外。不过，她们谁也没提高英树，仿佛他成了她们的伤疤，不提就不会痛。

盛雪按少雷发的定位到达目的地，发现那里竟然是一座动物救助站。正诧异的时候，少雷满头大汗地跑了过来。

“什么时候改做兽医了？”盛雪打趣。

“呵呵，别小看兽医，我刚给一只断嘴的黄嘴鹳做了人工喙的安装手术。”

“嘴是怎么断的？”苏睿不由好奇地问。

“和情敌打架弄断的，不过，安装了人工喙，今后它就可以打遍群鹳无敌手了。”少雷眉飞色舞。

“切，荷尔蒙爆棚！”盛雪嗤之以鼻，不知道是说鹳还是少雷。

“爷们嘛，就该这样……下次再看到高英树，我一定会打断他的下巴，然后亲手给他装个 3D 打印的。”少雷没心没肺地突然扯出了高英树。

盛雪和苏睿脸上的笑容给抹掉了，不再说话。原来热热闹闹的车里突然冷清下来。

少雷看看这个，望望那个，后知后觉地发现误踩雷区了，暗骂自己是个聊天杀手。

中国政府在这里全资援建了一所医院，少雷所在的医疗队是两个月前来的，负责对本地医生进行培训。至于这个动物救助站，是临时搭建的，纯属公益性质。

随队的中国厨师是河南人，午饭时盛雪和苏睿吃到了地道的河南烩面，少雷把上面的牛肉全部夹到了苏睿碗里。“看你瘦的，那腰，还没我猪妹妹的大腿粗，多吃点儿肉。”

“再次见识了什么叫重色轻妹！”盛雪气嘟嘟地瞪着他。

他毫不客气地瞪了回去，筷子越界，侵入盛雪碗里，将她的牛肉也掳掠一空放进苏睿碗里。

“信不信我拿碗直接浇你头上——”盛雪咬牙切齿。

“信，但心甘情愿，无怨无悔。”说着他开心地大口开吃，还不忘含混不清地叮嘱苏睿，“快吃，小心我家猪妹妹再给你抢回去。”

苏睿很配合地夹起牛肉送进嘴里，头却低得不能再低，因为眼里满是泪水。她从小就羡慕盛雪和少雷，两个人看上去恨不得咬对方一口，心里装的却满满是爱。而少雷土匪般给她抢肉的样子，让她看清自己在他心中……很重要。

看来爱和不爱，真的不一样。若是高英树，别说肉了，自己吃不吃饭他都不会注意到。

少雷的电话突然响了，他接听后，嬉皮笑脸迅速退场："来个急诊，需要马上手术。你们慢慢吃，不够尽管要，记在我账上。"说完起身就走。

"你都没吃两口呢，饿着肚子怎么干活啊?"盛雪担心地说。

"吃饱了再过去，病人就危险了。"少雷头也不回地答，脚步越发地快。

苏睿怔怔地望着他的背影。以往少雷给她的印象总是漫不经心，嘻嘻哈哈，原来他还有这么认真的一面。

2

为布置展会，从小果带着公司两名员工随后也赶到了。三天后，肯尼亚中国贸易周在内罗毕肯雅塔国际展览中心拉开帷幕。

肯尼亚是非洲东大门，是我国"一带一路"倡议在非洲的重要支点。本届展会是为中国企业走进肯尼亚市场打造的高质量合作平台，涉及了建筑建材、汽配、家居纺织、电子通信、农业机械、卫材等众多行业，超过五百余家中国外贸企业参展，“盛雪外贸”就是其中之一。

十点钟，由玛瑞加部长主持的开幕仪式正式启动，出席的中、肯双方领导分别讲话，之后是企业家代表发言。玛瑞加部长突然宣布：“下面，有请来自中国福建的盛雪女士……”

这个情节原剧本中没有，属于玛瑞加部长的即兴发挥。盛雪却毫不怯场，从容淡定地上了台。

“各位尊敬的来宾、朋友们，大家好。中国自启动‘一带一路’倡议以来，将中国同中亚、中东、非洲链接起来，开辟了中非海上丝绸之路的新天地，构建了跨地域合作的全新模式。长期以来，中国卫材行业一直致力于服务非洲市场……我相信，本届肯尼亚中国贸易周会打开中肯更大的外贸合作大门，为两国的经济繁荣做出更大的贡献……”

盛雪讲完，下面掌声雷动。从小果拍得手都红了。玛瑞加部长和基普桑分别冲她竖起了大拇指。

随即，盛雪同基普桑现场签约。

“合作愉快，亲爱的盛。”基普桑开心地咧着大嘴，冲盛雪伸出了手。

“合作愉快，基普桑。”盛雪纤细的手和他熊掌般的大手紧紧地握在了一起。

可能由于过于开心，基普桑轻轻拥抱了盛雪。她一脸灿烂，轻轻拍了下他的背。

高英树在人群里望着这一幕，心里五味杂陈。他既为盛雪感到骄傲，又暗生闷气。她在那个老非怀里为什么笑得那么灿烂？嫉妒如强酸，腐蚀着他的五脏六腑。

这次会展是由中国国际商贸协会组织的，“高氏皮革”也报名参加了。高英树回到大马，安排好刺桐那批“素食皮”的生产后，就飞来了肯尼亚，没想到会在这里遇到盛雪。

连着三天展会下来，盛雪差点儿累到死机。因为还要全程跟进生产线的装配，展会结束后，她让丛小果等人先回去，自己留了下来。

盛雪约了苏睿和少雷一起吃饭，少雷答应了，又说有个手术，可能会晚点儿过来。盛雪先去了餐厅，大约十分钟后，苏睿姗姗而来。精致的妆容和得体的衣着，可以看出她精心打扮了。盛雪不由暗笑，看来少雷的功夫真的没白下。

“在电视上看到你在展会上的讲话了，很棒！”苏睿由衷地说。

“第一次被苏公主表扬，受宠若惊。”盛雪表情夸张，“少雷临时有个手术，晚到一会儿。苏公主安心等待，我敢保证，只要你在，就算天上下刀子他也会赶来的。”

“这么努力把我推给别人？哼，如果我不答应放掉高英树呢，毕竟他欠我的。”

禁忌般的话题突然被苏睿轻轻松松地抛了出来，盛雪一时不知该如何回答。

五年里，高英树一直和苏睿保持着联系，多次劝她回去，甚至提出，若她愿意嫁，他就愿意娶。当梦寐以求变成唾手可得时，苏睿却突然彻悟了，婚姻不等于感恩，既然他爱的不是自己，不如成全他和他爱的那个人。

苏睿知道高英树也来肯尼亚了，可盛雪和高英树之间，还有一层冰没有融化。今天借这个机会，她要好人做到底。

展会结束后，高英树联系了苏睿，她约他来此一聚。他刚走进来，便看到了盛雪，猛的一愣，犹豫了一下，还是没有勇气过去，另找位置坐了下来。

盛雪也看到了高英树。她在展会上就已经看到他了，为避免再次撞得“鼻青脸肿”，她朝泰山借来了意志，才压住自己没向他冲过去。

盛雪嫣然一笑，冲旁边一位金发碧眼的帅哥招了招手：“嗨，汤姆森……”在这里看到小汤姆森纯属巧合，她本想等会儿再过去打招呼，但高英树出现后，她突然觉得应该给冷暴者一点颜色。

小汤姆森扭头看到了盛雪，激动地跑了过来。

“哦，天哪，盛，怎么会在这里遇到你，太开心了。”他张开健壮的双臂，热情地抱住了她。

盛雪却推开他，将手放在胸口，一脸严肃地在测量着什么。

“盛，你信仰了什么新的宗教了吗?”小汤姆森不解地看着她。

足足一分钟后，她才笑道：“每分钟心跳一百，说明我见到你仍然会怦然心动的，很好。”

小汤姆森明白被她戏弄了，配合她继续玩：“盛，前年法国参展时我们可约定好了，两年内，我未娶，你未嫁，就凑成一对儿……”

他的两根大拇指整齐站列，指尖相对频频点动，提醒她曾经的戏言。

这几年，盛雪和汤姆森合作得非常愉快，她本人也得到了整个汤姆森家族的认可，可两位当事人却不怎么认真对待。小汤姆森觉得还没玩够，盛雪心中则另有所爱。

盛雪调皮地挑挑眉，貌似开心地说：“两年时间马上到了哦。”

苏睿不无担心地看了一眼高英树，发现他的拳头握得紧紧的，恨不得冲过来痛扁小汤姆森。

高英树的表情让盛雪心情愉悦，正要进一步刺激他的时候，巨大的爆炸声突然传来。外面草坪上的三辆汽车被炸得飞到空中，又重重地摔到了地上，再次发生了剧烈的爆炸。玻璃天女散花般四处飞溅，整幢楼都跟着晃了起来。

紧接着，有五名身穿深色服装的武装人员，端着冲锋枪一路扫射朝这里冲来。人们惊恐万分，尖叫连连，四处奔逃。盛雪和苏睿被点穴般呆在那里，腿脚软的根本无法动弹。

“盛，快趴下……”小汤姆森刚喊了一声，便被一颗飞来的子弹击中了，倒在了血泊中。

汩汩涌冒的鲜血让盛雪清醒过来。“汤姆森——”她凄厉地喊着，想去扶他，可武装分子已经冲进了餐厅。随着一阵枪响，屋顶的灯盏，桌子上的餐盘碗杯，碎成了一地齑粉。

苏睿在肯尼亚生活了五年也没见过这阵势，完全蒙了，尖叫着捂住了耳朵。盛雪连忙摁着她的头，将她塞进了桌子下面。在长长的白色幔布的遮挡下，那里暂时是安全的。

“待着别动——”盛雪低声说，然后又朝痛苦挣扎的小汤姆森爬过去，想将他拖过来。武装分子的枪却赶在她之前抵住了他的头，冷血地又补了一枪，小汤姆森顿时鲜血淋漓地瘫了下去。

随即，那支杀了小汤姆森的冰冷枪口又对准了盛雪。她浑身颤抖着抱紧了头，脸上糊满了黏糊糊的液体，分不清是血还是泪。

武装分子熊爪似的手指正要扣动扳机时，一个身影突然飞起，将他推倒在地。

“小雪，快跑——”高英树拉着盛雪就跑，疯狂的子弹在后面紧追不舍。眼看一枚子弹就要咬着盛雪了，高英树猛地将她往怀里带了一下，子弹击中了他的身体，血从腹部流了出来。

3

高英树踉跄两步向前栽去，盛雪惊恐万分地扶住了他。

“小雪，放开我，快跑……”他半躺在地上，虚弱地说。

她的头摇得像个拨浪鼓，双手叠加在一起使劲捂着他的伤口。子弹还在耳边呼啸，高英树急了，用尽力气吼：“走啊你——”

盛雪依旧摁着他的伤口，大颗的眼泪往外涌。又是一阵枪声，她猛地将高英树抱进了怀里，像他保护她那样保护他。如果这就是他们的归宿的话，她等着命运最终的裁决。

就在这时，手持枪支的少雷突然出现，他一边对着武装分子开枪，一边退到盛雪身边，架起了高英树，并用英语对大家喊："快跟着我朝后面撤。"

随即，少雷扛着高英树，带领盛雪和几名客人向后方撤去，退入了储藏室内。

"小雪，苏睿呢？"

"桌子下面。"

"你们先待在这里别动，我出去找她……别怕，防暴警察马上就到了。"少雷放下高英树，关上门走了。

大家手忙脚乱地搬过货架等东西顶住门。

高英树的血还在汩汩地往外冒。盛雪颤抖着手撕下裙角，边给他包扎边吼："傻啊你，那么危险你跑过去干什么？"

他笑笑，想为她整理一下凌乱的头发，力气却仿佛被抽干了，手怎么也抬不起来。

外面，随着直升机的盘旋，肯尼亚的防暴警察已然到达。大喇叭里高喊着要武装分子放下武器投降，可仍有激战声传来。储藏室内的十来个逃生者如惊弓之鸟般瑟缩在那里。

给高英树包扎好后，盛雪拿出手机，压低声音联系了大使馆。大使馆的工作人员让他们先保护好自己，说马上赶到。挂断电话后，盛雪发现高英树的眼神有些迷离，觉得情况有些不好。

"嘉宁哥你坚持住，大使馆的人马上就来救我们了。"盛雪将他抱进了怀里。

"小雪，我爱你，我爱你。"高英树意识模糊地低喃着。

盛雪被枪抵住的那一刻，他觉得自己裸露在外的心脏被人拿着巨大的铁钳给夹住了，疼得说不出话来。他不敢想象失去她的滋味，只能冲过去，用自己的命换取她的。倘若上帝嫉妒，那就拿自己的命陪着她一起上天堂或下地狱好了。

外面又是一阵枪声大作。屋内气氛凝滞，所有的人都在等待命运的审判，可这个过程就像被一柄钝斧在砍，漫长得令人无法忍受。

一枚子弹穿门而入，射在了柜子上。大家丧失了惊叫的权利，捂着嘴巴将恐惧咽进肚子，十来个人就像被关在地窖里的麻雀，四处惊起，撞得满头是包，却找不到出口。

高英树的血湿透了盛雪的裙子。她紧紧地抱着他，不住拍打他的脸："嘉宁哥，你坚持住，没事的，你肯定会没事的……"

地上倒着两个遇难者的遗体，旁边还有一枚未引爆的手雷。熊熊燃烧的火苗，发出刺鼻的难闻气味……现场乱作一团，少雷根本不知道苏睿藏在哪个桌子下面。他手持着枪，引导一波逃生者冲出去后，取出手机试图联系苏睿，却发现了她发来的一条信息——千万别来，都喜发生恐怖袭击了，到处都是枪声……他的眼眶一热，回信息给她：苏睿，报下位置，我进来了……

苏睿收到信息后，撩开桌布隔窗看到了少雷，手从破碎的窗口伸出去朝他挥舞。少雷猫腰跑到窗前，将手伸向她。

苏睿抓住那只有力的大手，从窗内跳到了窗外。双脚着地的瞬间，她一头扎进少雷的怀里，哽咽起来。

“我以为再也见不着你了……”

“没事了，没事了！”少雷紧紧地抱着她安抚。

储藏室内，血不断从高英树的伤口往外涌，他完全昏迷了过去。

“嘉宁哥，你醒醒，不能睡啊……”盛雪明显感觉到他的身子越来越软，拼命拍打着他的脸，“我说喜欢林浩楠是骗你的，我只喜欢你一个人，不，我爱你！你醒醒啊，我们出去就结婚，我再也不骗你了……”盛雪怕他变成第二个小汤姆森，小声哭了起来。

就在盛雪绝望的时候，少雷和几名警察赶到了。他们七手八脚地抬起高英树，放在了少雷的肩上。

一行人在警察的保护下，朝外撤退。

历时两个小时的惊恐后，盛雪、苏睿、少雷和昏迷不醒的高英树等人总算劫后余生，逃出了恐怖地带。当他们在酒店门外看到中国驻肯尼亚大使馆的防弹车后，不由热泪盈眶。事后他们得知，里面被困的有多个国家的公民，最先到达的却是中国大使馆。

在大使馆的协调下，失血过多的高英树被紧急送往内罗毕市区的一家医院救治。他的胃被子弹击穿了，需要马上手术。

“老哥，拜托你救救他，拜托了。”盛雪泪流满面地抓着少雷的胳膊，掐得他生疼。

“嗯，就算你不拜托，我也会好好收拾这小子。我妹妹每掉一滴泪，他都得多疼一分钟!”少雷狠巴巴地说。他已经看过了高英树的伤，看着挺重的，输血、缝合后应该并无大碍。

“附议。”苏睿说。她刚从恐惧中稍缓过气来，就加入了“陷害”高英树的行列。这些年的辜负，让他受点惩罚也是该的。

高英树的手术由少雷亲自主刀，可谓教课书级的完美，因此半个月就康复出院了。养伤期间，他和盛雪就像连体娃娃般整天黏在一起，仿佛要把这几年的分离全部找补回来。经历了这场生死考验，之前横亘在他们中间的所有沟壑自动消弭了，并形成巨大的磁场，就算摧枯拉朽的破坏力也很难把他们分开。

回国的前夕，盛雪在高英树的陪伴下，再次来到都喜酒店。穿过凌乱的瓦砾，她将一束菊花放在餐厅门外，深深地鞠了一躬，含泪说：“亲爱的汤姆森，愿天堂里没有杀戮，愿来生我们还做好伙伴。”

袭击的当天，索马里“青年党”宣布制造了那起恐怖事件。曾经躲过“9・11”的小汤姆森，却永远地留在了这片土地上。彼时他还是个十多岁的少年，“9・11”当天他约了女孩子，准备旷课爬世贸大楼，看笨头笨脑的小鸟撞击玻璃，不料被老妈发现了，揪着耳朵送去了学校。

高英树怕母亲和姐姐担心，告诉她们自己在肯尼亚突发阑尾炎做了个手术。高英华只好挑起了公司的所有事务。经过一段时间的忙碌，刺桐那笔“素食皮”的订单已接近尾声。这是打入国内市场的一个好机会，容不得半点儿差错。高英华一个劲儿地催促高英树快点儿回去，想让他把好最后一道关。高英树没办法再拖了。

基普桑的两条生产线的安装调试早已完成，盛雪留下来陪伴高英树纯属假公济私。从小果为此打来无数个抗议电话，说她再不回去，自己就休长假，让公司自行运转。盛雪只好答应回国。

分别在即，高英树和盛雪不得不强制关闭强大的爱情磁场，暂时放开对方。

4

盛雪本来都要走进安检口了，又突然回头变成小老太太，唠叨个没完：“回去后好好吃饭，好好睡觉，不许想我……”

“嗯，不想。”高英树简短地答。他一身黑衣，鹤立鸡群地张望，超帅。她多看一眼，就多一分舍不得。

她的眼睛突然就眯成了一条线，那是猫科动物发怒前的前兆：“呵呵，挺实诚啊……”说着她的手呈钳状，将他俊帅的雕塑脸横拉成了一块橡皮泥。

他像一汪春水被石子击中，朝她荡开几圈笑纹：“不想是上半场，下半场是……不会想到哭。”

生命从痛苦的考场走出来，就脱离了旧的蝉蜕，焕发出新的容颜。他们的爱情，突然就升至一个新的起点。

不远处，手牵手前来送别的少雷和苏睿看得直撇嘴。“这甜得让人有点儿想吐。不行，我得过去当法海……”少雷雄赳赳气昂昂地走了过去，硬生生扯开盛雪和高英树，将他们推向各自的安检通道。“再腻味下去航班都要误啦！”

“老哥，你也保重……”盛雪推着行李，一步三回头地走了。

高英树回到马来西亚，对刺桐那笔订单严格把关，确保万无一失后才出货。他隐隐感到，这笔订单可能和盛雪有关系。若暗中的助力真的来自她，他也坦然接受，自尊不是推远爱情的借口。

高氏“素食皮”抵达刺桐后，鞋厂老总林大健第一时间就安排上了生产线。几个款式林浩楠和帕斯卡都很喜欢，简约的造型、良好的舒适感，以及和真鳄鱼皮一模一样的质感，一上市就受到了追捧。林浩楠和帕斯卡决定追加订单，在原有的基础上再增加二十来款品种，作为“楠卡”下一季度的主打鞋。

根据订单量，林大健电告高英树，他们可能会追增一千万元的订单，要他做好准备。一千万元是个充满诱惑的大单，高英树和高英华姐弟欣喜的同时，又感觉压力山大。高氏“素食皮”为纯手工制作，就算开足马力生产，也很难如期交工。高英树决定回国拜访林大健，当面商谈工期，找个更好的解决方法。

第二天下午，高英树到达刺桐，给盛雪发了条微信，然后直奔“康健鞋业”。

“你们最快什么时候交货？”林大健问。这是“楠卡”鞋业下一季度的主打产品，他是丝毫不敢马虎的。

“最快也要四个月。”

“工期太长了，最多给你们两个月，不然会影响到客户下个季度的市场计划。”

“林总，能否让我见见你们的客户，我想当面和他们好好沟通一下。”高英树知道这样是越界的，但为了高氏的复兴大计，他只能硬着头皮一搏了。

林大健把会面地点定在一家日料店。高英树和林大健刚进去，盛雪的电话便追踪而来：“刚到刺桐，不来见我，先去吃饭，是不是有比我漂亮的美女?”

高英树故意一本正经：“我已开启自动屏蔽功能，比你漂亮的一律看不到。”

“嗯，那个穿蓝裙子的美女呢?”

“哪个?”高英树四处打量，果然看到临窗坐了位一袭蓝色长裙的女子，正笑吟吟地望着他。她的对面是林浩楠。

“小雪?”高英树终于确认，帮他的就是林浩楠和盛雪，心里一时感慨万千。

四人就座，边聊边小酌。

高英树的心思像飘忽不定的油灯，眼睛在林浩楠和林大健身上来回瞄着：“如果我不能按时交货，你们是不是就要取消订单?”

“这会影响到我们整个季度，甚至整年的市场铺排计划……”林浩楠面有难色。

“能理解。可目前我们的生产能力就这么大……但还是非常感谢你们。”高英树心头的油灯，被冷风吹得几欲熄灭。

“嘉宁哥，国内市场潜力很大，你有没有想过，让‘素食皮’脱离纯手工模式，用机械制造替代人力?”这个想法，盛雪早就有了。

“我考虑过用机械替代人工，可是几次试验都失败了。”高英树有些垂头丧气。

林浩楠开口了：“就算你试验成功了，在马来西亚生产，再进入中国市场，关税加上运费，成本也会增加很多。为求利益最大化，建议你在国内建厂。”

聪明如高英树，从盛雪和林浩楠的话风中已然听出端倪。“小雪，林总，如果你们有更好的想法，请直言。”

林浩楠和盛雪对视一眼，将市政府招商引资会议的大体精神讲给了高英树，说他们有意做媒介，将高氏“素食皮”的产业链引进刺桐。

从非洲回来之后，盛雪就在考虑高氏的出路。除了林浩楠，她还通过周琳联系了几家箱包厂，的确有不少客户对“素食皮”感兴趣，但因为工厂在马来西亚，成本太高，这些工厂都望而却步。为此盛雪拜访了皮革专家王教授，谈好由他的团队来完成技术革新，利用机械制造替代人工。

高英树叹了口气：“这个想法挺好，可你们知道的，目前我们拿不出更多的资金在国内投资建厂……”

林浩楠微微一笑：“早帮你想好了。有两个方案，第一，高氏皮革只需用‘素食皮’的配方技术入股，占百分之四十的股份，所需资金由盛雪外贸、楠卡鞋业以及马来西亚的苏氏集团投入，按出资比例，盛雪外贸占百分之二十的股份，楠卡鞋业和苏氏各占百分之十五；第二，高氏百分之百持股，由我们三方提供融资，按市场融资成本付息。你自己选择。”

还没等高英树回答，吴菲菲不知从哪里冒了出来，一身得体的职业套装将她衬托得十分干练。她将手搭在林浩楠肩上：“作为楠卡中国子公司的总经理，我怎么都不知道要给高氏投资呢？浩楠，你这个总公司老总的手，伸的有点长啊……”

儿子送进学校后，吴菲菲就闹着要上班。当初的启动资金是吴家出的，林浩楠和帕斯卡商量后，给她安了个分公司总经理的职位。她倒挺努力的，也还算胜任。今天吴菲菲和朋友来这里吃饭，林浩楠陪着盛雪进来时，她就看到他们了。

从刚果金回国六七年了，吴菲菲还是第一次见到盛雪。这些年间，她曾从新闻（绯闻）中屡次看到过她，不止一次要林浩楠约盛雪聚聚，他都以种种借口推掉了。林浩楠体贴地为盛雪挂外衣、拉椅子、拿饮品水果等举止，让吴菲菲觉得那么陌生。这些他从来没有为自己做过。而且，他看盛雪的眼神都是发光的……她的心上突然就降了一层霜。

这顿饭吴菲菲吃的没滋没味，和朋友说过去打招呼，却端着酒杯站在一旁，将林浩楠等人的对话听了个一清二楚。当他提及向高氏投资时，她终于找到了开火的由头。

“各位，这是楠卡中国子公司的总经理吴菲菲，也是我……老婆大人。”林浩楠连忙起身将吴菲菲介绍给大家，然后又把大家一一介绍给她。

“这是‘盛雪外贸’的盛总。”介绍到盛雪时，他脖子上的青筋突然猛跳了两下。

5

“盛雪表妹好。我们回国都六七年了，浩楠也不安排一起聚聚。上次见面还是在刚果金呢。”吴菲菲俏笑着偎向林浩楠。如果有绳子的话，她会把两个人绑到一起宣示主权。

“表嫂好。几年不见，还是那么漂亮。”盛雪大大方方地起身打招呼。她已从吴菲菲的话中，捕捉到了林浩楠给自己的定位。

吴菲菲举杯向大家一一敬酒，说着一些生意场上的客套话，眼睛像敌情扫雷仪，在林浩楠和盛雪身上扫来扫去。

“好了，酒也敬过了，回你桌子上吧。”林浩楠轻声说。

“这么急着赶我啊，都说了，我才是楠卡分公司的总经理，给其他企业投资也好，融资也罢，我既有知情权，也有决定权。”吴菲菲声音虽轻，话却是印刷体中的大黑加重。

“嫂子坐下来说吧。”盛雪起身拉了张椅子给她。

气氛一时像注入了果胶，有点凝滞。

每个饭局都是有使命的，林大健组这个局的使命必须完成，他扇动着和善的大鼻孔开了口：“林总，以目前高总那边的生产能力，那一百万双鞋的‘素食皮’，怕是在两个月内无法交货，下一步我们该怎么安排？”

“刚才浩楠不是都说了嘛，那会影响我们的市场铺排，所以，更改原计划，安排别的材料上线。”不等林浩楠答复，吴菲菲就接过了话。

高英树像听到死刑判决的囚徒，沮丧地端起杯子默然喝酒，盛雪握着他另一只手安慰。林浩楠盯着盛雪的脸，目露担心。吴菲菲剜着林浩楠，差点把杯子捏碎……无意间他们形成一条关注链，在乎着自己愿意在乎的人。

“林总，您的意思呢？‘素食皮’的鞋子市场反馈很好，一棍子打死也不太好……”林大健开始将稀泥往好的方向推。

林浩楠想了下说：“‘素食皮’的鞋子市场反响的确很好。这样吧，高总，你回头提供一份产量报告，看两个月内能生产出来多少，我们以这份报告为基准安排生产，其他的根据市场需求另行安排别的材质。”然后他看向了吴菲菲，“吴总，这个计划我会和帕斯卡董事长汇报的。”

高英树脸上的阴云顿时一扫而空，盛雪握着他的手松开了，林浩楠眼底的忧虑随之消失。

吴菲菲的脸突然成了酱色，她黯然将杯中的酒一饮而尽，转身走了。

因为吴菲菲的出现，这顿饭的后半段吃得有点儿沉闷。

回到家里，吴菲菲跟林浩楠挑明：“高氏若来刺桐建厂，我不同意给他们投资！”酒精使得她的眼神亮晶晶的，有两簇红色的火苗在跳动。

“这是总公司的决定，你同意不同意都没关系。”林浩楠的声音笃定有力，“‘素食皮’前景广阔，不管投资还是融资，都是正确的决策。”

“呵呵，别以为我看不出来，你的目的不是赚钱，而是为了盛雪。你是想让盛雪开心才这么做的！”

“无稽之谈！”林浩楠有点儿恼火，不再搭理吴菲菲，径直去卫生间洗漱。

两人一起生活七年了，从来都是相敬如宾，堪称模范夫妻。吴菲菲偶尔会感觉缺少点儿什么，现在她明白了，就是缺少这种生气吵架的烟火味。可是，今天的这股烟火味却不是因为自己，而是为了盛雪！

吴菲菲紧跟着林浩楠走了进去，夺走了他手上的牙刷：“你要是敢投资，我就带着儿子回非洲！”

他突然恢复成理智的林浩楠，拿起她的手，取下牙刷，将她推向另一个卫生间，温和地说：“好了，别说醉话了，洗洗睡吧。”

从饭店出来后，高英树仍一副绅士风范，言语温婉地和大家挥手告别，拿手护着盛雪的头，扶着微醺的她上车……一切都行云流水，自然妥帖，活脱脱暖男的升级版本。

车无声滑向夜的深渊。盛雪用熠熠生辉的眼睛，在黑暗中试探性地浅啄着高英树。他目不斜视地望着前方，正经的像之乎者也的夫子，手却像把大钳子，紧紧地钳住了她的纤手。她感觉他的掌心是露水漫过的草地。这种无声的湿，引得两汪心湖涨了潮。

一路上他们默默无语，只是拿手掌和眼神相互厮杀。

下车，进入房间，他宽厚的大手就成了强劲的秋风，在她身上试着威力，从裙子到柔软的贴身衣物，不到一分钟便一扫而光。

她变成细嫩的茭白，他的长臂如两根粗壮的筷子，夹起她扔进了床里，惩罚性地用唇舌和身子对她进行专政和镇压。

“痛……”她轻呼，感受到了他莫明的怒气。

他突然松开了，居高临下，似笑非笑地望着她，像一个布好陷阱的猎人。

她身上一轻，失重感伴随着失落袭来，措手不及的委屈油然而升。

“要吗？”他俯下头对着她耳朵呵气，弄得她痒痒的。

“嗯。”她诚实地回答。

他从她柔软的嘴，吻到粉白的颈……当看到她锁骨间吊挂的戒指时，怔住了，眼睛随即湿润——那正是他五年前准备向她求婚时所买。他的动作突然轻柔下来，连戒指带她白皙的锁骨一起轻轻地咬住，辗转地吮吸着，蜿蜒前行，直至梦想之国的腹地，在她的城池中激情地烧杀掳掠。

她微闭上眼睛，迎接着，吞纳着，直到精疲力竭，举起白旗。

当两颗心脏从战鼓雷动回落平静后，高英树爱怜地抱住盛雪，把玩着她胸前的钻戒，感慨万千。她五年的炙热思念，在上面留下了情深义重的包浆。

“小雪，为什么还住在这里？”高英树打量着房间内的布置，和五年前一模一样……甚至衣架上，还挂着他穿过的睡衣。以盛雪目前的身家，另置高档住宅是轻而易举的事。

“不舍得，哎……”她小猫般往他怀里蹭了蹭，叹息声逗号般隐入夜色里，“这里有某人的气息。怀念那天他亲自下厨烧的菜，亲手为我沏的茶……连他当时塞水果进我手里的感觉，都一直保存着。有时坐在餐桌前发呆，都会觉得手心里满满的，仿佛那颗橙子还在……他穿过的那件睡衣，都一直没舍得洗，实在想他的夜晚，就拿过来，抱着闻闻。”

他眼睛再次湿润，抱紧她，恨不得镶她入胸怀。

“还生气吗?”她轻声问。

“再也不会了。”高英树摇摇头，暗赞盛雪冰雪聪明，已看出来他刚才在生气。因为她没打招呼就擅自作主，联手林浩楠，为高氏回大陆建厂做了周全的计划。她胸前的戒指，他五年前穿过的睡衣，以及这间留着他们回忆的小房子……已将她的爱赤裸裸地献祭在他面前，使他的心中充满了感动。

“对了，你是怎么说服苏睿那犟丫头的?”高英树好奇地问。苏家答应参与高氏回大陆建厂之事，盛雪肯定是从苏睿这里辟的蹊径。可这五年间，他不遗余力劝说，她都不愿意回大马……

“哈哈，爱情的力量。”盛雪笑道。

苏家大伯年纪越来越大，他的两个外甥并非帅才，因此急需要苏睿回去掌舵，却拉不下面子。而苏睿因帮高家“背叛”了苏家，感觉无颜回去。为替高、苏两家解开心结，盛雪要少雷劝苏睿同大伯和解，并希望她代表苏家参与高氏来华建厂的项目。少雷援非期满，即将回国，苏睿不想和少雷长期分离，便主动联系了大伯，表示愿意回家，同时将给高氏投资回刺桐建厂一事说了出来。大伯欣然同意了。

第十五章　海丝海风几千年

1

“得妻若你，夫复何求？”高英树感叹。

“鲜花呢，求婚仪式呢？钻石矿彩礼呢？别急着给我打上‘高盛氏’的烙印。”盛雪内心的快乐都冲至云霄了，却故意绷着脸驳斥，随即又冷静下来，“我有些担心浩楠那里，怕吴菲菲不答应……”

“没事，我回去后和姐姐商量，尽量自己筹措一部分资金，来弥补楠卡的缺失。”高英树安慰。他心中已有了想法，若得以实施，就算楠卡不参与，高氏回刺桐建厂的资金也可以解决。

为了让大家的努力尽早落地开花，高英树和“康健鞋业”签过合同后，便果断地从温柔乡里拔足，回马来西亚安排人手加班生产。一连十多天，高英树都是在忙碌中度过的。待生产走上正轨，他便登门拜访苏家大伯和刚回家的苏睿。

“大伯，我有个计划想征求一下您的意见，如果您觉得不合适，就到此为止，如果觉得合适，我们再往下进行……”

这些年高氏虽然困难重重，高英树还是陆陆续续将那四千万元的借款还上了，苏家大伯深知其中的艰难，对高英树也更为欣赏。因此，他对高英树的下一步计划很感兴趣。

“等完成了眼前的一笔大单，我想将工厂关停，交给苏家开发，所得的租金，用于投资大陆的新厂，您看如何?”

大伯看了看苏睿，苏睿对高英树说：“其实这也是我和大伯的想法，你们高家工厂是块黄金宝地，不做房产开发，实在可惜。”

“这么说，你们同意了?”高英树目露惊喜，原以为很难的事，没想到一拍即合。

“同意了!”大伯拍板，“英树啊，回国投资一直是我们这些漂泊在外的游子的心愿，谢谢你替我们完成了。虽然我们苏、高两家无缘联姻，但你们年轻人能并肩奋斗，我也很满足了。”

虽然高英树筹齐了回国建厂的投资款，林浩楠却因吴菲菲反对向高氏投资而心存愧疚，为了弥补，他跑前跑后，帮着办理高氏落户刺桐的各种手续。

盛雪在工业园区看上了一个不错的地段，想作为高氏将来的厂房，请林浩楠过来帮忙把关。就在这时，帕斯卡突然打来了电话。

“林，吉姆带着我们的大客户离开了，这事你知道吗?”帕斯卡的声音有气无力。

“怎么回事?”林浩楠有些吃惊。吉姆是“楠卡”非洲总部的员工，自公司成立就跟着帕斯卡，掌握着大量的客户资料。

“他应该是蓄谋已久。吉姆通过中国的贸易公司，悄悄从我们的货源工厂拿货，我发现后处罚了他，谁知道他干脆带着我们的大客户跑路了。”

“通过中国的贸易公司……难道是林大健?”当初和“康

健”合作时，他们的工厂规模并不大，在“楠卡”强有力的营销和非洲市场的推动下，才有了后来的发展。林浩楠觉得和“康健”是在共同成长中结下的情谊，不应该如此脆弱。

“我们在非洲的销售受到了很大影响，预计下个季度的计划都要做调整。”

“这是什么时候的事，怎么才跟我说？”林浩楠有点儿上头。

“和吴菲菲说了呀，她不是你老婆吗？”

林浩楠明白了，吴菲菲正和他闹别扭，肯定是想自己解决，才捂着没说。

挂断电话后，林浩楠神情黯然地和盛雪说：“小雪，对不起，我得去一趟工厂。”

盛雪在旁边将事情听了个一清二楚。外贸最怕的就是员工反水，带走客户。

“快去吧浩楠，需要帮忙的话，随时联系。”

“嗯。”他点点头，转身走了。

林浩楠赶到“康健鞋业”的时候，吴菲菲已经在那里了。

“林总，你们怎么能把鞋子通过别的外贸公司卖到非洲呢？那儿的市场可是我们做起来的。”吴菲菲的眼睛在林大健的大鼻子上刮来蹭去，恨不得拎上扫把给他来几下。

“吴总，这事纯属误会啊……他们来拿货的时候，说是销往澳洲的，我哪知道他们卖到非洲了啊？”林大健积满经验的脸上写着抱歉，眼神却是满不在乎。

林大健在为“楠卡”做贴牌的同时，部分产品贴了自家的标牌销往其他国家。林浩楠碍于合作关系，才睁只眼闭只眼的。不料，后来他变本加厉，吉姆通过别家外贸公司牵线，把贴着“康健”标牌的货卖到了非洲。因为款式质量和“楠卡”完全相同，抢了“楠卡”不少市场。

“现在你知道了，请马上终止给他们供货。”林浩楠进门，接过了话茬儿。

“突然终止合同是要按约定赔偿的啊……”林大健一脸为难。

他说的倒也是事实。林浩楠沉吟片刻：“这样吧，之前的事情我们也有责任，没有和工厂签订非洲的独家代理权。我们现在把独代签下来，怎么样？”

“林总，吴总，我是这样考虑的，独家代理这事呢，还是由我们的销售和你们一起前往非洲做个市场调研再做决定，怎么样？”他的两个大鼻孔像个小型鼓风机组，不住地往外派送浓烈的金钱味儿。

靠“楠卡”打出江湖地位后，林大健的尾巴自然就翘了起来。

吴菲菲和林浩楠面面相觑。果然忠厚和外貌无关，一脸老实相的林大健，却是心机深厚的腹黑族。无奈中，林浩楠只好答应了。

共同面临的危机有超强的凝聚力，轻易就撤除了横亘在吴菲菲和林浩楠之间的钢板。回到家后，吴菲菲主动帮林浩楠收拾行李。

“下飞机后让帕斯卡或者我哥去接你，一定要当心……”

回想起七年前林浩楠的遭遇，她仍是心悸不已。

“嗯。在家照顾好爸妈和儿子。公司的事情也别太着急，等我回来再做决定。”林浩楠温和地说。

吴菲菲点点头，犹豫了一下，走过去，从身后抱住了他。他转过身，将她拥进怀里。爱情是件奢侈品，不是所有的夫妻都可以幸运地拥有，但亲情却可以。林浩楠清楚地认识到，他对吴菲菲的感情比爱情少了点儿，比亲情又多了很多。

外贸圈说大也大，说小也小。林浩楠前脚刚走，周琳和黄文祥就得到消息，说吉姆带着大客户要来华了。周琳第一时间联系了盛雪。盛雪隐隐感到事情不妙，打电话给吴菲菲不接，她干脆直接找上门。

“嫂子好。”盛雪脆生生地打招呼。

“你来干吗？”吴菲菲一脸的不待见。

“放心好了，肯定不是和你抢林浩楠。”盛雪知道她的心结，干脆动手捅破脓包。

吴菲菲的心思被戳穿，一时有些尴尬：“喜欢的话尽管拿走！儿子当赠品一起打包送你！”说到“儿子”俩字时，她的嘴都是抽搐的，一览无余的心疼相。

2

盛雪不由笑了：“没人和你抢。我来是想告诉你，吉姆带着你们的大客户来刺桐了。”

“什么？”

“浩楠这趟非洲行，还不知道是福是祸呢。如果吉姆抢在他回来之前，怂恿大客户给‘康健’交保证金，然后抢走独家代理权，你们在非洲的市场就要拱手让人了。”

盛雪话语如箭，句句射入吴菲菲的心。她立刻给林大健打电话，通了，却无人接听。吴菲菲气急败坏：“这个林大健，也太可恶了！如果不是我们‘楠卡’，他的工厂还是个做鞋的小作坊！”

“别急。”盛雪把电话打给了丛小果，要她帮着查下林大健在哪里。

十分钟后，丛小果发来了定位。盛雪果断地说：“走，鼎荟食府，林大健今晚在那里请吉姆他们吃饭。”

林大健和吉姆等人刚落座，盛雪和吴菲菲便出现了，气氛一时有些僵。还好，双方都是久经沙场的老将了，不管自在不自在，该有的程序还要有。

“盛总，吴总，快请坐。”林大健张罗着让服务员加餐具。

“林总，我们不是来吃饭的，只是想咨询点儿事，请问您准备把非洲的独代权签给谁呀？”为防吉姆和大客户听得懂普通话，盛雪说的是闽南话。

“这个……不是说了嘛，等林总从非洲市场调研回来再定。”林大健同样用闽南话打着哈哈。

“可我怎么听说，您明天就要把独代权签给吉姆他们了？”

“这个……”林大健一时语塞，“是这样的，吉姆说人家大客户愿意交保证金。”

吴菲菲的眼神像把叉子，不停地戳着林大健的秃脑袋。若是在刚果金，保不准她会从包里掏出把枪来。盛雪连忙握住她的手，示意她少安毋躁："这样吧林总，'楠卡'是你们的老客户了，而吉姆他们初来乍到，为公平起见，您不如举办个竞标会，价高者得，怎么样？"

盛雪的话客观公正，林大健闻言不由点点头，在心里埋怨为他和吉姆签线的外贸公司，自己不出面，让他来堵枪眼。

"那好，竞标会上见。"盛雪起身，拉着吴菲菲起身离去。

暮色中的城市，蒙着一层黛青色的纱。灯光胆怯地爬进车窗，擦亮了盛雪的半边脸。她正聚精会神地开着车。

吴菲菲有些六神无主："竞标有胜算吗？如果他们把价格抬得过高的话，怎么办？"她刚和到达刚果金的林浩楠通了电话，他却要她配合盛雪就好。

"水涨船高，跟着抬。"盛雪语气平淡。

"那样的话，我们还有什么利润？"

"放心。"

吴菲菲当然不可能放心："我们是不是要做些准备啊？"

"不用，回去洗个澡，睡个好觉，明天全力应对就好。"

车来到林家别墅外，盛雪打开了车门。吴菲菲目光锈钝地下了车。

盛雪望着那抹伶仃挪动的背影，摁了下喇叭。吴菲菲回头，不明所以地望过来。盛雪把头伸出车窗喊："进屋多抱抱儿子吧，神兽能打能亲，很好玩……"想起干女儿黄菡软软的小身子，盛雪调皮地冲她眨眨眼，而后掉转车头离去。

吴菲菲怔怔地望着那辆红色牧马人，直到它消失在灯光尽头，蓦然明白林家人为何那么喜欢盛雪了，连自己都不知不觉开始喜欢她了。

“盛雪外贸”的会议室里灯火通明，不但所有部门的负责人都在，黄文祥和周琳也来了。

“情况怎么样?”盛雪问从小果。

“根据‘楠卡’总部反馈的数字，我们计算过了，他们的底线应该是两千万元。”

“小邵，你那边呢?”

“马来西亚那边，我们已经和高氏沟通好了；国内，也已经和星空鞋业谈妥了合作意向。”

盛雪的目光又望向周琳和黄文祥。周琳说：“我们昌和派出了最有实力的商探，得到了确切消息，替林大健和吉姆牵线的是老董。”

“老董?”盛雪的眉头皱了一下。

黄文祥补充：“就是那个曾经卷了货款跑路的老董。他涉嫌诈骗被判了四年，去年出来后重操旧业。吉姆上次来刺桐的时候，他们就勾搭上了。”

盛雪这才明白，今晚林大健招待吉姆的饭局上，为什么没有牵线的外贸公司。

竞标会是在“康健”的会议室举行的。在盛雪和丛小果的陪同下，吴菲菲鼓起勇气走了进去。吉姆和大客户已然在座，一副志在必得的样子。

从小果发现了新情况，低声说："他们戴有耳麦，看来场外有高人指点。"

吴菲菲一下子紧张起来："这可怎么办？我们连个准备都没做。"

盛雪轻轻拍了下她的胳膊："放松，这些谈判场上的小把戏，谁不知道！"

竞标开始，大客户在吉姆的示意下，举起了二百万元的牌子。从小果直接祭出了一千万元。大客户似乎有点儿害怕，但耳麦里传来老董的指示："没事，跟上去。"他随即举起了一千五百万元的牌子。从小果当仁不让地涨到两千万元。

吴菲菲额头的汗冒了出来："这样不行吧，光独代费就这么多……"

盛雪轻声安慰："相信我，没事的。"

这种情况完全出乎大客户的预料，一时不知所措。场外的老董仿佛回到了赌场，两眼放光："跟着。"

大客户犹豫着将价格加到了两千五百万元。盛雪则直接举起了三千八百万元的牌子。吴菲菲几乎要跳起来："盛雪，你疯啦？"

场外的老董意识到盛雪出手了，更是兴奋："相信我，一定会让你们大赚的，跟上她！"

大客户惊恐地望着吉姆，得到对方的表情确认后，犹豫着举起了四千万元的牌子。

盛雪和丛小果对视一笑，笑靥如花地看着大客户：“恭喜你获得了非洲的独家代理权。”

说罢盛雪起身，拉着一脸懵懂的吴菲菲朝外走去。路过林大健的座位时，盛雪愉快地告诉他：“林总，在这批订单完成后，‘楠卡’、高氏同‘康健’的合作关系将全部终止。你们为‘楠卡’开发的所有款式，今后不得贴上其他标牌销售，不然就法庭见。”

四千万元的独代权让林大健得意上脑，竟然忘记“楠卡”的所有款式，都出自林浩楠从意大利挖来的设计师之手，这些产品都是有知识产权的。之前双方合作得好，林浩楠睁只眼闭只眼让他贴了“康健”的标牌使用，今后完全靠自家的设计师，产品能否在非洲市场立足都还两说呢。

“盛总、吴总，请留步……‘楠卡’下季度的计划都已经出了，中断和我的合作，也没那么容易找到合作工厂吧？”

吴菲菲身子一僵，站住了。林大健的话可谓掐住了“楠卡”的七寸。

盛雪笑了：“呵呵，我们会打没准备的仗吗？不劳林总费心。”三个佳俏丽人相视而笑，云朵似地朝外飘去。

3

会议室里只剩下肠子悔青了的林大健和心碎了一地的吉姆及大客户。四千万元的独代费本来就是天方夜谭，没有了

“楠卡”的产品设计，更是釜底抽薪。

“对不起，我也要放弃了。”大客户脸色青灰地站起身。他宁愿赔上十万元的竞标保证金，也不能掉进每年四千万元独家代理费的大坑里。

盛雪知道吴菲菲有一肚子问号，便邀她走进了公司附近的一间咖啡馆。

巴洛克风格的装修，结合着经典的意大利风情工厂构架，以及触手可及的书架和诸多珍藏版的书籍……使人沉溺于浓浓的艺术氛围中无法自拔。

吴菲菲顿时有种闯入一场文艺美梦的感觉。

“真不错!”她由衷地赞叹。

“我的私人典藏。周末偶尔会有作家讲座，这周邀请暗香来聊她的《烈焰陶魂》，吴总喜欢的话可以来听听。”盛雪笑着承认自己是这所咖啡馆的老板。因年少时喜欢读书，她一直想开个书店。当完成原始积累后，她便将这个梦想升级成充满书香气的咖啡馆，可沉醉读书，可安心写作。

吴菲菲迟疑了一下，点点头。盛雪喜欢文学，林浩楠爱屋及乌，自己若想跟上他们的脚步，只能恶补功课了。

盛雪冲服务生招招手，要了两杯牙买加蓝山咖啡。

吴菲菲搅动着杯子，欲言又止。

“吴总，有什么尽管问。”盛雪为她拧开了话语的龙头。

“这次反败为胜，你和浩楠是不是都商量好了?”吴菲菲单纯，却不笨。

盛雪坦然承认：“是。浩楠去非洲只是个障眼法，好让躲在后面的人跳出来，同时还想检验一下林大健的人品。果然不能高估他们，浩楠一走，老董就浮出水面，林大健原形毕露……我们因势利导，将这出闹剧推到最高潮。他们挖的坑越大，摔得就越狠。”

“高氏不是和‘康健’签了个千万订单吗？未来的两个月内，他们还是要和林大健合作的啊。现在得罪他们，不怕高英树那边有损失？”

“呵呵，这得感谢林大健，他签单从来小心翼翼，一千万元是拟合作的订单，他每次只签两百万元的，完成后再签下一个。”

“刚才在竞标会上，听你的意思，好像为‘楠卡’另找了合适的源头工厂，对吗？”

“嗯，不但找到了，而且他们也会是高氏刺桐工厂的合作方。”

“你……和浩楠这一系列配合打得真好！”吴菲菲解开困惑的同时，又孵化了刺痛感。当年在刚果金第一眼看到盛雪，就觉得公主裙只为她量身定制。时隔经年，在她的光芒下，无论是生活还是事业，自己都被照出了灰姑娘的原形。

“她从小到大都有一种碾压别人的气场，习惯了，也就没什么了，不用觉得太受伤。”苏睿的声音突然响起。

“嗯，我们都被她碾压了二十多年了。”周琳生怕苏睿的话掉到地上，立马接住。

看着突然冒出来的这二位，盛雪乐了：“这是要开批斗大会的节奏啊……”

苏氏集团看到高氏借着“一带一路”的东风回国投资建厂，也怦然心动，派苏睿回刺桐洽谈合作事项。苏睿鸡飞狗跳地忙了一段时间后，约了周琳来找盛雪放松，才知道她陪着吴菲菲冲锋陷阵去了，便在此静候。

吴菲菲和盛雪进来后，周琳和苏睿喜闻乐见地想看一出“原配怒斥小三”的戏码，并打赌谁会赢。周琳认为敢向盗贼举枪的“大奶”吴菲菲胜；苏睿则根据“碾压二十多年”的经验判断盛雪赢。故事从猜测的“情感戏”变成了商战剧，结局却在预料中——吴菲菲完败，两个人这才站出来准备帮她讨伐盛雪。

“当年，我费了很大的劲儿才及格，她轻轻松松就得了年级第一名!”苏睿控诉。

“当年，我费尽心机才引起男神注意，后来那货竟成了她的跟班贼。”周琳指控。

“当年，我半年不敢吃零食，才挤进一条好看的裙子；她整天胡吃海喝随便都能穿上，居然比我穿上还好看。”

“当年我整天跑步，都没长高一公分，她随便一长就是一米七。”

“当年我没有哥哥，她都有一个亲哥哥了，还抢了少雷当她哥……她竟然有两个哥哥疼哎!”

“当年我整天追着林浩楠跑，他俩不过吃了顿相亲饭，从此他再也不看我一眼……”

“为报复她，我曾一度逼少雷和她断了兄妹情。”

“为报复她，我……做了很多，不多做赘述了……”周琳用开玩笑的方式，讲出了硌得自己很难受的事。

“这风格果然很周琳。”盛雪不由大笑起来。

原来遭到碾压的不只是自己，吴菲菲感觉压在心头的大石头没了，顿时轻松了很多。

……

“总之，盛雪的罪恶罄竹难书。”涛涛不绝地控诉后，苏睿开始做总结性陈词。

“十部电视剧都说不完！”周琳补充。

“嗯，以后但凡空闲，就开批斗大会，主题永不改变——批斗盛雪。”盛雪似乎被批斗得格外开心，“不过，我看三位也累了，晚上我设宴款待，你们吃饱了继续批。”她尽量将得意装成谦卑，可还是控制不住满脸的春光灿烂。几个人随即一起笑了起来。

四人转战饭馆，边吃边聊。

周琳问盛雪：“卫生材料是你们旗下很大的一块业务，有没有兴趣做口罩啊？”

“我们一直有口罩的业务啊。”

“我不是指外贸业务。我那儿去了个实习的大学生，某大学化学系的，说他们开发了一款防菌防雾霾的口罩，可以多次水洗重复使用，戴着还不闷，属于高科技产品。你有没有兴趣买下这个专利？”

“有这么好的专利，当然要买了。我侄子上学后，我嫂子在家无事可做，正好上个口罩生产线，交由她打理。”如今大学生创业不易，盛雪决定帮一把。

“好，我先替他谢谢你。”周琳和盛雪碰了下杯子。

在皮革专家王教授团队的帮助下，高氏“素食皮”用机械化替代手工操作的革新工程进行得很顺利。当然，为满足不同的顾客群，他们仍保留了纯手工制作的技艺。

三个月后，“高氏皮革”在刺桐的工厂全面建成并投产。优质的“素食皮”上市后，内贸销量很不错，有“鞋都”之称的当地制鞋业和繁盛的箱包业就消化了一多半。虽然取得了不错的成绩，高英树和高英华还是觉得，应该从国际市场这块大蛋糕上切下一块来，于是和“盛雪外贸”签订了海外独家代理。

NANA 集团获悉这一情况，南德娜亲自带队来刺桐一探虚实。盛雪举行了隆重的接待仪式，带领他们到工厂参观。看着现代化的生产线和堪称完美的产品，南德娜对“素食皮”有了新的认识，愉快地和高氏重新签订了合作协议。

转眼又是一年。

随着时光之轮的转动，时光之锤把脆弱淬炼成了百折不挠的坚韧，把眼泪打磨成璀璨耀眼的珍珠。经过几年的努力，盛雪和她的团队已从圈内黑马，惊艳地蜕变为世纪现象级；“楠卡”鞋业也不甘落后，市场从非洲拓展到欧美、澳洲、南美等地；昌和奋起直追，业绩亦蒸蒸日上；苏氏旗下的国际旅游集团在苏睿的带领下，发展迅猛，除了搭飞船上外太空外，全世界没有他们不能到达的地方。

……

4

在国家倡导拓展对外贸易、推进贸易强国建设的大形势下，由盛雪、高英树、林浩楠、苏睿、周琳等发起的“新海上丝绸之路外贸协会”，终于成立了。

成立大会上，盛雪铿锵有力地提出了“凝聚全球精英，共筑海丝金路”的口号，让协会成为大家共同发展的加速器和助推器。依托于协会，他们将着力打造“买全国、卖世界”的市场采购新模式，把“世界人民需要什么，我们就经营什么”作为今后的发展方向，进一步把我国的对外贸易，成功辐射到更多的“一带一路”沿线国家和地区，继而推开贸易全球化的大门。

这期间，高英树不止一次向盛雪求婚，她因忙于工作而无暇顾及。他不折不挠地求了一百零一次婚，可每当他掏出为盛雪量身定做的大钻戒准备单腿下跪时，无一例外都会被突发状况破坏掉。

这天是“盛雪外贸”的年会，一系列仪式和节目后，高英树准备上演第一百零二次求婚时，盛强突然打来了电话：“小雪，你嫂子遣散了所有的工人，说要关闭工厂回家带孩子。她说口罩厂不赚钱，一直要你往里面砸钱，她实在没脸……”

盛雪一惊，果断地说：“转告我嫂子，我马上到。”

高英树满脸的幸福突然一扫而空，眉头微皱。盛雪歉疚地看着他，拿手捏了捏他的脸颊，轻声说：“对不起，进腊月后，事情越来越多，现在又有点事情要过去处理一下……”

高英树幽怨地拿眼睛卷着她，敢怒不敢言。盛雪掉头离去后，他不由发出了哀号——这辈子打光棍好啦！

盛雪本以为口罩厂投个几十万元就可以了，结果丢了五百多万元进去，市场上连个水花都没见着。由于使用的是特殊材质，每个口罩的定价在五十元到八十元之间，几乎所有询价的人都会问同一个问题：不过一枚口罩，凭什么卖这么贵？

虽然背后有盛雪撑着，可口罩厂一直赔钱也不是个事儿。为了止损，胡小美决定遣散工人，关闭工厂。盛雪赶到时，厂子里空落落的，工人已经全走了，只剩下胡小美孤零零地站在库房门口，打量着满仓的货物。“小雪啊，这事我自作主张了，你别怪嫂子。就算你是座金山银山，也搁不住这么败的。”

“嫂子……”盛雪一时不知道该说什么。她明白胡小美是心疼自己，可她坚信，这种高科技的东西一定会有春天的。

“快过年了，我给大家清算了工资，还包了红包，让他们回家过年，出年后另找出路……唉！”胡小美望着外面昏黄的天空，一声叹息。

突然间，胡小美的手机提示音“叮咚叮咚”接连响了起来，她拿出来一看，惊讶地说：“这怎么回事啊？我们的网店上，突然有很多人开始下单，从几十个到一百两百，甚至有……上千！小雪，我没做梦吧？”她激动得手都颤抖了，

“可是，我让大家伙都走了，没有客服，没人打包，我连自动化接单都不会……”

“没事的嫂子，我帮你，我再喊个免费劳动力帮忙。”盛雪拿出电话打给了高英树，要他火速赶到口罩厂支援。

从这天下午开始，订单像遇袭的蜂群，轰鸣着涌来。盛雪和胡小美来不及思考，拉上家人和放假后还没回家过年的公司员工一起，二十来个人满负荷运转，直到第二天凌晨，还没处理好一半订单。

“大家都先停下来——”盛雪突然想起了什么，僵在了那里。

“怎么了？”胡小美满脸问号，“赶紧趁这个机会把积压的库存处理一下啊！”

盛雪没有说话，拿出手机，快速浏览网页，“除武汉外，北京、广东两地也出现了确诊病例”的字样醒目地出现在屏幕上，再点开央视连线的采访视频，钟南山院士一脸严肃地指出：“目前资料显示，它（新型冠状病毒）肯定会人传人……”

真正的灾难降临时，是悄无声息的，令人猝不及防。这些消息像粗大的钟杵撞响了一口巨大的钟，在盛雪耳边嗡嗡地响着，她强令自己平静下来，片刻后拨通了少雷的电话：“喂，老哥，武汉那事你知道了吧？”

“我已经交了请战书，很快随队去武汉。”少雷的声音听似平静，盛雪却从中听到了难掩的惊涛骇浪。

“苏睿知道吗？”

“不知道，这事先别告诉她。还有，你们务必做好防护，我们刺桐也出现了疑似病例。”

挂断电话，盛雪看向了大家：“大家先停下来，全部戴上口罩再工作。你们可能也都听说了，武汉出现了不明原因的肺炎，正在向全国蔓延，这就是我们口罩热卖的原因。如果有谁担心感染的话，可以离开，我充分理解。”

网上的传言得到了证实，大家的表情瞬间严肃起来，空气顿时凝滞了。沉默片刻后，他们按照盛雪说的，陆续戴上口罩，没有一个人离开，这让盛雪很是感动。

“小雪，只有我们根本不行啊！”胡小美焦急万分，“而且快递公司给我们的最后时限是大年三十晚上零点，就算我们将所有的人手全部投入，订单也根本处理不完……”

“通知本市职工，愿意回来上班的，给三倍工资。但要和大家讲明，这个时候回来工作有感染的风险，绝对不勉强。我们争取先把武汉地区的货发出去，不管能不能收到，总算给他们寄出一线希望！”

胡小美点点头，随即打电话去了。

接到通知后，陆续有工人回到工厂，盛雪和胡小美才松了口气。由于订单量巨大，他们忙碌了两天两夜，还有近万份订单没处理。

“盛总，有人投诉我们了，骂我们发国难财，可我们从建厂就卖这个价格啊……”客服小姑娘不断打来电话。

“给客户解释一下，我们的口罩是经过 **KN95** 检测、新国标的检测，和 **3M** 一样能起到 **95%**的过滤性，核心滤膜是熔体微分静电纺丝纳米长纤维的，可以水洗重复使用。另外，把公司邮箱账号贴到店铺公告里，告诉大家，把投诉、反馈都发到那里，我们将统一处理。”

5

“解释了，没用，邮箱号也贴出来了，也没用，他们照样骂……呜呜……”客服小姑娘边哭边打字。

“货都还在路上，就来骂我们质量有问题，要我们做三倍赔偿。”

盛雪的心情异常沉重。感染人数在激增，网上的每条消息都让人触目惊心。“大家坚持住，我们现在做的，是救命的善事和好事，不要有任何心理负担。疫情正朝着严重的方向发展，人们情绪焦灼，让大家通过我们的平台发泄一下，也算是个缓解，多点儿理解吧。”

从小果拿着 iPad 走过来：“武汉就要封城了，各医院医疗物资告急，市新冠肺炎防控指挥部开通了二十四小时热线电话，接收社会各界捐赠。”

盛雪立马停止了忙碌：“剩下的口罩一个也不卖了，全部捐给湖北的医院。小果，马上召集所有股东到公司开会……不，为降低感染风险，我们两个回公司，其他人线上开视频会议，讨论一下成立抗疫捐赠小组的事。”

仿佛一夜之间，这个世界就被口罩给围困了。街上偶尔有行人走过，也是脚步匆匆，露在口罩外面的眼睛里，写满了恐惧和惊慌，就像在上演一部现实版的《丧尸围城》。盛雪和丛小果戴着口罩，穿过窗明几净、沉寂压抑的走廊，进入了会议室，打开设备，和大家视频开会。

经过这些年的发展，“盛雪外贸”的股东除了创立人盛雪、丛小果外，林浩楠、苏睿、高英树、黄文祥等都陆续持有股份，成为股东。同样地，盛雪也在“楠卡”、“苏氏”、“昌和”、“高氏”等持有股份。他们通过相互持股的方式形成战略同盟，以减低市场风险，增强竞争力。

通过会议，大家一致同意，由盛雪担任抗疫捐赠小组的组长，首批捐赠两百万元人民币。可钱捐出去后，盛雪的电话就开始响个不停，不少朋友联系她，说现在医院不缺钱，缺的是物资。很多医疗物资生产厂家的工人都放假回家了，重新组织起来返工特别难，国内防疫物资处处告急，网店及各大药店的口罩几乎全部断货。

“盛雪外贸”旗下有两家专供外贸的生产纸尿裤和卫生巾的工厂，因赶工没放假，盛雪当机立断，临时改成了口罩生产线，生产出来的产品全部捐赠。可随着全国陆续进入紧急状态，口罩的生产仍然远远无法满足需求。

盛雪焦急万分，再次连线大家：“我们要利用全球供应链，不惜一切人力、财力，把能买到的医疗物资全部买来运回国内支援抗疫。高英树和苏睿负责东南亚的采购，林浩楠负责非洲，黄文祥负责欧洲……其他的交给我和小果。我重申，不论价格，不论数量，不设上限，有多少要多少！”

"收到。"

"收到。"

"明白。"

"OK."

……

话筒中一声声斩钉截铁的回复，为这个仅有二十分钟的会议画上了休止符。

盛雪和身在武汉一线的少雷一直保持着联系。这天，她接到了少雷的视频电话，发现少雷鼻子两侧有两道浓重的血痕。盛雪吓了一跳："老哥，你的脸怎么回事?"

"口罩勒的，没事。"少雷直奔主题，"全国各地援鄂的医疗队都在往这里赶，一线的女医护人员占到了六成，可现在武汉封城，生理用品紧缺。小雪，你是做卫材的，能不能想办法搞到一些?"

盛雪一直忙碌着四处采购医疗物资，把这块给忘记了。细想，这些东西和口罩、防护服同样重要。"老哥你放心，你统计一下数字，我立刻组织送货，三天内一定送到!"

挂断电话，盛雪马上召开线上会议，要从小果立即从公司旗下的工厂，以及合作的厂家调拨卫生巾、纸尿裤等生理用品，并联系运输公司，准备足够的车辆。

"疫情期间，加上过年，愿意跑武汉的司机不太好找啊。"从小果有点儿为难地向她汇报，"而且听说是去重灾区，加价也不行……"

盛雪思忖片刻："在网上发英雄帖试试，我相信我们这个民族。"

事实证明盛雪的推测是对的，中华民族在大灾大难面前从未畏缩过。帖子发出去不久，马上引来无数跟帖回复，最终公益车队接下了这个任务，并承诺免费运输。

这些天少雷一直上演着报喜不报忧的戏码，苏睿决定随运输车队去武汉。

启程那天，盛雪等人一起给苏睿送行。眼看苏睿要钻进商务车，盛雪喊住了她："等等……"

"怎么，舍不得我?"苏睿挑挑细细的眉毛。

"嗯，舍不得。"盛雪大大方方承认，"我答应老哥要照顾你的，你却……"

"哼，原来不是关心我，是怕你老哥埋怨你呀。"苏睿的眼睛虽然也涨潮了，可还是一副玩世不恭的模样。

盛雪无视她假模假式的冷漠外壳，上前抱住了她："苏睿，你真棒!"

苏睿使劲推开盛雪："讨厌，就知道你用心歹毒，想弄花我的妆……"

周琳也走了过来，三个人紧紧地拥在了一起，眼睛里都泛起了泪花。她们一起蹚过年少的河流，跋涉至成年的山峰，携手到达如今相知相爱的境地，委实不易。

公益车队都是些长年跑长途的老司机，苏睿跟在他们后面，因此路上行驶得倒也轻松，很快就上了泉南高速，然后转长深、福银、济广……春节期间，加上疫情的蔓延，一向繁忙的高速上，因车辆锐减，而变成了一条条死寂的灰色传送带，孤零零地被抛弃在旷野里。满载驰援武汉物资的车队，给这种沉寂抹上一笔赭红色。

过了省界后，几乎没再见过“闽”牌的车。苏睿知道自己离武汉越来越近，但离家越来越远了。

车队抵达指定卸货点时，少雷和接收方的领导，以及一众志愿者已经在那里等候。短短十多天，他就瘦了一圈，而脸上被口罩勒出来的伤痕也割韭菜般，一茬接一茬。

苏睿看到他，心口猛然一热，激动地伸开双臂朝少雷跑了过去，想抱抱他。

“站住，保持距离。”少雷眼神热烈，可脸上的表情却异常严肃，和平时的嬉皮笑脸判若两人。他属于高危人群，两人虽然口罩护目镜齐全，但还是小心为好。

封城后的武汉，是一座按下暂停键的城市，几乎所有酒店都关门大吉了。在受赠方的协调下，苏睿和十多名司机被安排到少雷所在的医疗队住的酒店。

少雷心疼苏睿长途奔波，自行坐到了驾驶座位上。

第十六章　被口罩封冻的世界

1

密闭的空间是个情绪发酵池，一上车，苏睿的眼睛便开始喷强力胶，透过护目镜火辣辣地黏住了少雷。那眼神简直像两台酒精炉，将他不大的心室煮沸了，咕咕嘟嘟地响了起来。

“看我回去怎么收拾盛雪，竟敢让她未来的嫂子冒险……”少雷拼命吞咽着唾沫，眼睛扭向窗外。被血淋淋的刑事现场和一台台手术喂的胆子肥壮的他，在苏睿灼热的目光中，竟然羞怯起来。

“更想收拾的是我吧。哼，就你那胆儿，连看都不敢看，怎么收拾我呢?”苏睿目光咄咄，将少雷的“厚脸皮”磨成了轻薄的红绸子。

“以为我不敢呀?”他嘴硬，眼睛仍然飘在窗外。

“‘以为’两个字拿掉，问号改成句号。”她异常轻蔑。

明知道她使的是激将法，他还是倏的一下子转头看向她，四只眼睛隔着两层护目镜撞到了一起，在空中噼里啪啦地炸开，冒出了一连串无形的蓝色火花。

苏睿猛地拉过他的头，少雷吓得瞪大了眼睛，拼命挣扎着往后躲闪。

“干，干吗呀你……”他突然结巴了。

她没有说话，而是将 N95 口罩印在他的护目镜上，轻轻地吻了一下。

“辛苦了。”她轻声说着，放开了他。

他的眼睛突然润湿了，强摁下想拥她入怀的澎湃激情，发动了车。

“你怕吗？”望着窗外飞快逝去的街景，苏睿问。

“怕。”少雷笃定地回答。在援助肯尼亚期间，他曾近距离接触过埃博拉病毒感染者，他的两名黑人同事也无一幸免，先后感染。作为一名见惯生死的警察和医生，他第一次产生了害怕的念头。

“怕你还报名来这里？”

少雷淡淡地说：“没有谁是天生的勇者。对付传染病，我算是有经验的……”他一边开车一边反复叮嘱苏睿，武汉本土有不少医护人员都被感染了，要她一定当心，保护好自己。

此时的天空是铅色的，长江像巨大的熔锅，从边上挤压着天空。少雷的眼睛眯成了一条缝，和天空中那道长长的铅白而耀眼的裂痕对视着。

“生离死别之间隔着的到底是什么？太脆弱不堪一击了。”苏睿细细的眉头拧了起来，胸中拥堵不堪。

“隔着一缕青烟。趁我们的肉身还没化作那缕青烟，就多做点什么吧。”少雷的嗓子里似乎塞进了黄连，苦，堵，又坚定无比。

苏睿望着少雷，不由想起基辛格说过的那句话——中国人总是被他们之中最勇敢的人保护得很好。

晚饭后，少雷戴好口罩和手套，帮苏睿将行李箱送到房间门口："你们明天几点返程？"

"一会儿等车队通知吧。你晚上几点接班？"

"零点，"少雷答，"舟车劳顿的，早点洗洗休息吧。"他恋恋不舍地望着她。

苏睿点点头，毫不拖泥带水地关上了门。

少雷有些恍惚，车上那个热辣辣的恋人，怎么突然就恢复成了之前高冷疏离的女神。

这晚少雷照旧叫了辆专门接送医护人员的志愿者车队的车。酒店离医院大约半个小时的路程，十一点半左右，他走出酒店大堂时，一辆红色商务车已经停在了那里。感觉有点眼熟，他走近想看牌照时，苏睿放下了车窗。

"看什么，上车啊，不会嫌司机戴着口罩和护目镜丑吧？"苏睿声音愉悦地调侃。

"不，不是，你明天可是要返程跑长途的啊，赶紧回去睡觉。"少雷毋庸置疑地说。

"少警官，不，现在应该叫你少大夫，我现在是志愿者车队的一员，请上车。"隔着口罩看不清她的表情，可眼睛都笑得眯成了一条线。

少雷目瞪口呆："盛雪不知道吧？你这分明是有预谋的……留下来的风险太大了，你加入的志愿者车队，主要接送的是我们一线的医护人员，被感染的风险就更高了。为了你的安全和我们将来的幸福，你就听我的，跟着车队回刺桐吧。”

“为了我们的幸福，我才要留下来啊。我要每天护送你平平安安上班去、安安全全下班来，监督你好好吃饭、好好休息，直到完成任务，我们一起撤离。”

这晚的十一点多，一个年轻女孩在朋友圈发布求助信息，希望能有车接。原来女孩和她父母都感染了新冠病毒，一家三口却住在不同的医院，她的父亲刚刚去世，而她要从自己住的医院出发，把父亲的身份证送到他所在的医院，才能将遗体火化……公共交通已瘫痪，她最后求助到了苏睿所在的志愿者车队。

微信群里沉默了好久。为保障司机安全，车队的第一大原则就是不接送确诊或疑似患者，避免交叉感染。女孩实在没办法了，一直在群里发送流泪的表情。

少雷下夜班上车后，看到苏睿盯着手机在发呆，便问她怎么啦。

她默然将手机递给了他。少雷看着群中的聊天记录，心中一阵抽搐，犹豫了一会儿，回复道：“我去接你吧，定位发来，不过要稍等一下，我这里有客人，一会儿才能过去。”

苏睿从他坚毅的目光中，已然读懂了他要做的。就算他不回复，她自己可能也会接下这个单。

“一会儿到酒店，把你带的防护服借我一套，车钥匙给我，你回去休息。”少雷拿手拍了拍苏睿的手。

人拥有的最大财富应该是一颗慈悲之心。苏睿的眼睛隔着口罩，抚摸着少雷俊朗的脸庞，感谢上苍让自己遇到了他。

到酒店后，少雷回房间穿上防护服，戴上口罩、护目镜后，拿上苏睿的车钥匙，消失在了夜色里。

苏睿站在窗前，望着远去的车尾灯，心像被连续打爆的气球，发出了“砰砰”的声响。较之自己，少雷这个专业人士去可能会更安全一点，但她还是不放心。

少雷很顺利就把女孩子接上，送到了她父亲的医院。办完事后，在将她送回原医院的途中，她因为过度悲伤，加上身体原因，突然昏厥了。少雷见状，连忙将车靠路边停了下来。这里离医院还有一段距离，若不马上施救，就算送到医院可能也没命了……痛苦万分中，他拉下了自己和女孩的口罩，一边双手叠加按压她的胸前，一边给她做人工呼吸。

过了一会，女孩总算醒了过来。她望向少雷的眼睛里，全是泪花。

少雷沉默着回到驾驶座位上，将女孩子安全送达医院后，他把车开到自己住的酒店外，却没敢进去。他靠在椅子里想睡会儿，却怎么都无法入眠。父母、苏睿、盛雪等人的脸幻灯片般在他眼前来回放着，他的眼睛湿润了，趴在方向盘上无声地啜泣起来。

2

良久后，少雷给苏睿发了条微信——我怀疑自己感染了，一会我自己把车开到医院，让人好好消毒后，暂时放着。

少雷没回来，苏睿在床上辗转反侧，难以入眠。收到微信后，她惊得从床上弹跳起来，穿着睡衣就朝外面跑。

少雷远远地看到了她，马上将车朝后倒了十来米远，打电话给她。

“别过来，回去睡觉。我这就去医院。别担心，吉人自有天相，我会没事的。”

“所以，你是拿自己的命换别人的命?”她哽咽着不能自已。

“我是医生，责无旁贷。”他的声音也哽咽了，“好了，我走了，到医院后好隔离。还有，先别告诉我爸妈和小雪。”

少雷的眼泪夺眶而出。他和盛雪虽不是亲兄妹，但那种情谊早已超越了血缘。

苏睿难过得热泪奔涌，拼命点头。若是在往常，她会因嫉妒而怼回去，但现在她只能听从他的话，她想用这份顺从来换得上天对少雷的垂青，保佑他平安无事。

可奇迹并没有出现。第二天少雷就开始发烧，住进了医院。

接下来的几天里，苏睿每天都会打电话给少雷的同事，向他询问少雷的病情。对方的回复从铿锵有力的“好，不错”，逐渐过渡到“还好，尚好吧”，然后就是低迷的“有点不太好，我们会尽力的”……一周的时间像被拉长成一个世纪长，苏睿关在酒店的房间里，像只绝望的困兽，闷得几欲窒息，却又无法逃脱牢笼的束缚。

这天少雷的同事突然打电话给苏睿，说少雷情况非常不好，要她做好心理准备，并考虑要不要通知他的家人。

苏睿严防死守的堤坝完全决口了，她手脚哆嗦地拨通了盛雪的电话。

“盛雪，少雷感染了新冠，快不行了……之前他一直不让我告诉你，可是……”苏睿的声音像深秋街头飘落的孤叶，凄惶无助。

盛雪一时忘记自己坐在车里，腾的一下子要站起来，头猛然撞到了车顶。她似乎感觉不到疼痛：“苏睿，这个时候开这种玩笑一点儿也不好玩！”

苏睿什么话也没有，只是用抽泣作为回答。

这时候，唯有冷静才能解决问题。“苏睿，你别自乱阵脚，听我说，据说中医治疗新冠病毒疗效很好，项国珍老专家是刺桐中医界的泰斗，我现在就去中医院，请他给我老哥连线诊断。”

听闻少雷因救人感染病毒，中医院的领导极为重视，马上连线武汉医院，要项老通过视频远程会诊。

不过二十来天的时间，那个工作起来疯狂，闲暇下来略带痞气的男人，瘦了足足有十来斤，两只大眼睛凹陷进去，颧骨突起……少雷想对大家笑笑，可他气若游丝，难以做到。

“老哥你别动，让项专家给你诊断。”盛雪说着，眼泪流了下来。

中医讲究的是“望闻问切”，连线可以解决前三者，“切”却难以实现。项老向院领导提出来，想亲自去趟武汉。院领导考虑他是年过七旬的老人，有些犹豫。

“防疫没有前方后方，我坚决要求去武汉，和我的同事们一起战斗。”项老态度坚决。

经过一番协调，院方终于同意项老的要求。盛雪向院领导保证，一定将项老安全带回来。

盛雪回到住处，快速收拾行李。高英树看她竟然拎着行李箱，眼睛就成了探测器。

“你也看到啦，最近很忙，要在公司住些时间。”盛雪几次话到嘴边，想将少雷感染病毒的事说出来，可想起苏睿的哭泣声，又咽了回去。

装完货，已接近凌晨一点，这时助理开车载着项老来到现场。去武汉的航班已经停飞了，项老主动提出跟随运送物资的车队前往。盛雪非常感动，决定自己开车，护送项老去武汉。

高英树隔窗看到了项老先生，觉察到了不对劲：“小雪，你这是要去哪儿?”

盛雪知道瞒不下去了：“嘉宁哥，实话告诉你吧，少雷也感染了，现在情况危急，我要带着项老赶过去救他……”

高英树知道少雷在盛雪心里的分量，心里充满了担忧。

“你放心，我会保护好自己的。”

高英树哪里放得下心，跟过去叮嘱：“小雪，答应我，一定要活蹦乱跳地回来。”

所有人的心都是一揪。

近二十个小时后，盛雪和苏睿穿戴着全套防护装备，跟在项专家身后，来到了少雷的病床前。

此刻的少雷，形容枯槁，脸色乌青。盛雪听说少雷救的那个女孩病情已经稳定下来了，而他自己却成了这个鬼样子。雾气弥漫了盛雪的视线，她哽咽着说："老哥，我为你骄傲！"

苏睿的眼泪早已在护目镜下狂奔，她快速跑过去，将少雷紧紧地抱进了怀里。少雷用着呼吸机，无法讲话，挣扎着想推开她，可他太弱了，根本做不到。

苏睿紧紧地抱着他："少雷，我知道你想说什么，你想说——要我放开你，要我远离这个危险的地方。可我怎么会丢下你呢？要死咱俩一起死！"

盛雪理解那种感受，强忍难过拉住苏睿，把她往旁边带："别这样苏睿，让项老给我老哥看病。"

苏睿这才恋恋不舍地放开了他。

项老已和少雷的主治医生详细交谈过了，并看了他的肺部CT，发现他的双肺已有纤维化的迹象。他站在床前，观察着少雷的体表特征，然后开始把脉，神情越来越凝重。

"项大夫，我哥状况怎么样？"盛雪的心提了起来。

"少警官是刺桐人，但如今身在武汉，水土不服，寒湿从口鼻而入，郁而化热，湿热交结，属于疫毒闭肺症，需要解毒平喘，调节免疫，祛湿理气……"项专家边诊脉边说。

"能治好吗？"苏睿紧张得满头大汗。

"一切都有希望。"

苏睿惊喜地抓住少雷的手："听到没有，专家说用中医能治好你，你一定要加油啊！"

3

中医不神奇，却有它的独特之处。在西医治疗的同时，配合着项老的中医疗法，少雷的病情竟然逐步稳定下来，盛雪和苏睿这才舒了口气。

几天后，“盛雪外贸”送物资的车队再次来汉。盛雪本想带项老一起回去，可他坚持要留下来，和刺桐的中医援鄂医疗队并肩作战，盛雪只得先随车队撤离了。

刺桐的疫情虽然没武汉那么严重，但也是来势汹汹。到达刺桐，车下高速，经过警察和志愿者设的体温检测站检测、给车辆里里外外消毒后，盛雪看到高英树、丛小果、林浩楠、周琳等人站在那里等候他们。一束鲜花，一张两米长的横幅上，简简单单地写着“欢迎回家”四个字。

高英树张开胳膊迎过去，想给盛雪一个拥抱。

盛雪也朝他跑来，可在离他一米远的时候，突然停住了。

“我们，保持距离……”她像个孩子般无助，很想扑进他的怀里，可她必须和那十二名司机一道，经过十四天的严格隔离和核酸检测。

高英树明白了她的意思，站住了。护目镜、口罩、手套，他将自己包裹得严严实实后，向盛雪发出请求：“我申请做志愿者，送你去政府指定的隔离酒店……”

第十七章　没有一个春天不会来临

1

没有什么可以阻挡季节的脚步。在消毒水的弥漫和口罩的封堵中，日子在一天天逝去，不知不觉间，春风吹绿了路旁的杨柳，染黄了乡野的菜花……

全民隔离取得了初步成效，国内疫情总算得到基本控制，各行各业逐步复工复产，一切都在慢慢变好。与此同时，新冠病毒却在世界范围蔓延。

随着疫情在全球肆虐，国内的各大外贸企业都在经历着“生死劫”。2 月份，客户问他们是否还能正常发货，他们拼命向客户证明自己很好，不影响生意；而到了 3 月份，国内的外贸人开始不停地确认国外的客户是否安好，还能否收货。最担心的事情还是发生了，欧美客户暂停收货，已经生产出来的产品只能放在仓库，如此便收不到余款……

外贸企业哀鸿遍野，不是订单已经取消，就是在取消的路上。“高氏皮革”完成手中硕果仅存的订单后，就陷入了没活干的窘境；“楠卡”和“昌和”则积压着大批的货无法出；苏氏旗下的旅游业更是损失惨重，国际国内线路全停；“盛雪外贸”除了医疗防护物品的订单外，其他也是一片惨淡……

“盛总，曾厂长打电话说，外贸工厂的设计师团队想离开……”从小果本不想打扰盛雪，可这事有点大，她只好如实汇报。

全面复工到现在，服装厂只接到三笔非常小的订单，客户还要求赠送一定量的口罩。此外，随着疫情蔓延，运费成本奇高，根本无利可言……工厂经营非常困难，导致设计团队有了去意。

设计师是整个工厂的灵魂人物。盛雪打电话给曾厂长，说自己马上赶过去，请他先稳住他们。

与此同时，周琳和黄文祥的日子也不太平。受疫情影响，昌和运行面临巨大危机，像一个电量即将耗尽的电动玩具，随时都有关停的风险。

周琳正怀着二胎宝宝，黄文祥承诺要给她们娘仨一个幸福的未来……如今他仿佛被岁月按了快进键，几天时间就老了十岁，白发突现，背都驼了下去。周琳劝他放宽心，说他们好赖还是“盛雪外贸”的小股东，吃饭肯定够了。

周琳越这样通情达理，黄文祥越心酸。他摸着她隆起的肚子，喃喃着：“相信我，我一定会让你们娘仨过上人上人的生活。”

周琳从他的话中觉察出一丝不寻常，问：“你是不是有什么办法了？”

“嗯，我最近可能出趟差。最多一个月，就能扭转眼前的困境。”

周琳心中闪过一丝不祥的预感，开始追问他详情。黄文祥这才吞吞吐吐地说了出来。

原来，随着疫情的加剧，全世界的眼睛都在盯着口罩，使得大家一拥而上，开始上口罩生产线。口罩的原材料熔喷布便成了炙手可热的抢手货，价格从每吨两万元暴涨到五十万元。黄文祥听说外省某个地方，发明了山寨的小型熔喷布生产线，有神秘的客户提着一袋袋的现金守在门口，有多少要多少，银货两讫，连账都不用走，就算日后查起来也没事。

“人家叫那机器为印钞机，真正做到一个星期回本，后面纯赚的短平快商业模式。在那个地方，短时间就能实现千万富翁、亿万富翁梦的梦想，所以我也筹了几十万元，想过去干一票，赚他个盆满钵满，好弥补一下眼前的损失，然后把机器一卖，继续过我们的日子。”黄文祥的眼睛里闪着贼光，那是赌徒输光后想再捞一把的贪婪。

周琳吓了一跳，连忙阻拦：“国家投入几千万上亿元，用好久才能投产的生产线，他们几天就做到了，这意味着什么？”

“你脑袋中装那么多问号干吗，有钱赚不就得了。”

“我听说了，小作坊生产出来的一些熔喷布很薄，一戳就破，过滤效果不要说达到医用的百分之九十九，可能连百分之五十都达不到……文祥，我们马上就是两个孩子的父母了，要多积德行善才好，所以，这事我反对！”周琳打量着自己的肚子，投了反对票。

黄文祥见状，换上一副弥勒脸，笑着说：“既然我老婆反对，那我也投自己反对票。行了，你好好在家安胎，公司的事就交给黄莺去管，我得去趟工厂，处理一下退单的事。”

黄文祥抱了抱周琳，在她脸上亲了下，说了声“再见了大宝贝”后转身出去了。

周琳不安地在屋里走来走去，总感觉黄文祥哪里怪怪的。想了下，她打开手机里的设置，查看他的去向。那个红色的点点并没有往工厂的方向移动，而是像颗炸弹，一路跳动着，出了省界。

周琳的心开始怦怦乱跳，她拿手摁了摁胸口，拿上车钥匙出了门。

周琳赶到“盛雪外贸”时，助理告诉她盛总去工厂了。

“大家不必担心，国家已经出台了相应的扶持政策，集团目前正在积极采取出口转内销的方式，包括直播带货、尝试在电商和社交平台上销售，接国内的订单，来对冲外贸订单上的损失……办法总比困难多，相信我们一定能走出困境的。”盛雪站在设计师工作室的中央，给五六名设计师打气鼓劲。

几名心生去意的设计师面面相觑，还是心存疑虑，毕竟口号替代不了面包，每个人都是要养家糊口的。

盛雪看出了大家的心思，真诚地说：“大家不必心存顾虑，我向你们承诺，就算工厂没有效益，你们的工资也一文都不会少。希望大家能留下来，我们一起共度时艰。”

有了保障，大家纷纷点头答应留下来。盛雪见状，心头那根拧紧的发条才算稍加松懈。她无意间瞥了眼窗外，发现周琳挺着大肚子站在那里，神情焦急地朝她张望。

盛雪朝大家点点头，连忙走了出来。

“盛雪，不好了——”周琳喘息着，一副眉毛都要烧焦的样子。

“发生什么事了?”以周琳的心理素质，不是天大的事，不会急成这样。

“黄文祥不知道去哪了……”周琳话到嘴边，后面的突然改了口，“哦，我是说他不在家，今天能不能麻烦你帮我接下黄菡。”

周琳的眼神飘忽不定，不敢和盛雪对视。

盛雪太了解周琳了，她只要出现这种神情，嘴和心肯定跑在两条道上。盛雪有种不好的预感，突然想起来一件事——前两天黄文祥找林浩楠借钱，吱唔着不说具体原因。林浩楠虽然借了五十万元给他，但还是留了个心眼，通过别人打探到黄文祥想做熔喷布生意，便直接找上门警告了他不要乱来。黄文祥却矢口否认，说工厂催款，他实在没办法了才借钱用于周转。

“你给我说实话，黄文祥是不是去做熔喷布了？那种小作坊做的根本不达标，是犯法的啊!”

“没，没有。哎呀，他就是去处理工厂的事了，你也知道的，现在我们外贸圈都快活不下去了……”周琳打着哈哈，可底气明显不足。

“你呀你呀，真是不见棺材不掉泪，国家下一步肯定会整治这块的。多为菡菡和你肚子里的孩子想想吧!”盛雪有点生气了。

盛雪的话戳中了周琳的痛点，她瑟缩了一下，想说什么，却又闭上了嘴。

盛雪拿出电话打给了丛小果："小果，调动所有关系，查下黄文祥的去向……"其实她根本就没打，只是想诈一下周琳。

周琳顿时成了泄气的皮球，说："好吧，我说，我已经和几家工厂都核实过了，黄文祥根本就没有去，也没和人家联系。根据他走的高速来看，目的地应该就是汤明。你做卫材这么多年了，应该知道，那里有熔喷布的生产基地，最近盛传那里一夜之间，涌现出 N 家熔喷布的小作坊……"

周琳有些哀伤地打开手机，要盛雪看黄文祥的位置。她原本出于小心眼，悄悄在他的手机里设置了位置追踪，没想到这时候派上了用场。

2

盛雪顿觉得尘埃如雪崩，将她闷在了里面，无法呼吸。她有些恨铁不成钢地看着周琳："我是做卫材的，很清楚这里面的水有多深。严峻的疫情催生了口罩生产的畸形市场，国家针对这一情况，已经开始严格整顿卫材市场了，注定这将是一场熔喷布的腥风血雨，不光是家庭小作坊即将被清除，黄文祥的最后入场更会血本无归，违法者还将面临牢狱之灾。所以，越是艰难，越要守住底线啊……"

盛雪说得很是伤感。这种以牺牲下游消费者健康为代价的利益链，会毁掉中国的防疫成果，更会毁掉整个卫材外贸业。

听到黄文祥可能会面临牢狱之灾，周琳吓了一跳。

“盛雪，我知道他这样做不对才来找你的。打电话他不接，发微信也不回……他要是被抓了，我和菡菡，还有肚子里的孩子可该怎么办啊?”周琳的情绪激动起来。

“别激动，你先冷静一下，我来想办法。”

“我哪能冷静得了啊，老黄要是折进去可怎么办?”周琳越来越激动。

“你现在身子重，情绪波动不能太大，回去等消息吧，这事交给我处理就好了。”盛雪扶着她往车里走去，可她却突然捂住肚子弯下了腰。

“怎么了你?”盛雪吓了一跳。

“肚子疼，有点不太好……”周琳的额头上满是汗珠子。

“快，马上去医院。”盛雪吓得不行，想将周琳扶进自己的车里，却被她推开了。

“盛雪，你别管我，快去追黄文祥，一定要劝他回来，他要是有个万一，我和孩子们可怎么活呀……”周琳明明很难受，却要盛雪去追黄文祥。

看着她痛苦的样子，盛雪急得不行，一时又不知道怎么办才好。

还好，从小果开着车风风火火地及时出现了。她过来核实一下直播带货的模特，竟巧遇了她们。盛雪连忙将周琳扶上了从小果的车，要她马上送周琳去医院。

周琳捂着肚子，放下车窗冲盛雪摇晃着手机喊：“我的手机你拿上，好追踪他的位置。”

盛雪只好走过来接住了。

“拜托了盛雪，一定要把黄文祥给我追回来，我和孩子们不能没有他啊……”

周琳焦急无助的样子令盛雪很是心疼和难受，冲她点点头，上了自己的车。

刺桐离汤明有千里之遥，盛雪最近身体不太好，单骑追踪有点困难。可高英树此刻身在四川，为了高氏的复工复产，他们包了趟专列去四川接工人。盛雪一边开车一边连线蓝牙打电话给林浩楠，却无法接通，只好又打给了少雷，他康复后回到刺桐已经过了隔离期。电话是别人接的，说少警官正在进行一个法医鉴定。无奈中，盛雪一咬牙，加大油门，朝前狂奔，准备独行千里去追黄文祥。

盛雪这一路跑下来，到最后手脚都是颤抖的。还好，车上有槟榔，她嚼食了一些后，才勉强支撑下去。

近十个小时的奔波后，盛雪按定位，最终在汤明一个村庄的小工厂里，找到了黄文祥。她赶到时，他正将包里的钱往外取，准备和卖家交易。而不远处的所谓车间里，简易的机器正在高速运转，生产着劣质的熔喷布。

“黄文祥你疯了？怎么能干这种事啊！”盛雪气得胸前起伏不定，脸色铁青地走过去，将钱全部又塞回那个大旅行包里。

“盛雪，我也是没办法了，昌和要关门了，我再不赚点，周琳再生个，我们的日子可该怎么过啊?”黄文祥近乎绝望地吼，又把钱从里面往外取。

“我不能眼睁睁地看着你往悬崖下面跳！周琳都被你气得进医院了，赶紧跟我回去。”

“别想用这个骗我，早上出门时，我老婆还好好的。”黄文祥根本不信。

盛雪气极了，不再和他理论，再次将钱塞了回去，扛着大包就往外走。

“疯了你，给我回来——”黄文祥在后面追。

盛雪却跑了起来，黄文祥在后面紧追不舍。盛雪上车后将车落了锁，黄文祥正要拍打车窗时，前面突然警笛大作，一辆辆警车呼啸着而来。黄文祥吓傻了，以为警察是来抓他的，下意识地抱住了头。谁料，警车只是和他的车擦肩而过，驶进了村庄。

汗湿透了黄文祥的全身，他明白是盛雪救了自己，百感交集地拿出手机开始给林浩楠打电话。可随着一道雪亮的灯光照来，林浩楠的车已经停在了他的车前。

随即，少雷、苏睿和林浩楠从车上走了下来。

林浩楠对着黄文祥就是一拳：“你还是个人吗?!”

盛雪打电话时，林浩楠手机正好没电了。等他充好电联系上盛雪后，连忙喊上苏睿和刚从鉴定会上下来的少雷出发了，按盛雪发来的定位赶到了这里。

“不是，浩楠，你听我说——”

还没等他解释，少雷又给了他一拳：“幸好没出大事，不然我直接铐了你！”

回去的路上，少雷开着车，盛雪安静地坐在副驾驶上，伸手打开了收音机，有一搭没一搭地听着广播，一则新闻就这样钻进了耳膜——目前多地开始整顿熔喷布市场乱象，除了对熔喷布交易严查外，熔喷布的质量与生产标准被列为重点。据汤明警方通报，连日以来，他们通过精准定位，于今晚采取行动，抓获多名嫌疑人，破获一起地域性的防疫熔喷布诈骗案……

盛雪的嘴角不由微微上扬。果然如她推测，熔喷布乱象已然进入国家监控的视野，政府及时出手阻止了这种泯灭人性的财富狂欢，掀翻了不法分子短暂的财富盛宴。她本来想在劝回黄文祥后，再向汤明有关部门检举的，执法部门却早就在路上了。

盛雪的电话响起，她接了起来。

“盛总，周琳生了，虽是早产，但母子平安，是个男孩。”从小果欣喜的声音传来。

“好，真好。”盛雪的眼睛里，浮起了希望的泪光。

第二天，盛雪召开了董事会，商讨如何应对疫情对外贸业的挤压。

“针对目前的困境，国家已经出台了退税等应对措施，而我们自身也要通过挖掘国内市场，尝试出口转内销，打开线上获客渠道；同时通过跨境电商、海外仓储等外贸新业态扩大出口，还要与海外客户加强联系，目前他们的疫情比我们严峻，我们能给予帮助的就多帮一把……”从小果担心盛雪的身子，便替她做了开场白，将公司应对危机的方案抛了出来。

“但是疫情之后，世界经济规模必然会大洗牌，贸易壁垒将会加大，全球化会受到阻挠，一旦逆全球化成为主流，将对我们很不利。”黄文祥蜷缩在椅子里，有些悲观。他的目光躲闪着，不敢和盛雪对视。

“正因如此，供、需国之间抱团取暖将会成为趋势，这就意味着我国的‘一带一路’倡议将会在今后起到更大的作用，我们海上丝绸之路协会的作用将尤为突出。”林浩楠说出了自己的想法。

“形势还是不容乐观的。现在海外品牌集体退单，我们包专列去接工人回来复工，可残存的那点订单做完后，下一步该怎么办？辞退技术工人是大忌，可留下来我们拿什么养他们？疫情下的外贸真的太难了。”高氏的副总经理摇头叹息。高英树还没从四川回来，今天他替高英树出席的会议。

……

待大家都发表过看法后，盛雪缓缓开了口：“虽然大家都说疫情后外贸业可能会陷入寒冬，但从两千多年前的丝绸之路，到一千多年前兴盛的茶马古道，再到当今的一带一路……可以看出，外贸会一直存在，只是时代发展改变了它的方式和途径，改变不了的是市场贸易全球化、经济全球化的趋势。有的人在危机中倒下了，有的人却练就一身肌肉，把危机变成了转机。我希望我们是后者！”

盛雪深思熟虑后说出了这番话。她很清楚，这个时候，最重要的是稳定人心。她的声音虽然低哑，但散发出来的气场却是巨大的，闪烁着信念的光芒。

3

大家不住地点头，同意她的看法。

盛雪停顿了一下继续道："但是，我们要堂堂正正地从危机里爬出来，用双手和汗水来搭建财富的梯子，不能做任何违法的勾当！这是我对大家的要求。"

她说得异常平静，黄文祥的头却低得不能再低。半晌后他艰难地看向了大家："对盛总说'对不起'太轻了，如果不是她，我现在可能在监狱里，我老婆孩子还不知道能不能保住。谢谢！"他眼含泪水起身，真心实意地朝盛雪鞠了一躬。

目前国外疫情仍在泛滥，口罩等防疫物资短时间内市场需求量仍然很大。见黄文祥的确有了悔改的意思，盛雪提议将集团旗下的两个口罩生产厂交由他来管理。可除了林浩楠外，大家对此一致反对。他们认为黄文祥胆敢接手制作熔喷布的小作坊，是内心贪念太重，万一他旧疾再犯，砸了集团的声誉怎么办？

盛雪看向了唯一没有投反对票的林浩楠。

林浩楠停顿了一下，发表了自己的看法："大家都知道，昌和是我建立的，我当初之所以敢给黄文祥百分之四十的股分，是因为他的商业嗅觉特别灵敏，总能捕捉到别人不易察觉的商机。所以，我支持盛总的提议。"

大家闻言面面相觑，看向了盛雪。

"浩楠说的也正是我的想法。我听周琳说过，在疫情暴发初期，黄文祥就想到熔喷布生意一定会火爆，由于种种原因他到后来才采取行动，这说明他的商业嗅觉确有超人之处，那我们何不把口罩厂交给他打理，人尽其才呢？我相信，摔过这一跤后，黄文祥一定能牢记教训，不会再犯之前的错误。”

大家闻言想了下，点点头，算是被盛雪说服了。

黄文祥知道盛雪此举是为了帮他和周琳，感激之泪夺眶而出。他再次站起来，朝盛雪和大家鞠躬后，哽咽着说：“感谢盛总，感谢浩楠，感谢大家对我的信任。我向你们表个态，我黄文祥今后若是再做那些猪狗不如的勾当，就从这二十三楼跳下去自行了断，请你们监督我！”

随着一波复工复产潮的涌动，“高氏皮革”果然如那位副总说的，完成手中硕果仅存的订单后，就陷入了“没活干”的窘境；“楠卡”和“昌和”则积压着大批的货无法出手；苏氏旗下的旅游业更是损失惨重，国际线路全停，国内的也是凋凋零零；“盛雪外贸”下的服装厂、箱包厂等企业，情况也好不到哪去。虽说盛雪等人对此早有防备，花不菲的价格请模特做直播带货，努力开拓国内市场，效果却并不理想。

盛雪呆呆地站在窗前，思绪呈爬虫状，无法飞翔。窗外的古城，被繁花群树装点得格外妩媚。不知不觉中，已是五月，凤凰花如一团团燃烧的火焰，在遮天避日的浓绿中格外耀眼。

“真是够了，货没带多少，一个个倒像妖精似的，要求涨基础费。”从小果走了进来，恼火地将几份合同拍在桌子上。

“直播带货的模特？”盛雪头也没回。

“不是她们还有谁？哼，惹恼了我，全开了，我们自己开直播。当初我学表演的时候，她们还不知道在哪儿玩鼻涕呢！”

盛雪闻言心中一动：“小果，基普桑第一次来华时，我们的剧本策划还不错吧？”

“那是，也不看看谁是编剧，谁是导演！”从小果傲娇地说。

“你、我、周琳，我们可是从杂志社走出来的啊。当初我们的策划，在圈内都是稳居第一的……”盛雪的眼睛亮了起来，僵滞的思路突然打开了。

“你的意思是……”从小果也激动起来。

“把周琳喊过来，加上那个抓不到游客、整天缠着我老哥的苏睿，再叫上吴菲菲，我们五个开个小会，成立一个品牌营销部。”

盛雪仿佛打通了任督二脉，之前的阴郁一扫而空，宛如生命的种子落入了适合的肥沃土壤中，开始伸枝展叶。从小果点点头，在集团精英群里@了一下她们三个，要她们速来开会。

一个小时后，人到齐了，并且还多出了林浩楠、黄文祥、少雷和高英树。

“先说说我的想法。中国有十四亿人口，我们拥有全世界最大的市场，现在全球经济受新冠疫情影响进入了冰冻期，但我国疫情控制得不错，只要我们坚定不移地继续挖掘国内市场，肯定能走出困境。”盛雪颇为激动地说。

“这话你说得嘴皮子没起茧，我的耳朵都听出茧了”，苏睿八爪鱼似的，紧紧地缠着少雷的胳膊，懒洋洋地说："最近不一直在挖国内市场嘛，你花大价钱找的模特，直播都搞了那么久，除了一地鸡毛，也没见挖出来什么宝贝。"

苏睿向来拎得清，对盛雪感激归感激，但不妨碍她时不时地打击盛雪一下。

"哎，不当家不知道柴米贵，我家小雪为让大家走出困境，可是鞠躬尽瘁的。"高英树连忙给盛雪辩护。

"嗯，只差死而后已了。"他护着盛雪的样子让苏睿牙痒痒，凉凉地揶揄。

"好啦——"

"好啦——"

少雷和林浩楠异口同声地阻止。见他们都护着盛雪，吴菲菲和苏睿纤细的手指分别掐向了两人的后背。两人疼得龇牙咧嘴，却不敢怒也不敢言。

黄文祥左看看右瞅瞅谁也得罪不起，便拿胳膊捣捣周琳，示意她出面为盛雪解围。周琳却直接忽略了他的提示，笑眯眯的眼神在盛雪和苏睿、吴菲菲身上来回刷着，只差没喊"加油"了。

嗯，在欺负盛雪这件事上，她们向来步调一致。

盛雪一点也不恼，反而眉眼弯弯地笑了起来。反正她们时不时就会开场批斗自己的大会，只要自己放低身段示弱，她们的同盟很快就会瓦解，开开心心地参与到她的计划中来。

"这个我检讨一下，之前的直播效果之所以不好，可能是方法没用对。或者说，是策划不行。我和周琳、小果三个出身于媒体，搞个策划还不是什么难事，所以，我想成立一个品牌营销部。”

盛雪的提议引起了大家的兴趣，他们饶有兴趣地望着她，示意她说下去。

“网络上一些很火的短视频，看似不经意，其实背后都有一个团队在运作，编剧、导演、摄影一应俱全。大家都知道，我和小果玩的那个‘跟我看刺桐’的视频号，虽是关于刺桐古建筑的文化号，吸粉却不少，有五十万之众，所以我想由我们自己动手写剧本，将咱们的产品全部融进去，以网络小剧场的形式进行推广，大家觉得怎么样？”

“具体谁做编剧，谁做导演，还有，演员怎么解决？”苏睿兴趣盎然地问。

“我报名参与策划。”周琳说。

“由我执笔做编剧。”盛雪说。

“我是当仁不让的丛导演。”丛小果举手。

“演员就由我们自己来吧，”吴菲菲玩兴挺高，“看看我们的颜值，清一色的俊男靓女，秒杀一切偶像！”

……

“既然人到得这么齐整，我想和大家再商量一些事件……”盛雪端起了说大事专用脸。玩归玩，一旦认真工作起来，她是六亲不认的。

刚才还麻雀聚会的场面，瞬间就鸦雀无声了，目光全聚集在盛雪身上。

“我是这样想的，我们原来出口的产品，无论是‘楠卡’

的鞋子，还是‘昌和’的树脂，‘苏氏’的旅游品牌，以及‘盛雪外贸’旗下的服装、包包和卫材等，都因为品牌效应，而富含了较高的利润附加值。如今我们想打开国内市场，就要把这个降下来，你们觉得怎么样？”

“这个想法好，我们可以压缩成本，以迎合国内市场。我算了一下，十四亿人中，就算有十亿人买我们的货，每人消费按一元钱计算，那就是十个亿啊……”黄文祥的眼睛油亮亮的，反应极为迅速。

“好了伤疤忘了疼是不是？东西卖给本国人就得压缩成本？”周琳的眼睛眯成了一条缝，毫不客气地抬腿就是一脚。

黄文祥疼得直吸溜嘴，却“嘿嘿”地笑着，不敢再说话。

“黄总的市场敏锐性是我欣赏的，不过周琳说得对，我们要降价不降质，让老百姓享受高性价比的产品，提高人们的生活幸福指数，这是我们的宗旨。”盛雪笑着说。

“这样就能打好扩大内需这张牌，增强市场购买力。”高英树连连点头。

4

林浩楠沉吟片刻后说：“小雪，我有个提议，我们可不可以尝试注册新的品牌？在保证质量的前提下，新品牌用于国内市场的销售，这样一旦外贸市场恢复了，我们投放到国际市场的产品，仍可保持原有的附加值，争取利润更大化。”

林浩楠能一手创办“昌和”、“楠卡”鞋业，果然有他的过人之处。大家纷纷投以赞许的目光，赞同这个提议。

“这个提议好，我赞同。”盛雪说。

经过商议，大家一致同意将生命力顽强的“蓝雪花”作为进军国内市场的新品牌。

一周后，在刺桐某个宋宅老厝内，从小果一副大导的模样，穿着导演专供的马甲，坐在监视器前，打光板、灯光、录音、摄影等相关设备和人员一应俱全。

盛雪等人全副古装站在那里，等候从导下达指令。

从小果拿着小喇叭开始讲戏：“剧本都发到各位手里了，但作为导演，我还是要和你们说道说道。我们要讲的故事是——在这个颇有历史渊源的大宅子里，住着一位拥有绝世容颜的盛小姐。前来求婚者络绎不绝，有的抬着金银珠宝，有的凭借绝世武功……”

“导演，快开始吧，赶紧拍完我还得去参加研讨会呢!”少雷的白眼珠子翻着。谁让他让化妆师在他自认为帅过宇宙的脸上画了道伤疤，被苏睿鄙视了。

“行，各就各位，3，2，1，开始——盛小姐出场……”从小果下达指令。

穿着绝美汉服，纱巾罩面的盛雪袅袅娜娜地出场了，细声细气道白：“盛家有女盛雪，下了江湖招亲令，如果您拥有雄厚的资产、高深的武功、杀人不见血的恶毒、普渡苍生的慈悲……不管您在哪个领域，只要有过人之处，都可以前来试试……”

“试试就试试，我天下第一大鳄，拥有全宇宙最大的钻石矿——”黄文祥装扮滑稽地出了场，推着一车金银珠宝，金灿灿的光芒照得人眼睛都睁不开了。

“试试就试试，生产假冒伪劣产品，其心当诛！”盛雪轻斥，抬手一指，金银珠宝瞬间变成破铜烂铁。

黄文祥刚要狡辩，盛雪仙手再一指，他便飞到了空中，重重地摔在地上，把周琳演的村姑震得飞了起来，掉下来正好跌在了他身上，将他完全砸进了泥土里。

周琳吓得双手使劲刨地，半晌才将满脸是泥的黄文祥刨了出来。奇怪的是，那堆破铜烂铁又变回了金银珠宝。

“原来你才是我的真爱。”黄文祥开心地将周琳抱进怀里，蹭得她满脸都是土，非常滑稽。他扭头瞪向了盛雪：“有眼不识金镶玉。我早就弃恶从善，不做假货了。”

他和周琳开开心心地相携离去。

“下一位……”盛雪莺声燕语，纤纤玉指一指，黄文祥和周琳那页便翻了过去。

林浩楠一身武林大侠的装扮出场。

“我，林某人，素有东邪西毒南帝北丐之称，拥有盖世的武功……”

他摆出一副格斗的架势。

盛雪变魔术般拿出一把手枪，一下子就将林浩楠击得飞起来撞在了墙上，口吐鲜血倒地不起。

盛雪冷冷一笑，道：“再厉害的武功，也抵不住一颗子弹。”

一身侠女装扮的吴菲菲出现，对着林浩楠运功，他的伤口止住了血，毫发无伤地起身，和吴菲菲双剑合璧地对练起来，口里开始唱“人海之中，找到了你，一切都变得有情义……”逐渐隐去。

“下一位……”盛雪再一挥手，林浩楠和吴菲菲那页的底色已泛黄。

少雷斜戴着一只黑眼罩，拿着悬壶济世的葫芦闪亮登场。

“我少雷，杏林高手一枚，赛扁鹊胜华佗，人称温柔一刀……七步断肠散是我少氏的独门绝技，以木有解药横行江湖数亿年。”

“少神医，闻到什么味道没有?”盛雪的食指轻轻朝空中弹了下，笑吟吟地问。

少雷对着空气嗅着：“有点甜，有点香……像是东坡肉，不，更像是烤全羊啊……”

少雷说着朝前走去。

盛雪轻声念叨：“三、二、一……倒!”

少雷身子一软，应声倒下。

“七步断肠散完败给三步倒。”盛雪冷笑道。

苏睿端着一个罐子出场，看到少雷后，紧皱眉头，捏着鼻子，将脸扭到别处，单手拎起罐子朝少雷的脸上浇去。

“什么东西，这么臭?”少雷被呛得连连咳嗽，醒了过来，满脸都是黑乎乎的像河泥一样的东西，他一手捏着鼻子，一手去摸，沾的满手都是，非常滑稽。

“尝下香不香?”苏睿仍捏着鼻子。

“哦，”少雷舔了下手指，顿时垂涎欲滴，“真香。难道这就是传说中的臭味相投?”

“嗯，正是我苏门秘制的‘臭味相投’臭豆腐，用遗臭万年的历史人物为原料，经过九九八十一万年的熬制而成。”苏睿羞涩地点点头。

“我找到解药找到了你……”少雷目露惊喜，边唱边跳，挽着苏睿离去。

盛雪望着他们的背影，摇头叹息：“最是红尘看不透，看来我这招亲大会要流标了……”

她失望地转身欲走时，在一阵悠扬的音乐中，高英树拎着一双精巧的水晶鞋出现了。鞋子上别着一枚“蓝雪花”LOGO的小卡片。

盛雪一脸惊喜地望着那双鞋子。高英树蹲下身子，深情款款地为她穿上。

盛雪起身，柔情似水地对着镜头说：“哪个女孩子没做过灰姑娘的梦？你和梦想成真之间，只隔着一双水晶鞋。”

高英树突然单膝跪下，变魔术般掏出那枚硕大的戒指，戴在了她的手上。

“嫁给我吧，小雪——”

求婚的情节不在剧本中，完全是演员现场发挥的。盛雪一愣，羞涩地低下了头，慢慢揭去面纱，那张清丽的绝世容颜出现在镜头里，轻声说：“穿上它，我幸运地找到了自己的王子。”

欢快的音乐响起，高英树拉着盛雪，跳起了探戈。

从小果对着耳麦喊——“摄影师注意，镜头给向盛小姐的鞋子，对，要对准‘蓝雪花’的 LOGO。”

“好嘞。”酷似鹿晗的帅气摄影师小辛应道。

悠扬的音乐声中，周琳和黄文祥、林浩楠和吴菲菲、少雷和苏睿三对佳偶相继出场，此刻他们已经换上了精美的服装——身上是“蓝雪花”的衣服，脚上穿着“蓝雪花”的鞋子，肩上背着“蓝雪花”的包包，手里拿着“蓝雪花”的塑脂花，和盛雪、高英树一起载歌载舞。

从小果看着监视器里的八个俊男靓女，对效果图非常满意，笑得合不拢嘴，冲摄影师做个手势，摄影师于是将镜头拉远，对准远处的古宅，墙上面有个“蓝雪花”LOGO 的旅行社探秘的文宣。

“从导演隆重宣布，收工啦。大家辛苦，今天导演，哦，不，是总算把自己嫁出去的盛小姐请吃大餐！”从小果拿着喇叭开心地高喊，回声在空旷幽深的老宅里此起彼伏。

少雷双手围拢在嘴上，叫：“好，我家猪妹妹终于嫁出去了，今晚吃大户喽——”

见摄影机已关，苏睿的脸立马拉了下来，足有八公分高的高跟鞋对着少雷锃亮的皮鞋狠狠地踩了下去。

5

“啊——”少雷的惨叫声响彻在古宅的上空，连滚带爬地从口袋里摸出一枚戒指，跪地求婚：“嫁给我吧，我的公主。就算没有水晶鞋，你也永远是我少氏王国不二的皇后人选！”

说着他将戒指戴到了她的纤纤玉指上。苏睿看着那枚不比盛雪小的钻戒，才转怒为笑。

嗯，这一幕是少雷和高英树策划好的。少雷多次求婚，都被苏睿拒绝，理由是盛雪都还没嫁。知道她从不甘心落于盛雪之后，少雷便和高英树导演了这一幕。而苏睿果然妥妥地落入了圈套中。

另一个机位的摄影师记录下了这一幕。丛小果认为这是锦上添花的神来之笔，高兴地脱掉了导演马甲，扔向了空中，开心地大叫："各位大咖超水平发挥，今晚加鸡腿啊！"

这期的"跟我看刺桐"刚更新没多久，观看次数就过了十万加，两天内粉丝爆涨到两百万，大家纷纷留言——盛总的同款鞋子、苏总的同款包包、吴总的衣衣、大家手里的仿真花哪里有卖？几个帅哥好有型哦，一定要给男票买同款的衣服；几位女主好美，决定买同款的衣衣讨女票欢心……

品牌营销部里，盛雪、苏睿、周琳、吴菲菲和丛小果目不转睛地盯着电脑屏幕，笑成了五朵摇曳的花朵。

"小果，可以开直播了。和大家说，由我们这些主演亲自上阵，给粉丝们带良心好货。"

"好嘞……"丛小果答应着，手指如雨地敲打着键盘，发出了直播公告。

两天后，盛雪、高英树，林浩楠、吴菲菲，少雷、苏睿，黄文祥、周琳，齐聚于直播室，开始直播带货。

"只买最对的，不买最贵的，倾心向您推荐良心好货……"

总导演丛小果做过开场白后，众人纷纷手持品牌产品闪亮登场，实力推荐。

粉丝们早被那期《跟我看刺桐》软植入的产品在心里种了草，下单速度飞快……

直播结束后，大家看着这份喜人的成绩单，心潮澎湃。事实证明，国内市场的确沃野千里，他们商讨着该如何进一步精耕细作，深度挖掘……

国际贸易形势的风云突变，已为这场赌局下了注，就看从业者敢不敢坐庄了。每一桩生命的拓垦，都要吮吸失败的教训，激励出另一种角色与规则，以弥补梦土与现实之间的断崖，在此过程中，就算受伤，那伤也带着奋斗者的勇敢酣畅。

经过一番激烈讨论，大家决定线上直播的同时，还要积极开展线下实体店，在疫情的阴霾完全过去后，以适应市场的不同需求。

……

时间是个小贼，不知不觉就溜得不见了踪影。会议结束，已是傍晚，大家却意犹未尽不想散去，相约出去看看刺桐的天空。

因制作《跟我看刺桐》，摄影师小辛走进了丛小果的生活。八个俊男靓女走在街上，自是一道引人注目的风景线。

六月的刺桐，天就开始纵火，夜幕下的天空，被熔成薄薄的半透晶体。望着满天彩霞，丛小果突然提议："要不要去游乐场坐过山车？"

她的音色里停留着不肯成熟的童话，大家出乎意料地全部附议了。

疫情后游乐场首度营业，为促销开放了夜间模式。八个人包揽了过山车，在离心力的作用下，尖叫着冲上九天揽月，心情更像长了翅膀，不由自主大声歌唱：“我们要飞得更高……”

歌声穿越灰青色的马路，冲出涂满历史包浆的古城，逆光行进。

那是勇敢者的拼搏之色。